チェコ
ニュルンベルク
カーム
レーゲンスブルク
シュトラウビング
アウクスブルク
オーストリア

汚れなき子

『想像力の死よりも悲しいものはない』アーサー・ケストラー

ミュンヘンで女子大生（23）が行方不明

ミュンヘン（LR）——ミュンヘン警察はミュンヘン‐ハイドハウゼン在住の女子大生レナ・ベック（23）の行方《ゆくえ》を探している。目撃証言によると、この女子大生は水曜日夜より翌木曜日早朝5時にかけてマックスフォアシュタットで行われたパーティに参加していたとのことである。帰り道に友人と通話の後、携帯の電源が切られ連絡が取れなくなったという。警察によるミュンヘン近郊での捜索では手がかりは見つかっていない。

レナ・ベックは身長165㎝、細身で肩にかかる程度のブロンドの髪。最後に身に着けていたのはシルバーのトップス、黒いジーンズ、黒いブーツ、濃い茶色のコート。

　最初の日に私が失ったのは時間の感覚、尊厳、そして奥歯を一本。代わりに得たのが二人の子供、そして、一匹の猫。猫の名前以外は思い出せない。猫の名前はティンキーさん。そして私には夫もできた。大柄で、暗い色の短髪、目の色は灰色。擦り切れたソファに密着して座っている間、私は視界の端でその夫を観察する。彼の腕の中で、私の背を上から下に走る傷が脈打つ。まるでそこに無数の心臓があるかのように。額の切り傷が燃えている。何度となく目の前が暗くなり、白い稲妻が走る。そうなると私は、なんとか呼吸を続けようとするしかない。

　今が本当に夜なのか、それとも彼が今を夜と決めたのかは、はっきりとは分からない。窓には遮光パネルがネジで取り付けられている。昼夜を作り出しているのは夫だ。神様みたいに。一番の苦しみはもう乗り越えたんだと私は自分に言い聞かせようとする。ただ、もう少ししたら、私たちは一緒のベッドに入ることになる。子供たちはもう寝間着を着ている。男の子の寝間着はすでに少し小さくなっているけれど、女の子のものは袖が手首を覆っている。

子供たちはソファから数歩離れたところに膝をつき、薪《まき》ストーブの熱の残りに手をかざしている。その炎は黒い燃えカスの山に焼け落ちて、赤い残り火が微《かす》かに光るだけ。このなにもかもが異常な状況に、明るい子供の声、楽し気なお喋《しゃべ》りが交じる。あの子たちが何を言っているのか、私には分からない。綿が詰まった耳で聞いているかのようだ。そうしながら考えている、あの子たちの父親をどうやって殺すかを。

事故の夜

ハナ
Hannah

やるべきことはわかってるの。私は背筋を伸ばして大きく深呼吸。そして救急車に乗り込む。オレンジ色のジャケットを着た男の人にママの名前と、ママの血液型がAB－であることを伝える。AB－は最も珍しい血液型で、A型とB型に対する抗体がないことが特徴である。これはつまり、ママには他のどの血液型からも輸血ができる、ということ。お勉強の時間に血液型に関する話をしたことがあるから知ってるの。それに分厚い本にも載ってたから。これでやらなければいけないことはちゃんとやったはず。膝が震える、右の膝が。うっかり弟のことを考えちゃったから。ヨナタンは、私がいなくてすごく怖がっていると思う。

ハナ、集中するんだ。ハナはもう大きな女の子だもんね。

違う、今日の私は小さくておバカだ。寒い、眩《まぶ》しい、ピーピー音がする。この音はどこから来るのと聞くと、オレンジのジャケットを着た男の人の一人が「これは君のお母さんの心臓の音だよ」と言う。

ピーピー言ったことなんてない、ママの心臓は。

集中するんだ、ハナ。

車が揺れている。私は目を閉じる。ママの心臓はピーピーと音を立てている。叫んでた、大きな音がした。もしもママの心臓が今ピーピー鳴るのをやめたら、私が聞いたママの最後は、あの叫び声と大きな音ということになる。寝る前のおやすみも言ってくれなかったから。

救急車が一度小さく跳ねてとまる。

「着いた」と男の人が言う。病院についた、という意味だ。

病院とは、医療行為によって病気や怪我《けが》に処置が施される建物のことである。

男の人が「さあ、おいでお嬢ちゃん」と言う。

足がまるで操られているかのように速く動くので、私は歩数を数えるのを忘れてしまう。がたがた揺れる担架を運ぶ男の人たちについて、眩しく光る「緊急治療室」の大きなガラス扉に入って、長い廊下を進んでいく。一斉に左右から看護師たちが駆け寄ってきて、興奮した声が飛び交っている。

廊下の突き当たりの大きな扉に着くと、「君はここには入れないよ」と緑色のガウンを着た太った男の人が言って、私のことを少し端に追いやる。「君の面倒を見てくれる人を寄越《よこ》すからね」男の人は壁に沿って並んだ椅子を指差す。「それまであそこで待っておいで」

何か言いたいのに、言葉が出てこない。どちらにしろ、男の人は既に私に背を向けて、他の看護師と一緒に扉の向こうに消えようとしている。私は壁際に並ぶ椅子の数を数える――7。どの椅子に座ればいいか言わなかったな、緑のガウンの太った男の人。気付かないうちに私は親指の爪を齧《かじ》り始めていた。ハナ、集中するんだ。ハナはもう、大きな女の子だもんね。

私は膝を抱えて真ん中の椅子に座り、モミの葉や小さな樹皮をスカートから摘《つ》まみだしている。今夜の私はかなり汚い。ヨナタンのことがまた思い浮かぶ。可哀そうな小さなヨナタン、お家《うち》に残って綺麗《きれい》にしなくちゃいけない。私は、居間の絨毯《じゅうたん》の染みをどうやって綺麗にすればいいか分からなくて泣いているヨナタンの姿を想像する。倉庫にはぴったりの洗浄剤があるに違いないけれど、パパは二つの錠を取り付けていた。私たちが守らなければいけない安全対策のうちのひとつ。いつでも注意深く、安全に気をつけなければいけない。

「こんばんは」女の人の声。

私は椅子から飛び上がる。

「私は看護師のルート」女の人はそう言って微笑《ほほえ》んで私の手を握る。私はハナと自己紹介して、Hannah《ハナ》という名前は回文だと説明する。回文とは、最初から読んでも最後から読んでも同じになる言葉のことである。そのことを証明するために、私は名前のアルファベットを読み上げる、一度最初から、次に最後から。看護師のルートさんは微笑んで「なるほど」と言う。

ママよりも年上で、もう白髪《しらが》が生えているし少し丸っこい。ルートさんは明るい黄色のナース服の上に、カラフルで温かそうで、パンダの顔の缶バッジのついた毛糸のカーディガンを着ている。缶バッジには「be happy」の文字。これは英語で「幸福であろう」という意味だ。私の口の端が震える。

「靴を履いていないのね」ルートさんがそう言うので、私は左の足の親指を靴下の穴から覗《のぞ》かせて揺らす。調子のいい時には、ママが繕ってくれたこともあった。たぶん、私がまた靴下をダメにしたとわかったら、ママは怒るだろう。

ルートさんはナース服のポケットからティッシュを引っ張り出す。私が泣いていると思ったのだと思う。靴下の穴のせいか、ママのせいか。それが実は、あまりにも天井の蛍光灯の明かりが眩しすぎるからだということは黙っておいて、私は「ありがとう。気を使ってくださって」と言う。常に礼儀正しくあらねばならない。常にありがとうとお願いしますを忘れてはならない。私たちは、ママが私たち姉弟《きょうだい》に栄養補助バーをくれる時にだっていつも、ありがとうと言う。実は栄養補助バーはあまり好きじゃない。美味《おい》しくないから。でもビタミンの摂取のために大切なの。代謝と造血のためのカルシウムとカリウムとマグネシウムとビタミンB。買い置きがなくならない限り、私たちは毎日三本の栄養補助バーを食べる。買い置きがなくなると、パパができるだけ早くお買い物をして帰ってきてくれることを祈るしかない。

私はティッシュを受け取ると目に当てて涙を吸い取り、鼻を控えめにかんでからルートさんに返す。自分のものでないものは持っていてはいけない。それは泥棒である。ルートさんは笑うとティッシュをナース服のポケットにしまう。もちろん、私はママの様子を聞くけれど、ルートさんは「最善を尽くしているわ」と言うだけ。これはちゃんとした答えじゃない。私は馬鹿じゃない。

「いつ会えるの？」と聞いても答えは返ってこない。その代わりにルートさんは私を休憩室に連れて行きたいと言う。そこに私が履けるスリッパがあるかもしれないからって。スリッパとは、室内履きのようなものである。ヨナタンと私も、家では室内履きを履くことになっている。床がなかなか暖かくならないから。でも二人ともそのことをすっかり忘れて靴下を汚くしちゃう。ママは洗濯の日じゃないのにと怒るし、パパはママの床の掃除が足りないと怒る。清潔感は大事なのである。

休憩室は大きくて、少なくとも扉から反対側まで五十歩はありそう。真ん中にはテーブルが三つ、テーブルごとに四脚の椅子。3×4で十二脚。椅子のうちの一脚が斜めになっている。誰かが座って、離れる時にきちんと片付けなかったに違いない。その人はちゃんと罰を受けるべきだ。整理整頓は大事なのである。部屋の左側の壁は、一つ一つ扉の付いた金属の棚で埋められている。細かい扉にはほとんど全てに小さな鍵がついている。そして金属製の二段ベッド。部屋の正面には大きな窓があって、その先に夜がみえる。真っ黒な闇で星も出ていない。右側には簡単なキッチン。流し台には電気ケトルが無防備に置いてある。熱湯は危険なのに。45℃で肌が火傷《やけど》する。60℃以上になるとたんぱく質が肌細胞に凝固し、そのことによって壊死《えし》を引き起こす。電気ケトルでは温度は100℃まであがる。うちにも電気ケトルはあるけれど、鍵をかけてしまってある。

ルートさんは「座っていて」と言う。

3×4は12。椅子が十二脚。考えないと。窓の外の星のない闇をみると、私は気が散ってしまう。

ハナ、集中するんだ。

ルートさんは棚の扉を片端から開けては閉めていく。何度か間延びした「ふーむ」が聞こえて金属の扉がパタパタと音を立てる。ルートさんは肩越しに私の方を見て、もう一度言う。

「座っていいのよ、お嬢さん」

私はまず、斜めになっている椅子に座ろうかと思う。けれどもそれは正しくない選択だ。散らかしたら自分で片付けなければいけない。自分で責任を取らなければいけない。もう大きな女の子だからね、ハナ。私は頷《うなず》いて、こっそり数え歌を口ずさむ、どれにしようかな。選んだ椅子からは扉がみえる。ルートさんが後で座るのは終わりって言ったら、私はもちろんきちんとこの椅子を元に戻すだろう。

「やっとみつけた」とピンク色のゴムサンダルを手にして振り返り、ルートさんは微笑む。

「少し大きいかもしれないけれど、何もないよりはいいでしょう」私の前にゴムサンダルを置いて、ルートさんは私が足を滑り込ませるのを待っている。

「ねえ、ハナ」とルートさんはカーディガンを脱ぎながら言う。「あなたのママは事故が起きた時に鞄《かばん》を持っていなかったの。つまり、身分証明書とか、そういうものが何も見つからなかったの」

その手が私の腕を摑《つか》んで伸ばし、カーディガンの袖口を私の手に通す。

「名前も住所もわからない。緊急連絡先もわからないの」

「名前はレナ」私は救急車の中と同じように親切に教えてあげる。いつだって人には親切にして手伝ってあげなくちゃいけない。ママの指が震えている時、弟と私はいつだってママを手伝ってあげる。ママが何かを忘れた時、例えば私たちの名前とか、トイレに行く時間とか。そんな時には私たちがママを浴室に連れて行く。便座から転げ落ちたり、他の馬鹿なことをしないように。

ルートさんはその間にカーディガンのもう片方の腕に取り掛かっている。私の背中にはカーディガンの温《ぬく》もりの残りが心地よく広がっていく。

「そうね」とルートさんは言う。「レナ、そうよね。名字のないレナ。救急隊員も同じことをメモしてた」

溜息《ためいき》をつくと、ルートさんの息の臭《にお》いを嗅ぐことができる。歯磨き粉の匂《にお》い。机の角に頭をぶつけずに私の前に屈《かが》むことができるように、ルートさんは私の座る椅子をがりがりと音を立てて引く。机の角はすごく危険。ママも発作を起こした時に机の角に頭をぶつけたことが何度もあったっけ。

ルートさんはカーディガンのボタンを閉じ始める。私の人差し指はルートさんの髪の毛の分け目を太ももに描き写す。右にシャキン、真っすぐ、左にシャキン、真っすぐ、もう一度左にシャキン、曲がった稲妻みたい。私の視線を頭皮に感じたかのように、ルートさんは急に顔をあげる。

「ハナ、誰か電話できる人はいないかしら？　あなたのパパとか？　もしかして電話番号覚えていない？」

私は首を振る。

「パパはいるのよね？」

私は頷く。

「パパは一緒に住んでるのよね？　あなたとママと一緒に？」

私はもう一度頷く。

「電話したほうがいいんじゃない？　ママが事故にあったことを知らせないと、それから二人とも病院にいるんだっていうことも。二人がお家に帰ってこなかったらきっと心配するわ」

右にシャキン、真っすぐ、左にシャキン、真っすぐ、もう一度左にシャキン、曲がった稲妻みたい。

「ねえ、ハナ、そもそも病院って来たことあるかしら？　それか、ママは今まで病院に行ったことある？　もしかしてこの病院とか？　それなら凄《すご》く賢いコンピュータであなたたちの電話番号を調べることができるかもしれない」

私は首を振る。

「開いた傷口は、緊急時には尿によって殺菌することが可能である。消毒の効果、たんぱく質の凝固、鎮痛効果あり、以上」

ルートさんは私の手を握る。「いいわ、それならこれはどう、ハナ？　今お茶をいれるから、それからお喋りしましょう。あなたと私二人で。どうかしら？」

「何についてお喋りするの？」

ハナ
Hannah

ママのことについてお喋りしなくちゃいけないらしい、なるほど。でも私には何も思い浮かばない。ずっと頭の中で繰り返されるのは、車がママを襲った時の大きな音。そして次の瞬間、車のライトの丸い明かりの中、冷たく固い地面に横たわり、手足が折れ曲がった状態で瞬《まばた》きだけをしている姿。肌はあまりにも真っ白で、血は、顔の無数の切り傷から湧き出る血は、あまりにも赤かった。カーマイン色。車のライトのガラスは衝突の際に、ママの顔面に無数に散った。私は路肩に座り、救急車の青い光の点滅が暗闇の中から現れるまで、目を閉じて時折こっそりと瞬きをした。

でもこれはルートさんに話す必要のないこと。ママが事故に遭ったことは既に知っているんだから。そうじゃなければママはここにはいないんだから。ルートさんは私をじっと見つめる。私は肩をすくめてお茶に息を吹きかける。ローズヒップティー、とルートさんは言った。それから、娘が小さい時に一番好きだったお茶だって。

「いつも大きなスプーン一杯の蜂蜜を入れていたわ。本当に甘党ネズミだったの」甘党ネズミ。そんな言葉はないと思う、けれど気に入った。

「名前はニーナ」とルートさんは言って「ニーナ・シモンと同じ。有名なジャズシンガー。My baby don't care for shows」と歌い始める。特別上手ってわけじゃない。「My baby don't care for clothes. My baby just care for me. これ、聴いたことある?」

私は首を振る。

「そうだろうと思った」とルートさんは笑う。「あなたのとしではまだこういう音楽は聴かないわね。それか私の歌が下手なのかもしれない。とにかく、うちのニーナがまだあなたくらいのとしの時には、天気が良ければ毎日公園に行ったものだった。そうじゃない時にはお家でパズルを広げたりクッキーを焼いたりしたの。あの子ったら、生地をボールから直接食べたがったのよ。いつも、オーブンプレートの半分ぎりぎりしか残らなかったの」ルートさんはまだ笑ってる。たぶん、娘さんのことがすごく好きなんだと思う。

「パズルはうちでもやるよ」と私は言う。「でもクッキーは焼かない。ママは時々すごくぶきっちょだから、オーブンには触らないようにしているの」

はっとして私は手で口を覆う。ママをぶきっちょって言っちゃいけないんだった。

「ハナ?」

両親のことはいつだって尊敬しなくちゃいけない。

「やっぱりすぐにあなたのパパと話をしなくてはいけないわ」とルートさんは言う。「もう一度考えて、やっぱりお家の番号が思い浮かぶかもしれない」

「うちには電話ないの」

「じゃあ、住所だけでも？　住んでる通りの名前、わからない？　誰かを向かわせて、パパを連れてくることができるかも」

私は首を振る、とてもゆっくりと。ルートさんは理解してない。

「私たち、見つかっちゃいけないんだよ」と私は囁《ささや》く。

レナ

Lena

雨の直後の空気。板チョコの最初のひとかけらと最後のひとかけら、これが一番美味しい。フリージアの香り。デヴィッド・ボウイのアルバム『ロウ』。長い夜を過ごした後のカリーヴルスト。長い夜。太っちょのマルハナバチの羽音。太陽の全て、昇ったり、落ちたり、それかただ輝いているだけだったとしてもいい。真っ青な空。灰色の空。黒い空。どんな空であってもいい。お母さんが急にやってきて、食器が洗われてないことに気付いて呆《あき》れて目をぐるりとする仕草。おじいちゃんとおばあちゃんの庭の、古びたハリウッド式ブランコ、あの軋《きし》む音、座って漕《こ》ぐと、前後に揺れるたびに音がして、奇妙な歌を聴いているみたい。イチゴとレモンの形をしたテーブルクロスを固定する馬鹿っぽい錘《おもり》。顔を撫《な》ぜ、髪を吹き抜ける夏の風。海、ザザーンという音。足の指の間の、細かく柔らかい砂……

「愛してる」と唸《うな》るように言って、彼はベトついた身体《からだ》を離す。

「私も愛してる」と私は言って、死んでいく鹿のように身体を丸める。

「……肋骨《ろっこつ》骨折、左側、2番から4番。骨膜下血腫……」

ハナ

Hannah

「あなたたちが何処《どこ》に住んでいるか、私には教えたくないっていう意味？」

ルートさんは微笑んでいるけれども、それは本当の笑みじゃない。右側の口の端を上げただけの、半分の笑みだ。

「うちの娘も、小さい頃はそういう遊びが好きだった」

「ニーナ」と私は言う、私がきちんと話を聞いていたことにルートさんが気付くように。人の話はいつだって注意深く聞かなきゃいけない。「甘党ネズミ」

「そう、甘党ネズミ」とルートさんは頷き、ティーカップを端に押しのけてテーブルに更に身体を乗り出す。

「そういう遊びはもちろん、楽しい。でもね、ハナ、時々、そういう遊びが合わない時があるの、残念なことにね。真面目《まじめ》にやらなくてはいけない時があるの。誰かが事故にあって病院に運ばれてくる、そういう時には家族に知らせなければいけない。これは私たちの義務なのよ」

ルートさんがじっと私を見据えるので、私は瞬きをしないようにする。ルートさんが最初に瞬きをするまで待つ。そうしたら、ルートさんの負け。

「時々、今回のあなたのママみたいに、誰かがひどい怪我を負っている時には、重要な決断を迫られることがあるの」

最初に瞬きした方が負け。これがこのゲームのルール。

「怪我をした本人が決断できないこともある。わかるかな、ハナ？」

ルートさんの負け。

「まあ、いいわ」とルートさんは溜息をつく。

私はにやにや笑いそうになっているのを悟られないように手で口元を覆い、唇を摘まむ。本来、人のことを笑ったりしてはいけない。たとえ相手が瞬き選手権で敗北したのだとしても。

「警察が来るまでの間、少し仲良くなれるかもしれないと思ったんだけど」

警察とは国家の執行機関である。その意義は、犯罪や不法な行為について捜査をすることである。時折、両親から子供が引き離されることがある。または子供から両親が引き離されることがある。

「警察がくるの？」

「普通のことよ。あなたのママが怪我をした事故について、どうしてそういう事が起きたのか、どうにかして解決しなくてはならないの。ひき逃げってわかる、ハナ？」

「ひき逃げとは、道路利用者が自ら引き起こした交通事故の現場を許可なく離れることを言う、以上」

ルートさんは頷く。「犯罪なの。だから警察が調べなくちゃいけない」

「あの男の人、困るかな？」

ルートさんは目を細める。「運転していたのは、男の人だったのね？　なんでそんなこと聞くの、ハナ？」

「優しかったから。全部のことをやってくれて、救急車も呼んでくれた。大丈夫だって言ってくれた。救急車を待っている間、寒かったから上着もくれた。救急車がくるほんの直前まで一緒にいてくれたの。ママと私がびっくりしたのと同じくらい、びっくりしてた」

私は今はもう、ルートさんを見ない。

「それに、どちらにしたって、あの事故が起きたのは、あの人のせいじゃない」と私はネズミ声で言う。パパがママの調子の悪い時のために発明したのがネズミ声。私たちが大声で話しているとママを興奮させてしまうから。「ママのために静かにしていよう」とパパはいつも言っていた。「今日はママの調子が悪い日なんだ」

「どういう意味なの、ハナ？」ルートさんもネズミ声を知っているらしい、同じように喋っている。「事故は、誰のせいだったの？」

私はなんと説明すればいいか考えなくてはいけない。集中するんだ、ハナ。もう大きな女の子なんだから。

「ママは今までにも、うっかり馬鹿なことをしたことがあるの」

ルートさんはびっくりしたようにみえる。びっくりとは、何か予期しなかったことを見たり聞いたりした時に起こること。それは例えば、お誕生日じゃないのにもらったプレゼントのように素敵なことの時もある。私の猫、ティンキーさんはそういうびっくりだった。パパがある時帰ってきて、私にお土産《みやげ》があるって言った時、私は新しい本か、ヨナタンと一緒に遊べるボードゲームだと思った。でもその時パパが見せてくれたのがティンキーさん。それからずっと、ティンキーさんは私のもの。私だけのもの。

びっくりはでも、悪いことの時もある。真夜中に家から飛び出るママ、これは最悪だ。私は急いでまた何か素敵なことを思い浮かべようとする。ティンキーさん、柔らかい縞《しま》模様の毛並み、薪ストーブの前に一緒に座っているとすぐに暖かくなる毛並み、私の膝の上、柔らかい毛、冷たくなった私の鼻をうずめる温かい首筋、小さな前足。

「ハナ?」

嫌だ。私はティンキーさんのことを考えていたいのに。

「お家でなにか問題があるの、ハナ?」

ママはティンキーさんがそんなに好きじゃない。一度ティンキーさんを蹴飛ばしたこともあったくらい。

「もしかして、ママとなにか問題があったりしない？」

ぶきっちょなんだ、パパが何と言おうとも。パパの助けがなければストーブをつけることすらできないんだもの。

「ハナ？」

一度なんか、お家が一週間以上寒いままだったこともあった。私たちは凍えそうになって、もう眠くて眠くて堪《たま》らなかった。でもママは、私のママなんだから。ママのことを考える時には、ママのことを愛しているんだって強く思う。愛、それは幸福と似ている。とても温かくて、誰も冗談なんて言っていないのに、思わず笑顔になるような気持ち。ルートさんがニーナについて話す時みたいに。甘党ネズミ。

「ハナ、私とお話しして！」

「警察が来て、ママを連れて行っちゃうのは嫌なの！」これが私のライオンの声。

ハナ

Hannah

私は弟と時々ゲームをする。ゲームの名前は【どんな気持ちでしょう?】このゲームで私たちはもう長い間遊んでいる。はっきりとは覚えていないけれど、この遊びを始めたのは、ママが私たちに「幸福」について話してくれてからだったと思う。

「幸福とは特別都合のいい偶然であり、運命の喜ばしい摂理である、以上」と私はなんでも知っている分厚い本を読み上げた。ヨナタンはまずは一度頷いた、私が該当箇所を読み上げる時はいつもそうするように。でもそれから目を細めると、それはどんな意味？と聞いた。私はまず、このおバカさん、よく聞いていなかったんでしょうと言った。人の話はきちんと聞かなくてはいけない。ちゃんと話を聞かないのは失礼だ。それから私は該当箇所をもう一度読み上げた。ヨナタンはなんだかんだ言って私の弟なんだから、おバカさんかどうかは関係なく。「幸福とは特別都合のいい偶然であり、運命の喜ばしい摂理である」それから私はゆっくりはっきりと「以上」と言った。該当箇所がこれで全部であることをヨナタンが理解できるように。

でもヨナタンはそれでも目を細めたまま言った。「自分こそバーカ。それは僕もわかった。僕が知りたいのは、どんな気持ちなんだろうっていうこと、からだで感じるのかなとか」

「幸福ってどんな感じ?」と私たちはママに聞いた。ママは私たちを抱きしめて、「こんな感じ」と言った。

「温かい」とヨナタンは言って、ママは微熱があるんじゃないかと言った。鼻をママの首と肩の間の窪《くぼ》みに押し付けると草原の匂いがした。幸福は温かくて、ほとんど軽い熱があるのと一緒、いい匂いがして、キッチンタイマーの秒針みたいな速い鼓動を刻んでいた。ヨナタンと私は、びっくりについても話し合ったことがあった。「びっくりって平手打ちみたいなものだと思う」とヨナタンは提案した。

「突然の平手打ち」と私は付け加えた。

それはどうやら正しかったみたい。びっくりってまさにそういうもの。顔の表情からはっきりと読み取ることができる。目は驚きから大きく見開かれ、まるで見えない硬い手のひらに打たれたかのように、頬が急に少し赤らむ。

今のルートさんがまさにそうだ。私はルートさんをライオン声で怒鳴りつけたのだ。

「警察が来て、ママを連れて行っちゃうのは嫌なの！」と私は叫んだ。

「ハナ」ルートさんの声は少し軋んでいる。たぶんびっくりからだ。ヨナタンに教えてあげなくちゃと私は最初に思う、これは覚えておかなくちゃいけない。びっくり＝平手打ち＋予想外＋軋む声って教えてあげなくちゃ。そう思ったらヨナタンのことが思い浮かんだ。今頃お家で絨毯を一生懸命、綺麗にしようとしていることだろう。そして最後に浮かんだのは、ルートさんが警察が来ると言ったこと。私は悲しくなる、涙も出てくる。

悲しみというのは気持ちのいい感情じゃない。私の想像の中では、悲しみは沢山の鋭い歯を持つ小さな獣で、皆《みんな》の身体の中に棲《す》んでいる。ほとんどの時間を眠っているけれど、時々お腹《なか》を空《す》かせて目を覚ます。そうすると心臓を齧り始めるので、はっきりとその存在を感じることができる。すごく痛いわけじゃない、叫び出すほど痛いというわけじゃない、でも少し弱くなってひと休みが必要になる。ルートさんはきっと私が今少し弱くなっていることに気付いたんだと思う、自分のショックを忘れたみたい。座っていた椅子から、床をがりがりとさせて立ち上がると、ルートさんはテーブルの周りをまわって私のところへやって来て、私の頭を太った柔らかい胸に抱きしめる。

「わかるわ、あなたのように小さいと、いっぱいいっぱいになっちゃう。でも怖がらなくていいの、ハナ。あなたにも、あなたのママにも、悪いことをしようとしているわけじゃない。家族というものには時々、助けが必要なことがあるの。助けが必要なことを、本人たちが気付いていないことがあるの」ルートさんの柔らかい手が、窪みをつくって私の耳を覆っている。海の音が聞こえる、私は目を閉じる。

「本当は、海の音を聞くためには貝殻を耳にあてるんだけれど」ママが随分前に教えてくれたっけ。「でも他のどんなものでも中が空洞になっていれば同じなのよ。缶詰の空き缶でも、手でもいいの」

「海はどうやってそこに入り込むの？」ということを私は知りたかった。

「なんていうんだろう、本当はね、ただ自分の血液が流れる音を聞いているだけなのよ。でも海の音を聴いているって思う方が素敵でしょう、ね？」

私は頷いて、缶詰って何？　と言った。私はまだとても小さかったから、缶詰がとても危険なものだって知らなかった。金属でできていて、缶切りで開けた蓋はすごく鋭いので自分や周りの人を傷つける恐れがあるということも。

ルートさんが手をどけたので、海が消えた。

「もしかしてお家で助けが必要だってことあるかな、ハナ？」ルートさんは私の座る椅子の隣に中腰になって、私の膝の上の手を取る。

「いいえ」と私は言う。「何をどうすればいいか、全部わかってるもの。うちの規則があるの。ママはたまに忘れちゃうけど。でもママには私たちがついているから、思い出すのを手伝ってあげるの」

「ママは馬鹿なことをするの？　さっき言ってたわ、でしょう？　ママがうっかり馬鹿なことをするって」

私は少し前屈みになって手を秘密メガフォンの形にする。ヨナタンと二人で発明した秘密メガフォン。パパが家にいる時には使っちゃいけない。秘密メガフォンが耳を覆うようにルートさんが頭の方向を変える。

「ママはうっかりパパを殺そうとしたの」と私は囁く。

ルートさんの頭がすごい勢いで回転する。びっくり、顔にはっきりみえる。私は頭を振り、ルートさんの顔を摑んで秘密メガフォンにぴったりの位置に来るまで戻す。「警察には言わなくて大丈夫。ヨナタンが絨毯の染みを綺麗にしているから」

レナ
Lena

三人がいい、玉ねぎを剝《む》きながら彼は言う。静かに玉ねぎから皮を引き剝《は》がしていく音は、肌から絆創膏《ばんそうこう》を引き剝がす時の音に似ている。痛い音。私はキッチンで彼の真横に立ち、その手にあるナイフを凝視している。小刀だ、薄くて小さくギザギザした刃、十分鋭利だ。

「聞いてる、レナ？」

「もちろん」とその女は、私が全身全霊をかけて嫌悪し始めたその女は答える。男はその女のすべてを手にしている。臆面もなく摑み取り、すでに好きなだけ自分のものにしていた。その身体から、その自尊心から、その尊厳から。それにもかかわらず、女は男に微笑みかける。この女は、私を破壊する。「三人欲しいのね」

「ずっと三人欲しいって思ってた。君は？」

この女もずっと三人欲しいと思っていた。私は欲しいと思ったことなんてない、でも私の意思なんて何の意味もない。そのことに慣れたいと思う日もある。そうじゃない日には、決して慣れてはいけないと強く思う。私は僅かな余力、粉々に砕けた意志の欠片《かけら》、記憶と存在意義をかき集め、安全な場所に隠しておく。まるで冬支度をするリスみたいに。祈るしかない、この男にもこの弱い女にも、隠し場所が見つからないことを。秘密の場所、空が広がっていて、キッチュなテーブルクロスの錘がある場所。

「ワインを一杯、どう？」彼は玉ねぎを今しがた四等分したナイフをまな板の横に置いて身体をこちらに向ける。ナイフが、そこにある。腕半分の距離、一つかみの距離。私は無理やり視線を引き剝がさなければならない。彼の顔に再び視線を戻す、あの女のバカみたいな微笑みを唇に乗せて。

「喜んで」

「いい答えだ」と彼は微笑み返し、二つの茶色の買い物袋がまだそのまま置いてある食卓に向かって一歩を踏み出す。「赤と白、どっち？　とりあえず両方買ってきたんだ。君がスパゲッティに合わせてどちらが飲みたいのか、分からなかったから」

買い物袋の上に軽く身を屈めて、私に半分背を向け、右手を買い物袋の中に突っ込んでいる彼。木のまな板の横、腕半分の距離、一つかみの距離にあるナイフ。今だ！　内なる声が叫ぶ。

「レナ？」紙袋がガサガサと音を立て、ワインが引っ張り出される。今だ！

「赤がいい、選んでいいなら」

「うん、僕もその方がいい」満足げに、ワイン瓶を手にして男は振り返る。弱い女は作業台に寄りかかる。指が一本だけ、哀れにナイフの方向に向かって震える。距離は数センチ、けれども不可能がそこに横たわっている。男は私のために料理する。私たちは一緒に食事をして、できるだけ早く妊娠できますようにと赤ワインで乾杯する。彼は子供が三人欲しい。私たちはとても幸せな家族になるだろう。

「心房細動！」

ハナ

Hannah

ルートさんは部屋を出て行った。余りにも急いでいたので、躓《つまず》いて転びそうになったほど。座って待っているようにと言われたので、私は動かない。たとえ私みたいに賢かったとしても、いつだって大人の言うことは聞かなくちゃいけない。私は部屋の大きさを測ってみたかったけれど、座っていなくてはいけないので、代わりに数を数え始めることにする。動いてはいけない時や他に何も考えることが思い浮かばない時に、私は数を数えることを楽しむ。そうすると時間が早く過ぎていく。弟は退屈した時には鼻歌を歌う。けれど、私はそれこそ退屈だと思う、いつも同じ歌の繰り返しだから。数を数える時にワクワクするのは、どこまで数え続けるのか最後の瞬間までわからないところ。

1128まで数えた時だった、ルートさんが戻ってきて、私はうっかり立ち上がり損ねるところだった。扉が開いた時にはいつも立ち上がって掌《てのひら》を見せなければいけない。指の爪は清潔でなければいけないし、手に自分自身や他人を傷つけるような何かを隠し持っていてはいけない。でもルートさんは、ちゃんと私の手を見ようともしなかったし、また座るようにと言う。その手にはスケッチブックと尖《とが》った色鉛筆。「ハナ、いい考えがあるの」絵を描かなければいけないらしい、なるほど。でもそれが本当にいい考えかどうか、私にはわからない。色鉛筆は綺麗な色、それはそう。赤と黄色と青と黒と紫色とオレンジとピンクと茶色と緑。でも芯がすごく尖っている。私は赤い色鉛筆を手に取って、注意深く親指で芯をなぞる——やっぱり、すごく尖ってる。お家でも絵を描くことはあるけれど、使うのはいつもクレヨン。字を書く時もクレヨンを使う。

「なんで絵を描かなくちゃいけないの？」

ルートさんは肩を竦《すく》める。「ほら、まずあなたのママのところに行くまでの時間を潰せるでしょ、それから警察が来て間抜けな質問をしてきた時に、今すごく忙しいから後にしてって言えるでしょう、どうかしら？」

「それで、何を描けばいいの？」

ルートさんはもう一度肩を竦める。「うーん。ママと一緒にここに来る前に今日起こったことを描いてみたらどうかしら」

気付かないうちに私は色鉛筆の柄を噛《か》み始めていた。小さな木の屑《くず》が剥がれ落ちて私の舌に張り付く。私は手の甲を舐《な》めてなんとか木屑を口から出そうとする。

「それは嫌」と私は言う。「もっといいことを思い付いた。ママのために絵を描く。あとでプレゼントできるから」

「オッケー、いいわ。ママのために何を描きたいか、決めた？」

「うん、たぶんね」私は考える。「ママが嬉しくなるって分かってる絵を描く」

ルートさんは興味津々みたいだ。口に出してそう言うし、そう思っているのも見ればわかる。目がまん丸になっているし、眉毛を高く引き上げるので額に皺《しわ》が寄っている。私は赤い色鉛筆を横に置いて青い色鉛筆を手に取る。注意深く構える。尖った芯はとても危ない。最初に私はママの顔を描く。ルートさんは、何故《なぜ》青色なのかと聞く。私は舌打ちして目玉をぐるりと回す。時々ルートさんは弟と同じように少しおバカさんだ。「白い鉛筆がないから。それに白い紙の上じゃどっちにしろ白い色が見えないからに決まってるでしょ」と私は説明する。

次に私はママの身体を描く。綺麗な長いドレス、これも青、これも本当は白じゃなくてはいけないんだけれど。それからママの綺麗な髪を黄色で描いて、黒い鉛筆を使って木と骨ばった化け物みたいな枝を描く。枝はママを捕まえようとしている。

「これは、怖い絵ね、ハナ」とルートさんは言う。「もう少し説明してちょうだい」

「これはママとパパのお話と、二人がどうやって恋に落ちたかを描いた絵なの。ママは夜遅くに森の中を歩いていた。ほら、月の光がママの髪の毛をキラキラさせていて綺麗でしょう？」

「本当に綺麗。ハナ、ママは森の中で一人だったの？」

「うん、すごく怖かったの。だから口が笑ってないでしょ？」

「一体なにが、そんなに怖かったのかしら？」

「道に迷っちゃったの。でもその時……」

私は木の後ろから登場するパパを描く。

「パパがやってきて、ママを見つけるの。これがこのお話の一番素敵なところ。パパは急に現れて、ママを助けるの」私はママの口を描き加えて笑顔にする。ママの笑みは太い赤いバナナみたいになった。「そして二人は一瞬で恋に落ちるの」

私は満足してもうひとつふたつハートを描き加えて、使ったばかりの赤い鉛筆を紙の横に置く。赤いハートは愛のシンボルだ。私は大きな愛を表現するために六つのハートを描いた。

「わお」とルートさんは感動したみたいな声を出す。「まるでおとぎ話みたいね」

「おとぎ話なんかじゃない、これは本当のお話。ママがお話してくれた通り。もしもおとぎ話だったら、ママは最初に昔々、あるところに……って言わなくちゃいけないじゃない。昔々あるところに、これはおとぎ話や伝説、言い伝えを語る時の使い古された導入である。私はしょっちゅう、このお話をしてくれるようにママに頼むの。特にママが悲しい時。このお話をしてくれる時にはいつも、綺麗に笑ってくれるから」私は人差し指でママの太いバナナみたいな口を撫ぜる。

ルートさんはテーブルの上に身体を乗り出す。

「この、パパが持っているものは、何？」

「これはこの後パパがママに目隠しをするための布。パパはママを驚かせたいの。これからどこに行くのか、ママに知られちゃいけないでしょ」

「これからどこに行くの、ハナ？」

「お家」と私は言う。「森の小屋に決まってるじゃない」

レナ
Lena

感謝しなくては。

これは神の祝福だ。

素敵なお家。

家族。

ずっと望んでいたものが全てここにある。

頭の中の声は表面をなぞるだけ。胃の中が焼けつく、これは虚《むな》しさだ。虚しさが焼けつくことはない。違う、確かに焼けつくんだ、この虚しさは。ココアの蓋を震える指で開けようとする時、私は嚙み締めた顎が疲労していることに気づく。蓋が開かない。また、開かない。髪の生え際に汗が溜《た》まり、額の傷が燃えるように痛むのを感じる。キッチンの作業台の上には牛乳の横に既にカップが二つ用意されている、一つは赤、もう一つは青、どちらにも白い水玉模様、どちらも割れないメラミン製だ。子供たちは朝ご飯を食べなければいけない、今すぐに。7時半、朝食。それのどこが理解するのが難しいんだ？　子供たちにはきちんとした日常が必要だ。子供たちにはバランスの取れた朝食が必要だ。

なんて母親だ、レナ？

なんていう化け物なんだ？

後ろで子供たちが暴れまわっている——お願い、二人とも、静かにして！　キッチンと食卓、居間は繋《つな》がっている。キーキー声、部屋の端から反対側の端まで、まるでコントロールを失ったゴムボールみたいに互いを追いかけまわす——お願い、静かにして！　時折、どちらかがソファのひじ掛けを飛び越えて座面に飛び込む。重い溜息のような音、何度も何度も——やめてって言ってるでしょう！　頭蓋骨が割れるみたい、頭が潰れそうで耐えられない。蓋が開かない。くそ、蓋が開かない。

「ママ？」

私はびくっとする。突然娘が私の横にいて、顎をキッチンの作業台に乗せてこっちを見ている。なんて小さいの。小さくて華奢《きやしや》で、柔らかなブロンドの巻き毛と白い肌の女の子。小さな天使みたい。でも私の母が食堂のサイドボードの上に集めていたような、陶器でできたほっぺの赤いこざっぱりしたケルビムじゃない。むしろ、何かが歪《いびつ》な天使。ほとんど上手《うま》くいっているけれど、やっぱりどこか違う試作品みたい。

「ハナ」と私は言う。ただの確認みたいに響いて、愛情は感じられない。

「お手伝いしようか、ママ？」彼女のまん丸な淡青色の瞳は、私の冷たい態度に気付いていないのか、気付いていても受け入れまいとしているように見える。私はぐったりと頷き、彼女にココアの缶を渡す。彼女は見事に数秒で缶を開けて顔を輝かせる。「じゃじゃーん！」

「ありがとう」と私は声を押し出す。

私がハナの腕を摑んだのは、ちょうど遊びの続きをするために彼女が私に背を向けた時だった。たぶん力が強すぎた、ハナはこんなに小さくて華奢だ。反射的に私は腕を放す。「ごめんなさい。痛かった？」

彼女は眉間に皺をよせ、口を引き結ぶ。まるで私が何かとてつもなく馬鹿なことを口にしたかのように。

「全然、痛くなかった。ママが私に痛いことなんかするはずないでしょ」

一瞬、私の心の中の虚しさをしっかりした温かい蓋みたいに感情が覆う。私は笑おうとする。

「もう少し手伝ってくれるかな？」

助けが必要なことを見せるように、私は震える指先を上に向ける。けれどもハナはその前にもう頷いていて、作業台の上に準備されていた蛍光緑のプラスチックスプーンにつま先立ちになって手を伸ばす。ハナはカップごとにスプーン二杯分のココアを測って入れ、注意深く牛乳を注いでからかき混ぜる。その際に慎重で単調な声で、スプーンがカップの中をカチカチかき混ぜる回数を数えている。

「一回、二回、三回……」

カチカチの回数。私の頭の中の声は絶え間なく表面を引っ掻《か》き続けて、いつしか最初の亀裂が入る。その声は言う。これは君の娘だ、君は愛さなければいけない。君が望むか望まないかは関係ない。

「……七回、八回……」

だんだんと呼吸をするのが難しくなってくる。膝に力が入らない。私は作業台の角に寄りかかろうと手を伸ばす、けれども指先に何も見つけられない。

「……十三回、十四回……」

スローモーションのように天井が崩れ落ち、床が波立ち、私は自分の弱さに浸り、救いの黒へゆっくりと滑り落ちる。ありがとう。

「パパ！」ハナの声が聞こえる。水の中にいるみたいに鈍く。「ママがまた発作起こした！」

「血圧、正常化！」

ルートさんは「小屋」ってどういう意味？　と聞く。

私はその頭をぶん殴りたくなる、そうすれば少しは自分の頭で考えられるようになるんじゃないかって。でもすぐにやっぱり助けてあげなくちゃと思う。人には親切にして、助けてあげなくちゃいけないから。

「小屋とは、森の中にある小さな木製の家である」

ルートさんは理解したかのように頷いたけれど、眉は寄ったままで、顎は留め金から外れて滑り落ちたみたいに、さっきよりも少し垂れ下がっている。少し賢ければ、顔の表情からは色々なことを読み取ることができる。

「森に住んでるって言いたいの？　森の中の小屋に？」

私はゆっくりと頷いて言う。「よくできました」ママがお勉強の時に何か質問をして私がきちんと答えられた時には、私も褒められると嬉《うれ》しい。ママもいつも「よくできました、ハナ」と言う。だから私は考えるのが楽しい。たぶんルートさんにとっても同じに違いない。

「どこか、他のところに住んでいたことはあるの、ハナ？　ちゃんとしたお家に住んでいたことある？」

「小屋はちゃんとしたお家！　パパが特別に私たちのために建てたの。きちんとした空気だってある。二、三回、空気循環装置がちょっと壊れたことがあったけれど。普通は静かなブーンという音がするはずなの、そうじゃないと故障かもしれない。私、耳がいいんだ。空気循環装置に何か問題が起きた時には、頭が痛くなるよりもずっと前に私が気付くの。パパがすぐに直してくれる。あの時も、小さな接触不良が原因で大したことないって言ってた。パパはかなり手先が器用なの」

ルートさんはしょっちゅう瞬きをする。「なに」と彼女は言って、そのまま黙る。私も何も言わない、ルートさんはやっと自分の頭で頑張って考えようとしているんだと思うから。お勉強の時に正しい答えがすぐに思い浮かばなくても、ママはしばらく待ってくれる。ママは言っていた。「私が正しい答えをいつもすぐに教えていたら、何の意味もないでしょう。自分の頭を使うことに慣れないとね。考えて、ハナ。集中するの。あなたならできる」

ルートさんはもう一度「なに」と言う。「なに、その、く、空気……？」

「空気循環装置、難しい言葉でしょう？　難しい言葉に出会ったら、私がどうするか知りたい？」

ルートさんはまた何も言わない。

「頭の中に焼きつくまで何度も頭の中で繰り返すの。そうやって私はヨナタンよりも沢山の言葉を覚えることができるの。時々頭の中で静かに二回繰り返すだけで十分な時もあるし、時々十回必要な時もある」

ルートさんはまだ何も言わない。もしかしたら私の裏技を今、試してみているのかもしれない。

やっとルートさんの口が動き出す。

「教えてくれるかな、どういうものなの、その空気……」ルートさんはその難しい言葉のためにもう一度息を吸い直す。「……空気循環装置って？」

「よくできました」と私はルートさんをもう一度褒める。ルートさんの進歩が自分のことのように嬉しい。私はいい先生だ。私はママに似ているから。「空気循環装置は、私たちに必要な空気をつくるの」と私は説明して、ルートさんにとって理解するのが難しくないように、できるだけゆっくりと喋る。「人間は酸素なしじゃ生きていられないでしょ。私たちは毎日1万から2万リットルの空気を吸って吐き出さなければいけない。これは大体牛乳パックの1万から2万倍の容積に相当する。吸い込んだ空気にはおよそ21%の酸素、0・03%の二酸化炭素が含まれ、吐き出した空気にはおよそ17%の酸素と4%の二酸化炭素が含まれる。それ以上。空気循環装置は新鮮な空気が小屋に入ってくるようにして、汚れた空気が外に出ていくように作動するの。そうしないと窒息しちゃうから」

ルートさんは口元に手を当ててる。少し震えているのがみえる。手だけじゃない、ルートさん自身が震えてる。

「新鮮な空気が必要なら、どうして窓を開けないの、ハナ」これは質問なんだと思う、でもそう聞こえない。本当は、何かを質問する時には文末のトーンを撥《は》ね上げないといけない。

私は目の前の色鉛筆を並べ替えて、長い真っすぐなラインをつくる。明るい色から暗い色へ。黄色から始めて最後は黒。

「ハナ?」ルートさんの声のトーンが撥ね上がった。なるほど。私は色鉛筆のラインから目をあげてルートさんの顔を見る。

「ヨナタンが誰なのかだけでも教えてくれない?」

「兄弟に決まってるじゃない」

「ヨナタンも小屋に住んでいるの? あなたとご両親と一緒に?」

「もちろん。なにも間違ったことをしていないんだから、追い出すわけないでしょ?」

「絨毯の染みについて説明して」ルートさんは今度はとても真剣な顔をして、瞬き選手権にも勝利する。でもそれは私の目からまた涙が出てきたせいだ。眩しさと、眠気のせい。

「ハナ? さっき言ってたよね、ヨナタンが絨毯の染みを綺麗にしているって。なんの染みなの、ハナ?」

私は頭を横に振って「眠いの。ママのところに行きたい」と言う。

ルートさんはテーブルの上に身を乗り出して私の手を摑む。その動きのせいで、私の鉛筆のラインが崩れる、青と緑。

「わかってる。でも信じて、ママのところに行けるようになったら、すぐにお医者さんが知らせに来るわ。それまでもう一枚絵を描かない？　みて、まだこんなにあるのよ」ルートさんは私の手を放してスケッチブックを指で叩《たた》く。「真っ白なページがこんなに」

私は肩を竦める。正直にいうと、もう絵は描きたくない。

ルートさんは目を細め、悩むみたいに唇を突き出して言う。

「どうかしら、家族全員の絵を描いたら？　ヨナタンもいる絵」とルートさんは微笑む。よく聞いていたみたい、ヨナタンの名前も覚えているなんて。「仲は良いの、ヨナタンと？　それともよく喧嘩《けんか》するの？」

「喧嘩するのは、ヨナタンがまたおバカなことを言った時だけ」

ルートさんは小さく笑い声を立てる。

「なるほど。ヨナタンはお兄さん、それとも弟？」

私はママとパパの森の絵をスケッチブックから破り取って横に置く。それから青い色鉛筆を手に取ると新しい紙の上にヨナタンの顔を描き始める。

「弟」と私は言う。「2歳年下」

「そう。何も言わないで、当ててみるね。それじゃあ、ヨナタンは……」とルートさんは考え始めたみたい。「そうね、難しい。それじゃあ、ヨナタンは……6歳くらいかしら?」

私は顔をあげる。可哀そうで馬鹿なルートさん、計算も碌《ろく》にできないなんて。

「13-2」私が助け舟を出しているのに、ルートさんは馬鹿みたいに私をじっとみつめるだけ。

「もちろん、11歳に決まってる」と私は正解を教えてあげる。ルートさんはまだまだお勉強が必要みたい。

ハナ *Hannah*

お勉強は大事。人は馬鹿なままでいてはいけない。私はヨナタンみたいにお勉強が嫌いじゃない。いつもそうだった。ヨナタンがちゃんと字が読めるようになったのは4歳の頃だった。もちろん、私たちも学校がどういう場所かは知っている。学校とは、子供と若者に教育をする機関である。幸運なことに私たちはそこに通わなくていい。学校までの道は危険がいっぱいだ。迷うかもしれないし車に轢《ひ》かれるかもしれない。それにそもそも、学校に通わなくてはいけないのは、一人ではお勉強ができない、本当に馬鹿な子供だけ。ルートさんは小さい頃には学校に通わなくてはいけなかったんだと思う。けれども、きっと私がいつも思ってることは正しい。学校は、子供たちに大切なことを教えている振りをしているだけ。子供たちは馬鹿なままだ。ルートさんをみれば分かる。こんな簡単な計算、13－2。ルートさんは自分を恥じているに違いないと私は思う、こんな簡単な問題が解けないなんて。けれども、恥じるどころか、ルートさんは私が言っていることが本当に正しいかどうか、もう一度聞いてくる。私はヨナタンのズボンを描くのをやめて紙を裏返し、十三本の線を引く。そのうちの二本を消してゆっくりと、はっきりと残りの本数を数え上げる。もちろん残るのは十一本だ。13－2は11なのだから。気に入らないのは、自分が少し馬鹿なことが原因なのに、ルートさんは私が嘘《うそ》をついていると思っていること。私は嘘をつかない。嘘をついてはいけない。私はそのことも教えてあげる。可哀そうな馬鹿なルートさんはそのことも知らないらしいから。

「ハナ」声が震えてる、もう少しで泣き出してしまいそう。「小屋と、空気、空気……」

「空気循環装置！」私はライオンの声で言う。

ルートさんはビクッとする。またびっくり。大きな目と赤らんだほっぺ。でも今回は可哀そうだとは思わない。自分で考える気がないからだ。「いい加減に覚えて！」と私はライオンの声で続けて、テーブルを叩く。鉛筆が跳ねあがり、緑色がテーブルの上を転がって床に落ちて音を立てる。わざとバカなふりをしてはいけない。私は身体を屈めて緑色の色鉛筆を拾う。身体を起こすと、ルートさんが謝った。最低限はクリア。何か間違ったことをした時には謝らなくてはいけない。

「あなたを怒らせるつもりはなかったの、ハナ」と彼女は言う。「たぶんあなたにとっては大変な状況よね。わかるわ。でも私も、全部ちゃんと理解したいの。あなたのお家がどんなか、どうしても知りたいの。森の小屋に住んでる知り合いなんて他にいないもの」

私はまた紙を裏返し、ヨナタンのズボンの続きを描く。お気に入りのズボン、青色の、日曜日しか穿《は》いちゃいけないズボン。

「ハナ？」

私は視線をあげる。

「許してくれる？」

私は頷いて絵の続きに取り掛かる。ヨナタンにお気に入りの赤いTシャツも着せてあげる。このTシャツはまだ新品だったころ、本当に輝くようだった。絵の中でお気に入りのものを着ていると知ったらヨナタンはきっと喜ぶ。最後に私はヨナタンの巻き毛を描く。ほとんど黒色、パパと同じ。ヨナタンの真横、肩の位置に私は自分の顔を描き始める。私もお気に入りのお洋服を着ようと思う。白い花柄のワンピース。私たちみんな、絵の中でとても綺麗。

「お家では窓を開けることができないのよね、ハナ？　だからその装置が必要なんでしょう」

「空気循環装置」と私は呟《つぶや》く。

「小屋には窓がないの？」

「もちろんある」私の巻き毛のためには黄色い色鉛筆が必要だ。

「でもその窓は開けないのね？　どうしてなの、ハナ？」

「危険すぎる。だからプレートをネジで固定して塞いだの」私は、絵の中の自分に赤いヘアバンドを描いたら、それは嘘をついたことになるかしらと考える。赤いヘアバンドは持っていない。持っているのは濃い青いヘアバンドだけ。でも赤いヘアバンドの方が私の白いワンピースの花柄によく似合うと思う。

「パパがやったの、ハナ？　すごく手先が器用だって言ってたわよね」

「そう」ゆっくりと、ゆっくりと慎重に、私の手は赤い色鉛筆に近づいていく。ルートさんの顔を見ながら。そもそも私が赤いヘアバンドを持っていないことをルートさんが知るはずもないけれど、私はインチキしようとしていることを表情から悟られないかと心配なのだ。心配は恐怖とは違う、でもいい気持ちというのでもない。心配とは、お腹が痛いときに吐きたいのか吐きたくないのか分からない時の不快感みたいだ。

　パパはママがいなくなった時にすごく心配していた。ママが戻ってくるかわからないと私たちに言って、パパは泣いていた。パパはそれまで泣いたことなんてなかった。私はパパの顔に手を伸ばし、べたべたする涙の痕に触れた。パパははっきり言わなかったけれど、ママがいなくなってしまった原因は、私にもあるんだって私にはすぐにわかった。サラのことだ。ヨナタンもそのことを知っていた。私がヨナタンに、自分だってサラを良く思っていなかったって思い出させるまで、ヨナタンは私のことをじっとみつめるだけで何日間も一言も喋らなかった。

「ねえ、ハナ、いい考えがあるんだ。ヨナタンの絵を描くの、すごく頑張ったね。ヨナタンのことをすごく好きなのがよくわかるわ。誰かをあなたたちのお家に向かわせて、絨毯の進み具合がどうか、確認してきてもらったらどうかしら？　ヨナタンのお手伝いができるかもしれない」

私はルートさんから目を離すことなしに、赤い色鉛筆を摑む。でも私が色選びでインチキしようとしていることはルートさんにはどうでもいいことみたいだ。

「それか」とルートさんはお構いなしに言葉を続ける。「ヨナタンを連れてくるのはどう、ここに。そうしたら二人でママのところに行けるわ。大切な人が側《そば》にいれば辛《つら》さが和らぐものよ」

「ヨナタンがそうしたいかわからない」と私は言う。私のでっちあげの赤いヘアバンドは、花柄のワンピースにぴったりだ。「たぶん、ここにいなくちゃいけないってわかったら、ヨナタンは震え始めると思う」

「あなたは強いし、震えていないじゃない」

「それは、そうなんだけど」と私は言う。「でも私はヨナタンより勇気があるっていうだけかもしれない。私は年上だからかもしれないし、賢いからかもしれないし、両方かもしれない。血を見た時、ヨナタンは私よりもずっとびっくりしてた。そう、あの音にも」

「何の音のこと？」

「絨毯のあのひどい染みは、一体どこからきたのでしょう、わからない？」

ルートさんは考えるような顔をしているけれど、考えることがあまり得意じゃないということは私も分かってきた。

だから「スイカを地面に落とす時」と私は説明する、ルートさんが更に居心地の悪い思いをしなくて済むように。「そんな音がするの。誰かの頭蓋骨に何かを叩きつけると――パン！」と私はライオンの声で言って、また声を普通に戻す。「その後は、すごく静かになる」

マティアス

Matthias

4985日間。

一日一日を数えて呪ってきた。私の髪はグレーになったし、心臓は不整脈を起こすようになった。最初の一年、私は毎日あの子が最後に目撃された場所を巡回した。チラシを刷り、電柱に一本残らず貼り付けた。私は独自に友達だというやつらを尋問し、何人かは締め上げてやった。毎日何度も、主任警部として捜査チームを率いる長年の友人、ゲルト・ブリューリングに電話をかけた。あの子を見つけることができなかった時、私はブリューリング警部との友人関係を解消した。いつしか、自分の無力さを痛感し始めた時には、少なくとも嘘や噂話《うわさばなし》がなくなるように努力した。山ほどのインタビューを受けた、五十かそれ以上。

4985日間、レナは行方不明だ。4985夜。これはほとんど十四年間。十四年間、一本一本の電話が鳴る度に、全てを変える可能性があるたった一つの知らせをもたらす着信かもしれないと思ってきた。娘を誘拐した身代金の要求かもしれない。娘をイーザル川から、誰かも分からないくらい青く浮腫《むく》んだ状態で発見したかもしれない。強姦《ごうかん》され、殺され、ゴミみたいに捨てられていたのを発見したかもしれない。何処か外国で、たとえば東欧ブロックで。

「マティアス？　聞いてるか？」ゲルトの声が興奮で掠《かす》れている。

私は答えない、なんとか呼吸をしようと努力する。受話器が汗で濡《ぬ》れた右手の中で震えている。左手で廊下のタンスに摑まろうとする。空間が、我が家の玄関が、硬さを失い、階段も絨毯も、洋服ダンスも、溶けてこちらに向かって倒れてくるようだ。波に流されたかのように。足下の床が柔らかくなっている。私の横にカリンが立っている。私が寝室に戻ってこなかったので、寝ぼけたまま二階から降りてきたのだ。カリンはクリーム色のガウンのベルトを解こうとしながら押し殺した声で言う。「どうしたの、マティアス、何があったの？」

私は喉が詰まって息ができない。この知らせが詰まって、その意味が詰まって、呪われた十四年間が詰まって。私とカリンは想像の中で、レナを何百回も考えうる限りの方法で死なせてきた。何百通りもの想像で自分たちを苦しめてきた。でも、一つだけ、いつの間にか考えなくなった可能性があった。もしも、電話が鳴って、娘を生きた状態で発見したと言われたら？

「レナ」と私はあえぐ。

カリンは目を閉じ、背中が壁にぶつかるまで数歩よたよたと後ろに下がり、崩れ落ちる。手で顔を覆い、すすり泣き始める、静かに、ひっそりと。失った時間が長すぎる、４９８５

日間、希望なんてもう欠片も残っていない。それは小さなしゃっくりのようだった、悲しく弱々しいしゃっくり。

「まさか、そんな」と私はやっと言葉を絞り出すとカリンに手を伸ばす。

「マティアス？」と電話越しのゲルト。

「まさかって何が？」と壁にもたれたままのカリン。

「誘拐されたということらしい。けれども、保護した。生きてるって」と私は、自分にもほとんど聞こえないような声で言う。そしてもう一度、「あの子が、生きてる」

「なんですって？」カリンはやっとのことで立ち上がる。震える脚がまた崩れ落ちる前に、私はその腕を支える。

「ああ」と電話の向こうからゲルトのしわがれた声が聞こえる。ゲルトがもたらした情報は漠然としていた。それ以上は言えないのか、言いたくないのか、言ってはいけないのか、わからない。ただ彼が言ったのは、失踪者データバンクとの照合で一致項目があるということ。明日の朝すぐにチェコとの国境のカームの街の病院へ車で向かい、レナの身元を確認するつもりだということ。カーム、ミュンヘンから二時間半しか離れていない、そんな近さ。レナが近くにいる、もしかしてずっと近くにいたのかもしれない。それなのに私はあの子を見つけることができなかったのだ。

「俺も行く」と私は言う。「今すぐ向かおう。明日の朝じゃない、今、すぐに」

「いやあ、マティアス、それはできないよ」ゲルトはまるで意固地な子供を宥《なだ》める大人のように言う。「物事には順序というものがあって……」

「うるさい」と子供が駄々をこねる。「そんなことはクソほどにどうでもいい！　すぐに着替える。迎えに来い」

ゲルトがため息をつくのが、受話器越しに聞こえてくる。

「おまえがやるべきことは、それだ」と私は付け加える、ゲルトが無駄に普段の仕事のやり方を説明し始めようとする前に。「すぐに向かうぞ」

ゲルトはもう一度ため息をつく、私は受話器を置く。私は迎えが来るまでに三十分ほどを見積もる。もしもヤツが迎えに来なかったら、その時はヤツなしで車を走らせるまでだ、以上。カームへ、レナのもとへ。私はカリンを抱きしめる。その温かい涙が、私のパジャマを濡らして染み込んでくる。

「生きてる」と私はカリンの髪の毛に吹き込むように低く呟く。なんて素敵な響きだろうか。生きてる。

私たちは十五分後には着替えを済ませていた。カリンは髪まで梳《と》かした。ゲルトが車で現れたらすぐに灯《あか》りが透けて見えるだろう曇りガラスの前、玄関に向かって、私たちは並んで転がるように走る。私が考えたことを、カリンが口にする。「待つ必要なんかない」

私は激しく頷いて、鍵掛けから車の鍵を引っ掴む。

カームへ、レナのもとへ。あの子は生きている。

ゲルトの先程の電話以降、私を取り囲んでいた泡が弾《はじ》けたのは、私たちがオンボロのボルボでアウトバーンに乗ってからだった。突然、私はやっぱりゲルトを待ったほうがよかったのではないかと思い始める。カリンを連れてきたのは正しい判断だったのだろうかと。ゲルトの電話口での言葉がもう一度頭の中で再生される。「良く聞いてくれ、マティアス。まだ確かじゃないんだ。けれど、カームの同僚から電話があった。若い女性がチェコとの国境の森林地帯付近で車にはねられたそうだ。それがレナという名前らしい。カームでは、この一件がなんらかの形で誘拐事件と関連があるとみて、失踪者データバンクと隈《くま》なく照合したらしい。一致項目がいくつかあるんだ、例えば額の傷とかね。いずれにしろ、交通事故の怪我がひどいらしい。救急救命で治療中で、まだ話せる状態にないんだそうだ。マティアス？聞いてるか？」

「レナ」と私は受話器を持ったまま、カリンに向かって喘《あえ》いだ。

「ああ」とゲルトが言った。「俺は明日早朝にカームに向かうつもりだ。だが、その女性の身元を確実に確認できるまでは……」

そして私は「俺も行く」と言った。

「カリン、先に言っておかなければいけないことがあるんだ」と私は言う。ゲルトが、普段の仕事のやり方を無視することだけを懸念しているのではない可能性に思い当たったのだ。カリンには先に言っておくべきだった、着替えて準備をしている間に。けれども私の口からはただ、ただ、驚き、取り乱し、恐々とした「生きてる」という言葉以外は出てこなかったのだ。

「ゲルトが言うには、あの子は救急救命で治療中だそうだ。重体かもしれない。君は、あの子のそんな姿を見るの、耐えられるか？」

「何言ってるの？　私たちの娘ですよ！」

カリンの言う通り。レナには私たちが必要だ、今の状況下では特に。私はアクセルを踏み抜いて、オンボロのボルボができる精一杯を捻《ひね》り出す。十四年もの年月を経て、私たちをあの子から隔てているのはあとたったの１８０㎞の道のりだ。

「チャオ、パパ！　また近々ね！　それから、もう一度、ありがとう！」鐘の音のように明るいあの子の声が聞こえ、そして記憶の中に、前庭の階段を飛び降りていく姿が見える。失踪する直前の午後、あの子は私たちを訪ねてきた。一緒にお茶をしたのだった。それはあの子がキャンパスで自転車を盗まれた後だった。レナと私は、カリンにはバレないようにコッソリとお金の受け渡しをした。カリンは、娘は自立して、他の学生たちと同じようにバイトを探すべきだと考えていた。私は、そんなことはお話にならないと考えていた。娘は学業に集中すべきだ。そしてそのためには新しい自転車が必要だ。だから、私はコッソリと300ユーロを手渡したのだった。

チャオ、パパ！　また近々ね！

チャオ、私の天使、4985日後に……。

「マティアス？」カリンが私の携帯を私の方に向けている。私はやっと、着信音に気づく。暗い車の中が青々としたディスプレイの明かりで照らされている。

「ゲルト」と私はモゴモゴと言って、ゲルトが今、この瞬間に私たちのドアの前に立っている姿を想像する。何度か呼び鈴を鳴らして、私たちが待たずに出発したことに気づいたのだろう。私はメーターパネルの時計を一瞥《いちべつ》する。ゲルトは急いだらしい。

「出てくれ」

ゲルトがあまりにも大声でカリンの耳に向かって叫ぶので、私にも丸聞こえだ。カリンが謝る。「待てなかったのよ、どうしても。あなたにも分かるでしょう」

私に相変わらず大馬鹿野郎だと伝えろというのが聞こえて、私は一瞬懐かしく寂しくなって思わずくすっと笑ってしまう。ゲルトと私は一番の親友同士だった、遠い昔、違う人生でのことだ。

「ええ、ええ、心配しないで」カリンはゲルトにそう言って電話を切り、車中はボタンを押すと同時に再び暗くなる。「病院の前で会おうって。自分が到着するまで大人しくしていろって、現地の同僚たちの手前もあるからって」

私は鼻で笑い、懐かしさを吹き飛ばす。

「ブリューリング警部の同僚なんざどうでもいい。あの子に何があったのか、知りたいのはそれだけだ、以上だ」

カリンがポーチを探《さぐ》る音がする。私の携帯をしまうためだと思ったが違った。聞こえてきたのは、ポケットティッシュのテープを開ける聞き慣れた音だった。視界の端に、カリンが顔をティッシュで拭うのが見える。

「誘拐」と彼女はすすり泣く。「もし誘拐だったたなら、どうして誰も私たちに身代金を要求してこなかったのかしら？」

私は肩を竦める。

「頭がおかしいクズが、若い女を飼うために誘拐するのは、なにも珍しいことじゃない」

私の頭には、すぐにマーク・ズートフが思い浮かんだ。もし、ヤツがやっぱりレナの失踪に関わっていたとしたら？　それなら私はあの時正しかったことになる……。

「飼うって嫌な言葉ね」頭の中に浮かんだ絵面にカリンの言葉が混ざる。マーク・ズートフの襟を摑む自分の手、その背中は壁に押し付けられ、その顔は茹《ゆ》でた蟹《かに》のように真っ赤だ。

あの子はどこだ、くそ野郎！

「そうだな」と私は言う。

カリンが鼻をすする。「あの子、元気になるかしら？　私が言っているのは、交通事故による怪我のことじゃなくて」

「あの子は強い、いつだってそうだった」と私は励ますように微笑み、カリンの膝を叩く。それ以降は、二人とも黙ったまま、時折二人のうちのどちらかの乾いた咳払《せきばら》いが聞こえるだけだ。それでも、カリンがなにを考えているのか、私には分かる。私たちが今日取り戻す人間は、今までの長い年月と彼女が耐えなければいけなかったであろう全てのことの後で、果たしてまだ自分の娘だろうかと自問自答しているのだ。カリンは過去に何度も口にしていた。「せめて、すぐ済んだんだと思いたい」とか「あの子が無事に終わらせたことを祈るわ」というようなことを。終わらせたという言葉でカリンは、レナが出来るだけ短い時間で死を迎えたことを祈っていた。肉体的、精神的拷問や苦しみを受けることなしに。私はカリンがそう言う度に、彼女の首を締め上げそうになる自分を抑えなければならなかった。けれども、密《ひそ》かに私も同じことを思っていたのだった。同じ車の中に座りながら、真ん中の間仕切りを隔てて、私たちは何マイルも離れているように感じる。カリンは怖がっている。途方に暮れているのだ。一方で私は、全ての分野にそのための医者がいると思っている。肉体だって魂だって、治せると信じているのだ。これからは全てがうまくいく。そうじゃなければレナが生き残れたはずがない、あの子が生きているのは、生きる力があるからじゃないのか？　生きることに執着したからじゃないのか？　私は楽観的すぎるのかもしれない。そしてカリンは悲観的すぎるのだろう。真実はそのちょうど中間にあるのかもしれない、この間仕切りのように、簡単で、単純だ。

「あの子は強い」と私はもう一度力強く言い、カリンは咳払いをする。

レナ
Lena

誰かが叫んでいる。「大変だ！」それから「しっかり！」

私の硬直した身体が引き上げられる。揺すられる。温かい、力強い抱擁。

「レナ！ しっかりしろ、レナ！」

私は瞬きをする。弱々しく微笑む。戻ってきたんだ、最後の瞬間に。子供たちは生きている。生きて彼の首に巻きついている。私を抱きしめる彼。その顔はショックで青白い。私は冷たくなった手を伸ばしてその顔に触れる。涙に触れる。

「本当にごめん」と彼は言う、そして私は、「あなたは命の恩人」

「容体、安定しています」

ハナ
Hannah

たぶん、何かやらかしちゃったんだと思う。何で分かるかと言うと、2676まで数えてもルートさんが戻ってこないから。私はスイカの音の真似《まね》をした。パン！　そうしたらルートさんはすぐに、もうママに会いに行けるかどうか聞いてこなくちゃいけないから、家族の絵の続きを描いて待っているように言って出て行った。私はパパの頭の横に赤い染みを描いた、でももう次に何をすればいいのかわからない。

眠い。窓の外はもう少し灰色になっている。こんなに長く起きていることに私は慣れていない。こんなに長く起きていたのはあの頃、サラが私たちのところにいて、泣き喚《わめ》くので眠れなかった時くらい。肉体が疲労から回復するためにはいつだって十分な睡眠を取らなければならない。私はテーブルの上に頭を乗せて、目を閉じる。ママはいつも、何の夢をみるかは自分で決められるのだと言っていたっけ。そのためには眠る前に何を見たいか十分に思い浮かべればいいだけだって。何か、特別素敵な夢を見たい。ママと私、二人でまたお出かけをする夢。私たち二人だけ、私はママのお気に入りの子だから。

私はママと一緒の初めてのお出かけのことをできるだけしっかりと思い出す。私は少し不安だったけれど、ママは「素敵な場所よ、ハナ、きっと気にいるわ」と言った。そして、二人で出かけることは、誰にも言ってはいけないと言った。

「しー」とママは言って、人差し指を尖らせた唇に当てた。「私たちのお出かけのことは、秘密だよ」

「でもママ、嘘はついちゃいけないんだよ！」

「嘘をつくわけじゃないわ、ハナ。誰にも言わないだけ」

「ヨナタンは？　きっと怖がる、起きて家に誰もいなかったら」

「心配しないで。あの子は長く眠るわ。起きるまでには私たちも戻ってる、約束する」

私たちはおめかしをした。私はお気に入りのワンピースを着ることすらできた。白い花柄のワンピース。それからネズミ足でお家を出て、車に乗った。私は助手席に、ママの横に座った。私たちがドライブした道路は紙みたいにツルツルとしていて、太陽の光を反射していた。ところどころ暑さの中で色のない炎みたいに揺らめいていた。私は冷たいサイドガラスに鼻をくっつけた。雪のように白い雲の写真が貼ってある、青いスクリーンのような空。私が牛の形をした雲の輪郭をガラスに描き写すと、ママが笑った。ラジオから流れてきた歌は二人とも知っていた。ママの笑い声がメロディに混じり、ママは一緒に歌い始めた。私たちは街道を離れて住宅地に入った。ママは大きな木の陰に車を停《と》めた。カエデの木だった。葉っぱが五叉《いつまた》に分かれていて、まるで大きな緑色の手みたい。

そのお庭で開かれるパーティに、私たちは招待されていた。ママの言う通り、とても素敵な場所だった。私たちの到着を待っていた人たちがいた。みんな笑顔で手を振って、「やっと来た！」と迎えてくれた。ママは私を紹介しようとしたけれど、私は興奮からじっとしてはいられなかった。サンダルを脱ぎ捨てると裸足《はだし》で庭を走り回り、キャベツ玉みたいな大きさのアジサイの花の匂いを嗅ぎ、芝生に腹這《はらば》いに倒れ込んだ。芝生はまるで、私たちがいつも使っている洗剤のような香りがした。私は草やヒナギクを指先で毟《むし》り、てんとう虫を手の甲に這わせた。明るい青い目、グレーの髪をした男の人が私の横の芝生に座り、「一緒に来てくれて嬉しいよ、ハナ」と言った。

私が手の上のてんとう虫を見せると、男の人はてんとう虫はとても役に立つんだと教えてくれた。アブラムシや蜘蛛《くも》ダニを食べてくれるからって。私はびっくりした、こんなに小さな生き物が。

「それからね」と男の人は続けて「てんとう虫は幸運を運んでくるとも言われているんだよ」私はそれが気に入った。

誰かがご飯の準備ができたと呼ぶ声がした。庭の後ろ側に長い机が組み立ててあった。私は右足の踵《かかと》を左足の爪先の先につけ、右足の爪先に左の踵、左足の前に右の踵、と交互に、30足で机の長さを測り終えるまで繰り返した。チョコレートケーキと苺《いちご》のタルト、指先くらいある大きな木苺がのったバニラプリンにクッキー、ザルツシュタンゲ、焼きたてのソーセージ。全部食べてみたかった、けれどママが行かなくちゃと言った。ヨナタンがもう少しで起きるからって。睡眠薬はいつだって、望んだほどに長くは効かない。

「チョコレートケーキをひと口だけでも食べちゃダメ、ママ？　小さいカケラだけでいいの、お願い。急いで食べるから」

ママは首を横に振った。そして、ポーチから栄養補助バーを取り出して包みを剝き、私に手渡した。「砂糖を摂《と》りすぎるのはどちらにしても健康に良くないわ、ハナ。お家に帰ったら、砂糖の摂りすぎが身体にどんな影響を与えるかもう一度読もうね。サンダルをとってきて、本当に急いで戻らなきゃ」

そう言ってママは庭の扉に向かった、他の人たちに挨拶もせずに。車の近くでママに追いついた時、私はもう一度振り返った。庭の柵のところにあの男の人、私にてんとう虫のことを教えてくれた男の人が立っていて、こっちに手を振っていた。私はママに見えないようにちょっとだけ手を振り返した。

そして私たちはまたお家にいた。

「過剰な砂糖と砂糖を含む食品の摂取は以下の症状を引き起こすことがある」とママは何も知っている分厚い本から読み上げ始めた。ママは戻るや否や、その本を居間の棚から引っ張り出したのだった。「倦怠感《けんたいかん》、不安感、胃や大腸の不調、腹部の張り、下痢または便秘、神経衰弱、睡眠障害や集中力の低下、そして歯の損傷。ほらね」ママは分厚い本をパタンと閉じた。大きな音がした。「ケーキを食べなくて済んでよかったでしょう」

私は頷いた。ママは私のためにいつも気をつけてくれる。いつだって私にとって一番いいことをしてくれる。

次の瞬間、ヨナタンが居間のドアに立っていた。ちょうど目が覚めたようだった。

「何してるの?」眠い目を擦《こす》りながら、ヨナタンが聞いた。

「なにもしてないわ、ヨナタン」ママはそう言って私にウインクをした。

ママと私には秘密があった。ママと私は、いつまでも、ずっと一緒……。

「ハナ?」

私は瞬きをする。

「ハナ?」

私は机から頭を持ち上げる。

私の前に、知らない人が二人立っている。灰色のスーツを着た男の人と、背が高くて細い、短い茶色の髪をした女の人。私の体がびっくりして震える。私はご飯の時にそうしなくちゃいけないように、背筋を真《ま》っ直《す》ぐに伸ばして座る。女の人が私に手を差し出す。私はすぐに両手を女の人に向かって差し出し、ゆっくりとひっくり返す。最初に私の爪、それから掌を確認することができるように。でも、まだ全てを見せ終わっていないのに、女の人は私の右手を握ると上下に振る。二人は「こんにちは、ハナ」と言って、ルートさんはしばらく休憩が必要ですぐには戻ってこないと言う。

「ずっとあなたの面倒をみてくれたんでしょう」と女の人は微笑む。そして自分は医者のハムシュテット先生であると自己紹介する。けれども女医さんには見えない。白衣を着ていないんだもの。そのことを私は教えてあげようと思う、もしかしたら白衣を忘れているだけなのかもしれないし、そのことで困ることになるかもしれないから。でも私が何かを言う前に、今度は男の人の番だ。男の人も、私の手を見ようともしない、警察官だって言うのに。男の人は私に警察手帳まで見せてくれて、その写真がぜんぜん違う人みたいだと言って笑う。

「ほらね、僕も昔は若くて美形だったんだよ」

たぶん、これは冗談なんだと思う。けれども、私の口端が震えるよりも前に、男の人はまた真剣な顔になる。

「ハナ、君の家で問題がないかどうか、すぐに確認しなくちゃいけないんだ」と男の人は、先ほどまでルートさんが座っていた椅子に腰を下ろしながら言う。それから私が描いた絵に首を伸ばして、パパの横顔の赤い染みを指でトントンと叩く。

「看護師のルートさんから報告を受けたんだけれど、僕は今夜、君たちのお家でひどいことが起きたんじゃないかと思っているんだ。君と、君のママはびっくりして逃げ出して、それでママが事故に遭って怪我をしてしまったんじゃないかな」

男の人は今度は私が描いた最初の絵を手に取る。ママとパパが森にいる絵。そして、パパが手に持っている目隠しの布を指す。

「心配しなくていい、ハナ。小屋が何処にあるのか教えてくれないか？　僕が全部何とかする。君にはもうひどいことはなにも起こらないよ、約束する」

「ギースナー警部の言う通りよ、ハナ。私たちを信じて頂戴」と女の人が言う。

「小屋はどこにあるんだい、ハナ？　そこまでの行き方を教えてくれるかな？」ともう一度警察官が、そしてまた女の人が「怖がらないで、ここは安全よ」

この人たちが親切じゃないわけじゃない、特に警察官は思ったよりもずっと優しい。けれども、私はこの人たちとお喋りしたくない。ルートさんに戻ってきて欲しい、それか眠りたい。そのことは二人とも理解したみたい。私が机の上に頭を乗せて目を閉じると、私のことを放っておいてくれる。まず私はまた何か素敵なことを思い浮かべようとする、でもうまくいかない。なぜなら、私は神経を集中させて、二人が立ち上がって休憩室を出て行ってくれないかと聞き耳を立てているから。でも二人は私が148秒を数え終わるまで座っている。

そしてようやく、椅子を引く音、そしてすぐ後に扉が閉まる音。

マティアス

Matthias

病院の前の駐車場に乗り入れる。間もなく4時だ。

カリンが私の手を握る。その手は冷たくて湿っている。カリンが何かを言う。でもなにも聞こえない。耳の中に自分の心臓の鼓動が聞こえるだけ。私たちは走ったりせず、建物に駆け込むこともしない。足取りは慎重で、一歩一歩は小さい。全てが自動操縦されているみたいだ。扉を潜《くぐ》る。玄関を通り過ぎる。受付へ、そこには一人の女性が座っている。私の口が動く。私たちは交通事故の被害者として運び込まれたレナ・ベックの両親だと言いたい。救急救命へいかなくてはいけないのだと。どんな声で自分が喋っているのかわからない。頭で考えた通りに言葉が出てきているのか、どうなのかもわからない。受付の女性も同じように口を動かして、受話器を手に取る。カリンは私の袖を引っ張り、女性が電話する受付のガラスから数歩私を引き離す。その顔は白く、その瞳は私を見つめて眼窩《がんか》で震えている。カリンが落ち着きなく左右の足を踏み替えているのに気づいて、私はその肩を抱く。私はカリンに落ち着くように言おうとする、たぶん、実際にそう口にしたのだろう、頷きが返ってくる。

医者なのか看護師なのか、わからないが、白衣を着た男がやってくる。その横にグレーのスーツを着た男。名前が目の前を飛び交い、手が掴まれ揺すられる。私たちは二人の後についてエレベーターに乗り込む。エレベーターが動き出す、上がっているのか下がっているのかはわからない。時間が延びていく。エレベーターが止まり、片方の男が私の肩に触れて降りるように促したようだ。カリンはまた私の手を掴んで強く握る。私たちの行進は廊下の半分以上行ったところで止まる。カリンが私の手を突然放す。私はそれで混乱して、急に集中力を取り戻す。

医者が言う。「中に入るのは一人だけの方がいいでしょう。処置は施してありますが、未《いま》だに意識は戻っていません。私どもとしては、静かな環境で目覚めさせてあげたいんです。ショック状態である可能性も除外できませんから」

「つまりあの子と話すことは出来ないんだな」と私は間抜けにも気がつく。

どうやら警察官であるらしいグレーのスーツの男が言う。「まず、彼女の身元を確実に確認するために、ご協力ください。それ以外のことはその後話し合いましょう」

「私がやる」と私はカリンに短く伝え、カリンが頷く。私たちはもう何年も前にそう取り決めていた。私が、薄いカバーがかけられ、解剖机の上に横たわる、娘の死んだ身体を確認する役目を果たそう。私が、最後にもう一度、あの子の手を取って、あの子の冷たい額に最後のキスをしよう。あの子に、愛しているよと言おう。

ただし、私たちが今いるのは地下の病理解剖室じゃない、病室だ。娘は生きているのだ。医者が私の腕を支えるようにして次の扉の先、廊下から切り離された区域に誘導する。背後でカリンが警部に、この先どうなるんですかと聞いているのが聞こえる。その答えはもう聞こえてこない、背後で医者が扉を閉めたからだ。突然、私は不安になる。私たちの娘は、事故による怪我で、どんな姿になっているんだろう。失踪時、あの子は教育学部の四学期生、若く、自分の羽を広げたばかりだった。その子が今37歳になっている。すっかり大人の女性になっている。あの一夜に人生から引き剝がされていなければ、今頃結婚して子供さえいたかもしれない。

「驚かないでくださいね」とその部屋の前に立った時に医者が言う。その手は既にドアノブにかけられているが、少し躊躇《ちゅうちょ》しているようだ。「顔にいくつか傷があります、特に切り傷です。でも見た目ほど酷《ひど》いものじゃありません」

私は喉の奥でモゴモゴと音を立てる。空気が足りない。胸が何かに挟まっているような気がする。医者がドアノブを押し下げる。ドアの隙間が広がっていく。

私は目を閉じる。あらゆる情景が溢《あふ》れ出してくる。私のレナちゃん、カリンの腕の中の小さなおくるみ。身長50㎝、体重3430g、私の親指を握る小さな手。私は言う。「ようこそ、この世界へ、私の天使。パパがずっと守ってあげるからね」乳歯が抜けた口元、小学校の巨大な入学祝いを手にしたレナちゃん。他の呼び方は子供っぽすぎるから、今からはレナと呼んで欲しいと主張するレナちゃん。綺麗なブロンドの髪を黒に染めて、リビングのソファに膝を立てて座り、安全ピンでジーンズに穴を開けているレナ。再びブロンドの髪に戻った、私の自慢の娘。卒業式の夜のダンスパーティではドレスを着て輝いていた。鞄の中には素晴らしい成績表、その頭の中は色々な計画でいっぱいだった。大学生になったレナ、そして失踪する前に会ったレナ。帰り際に前庭への階段を飛び降りていき、もう一度振り返って私に嬉しそうに手を振るレナ。**チャオ、パパ！　また近々ね！　それからもう一度、ありがとう！**

そして私は部屋に足を踏み入れる。

ベッドは部屋の真ん中に置いてある。機械のピーピーという音が聞こえる。目は閉じている。確かにその顔には怪我がある。たくさんの小さな三角形のように見える切り傷で覆われている。顔の左半分は青く腫れ上がっている。唇が破けている。眉の上の傷が縫い合わせてある。それでも、右の額の髪の生え際の傷跡がはっきりと確認できる。確認できたのに……。

一目見ただけで十分だった。けれどもその意味が沈下するのを待たなければいけない、時間がかかる、重く沈んでいく、底無しに沈んでいく。それから私は口元を手で覆い、ベッドからヨロヨロと離れる。

「これはレナじゃない」私は手のひらに喘ぎかけるように言う。「私の娘じゃない」

医者が私の肘を摑む。崩れ落ちそうな私を支えてくれたのか、私を部屋から押し出したのか、あるいは両方同時にかもしれない。

「あの子じゃない」繰り返し。

「お気の毒です」と医者が言う。お気の毒です。まるでそれで全ての説明がなされたみたいに。

ハナ

Hannah

もしも選ぶことができるなら、海に行きたい。私はママのお気に入りの子だから、二人だけで。ママと一緒に、世界で一番綺麗な場所へ。ママは、本当はもう一回私と海にお出かけしなくちゃいけない。前回のおでかけは上手くいかなかったから。お出かけする時には、いつだってご機嫌でいなくちゃいけない。私は波が来るたびに全力で腹這いに飛び込んでいった。まるであれが一緒にできる最後のお出かけになるかもしれないと、予感していたみたいだった。ママは変わってしまった。ママは砂に仰向《あおむ》けに横たわって空を見つめていた。パパのせいだ、と私は思った。パパがいなくなるたびに、ママはパパがもしかしたらもう戻ってこないのではないかと怖がっていた。ママはそうは言わなかったけれど、私はそのことを敏感に感じ取っていた。ママは神経質になって落ち着きがなくなって、栄養補助バーの買い置きの個数を数えて、何度も空気循環装置が正常に作動しているかどうか私に確認した。私は耳が、家族の中で一番いいの。

私はなんとかママを励ましたかったから、波をかき分けて砂浜に戻った。私はもう一度海を振り返る。すぐに戻らなくちゃいけなくなった時のために。ヨナタンのために急いで戻らなくちゃいけなくなることがある。睡眠薬は、私たちが期待するほどには効いてくれないから。海の上で太陽がギラついていた、まるでたくさんのダイヤモンドをひっくり返したみたい。空と海が一体になっていた、全部青、青だけ、上から下まで。**覚えておいて、ハナ、忘れないで、この美しい、終わりのない、青**。私は目を閉じて、しょっぱい空気を吸い込んだ。その空気は私の肺にへばりついていた。忘れないで、ハナ。絶対に忘れてはダメ。海、the sea、la merは、地球表面のほとんど四分の三を覆っている。海の植物相は大気中のおよそ70%の酸素を生み出している。全て頭の中に記憶したことを確認して、私は熱い砂を踏みしめてママのところに戻った。

「ママ?」

ママは何も言わない。私はまるで犬が濡れた毛を乾かすみたいに髪の毛をママの上で振り乱し、ママが飛び起きて砂浜を追いかけてくるのを期待した。いつもみたいに。でもこの日、ママは寝転がったまま、固まったみたいに空を見上げている。まるでちゃんとここにいないみたい。

「ママだって海に来たいって言ってたじゃん」と私は文句を言って、ママの横の砂に身体を投げ出した。

「ああ、ハナ」とママは言って、砂の上を転がるようにして私の方を向いた。「本当に、全部ごめんね」

「ママ、なんのこと？」

「酷いよね、辛い目に合わせちゃってるね」

ママが言っているのは目の周りの青い痣《あざ》のことだ。「ただのうっかりでしょ」と私は言った。「そんなにひどくないよ」

「ハナ、賢い子。いつかはあなたも大人になる。いつか、酷いと思うようになるわ」ママは私の手を取ると、ぎゅっと握りしめた。「もしも誰かが、私のことを尋ねたら、本当のことをお話しするの、聞いてる？」

「でも、私が嘘つかないこと、わかってるでしょ。パパはいつも、嘘は……」

「わかってる」とママは私を遮った。本当は、人の話を遮ってはいけない。それは失礼なんだ。ママは声を立てて笑った。「あはは、ハナ、忘れて頂戴、私が言ったこと。きっとホルモンバランスのせいよ」ホルモンとは、特定の生物的プロセスを引き起こす生理活性物質である。ママが今、少し泣いていること、そしてその口から尖った音が漏れてきたことも、その一例である。その音がすごく小さかったとしても、ママが声を出して泣いている姿を私は見たことがなかった。私は耳がいい。

ママは私の腕を引っ張り、ちゃんと抱きしめられるように私を引っ張り上げて座らせた。

「大好き、ハナ」

「ずっと?」

「ずっと、ずっと、永遠に……」

　ドアの開く音がして、私は顔を上げる。今度はルートさん、やっと戻ってきた。

「ハナ? 気分はどう?」ルートさんは半分笑って質問する。またいつもの間抜けな微笑み、ルートさんが自分を少し恥じている時にする表情だ。たぶん、私のことを一人きりにして、代わりに知らない人を二人寄越したからだと思う。

「戻ってきてくれて嬉しい」と私は言う。

「私もよ」とルートさんが微笑む。

立ち上がっていいのか確認していなかったけれど、私は机の周りを回って、ルートさんに抱きつく。ルートさんは私の頭を撫でる。その手がちょうどまた私の耳を覆ったので、海が聞こえる。海、the sea、la mer、世界で一番美しい場所。

「あなたにいい知らせがあるの」とルートさんは海の音を突き抜けて言う。「ママに会いに行けるわ、どうかしら。ママはまだ目が覚めていないのだけど、お医者さんたちの仕事はひとまず終わったの」

　私はルートさんの柔らかいお腹に向かって頷く。ママのところに行きたい、でもルートさんにも、もう少しだけ抱きしめていて欲しい。

「聞こえる?」とルートさんが聞く。そこで初めて私はルートさんのお腹から頭を離す。ルートさんが言っているのは、何かの騒音だ。奇妙なパタパタという音、どこか遠く、でもはっきりと聞こえる。ルートさんは窓の方向を指差す。灰色の夜の中に点滅する白と赤の明かりが見える。白赤白赤、ピコンピコンピコンピコン。

「あれは何?」

「ヘリコプターよ。警察が今からあなたのママが事故にあった場所を中心に捜索をするの」ルートさんは私の前にしゃがんで私の顔を温かい両手で包む。「小屋を見つけるわ、ハナ。あなたの弟を連れてきてくれる」ルートさんは今度はきちんと笑う。他に何も思い浮かばなかったので、私も笑うことにする。

「どう思う? ママの様子を見にいこうか?」

私は頷く。ルートさんが私の手を引いて、私たちは休憩室を後にする。

マティアス　*Matthias*

同情。なぐさめのことば。実に十四年前から、こういったものがどんなに意味のないものかわかっている。人はこういった言葉を、礼儀正しさから口にする。警部が空疎な決まり文句を口にする間、カリンは、涙を流しながら、それでも頷こうとしている。「本当に申し訳ない、ベックさん」

ゲルトもその間に到着して、私たちと一緒に救急外来の廊下の、不幸な半円に参加している。私は彼が羽織っている擦り切れた革ジャンの下のシャツをみつめる。今晩の慌ただしさの中でボタンが掛け違っている。

「だから、まずは一人で確認しようと思ったんだ」とあろうことかゲルトは口にする。

私は荒れた言葉を飲み込む。

「これで余計がっかりすることになった」

私はもう一度飲み込む。

「それで、その女の人はいったい誰なんですか?」とカリンがすすり泣きながら聞く。カリンは、医者と一緒に特別区域の部屋から出てきた私を一目見ただけで全てを悟った。「あの子じゃない、そうなんでしょう？」と彼女は聞いた。私は頷きたかったが、それすら叶《かな》わなかった。

「奥さん」とゲルトの同僚が言う。「この件はまだ捜査中です。この件に関してお教えすることはできないことをご理解ください」

「もう俺たちとは関係がなくなったからだ、カリン」と私は翻訳する。「うちの娘じゃない、だから俺たちには何も教えられないんだ」

「ギースナー警部が言いたいのは……」ゲルトが口を挟もうとする。その口調は努めて落ち着こうとしているが、私の耳には完全に間違った周波数となって届く。

「おまえが、私たちを深夜にベッドから引っ張り出して、娘が見つかったと言ったんだ！」押し殺した声で私は言う。

「一致項目があると言ったんだ。それを確認しなくちゃいけないって」ゲルトも声を押し殺して答える。もう一人の警部は数歩下がって私たちから離れる。居心地が悪いらしい。

「最初から言ったじゃないか、まだ、レナと関係があるかどうかわからないって」ゲルトは額を拭ってため息をつき、カリンに向き直る。「カリン、本当にすまない。間違った希望を与えるべきじゃなかった。プロ失格だ。でも僕が個人的にこの件をなんとかしたいと思っていることは……」

「おまえは十四年間ずっとプロ失格だ」と私は火を吹くが、無視される。

「これは、私たちにとってどんな意味を持つのかしら？」とカリンが泣く。

ゲルトはもう一度ため息をつく。「それは……」

「次の十四年間もあの子の帰りを待てばいいってことだよ、カリン」と私はゲルトを乱暴に遮る。決まり文句も、礼儀正しさも、バカバカしい忍耐も、もうまっぴらごめんだ。「あの子は帰ってこない」顔面の肌の下で怒りが燃え上がるのを感じる。熱が出た時みたいに頬が火照っている。

「マティアス……」カリンが私の腕を摑む、けれども私は冷静になろうとは思わない。ゲルトは自覚するべきだ、自分がどんなことをしたのか。

「俺たちの娘はもういない、そういうことだ！　あの子は死んだ！　きっととっくのとうに、十四年前から死んでいたんだ！　それなのに、この有能なブリューリング警部は、ちゃんと埋葬できるようにあの子の遺体を連れて帰ることすらできてやしない！」

「マティアス……」カリンの爪が私のジャケットの布越しに食い込んでくる。その顔は一瞬でさらに青ざめ、その目は見開かれて強張《こわば》っている。「あれ」とカリンは囁く。

訳がわからない。

「あそこにいる」

私はカリンの視線を廊下の先に追う。息が止まる、私の心臓も止まる。

「あそこに……レナがいる……」

カリンの言う通りだ。あの子だ。廊下の向こう、看護師の手に引かれて、私たちの方向に近づいてくる。うちの娘、小さなレナ、レナちゃん。

レナ
Lena

曖昧に思い出せるのは、ブレーキのキキーッという音、叫び声、徐々に消えていく自分の声。全身への衝撃と、痛みを感じないことにとてもびっくりしたこと、少なくとも最初の瞬間は。そしてやってきた痛みは、私の全身を腕ずくの暴力で潰していくので、私は意識を手放した。どれくらいの時間が経《た》っていたのかわからない――十分か？　一時間か――私は急に意識を取り戻した。まるで真っ暗な部屋の中に座っていたのに誰かが急に明かりのスイッチを入れたみたいだった。私は目が覚めて、頭は完全に冴《さ》えていた。

事故に遭ったのだということにはすぐに気がついた。それから救急車で運ばれているんだということも。私の心臓の鼓動を外界に翻訳するピーピーという音が聞こえた。サイレンの音。かなりスピードが出ている。地面がデコボコしている。カーブで車体が傾くのが感じられた。私は自分の肉体を感じた。言葉で表せないほどに、なんて痛いんだろう。それでも私は身体を動かそうとする。手足を動かせるのかどうか感じようとする。何かを感じれば――それが痛みであっても――そこには修復可能な生がある、そう私は思っていた。頑張れば、足の指を揺らしたり手の指を曲げたりすることができた、いい調子。でも頭はどうしても動かせなかった、首が伸ばされて固定されていたから。首にはギプスが巻かれていた。横で何が行われているのかは分からなかった。右も左もなくて、ただ硬直した上方向が見えるだけ、黄ばんだ救急車の天井だ。ちょうどそこには銀灰色の絶縁テープが貼り付けられていた。小さな穴か裂け目を塞ぐためか、拭いても取れない、目立つ血の染みを隠すためかもしれない。胸と膝に軽い圧迫感を感じた、きっとベルトで締め付けられているのだろう。車が走っている間に担架から落ちてもいけない。怪我がひどくなったらバカみたいだ、そうよね？

「意識が戻ったみたいだ」男の声がする。

次の瞬間、私の狭い視界に救急隊員が屈み込んで、ライトで私の目を照らした。ライトの明かりを目で追いかけなければいけないらしい。私は懸命に明かりを追いかけたけれど、視界がぼやけて、明かりが広がり、明るい平面が見えるだけになった。痛みは全身に流れるように広がり、どんどん湧き出てきた。救急隊員はライトを横に置くと、「心配しないで。病院に向かっています」と言った。私はその人のラテックスの手袋に包まれた親指が、私の頬から一滴の涙を拭いとるのを感じた。私の心臓の鼓動を翻訳するピーピーという音が速くなり、不規則になった。

「落ち着いて」救急隊員は私から距離をできるだけ取るようにして、ごめんね、と言った。

私はベルトの下で身体をよじり始めた。急に狭くて苦しくなったのだった。

「落ち着いてください。大丈夫ですから、聞こえますか？　あなたは車にはねられたんです、でもすぐに病院に到着します。もう少しですよ」救急隊員が私の脚を押さえつける。私は叫びたかったけれど、ベルトの下でバタバタとするだけだった。「鎮静剤を与えましょう」すぐに私の心臓のピーピーという音は再びゆっくりになり、規則正しくなった。何もかもが、間違っているように感じられた。

「名前、言えますか？」と救急隊員はきいた。「自分の名前、思い出せますか？」

私の目蓋が震え始める。

「ダメみたいだな」と言う声が、ずいぶん遠くからのように聞こえる。「ショック状態みたいだ」

「レナ」とその時もう一つの声が応《こた》えた。その声は現実じゃなかった、現実であるはずがなかった。きっと、鎮静剤のせい、それかショック状態のせいだ。

「名前はレナ」とその声はもう一度繰り返した。まるで現実であることを強調するみたいに。

私は頭を動かそうとする、けれども固定されて上を見ることしかできない。救急車の黄ばんだ天井。私は眠かった、鈍い頭が眠りを欲していた。眠い。目蓋が閉じていく。ハナ、と闇の前の霧の中で、ぼんやりと霞《かす》んでいた考えが徐々にはっきりとしてきた。聞こえたのはハナの声だった。ハナが私と一緒に、救急車に乗っていた……。

私は喘ぎ声を噛み殺す。誰にも、目が覚めたことを気付かれてはいけない。時間が経ったのはわかる。救急車の中での記憶とこの瞬間の間には欠けている映像がある。私は病院のベッドの上に寝ている。私の頭は先ほどとは打って変わってとても軽い、きっと頭のてっぺんまで薬でいっぱいに違いない。右腕の肘の内側が痛い。点滴の針が刺してある。消毒薬の匂い、すっかり聞き慣れた心電図のピーピーという音。周囲に飛び交う声とカオス。

「聞こえますか？　何かサインをくれることはできますか？　指を動かすとか？」

何もするものか。私は自分の呼吸に集中して、頑固な子供のように目は閉じたままでいる。

私は、あなたの正気を失った父親がベッドの横に立って、完全に冷静さを失くした時だって、瞬き一つしない。

「あの子じゃない！　これは私たちの娘じゃない！」

たぶん、病室を出ていく時には、支えが必要だったんだと思う。

私は、ただそこに横たわっている。死んだ肉の塊みたいに、あなたの夫が私に乗っていたいくつもの夜と同じように。目を固く閉じて。目を開けたが最後、地獄がはじまるってわかってる。私、怖いの、レナ。すごく、怖い。

マティアス
Matthias

カリンの視線。その青白い顔、見開かれたままの目。

看護師に手を引かれ、廊下をこちらに向かってくるレナ。

私たちの子、私たちの小さなレナ、私のレナ、6歳か、7歳かそこらだ。思い出が再び溢れだして現実とごちゃ混ぜになっていく。巨大な入学祝いを持つには小さすぎるんじゃないか、と私の混乱した頭が付け加える。ブロンドの巻き毛、尖った顎、その目、嗚呼《ああ》、その目。

私は支えを探して、よりによってゲルトの腕を掴む。

「レナ……」

「神様」とカリンが言うのが聞こえ、ゲルトが自分の腕から私の手を引き剝がす。私はゲルトの急な動きに気を取られる。そこでみたのは、崩れ落ちそうになるカリンを脇の下で支えるゲルトの姿だ。

「どうした……?」顔を上げて左手を確認し、少女を目にして、ゲルトも気づく。「そんな……嘘だろう?」

今まで私たちと距離をとっていたゲルトの同僚、カームのギースナー警部も、私たちに駆け寄ってくる。

「レナ！」とカリンが叫ぶ。

レナが手を繋いでいる看護師が急に立ち止まる。レナちゃんが不安そうに看護師の背後に下がる。この騒ぎが、あの子を驚かせてしまったようだ。

「しー！　静かに！　静かにするんだ！」と私は叫ぶが、カリンはすっかり取り乱している。

「どういうことなの？」とカリンは喘ぐ、「レナ！」甲高い叫び声。

看護師が少女を急《せ》かして廊下を戻っていく。

「待って、待ってくれ！　行かないでくれ！」と私は吠《ほ》え、追いかけていこうとするが、すぐに引き戻される。知らない腕が、背後から私を羽交い締めにする。

「レナ！」ギースナーにまるで荒れ狂う野獣のように床に押さえつけられる前に、私はしわがれ声で叫ぶ。私が情けなく床の上でもがいている間に、レナちゃんはまたいなくなってしまった。廊下は空だ。私たちしかいない。静寂。

「さあ、ベックさん」と一瞬の間を置いてギースナーは言い、私が立ち上がるのに手をかしてくれる。ギースナーとゲルトは看護師に案内させて私たちを使用されていない病室に連れて行く。ゲルトがカリンをベッドに連れて行くと、カリンはまるでちょうど誰かが電源コードを抜いたみたいにベッドに沈み込む。看護師が、医者に鎮静剤を打ってもらおうかと聞く。

「いや、結構だ」と私はカリンの状態をきちんと確認することなしに返答する。「大丈夫だろう」

看護師が病室を後にすると、ギースナーが「説明してください」と言う。

「レナ」カリンと私、まるで一つの口から話しているみたいに同時に。「あの廊下の女の子が、娘にそっくりなんだ」と私は続ける。「子供の時の」と、そのことがどんなに奇妙に聞こえるかを自覚して、私は急いで付け加える。精神的に特殊な状況にある両親が知らない小さな女の子に迫っている、ギースナーにはそう見えるに違いない。でもあの女の子が知らない女の子であるはずがない、うちの娘のコピーみたいに見えるのだから。そうじゃないか？

「確かにそうだ」とゲルトが思いがけず助け舟を出す。「クローンみたいだ」

ギースナーは今度はゲルトを愕然《がくぜん》とした視線でまじまじと見つめる。

「私はこの家族とは友人なんです。レナのことは生まれた時から知っているんです」

友人、私はその言葉を反芻《はんすう》する、けれども何も言わない。今問題なのは、ゲルトと私の過去ではない、レナだ。違う、あの女の子だ。

「ちょっと待って」私はハッとして上着を探り、財布を引っ張り出す。財布を開けるたびに透明なプラスチックのポケットから、少し色褪《いろあ》せた、乳歯の抜けたレナが小学校の巨大な入学祝いを手に微笑みかけてくる。私は写真を指先で摘《つま》み出し、ギースナーに突き出す。

「これ、見て」

ギースナーは写真を手に取ると、じっと見つめる。

「ふうむ」とギースナーは何度か繰り返す。ただ「ふうむ」とだけ。

「あの女の子は誰なんです？」とカリンが背後から、壊れそうな声で聞く。

ギースナーが写真から顔を上げる。

「本人によれば、あの女の子は事故の被害者の娘だそうです」

私は首を横に振る。

「そんなはずはない、あの人は」私は肩越しにドアを顎で指す――「レナじゃない」

「マティアス、確かなの？」とカリン。「長い年月の後で分からなかったんじゃないの。額の傷はあった？」と人差し指の指先で、小さく乱暴に右額の生え際をなぞる。「私がもう一度その人を見てみましょうか？」

「ああ、傷はある。でも、あの子じゃない。自分の娘がわからないわけがないだろう」私の声は自然と険しくなる。「残念だけどおまえ。本当にあの子じゃないんだ」

「それでも一度確認させてちょうだい？　ただ、はっきりとさせるためだけだから」

「カリン、あれはあの子じゃない！」

「まずは落ち着こう」とゲルトが口を挟む。「カリン、君は中に入らなくていい、僕がやる。僕ならレナかどうかわかる」

「お前たち、まさか本当に俺が自分の娘がわからなかったって言いたいのか？」信じられない。

「もちろん、君を疑ってるわけじゃない、マティアス」とゲルトが囁く。「けれど我々は何かを見逃しているんだ。あの女性が誰なのか、どうしてあの女の子が、レナにそっくりの女の子が、娘を名乗っているのか、ハッキリさせなければいけない」

「ふうむ」とギースナーが唸って、レナの写真を私に返す。そしてゲルトに向き直って、「レナ・ベックのDNA検査結果は？」

ゲルトが警察学校の優等生みたいに慌ただしく頷く。「作成させました。当時、歯ブラシを使って」

「それなら」とギースナーはカリンと私に向き直って、「つまり、あとはあの女の子のサンプルを採取すればいいだけです。すぐに済みます、簡単な唾液サンプルでいい。そこから同じようにDNA検査をして次に両者を照合すればいい。それで少なくとも、あの少女がお二人の娘さんと血縁関係にあるかどうかが確認できます。もちろん、あの女性との関係という疑問は解消されないままですが……」

「あの女の子に話を聞こう」とゲルトは決然と言う。その覚悟を最後に目にしたのは十四年前だった。「君の娘は必ず見つける、マティアス」とあの時彼は言った。脚を机の上に投げ出して、口の端にタバコを咥《くわ》えて、大口を叩いた。下手なアメリカの映画に出てくる刑事のように。「俺の最後の仕事になっても構わない。俺は、俺たちのレナを家に連れて帰るよ」

ギースナーがため息をつく。「私はあの子からもう話を聞きました。専門家の助けもかりて。収穫は少ないです」

「あの子と話した?」と私は喘ぎながら言う。「どういう意味だ、収穫が少ないって?」

「専門家であるハムシュテット先生でもこんな短時間じゃ何の診断も下せません。これまで得られたのはパズルのピースばかりですが、ハナの話に出てきた小屋を発見することができれば、もっと色んなことがわかってくるでしょう。ヘリを森林地帯に飛ばして、さらに事故現場付近を一小隊に捜索させています」

「ハナ……」と私は一人繰り返す。それがあの子の名前。ハナ。私はカリンの視線を捉えようとするが、カリンは私を飛び越してギースナーを見ている。

「小屋って?」とカリンが聞く。「レナはそこにいるの、その小屋にいるの?」

ギースナーが咳払いをする。

「ブリューリング警部の言う通りだ。少し落ち着かれた方がいいでしょう」ギースナーはゲルトに、病室のドアの方向へ、ついてくるように示す。ゲルトが頷く。

二人が居なくなると、カリンが言う。「いったい、何だって言うの?」

レナ
Lena

私は一瞬、逃げることを考える。けれど、うまく行くはずがない。未だにろくに動けないし、機械に繋がれている。電極を弄《いじ》ったりすれば、きっと警告音が鳴るだろう、それに病室にはひっきりなしに誰か人が出入りしている。まるでその忙《せわ》しなさで私を目覚めさせようとしているかのようだ。最初は病院の関係者が点滴を交換したり心電図をチェックしたりするために短時間訪れるだけだった――それは我慢できた。私は目を閉じたまま、息をしていた。

でもそれから二人の警察官がやってきた。長期戦でベッドの横に陣を敷くことに決めたようだった。一人は、二人の囁き声の会話から察するに、わざわざミュンヘンからやってきていて、もう一人はカームを管轄する署から来ていた。二人の会話の中には何度も「女の子」という言葉が混じる。

ハンナ。思い込みじゃなかった、あの子が救急車に乗って私についてきたのだ。病院へ。ハナがここにいる。

私の耳は「誘拐」とか「小屋」という言葉を拾う。私の心拍は突然上昇し、繋がれている心電図が耳障りな音の連続を記録する。頭の真横で二人の警察官のうちの一人が緊急呼び出しボタンを押すのがわかる、たぶん「カーム」だ。看護師が飛び込んでくるまでの間、二人はベッドの左右をちょこまかと動き回っている。

来たのは男の人で、最初に私の中指を挟む心電図のクリップを確認し、次に冷たい聴診器を私の胸に押し当てる。

「問題ありません」と看護師は「カーム」と「ミュンヘン」に伝え、「悪い夢でもみたんでしょう」と言う。二人のうちのどちらかが返答の代わりに唸る。

扉の音がして看護師がいなくなる、私のベッドの近くへ椅子が引かれる音、そして同じ音がもう一度。二人は間違いなく、私の意識が戻って彼らの質問に答えられるようになるまで待っているつもりであるらしい。

彼の近さ、頸《くび》にかかる熱い息、彼のベトベトした肌が私の肌に重なっていて眠れない時には、何度かまさにこのことについて考えたことがあった。この牢獄《ろうごく》からいつか逃れたら、私は何を話すだろうか？

私は詳細を整理した。いくつかの出来事は、最初から説明ができない物事の山に積み上げられる。言葉にできない倒錯した出来事を話せば、彼がモンスターであると示すことはできる。けれども同時に、私が彼の犠牲者であることをもはっきりとさせてしまうのだ。私は人生の残りを可哀想な山小屋の女として過ごしたくはなかった。私は気丈に必要なことだけを、真っすぐな背中と強い眼差《まなざ》しで説明しよう。私は刑が執行される前の時間を過ごすように無言で三回呼吸をし、目を見開く。レナ、私は準備できたよ。

すぐに片方のグレーのスーツを着た男の人が私の視界に飛び込んでくる。もう一人も椅子から立ち上がる。二人とも私を覗き込んでいる。その顔は既に疑問で満ちている。心電図が完全にコントロールを失ったように鳴り響く。

「聞こえますか」とスーツの方が言う。「どうか落ち着いて。もう大丈夫です。私はカーム警察のフランク・ギースナー、こちらがミュンヘンのゲルト・ブリューリング。私の言っていることが分かりますか？　警察です」

私は頷こうとするが、できない。

「聞こえますか？」

「もう一度看護師を呼びましょう」と「ミュンヘン」が言って、緊急呼び出しボタンを指す。

「カーム」がその提案に従う。

「あなたは病院に運ばれました、車にはねられた後のことです。あなたのお名前を教えてくれますか？」

私は痛みに呻《うめ》いて白目を剝きそうになる。

「聞いてください、私たちは小屋のことを知っています。既に捜索を始めています。あなたにはもう何も起こりません。ここは安全です」

ドアが開く、看護師が戻ってきた。「カーム」と「ミュンヘン」がシンクロしたようにベッドから離れる。

「意識が戻りました」と「ミュンヘン」が看護師に説明する。看護師は私の脈拍を確認し、

「シュウィント先生に来てもらって、薬を投与してもらいましょう。少し時間がかかるかもしれません。ちょうどシフト交代でバタバタしているんです」

私は嫌だと言いたくて口を開くけれど、口からは雑音が漏れるだけ。奇妙な疲れた喘ぎとヒステリックな笑い声の混じった雑音。私がある程度落ち着いた時には、看護師がまたいなくなっている。しっかりしなくてはいけない、私が考えられるのはそのことだけだ。

「アイツを見つけた?」と私は途切れ途切れになんとか口にする。

「カーム」が曖昧に頭を動かし、「ミュンヘン」は私の額の傷をじっと見つめている。

「先ほども言ったように、小屋は捜索中です。でも心配しないでください。ここは安全ですから。お名前を教えてくれますか?」

彼の質問は簡単で、当然の質問だ、そう私は自分に言い聞かせる。何も悪くないし、危険な質問でもない、反対だ。私が誰だか分かれば、警察は私の関係者に連絡を取ることができる。母親に私がまだ生きていることを知らせて、迎えにくるように伝えることができる。ここから出られる、とにかくここから出ていける。私は答えたい、既に息を吸って口を開けている。でもやはりヒステリックな音が出てくるだけ。私は自分のアイデンティティを飲み込

んで、そのことを笑っている。

　長い時間がかかる、二人の警察官は辛抱強く待っている。二人の表情からは途方に暮れている様子と、もう一つ読み取れるものがある。同情だ。二人にとって私は既に、哀れな小屋の女なのだ。その事がはっきりして、私の笑いが消えていく。ゆっくりと、途切れ途切れになって。しばらく私は壊れたエンジンのような音を発している。そしてやっと静かになる。

　私の答えは。

「レナ。私の名前はレナ」

ハナ

Hannah

本当はすぐに誰だかわかった。あの時、ガーデンパーティの時、あの最初のママとのお出かけの時に会ったことがあったから。てんとう虫のことを教えてくれた、幸運を運んでくるって。グレーの髪ととても明るい青色の目のことはすぐに思い出すことができた。その色はママのよそ行きのワンピースの中の一着と同じだったから。もちろん、ワンピースにはさらに、白い縞模様が描いてあったけれど。でも私は急に自信がなくなる、病院の廊下に一緒にいた人たちが一斉に大声で話し始めたので、ルートさんが驚いてしまったんだ。ルートさんは私を休憩室に連れて戻った。その時にあまりにも早足に歩いたので、私は大きなピンクのゴムサンダルが脱げてなくならないように、指先を上に向けていなくちゃいけなかった。

本当は、ママに会いに行く約束だったのに、ルートさんは背中で休憩室のドアを閉めて言う。「ハナ、やっぱり少し待たなくちゃいけないみたい、ママのところに行くまで」

床の上の糸屑が目に入る。紫色、たぶん私がまだ着ているルートさんのカラフルな毛糸のカーディガンのものだ。

「悲しまないで、お嬢さん」とルートさんは言って、私の顎を持ち上げる。「後ですぐにママのところに行こう、約束する。でもまず、あそこで何が起きているのか、はっきりさせないといけないわ」ルートさんは手を下ろし、私を部屋の中へ、テーブルまで進ませる。「あの人たち、頭がおかしいんだわ」たぶん、これは私に言ったんじゃないと思う、独り言なんだと思う、変にブツブツと話して、私のことをもう見ていない。会話している時には、必ず相手を見なければいけない。「あんなに大騒ぎして叫んで人を驚かせて。あなたが今日どんなに大変だったか知りもしないで。なんて人たちなんだろうね？」ルートさんは何度か頭を横に振る。「座って、ハナ。もう一度お茶をいれるわね。それからすぐにあの大騒ぎが一体なんなのか、確認してくるわ」

私は頷いて座る。ルートさんはキッチンへ行く。蛇口を捻って電気ポットの蓋を開け閉めする音が背後に聞こえる。

「たぶん、私、知ってる」と私は言う。

「え、なあに？」ルートさんは聞こえなかったみたい。蛇口から水が流れているから。

「私、知ってると思う！」と私は叫んだけれど、その時にはルートさんは既に蛇口を閉めていた。

「ハナ、なんのことを言っているの？」

カチッと電気ポットの蓋を閉じる音、そしてチャッと電気ポットのボタンが押される。

「あの人たちがなんて人たちなのか」と私は言う。

背後が静かだ。ルートさんはまた、理解ができていないみたい。

「たぶん、怒鳴っていたのは、私のおじいさんだと思う」

「あなたの……？」

「おじいさんとは、父の父、または母の父である、または話し言葉で年老いた男性を意味する。以上」

私はルートさんを振り返る、理解できたかどうか、ルートさんの表情から読み取るために。もちろん、理解していないみたい。また私のことをぽかんと見ている。私はため息をつく。

「レナって呼んでいたじゃない」と私は可哀想でバカなルートさんに説明する。「ママの名前、もう忘れた？　それに、私見たことあるんだ」

私はルートさんが自分で考えようとするのを待ってあげない。直接、私たちのお出かけのことを教えてあげる。ママと車で光が揺らめく道路をドライブして、洗剤の匂いのする芝生のお庭に行って、そこにはキャベツ玉みたいなアジサイが咲いていて、パーティには不健康な食べものしか用意されていなかったこと。そしてもちろん、そこで芝生に一緒に座っててんとう虫の話をしたおじいさんの話。

「てんとう虫はとても役に立つ生き物なの、アブラムシや蜘蛛ダニを食べてくれるから」と私は教えてもらったことを繰り返す。「それから何よりも、幸運を運んでくるって言われているの」

ルートさんはその間にまたテーブルに座っている。ネズミ足でキッチンからこちらにやってきて、それから椅子に崩れ落ちたのだった。

電気ポットの水はとっくのとうに沸騰し終わっていて、もう少ししたらまた冷たくなっちゃう、ルートさんが私のお茶をいれてくれる前に。

「あの人に会ったことがあるって本当なの？」私が話し終わって最初の質問がそれ。

私は頷く。

「たくさんお出かけしたの、ママと私。パリにも行ったし海にも行った。エッフェル塔はフランス革命の100周年の記念に建てられて、高さは324メートル」私はテーブルの上に覆いかぶさって囁く。「でも誰にも言わないでね」

「わからない……」ルートさんがまたモゴモゴと言う。

「お出かけしたこと。秘密なの。秘密にしておいてくれないと、怒られちゃう、ママと私」

「パパが怒るの？」

「そう」と私は頷く。「ママはすごいぶきっちょじゃない。一人じゃオーブンに火をいれることすらできない。パパはきっと、ママが車を運転するって言ったら危険すぎるって言う、しかも私を連れて、あんなに遠くまで。それにヨナタンも怒ると思う」

本当はヨナタンのことはもう、考えたくなかった。絨毯の染みを綺麗にしなくちゃいけなくて馬鹿みたいに大変なヨナタンが可哀想だから。気を紛らわすために、私はスカート越しに私の膝を撫ぜる。スカートには左右にポケットがついている。右のポケットの下の縫い目は解けてしまっているので、もう左ポケットにしか物を入れることができない。

「どうしてヨナタンが怒るの？　お出かけに連れて行ってあげなかったの？」

「まあ、どうせヨナタンはお出かけしても面白くなかったと思う」

ルートさんは首を傾《かし》げる。

最初は言いたくなかった、少し自分を恥じてもいたから。でもママのお気に入りの子が私で、ママが私と二人でお出掛けしたがっていたっていうことは、私にはどうしようもないことだって思い直す。

「それよりも……ヨナタンは、私たちが睡眠薬を使ったことを知ったら怒ると思う」と私は言う。私はルートさんを見るよりも、そのまま顔を上げずにスカートを見ていたい。お家に帰ったら、ママはすぐにポケットの縫い目を縫ってくれなくちゃ。

レナ

Lena

私がこの世から消え失《う》せたのは、5月のある木曜日のことだった。アリスはウサギの穴に突き落とされて頭から落ちた衝撃でノックアウト。あの男は、私に麻酔を注射してから小屋に引きずっていったんだと思う。覚えている最初の記憶は、汗と尿の臭い、汚れた空気。そして遠くから錠の中で回転する鍵の立てる音、電気のスイッチのカチッという音。男の足が何度も私の脚をつついた時、私はまず身体を縮めた。

「気分はどう、レナ？」と男は私の前に立って笑いながら私を見下ろし聞いた。

私の視線は部屋の中を飛び回る。反対側の壁の大部分を覆う棚から、備蓄、貯蔵用の瓶詰、ジャガイモの袋へ。そして黒い塊へ、シルバーに光るジッパーから、それが私の旅行用鞄であることがわかった。その向こう側にいくつものポリタンク、部屋の隅の木材の山、天井の裸電球、そして裸足の足先、足首に巻きつく茶色のガムテープ、染みのついたジーンズと汗の染み込んだシャツ。そして私の腕から私の手首へ、私はワイヤロープで古い洗面台の排水管に輪っか状に括《くく》り付けられていた。そして視線をもう一度男へ戻すと、男はまだ笑ったまま、辛抱強く質問を繰り返した。「気分はどう、レナ？」

私じゃない、私の名前はレナじゃない。

頭の中の歯車が急に回転を始めた。これは勘違いだ、私を誰かと取り違えたんだ。私は猿《さる》轡《ぐつわ》を噛んだまま哀願する、まるで虐《いじ》められた犬みたいに。なんとかこの誤解を解こうとした。その際しゃにむにワイヤロープを引っ張ったので、手首の皮が切れてしまった。

彼は同情するように首を振り、私に背を向けてドアに向かった。カチッと明かりを消す音。ドアの音、錠の中で金属が立てる耳障りな音、鍵は二回回転した。

私は、一人きり。全てが、絶対的な闇。私は叫び出し、ワイヤロープを引っ張り続ける、意味もなく。私の叫び声は猿轡を通すとまるで窒息している豚みたいに聞こえたし、ワイヤロープはびくともしなかった。私は拉致されたのだった。排水管に繋がれて。なんてひどい人違い。それにこの暗闇が、今起きていることをよりおぞましくする。部屋がまるで消え失せてしまったみたい。果てしなく広がる暗闇の中で漂って、私の思考は錨《いかり》を見つけられぬまま。私は男の顔を思い起こす。灰色の目、少し曲がった鼻、その笑顔、黒い巻き毛。その顔が見えたのは一瞬だったけれど、私の頭にはその写真が焼き付いている、同じように声も耳にこびりついている。

気分はどう、レナ？

レナ、レナ、レナ……私はレナを一人知っていた。私が働いていた広告代理店の研修生で、甘やかされて育った、小生意気な女だった。金持ちの両親、すごい金持ち両親。少しずつわかってきた。彼が狙ったのはあの子だ！　金持ちの両親をもつレナ。身代金、そうに違いない。この後、どうなるだろう？　間違いに気づいたら、彼は私を殺すだろうか？　解放するだろうか？　私を利用して身代金を要求するだろうか？　私は自分の父親だったらどんなふうに札束を詰めただろうかと想像した。書類ケースはもう持っていなかったし、札束はどのみち人生で一度も持っていたことがなかったけれど。黒い服を着て黒い帽子を被《かぶ》った母親が、下唇を噛みながら、私が生まれてからこの方、彼女を失望させ続けていたということ以外に、私について、他に何を言えばいいのかと考える姿。そしてキルスティンが初めて、私の母親と意見を共にする姿。私は三階に住むバーレヴ夫人のことすら考えた。噂話をする年寄りたちの輪に加わって、階段掃除に私がだらしなく遅れて行ったことに文句を言う姿。悪魔が悪い女の子を連れて行ったんだよ。私の思考は空転し、荒れ狂い、折り重なっていく。真っ暗闇に思考の錨が見つからない。ただこの異臭がするだけ、汗、尿、腐った空気、私は漂い――何処かへ漂っていき――、消えた。目が覚めた。またそこにいた。まだここにいた。

私は目から涙を流しながら、暫定的に短くしたケーブルにぶら下がる天井の裸電球に向かって瞬きをした。

「気分はどう、レナ？」

彼が戻ってきていて、先ほどと同じように私を見下ろし微笑んでいる。

私が捕まっていた時間は半日より少し長いくらいだろうか。感情と理性は、きっとこの一点においては大きく乖離《かいり》しているだろう。暗闇の中では時間が静止していた。けれどもこの状況にしてはまだ元気が残っていた。疲れていて頭痛がしたし、それは脱水症状の最初の兆候だとわかっていたけれど、私の頭はまだ機能していた。考えられることは、二、三日水を摂取しなければ死ぬ、ということだけだったけれど。

「少しは落ち着いた?」

私は叫び出したい衝動を抑え込んで無言で頷いた。

彼は「それはよかった」と言って、踵《きびす》を返しドアに向かった。

私は明かりが消える音がすると思った。

でも違った。明かりはついたまま。さらに男は出ていくときに、ドアを微かに開けたままにしていた。

私は息をするのも忘れてじっと見つめる、ドアを、開いているドアを。私はドアから目を離さないまま、ぐいぐいと拘束から逃れようと引っ張る。開いているドア、四、五歩、それか六歩しか離れていない、それなのに届かない。

私は情けない涙を瞬きをして流した。どっちにしたって、逃げられやしない。男はすぐに戻ってくるだろう、そうじゃなければ明かりをつけっぱなしにドアを開けておくはずがない。私は待つことしか出来なかった。私は枷《かせ》が許す範囲で、もたもたと体勢を変えようとする。

身体の居心地が悪くなっていた。背中には荒い木の壁の負担がかかっていた。足は浮腫んで、首筋が硬くなっていて、肩は何時間もの間横に伸ばされたままで脱臼しそうになっていて、痛みで燃えるようだった。男が私を縛り付けた洗面台の排水管は、私の右手にあった。まるで野球選手がバッターボックスで球を待っているみたいな姿勢。待つ。待ち続ける。心臓が暴れた。どこに行ったの？

ナイフを取りに行っているんだ。

そういうことをするじゃない、頭のおかしいやつらは。ナイフか、斧《おの》か、チェーンソーかをとってきて、微笑んでいるんだ。やつらは自分だけの合言葉を設定している、彼の場合は「気分はどう、レナ？」が全く違った意味を持つのに違いない。

彼の頭の中では、私が死ぬ準備ができているかを尋ねたのであって、私は無言の頷きで同意してしまったに違いない。許可を与えたのだ。きっとこの瞬間に男はお気に入りのナイフの長く幅広い刃に感嘆のため息を漏らしている。手の中でナイフの柄をちょうどいい角度に傾けて、自分の顔を刃に反射させながら。どんなに簡単にこれからこの刃が私の肉を裂いていくか、強情な筋肉や血管や静脈が難なく力を入れずに処理できるかを想像している。

私は猿轡を嚙んで荒い息を繰り返した。今この瞬間にも男はドアから現れて、ナイフを手にしているに違いない。私は死ぬ、捜索が開始されるその前に。私がまた週末のお茶の約束に現れなくても、「いつものこと」って母は思うだろう。ただ「いつものこと」って思うだけで、「何かがおかしい」とは思わない。キルスティンは？　キルスティンはそれどころか、私がいつもの病気で何かを企《たくら》んでいるというかもしれない。「あの子はいつだってお騒がせの女王様だったじゃない……」と彼女の声が聞こえてくる。

今この瞬間にも。

今。ドアが。男が戻ってきた。

私の目蓋がぴくぴくと震え始めた。心臓と呼吸があまりにも速くなって、気持ち悪くなってきたほどだった。私は脚を体に引き寄せ、壁に身体を押し付けた。分厚い牛乳瓶を通して見るように、私は彼が近づいてくるのを見ていた──近づいてくる、どんどん──私の目の前へ、何かを手にして、ナイフを手にして。

「喉渇いた、レナ？」

その意味が私の中に染み込んで、男の右手に握られている物体がミネラルウォーターだと認識するまでに数秒がかかった──ナイフじゃない。

「喉渇いた、レナ？」もう一度。

男が瓶を差し出したので、私は胸の鼓動と同じテンポで頷いていたし、飢えた獣のように唸り声をあげて、猿轡を外してくれることを期待していた。でも男は反応しなかった。悠然と私の前に立っている。ミネラルウォーターを私の目の高さでゆっくりと左右に揺らしていた。微笑みながら。

私はどうしていいかわからずに頭を振った。男は右手を下げると、かわりに左手を差し出した、その手には染髪剤が握られていた。パッケージの女は、新しい明るいブロンドの髪に満足そうに微笑んでいた。その瞬間、ある予感が、悪い予感が、胃の中から発生して全身に広がった。

彼はゆっくりと頷いた。

「まずは髪を染める。水を飲むのはその後だよ」

私は生き残る可能性を見積もった。二日間か三日間水を飲まなければ死ぬ。

「ゆっくり考えればいい」

男は肩を竦め、行こうとした。

私は猿轡の中で叫び、拘束された足で床を踏み鳴らした。

ゆっくりと男が振り返った。

「正しい判断だ。そして正しい判断にはいつもご褒美が与えられるものだから、君は今、一口飲んでいい」

彼は染髪剤を洗面台の縁に置くと私の前にしゃがみ、瓶を私の横に置いて猿轡を外した。それから瓶を摑み、蓋を開けた。片手で飲み口を私の口に当て、もう片方の手で私の頭の後ろを摑んだ。一口と言った通り、一口だけだった、それ以上は望めなかった。それでも私はお礼を言って、迷った水滴がないかと下唇を吸った。

「じゃあ、今度は君を綺麗にしようね」

パキパキと膝を鳴らしながら男は立ち上がり、背後の棚に向かった。振り返ると、その手にはハサミが握られていた。

「これ、全部、すごい誤解なんだと思う」男が次々にワイヤロープを私の手首から切り落としていくのを見ながら、私は掠れた声でそう言った。「人違いです。私はレナじゃない」

男は三本目、四本目とワイヤロープを切り落とし続けた。

「私の名前は……」

「静かにしろ!」余りの大声に私は震えあがった。ジャキンという音を立てて、最後のワイヤロープが私の手を自由にした。

「嘘をつくなと何度言えばわかるんだ?」

「嘘なんかじゃ……」

「静かにしろ!」男の顔は急に赤くなって左のこめかみの血管が肌を押し上げ、怒ったように脈打っていた。私の視線は男がいまだ手にしていたハサミを捉えた。

「ごめんなさい」と私は小さく言った。

男が唸って、私はハサミを見つめた。

「私のことをどうするの?」私は用心深く聞いた。

男は洗面台に身体を伸ばし、ハサミを染髪剤と交換した。

「君を綺麗にしてあげたいんだよ、レナ」

その言葉が私の頭の中で爆発し、全ての思考を麻痺《まひ》させ、ショートさせた。鋭い叫び声をあげて、私は男の胸を強く突き飛ばす。男の頭は洗面台のセラミックに叩きつけられる、「クソアマ！」転がるように前方へ投げ出された私の身体は、なんとかして上へ上へと起き上がろうとし、ドアへ、数メートルの距離にあるドアへ。長い間この体重を支えていなかった足がふらついた。目眩《めまい》がする、しっかりして。背後に動きを感じた、ドアノブが近い、私は手を伸ばす、ほとんど触ったと思った、ぐいっと力ずくで引き戻された。男の手が私の髪の毛を摑んでいた、私の頭は背後に強く引っ張られ、私は背中から床に叩きつけられ、頭皮は燃えているようだった。私は男の前腕にしがみついて身体を支えようとした、男が吠え、私もまた吠えていた。「恩知らずなクズめ！」「私をどうしようっていうのよ、このクソ野郎！」男は私を洗面台まで引きずり戻すと床に投げ出した。私は身体を丸め、あまりにも激しくしゃくり上げたので、吐きそうになった。

「この世の中は秩序が失われてバラバラだ、レナ」息は乱れているものの、男は静かだった。「感謝を忘れた人間が多い。感謝を忘れ、礼儀を忘れた。約束がその価値を失い、義務が蔑ろにされるようになった。あちらこちらで規則に従わなくてもいいんだと信じ込まされるようになって、いったい誰が大切な規則に従う気になると思う？　君を責めはしないよ、レナ。

君は混乱しているだけだ。それでも、間違った行いはきちんと正されなければいけない」

男は自分の言ったことをじっくりと味わうように黙った。彼が一度大きく深呼吸をするのが聞こえ、それを予感した私は同じように息を吸い、目を閉じた。男の最初の蹴りが私の下腹を襲った。


ねえ、レナ、このとき私はまだ、彼の言う「規則」が何を意味しているのか、わかっていなかった。けれども、その規則の一つは理解していたんだと思う。私はあなたになるか——、それか死ぬしかなかった。条件反射と言えるかもしれない。弱虫だったとか、正気を失っていたと思われても、なんでもいい。でも、名前を尋ねる警察官に、たった一つの答えしかあり得なかったことを不思議だって思わないで。「レナ。私の名前はレナ」

「名字は？」

カームの警察官が小さなメモ帳とペンを上着の内ポケットから引っ張り出す。その短い質問に混ざる音を私は聞き逃さない。

私は頭を横に振る。レナには名字なんてない。

「まあ、いいでしょう、少なくともあなたはレナ・ベックじゃない」と「ミュンヘン」が確認して椅子の端に座り直す。私は傷が痛み始めた額に触れる。刺すような視線からか、汗が毛穴から染み込んできたからなのかはわからない。

「あなたは誰なんですか？」と「カーム」がもう一度静かに、一言一言を強調するように言う。

私の答えは一瞬のうちに私を詐欺師にしてしまったようだ、その声の中に潜む不信感を私は聞き逃さない。そして、その質問の中に混ぜ込まれた不信感は当然だ。彼らにとっては、私は詐欺師と紙一重。あなたの夫のせいだけじゃなくて、私の返事のせいで、状況は不信に満ちている。それでも、全てのゾッとするような出来事は、レナに起こったことだって、ヤスミンじゃなくてレナに起こったことなんだって自分に言い聞かせる方が、それでも楽なのだ。

ヤスミンは世界のどこかで幸せな人生を送っている。雨の後の空気を吸い込んでいる。チョコレートの最初と最後の一口を巡って喧嘩している。フリージアの香りを吸い込んでる。踊りながらデヴィッド・ボウイをガラガラ声で歌ってる。長い夜の後で、ビールとカリーヴルストと一緒に、愛だと思ったどうでもいい勘違いにのめり込んだり。ヤスミンは、なんの遠慮もなく、自由に、人生を織りなすいいことも悪いこともやってみている。全て、あなたの夫が私の上に乗っていて、私がただただ死にたいと思うときに思い出そうとする物事だ。

私は顎に伝う涙を拭い、鼻をすする。

「ミュンヘン」が咳払いをする。

「お話ししたいことがあります、レナ……」

マティアス

Matthias

地平線では夜明けが、空に明るいグレーの線を刻んでいる。新しい一日が夜を飲み込んでいくのをはっきりと見ることができる。もう少しで5時になる。私は病室の窓際に立って、ゲルトとギースナーを待っている。カリンはまだ、ベッドに座っている。カリンの足がベッドからぶら下がっているのが窓ガラスに映って見える。こうべを垂れて膝の上で手を揉《も》んでいる。時折小さなため息が聞こえてくる。私は頭の中で、先程の一時間を巻き戻し、理解しようとする。あの、レナだと思った女性は、知らない人だった。私はまた、ゲルトのことを考える。ゲルト、あの負け犬、ヤツのせいで、私たちはこんな目に遭った。私たちの最後の僅かな希望をヤツは、かき集め、わざと火をつけ燃やし尽くした。もう灰しか残っていない。私は信仰と神様の気配が微かに感じられる空を見上げる。もうずっと前から、そこにいるんだろう、レナ、違うか？

気づかないうちに私は咽《むせ》び泣き始めていた。そのことに気づいたのは、カリンの顔が窓に映った私の顔の横に現れた時だった。その手を私の背中に感じる。カリンは頭を私の肩にもたせかけて、目を閉じている。二人ともわかっているのだ。レナが今晩現れなかったということは、もうあの子が家に戻ってくることはない、永遠に戻らないのだという現実を、いい加減に受け入れなければいけないということだ。これまでは、家にいるとソファの上で、夜にはベッドの上で、娘に何が起こった可能性があるだろうかと延々と考え続けてきた。でも、今、この病院での硬く冷たい現実の前に、全ては全く違って感じられる。あの瞬間までは、全部仮定の話だったたし、そこには一定の余白があった。その余白が、この十四年の間、私たちの生きる場所だったのだと私は気づく。私たちが存在し、呼吸をすることができた、唯一の、ちっぽけな、空間。もうその場所はない。私たちは空の彼方《かなた》の真空の中に漂っている。酸素チューブを切断された、哀れな二人の宇宙飛行士みたいに。私はカリンに手を伸ばす。一人きりで、空っぽの漆黒に飲み込まれるのは嫌だ。カリンはまるで私の考えを読めるかのように頷く。私はカリンを抱きしめる、出来るだけ強く。その心臓が私の心臓に対抗するように鼓動を刻んでいる。空では、新しい一日が。ハナ、それがあの女の子の名前か。私の母の名前をつけたのか。嬉しいよ、レナ。本当に嬉しい。

レナ
Lena

「ミュンヘンの女子大生、23歳、若い、前途洋々とした娘でね。教育学部の四学期生。父親は、彼女は小さな頃から教職に就きたがっていたと言っていました。一方で僕は、あの子は何か、芸術的な道に進むんじゃないかと思っていました。作家かもしれない。想像力が豊かで、色んな変わった話を創り出すことができる子だったから。それか、女優、これもあの子にぴったりでした。どちらにしろ、あの子は思わず振り返って見てしまうような子でした。部屋に入って微笑むだけで、そこにいる人が言葉を失うような。長い、ブロンドの髪、青い目、スタイルもいい。その子が学生パーティの帰り道に失踪したんです。忽然《こつぜん》と、本当になんの痕跡も残さず。目撃者も何もない。最後に彼女をみたのはパーティのゲストでしたが、その証言によれば、ある程度のアルコールを摂取していたとのことで、それだけでなく他のものも摂取していた可能性があるとのことでした、分かりますよね。様々な可能性が検討されました。帰り道にはイーザル川を通ったはず。ライヒェンバッハ橋を渡って。川に落ちて溺れてしまったのかもしれない。何度も潜って探しましたが、何も見つかりませんでした。

付き合っていた男も調べましたが、失踪との関連はありませんでした。父親は長い間疑い続けたけれど。誘拐の可能性も検討されました、けれども身代金が要求されたことはなかった。単独犯じゃない可能性。人身売買組織の手に落ちたかもしれない。監禁され、外国で売られてしまったかもしれない。強制売春、この言葉は聞いたことがあるんじゃないですか。さて、可能性だけなら、いくらでもありました。けれども、現実としては十四年前にレナ・ベックに何があったのかはわかっていないんです。今日まで。私はあのとき、あの子の父親に約束したんです、あの子を見つけると。警察学校で何を習うか、知っていますか？　知らないですよね？　約束はするな。守られない約束で人は壊れるんです。あの父親はもう、壊れてしまっている。娘が恋しくて、今でも、毎日娘を思っている。私もあの子が恋しい、皆があの子を恋しがっているんです。あなたのその傷──レナのものは4歳か5歳かの時に、本棚の角にぶつけてできたものです。よりによってうちのリビングでした、どうなったと思いますか？　あの父親の取り乱しようといったら。あなたの傷は、どうやってできたものですか？」

「ミュンヘン」があなたの話をしだしてから、私はやっと息ができるようになった気がする。「カーム」もそうであったようで、大きく息を吸い込むのが聞こえる。

「あの男がつけた」と私は答えて、私は額の、事故の傷が癒えた後も残るであろうその場所に注意深く触れる。

「その男、が誰か言えますか？」

私は頷く。

「私を誘拐した男……」

私をレナと呼んで、打ちのめした男。

ボロボロになった私は元の、洗面台の右横に丸まって転がっていた。彼の蹴りによって口から吐き出した歯を、私は拳の中に固く握りしめていた。六度蹴られ、三度殴られるのを数えていた。男はとうに私から離れていたけれど、まだ目の前にカラフルな光が見えた。目を開けていても閉じていても、痛みによって点火される花火みたいに。私の体は圧迫され続けたことによってできる大きな青い痣のように感じられた。男は私を見下ろし、指の関節を揉んでいた。

「続けようか、レナ?」

答えを待たずに、男は屈んで私の手首をがっしりときつく摑んで引き起こした。私は声を殺して泣いた。足がぐらぐらした。また倒れ込んだ。

「少しは自分で頑張らないとな、レナ」

今度は脇の下を摑んで引き上げた。それから男は私を洗面台へと引きずっていった。洗面台の上には鏡が取り付けられていた。古い、曇ったその鏡には、顔がやっとぼんやりと映る程度だった。それでも、鼻から顎にかけての茶色い線になった乾いた血の跡が確認できた。

私は支えを求めて洗面台に寄り掛かり、排水溝をじっと見つめた。

「あーあ、レナ」と男が項《うなじ》のあたりで言った。「本当に、僕たちの始まり方としては最悪だったね」彼は私の腰に手を回し、私のジーンズのボタンを外し始めた。「まずは、君を一度綺麗にしよう。それが済んだら、きっと生まれ変わったみたいに感じるよ」

この出来事を私は今でも恥じている。私は抵抗しなかった。肘鉄を横顔に喰《く》らわせてやればよかったのに、突き飛ばすか、少なくとも怒鳴りつけるべきだったのに。じっと我慢するようなヤスミンじゃなかったはず。男がポリタンクの水を洗面台に流し込むのを無為に待っているようなヤスミンじゃなかったはず。裸で、腕を左右に伸ばして、脚を広げた状態で体を洗わせたりするようなヤスミンじゃなかったはず。男が体をゴワゴワしたタオルで、肌が赤くなってヒリヒリするまで擦るのを許したりしなかったはず。じっと黙ったまま染髪剤を髪に塗り込まれて、洗面台の縁の、血と水飛沫《しぶき》の小さな茶色い水たまりの中の奥歯を無言で見つめて泣いたりするようなヤスミンじゃなかったはず。この日、いつのまにか私が失禁していたことに、男は服を脱がす際に気づいた。

「君は、自分を律することを学ばなくてはいけないよ」と彼は眉を高く引き上げ、鼻にシワを寄せて言った。「君は大人の女性なんだからね、レナ」

急に大人しくなって謝るようなヤスミンじゃなかったはず。男の顔に唾を吐きかけて、

「死ね!」と吠えていたに違いない。それなのに、私は大人しく頷いてしまった。男が最後にタオルを絞って「さっぱりしただろう?」と聞いた時に。

私は体を拭かれ、染髪剤を洗い流され、頭をタオルで乾かされ、濡れた、染めたての髪を梳かされた。それどころかその後にミネラルウォーターを手に握らされた時には、お礼を言ってしまったのだ。ご褒美だ、と彼は言った。

「さあ、洋服を着せてあげよう、寒いだろう、レナ」

棚の上にはすでに私の服が準備されていた。最初からそこに用意してあったのか、いつのまにか彼が持ってきたのかはわからない。白い下着、艶々したストッキング、白いブラウス、膝丈の暗いスカート、私のサイズよりも一つ小さいサイズのベルト付きの靴。私は洗面台の横の、雑然と山になった自分の洋服をこっそりと盗み見た。それから私の旅行鞄が一番上の手が届かない場所に置いてある棚をみた。鞄はぺちゃんこで、空のようだった。きっと男が中身を取り出したのだろう。

「人を外見で判断してはいけないと言うけれど」と男は口を開いた。彼が白いパンツを手に、身を屈め、足を上げるように促すのを、私は見ないようにした。私は頭を後ろに反らし、天井を見つめた。

「でも真実はこうだ。つまらない服は、つまらない女を作る」

梁《はり》の間に、私はありがたいことに古い蜘蛛の巣を見つけた。男がブラジャーを私に着ける間、それを見つめて彼の触れる感触から気を逸《そ》らそうとした。**ちっちゃなクモさん雨どい登り**、と私は頭の中で鼻歌を歌った。小さな頃、母がまだ私の母だった頃に、歌ってくれたものだった。ベッドの端に座って、指で蜘蛛の真似をした面白い動きをやって見せていた。**雨ふりクモさん洗い流され**……。

「僕の規則に従ってもらうよ、レナ。整頓、清潔感、規律、礼儀、正直さ、誠実さ、忠誠心。僕が部屋に入ったら、すぐに見える場所に立って手を見せなさい。わかった？　指の爪が綺麗かどうか、それから僕のことや自分自身を傷つけるようなものを持っていないかを確認する。君のトイレの使用は、朝7時、12時半、17時と20時。身体を洗うのは僕が手伝おう。残念ながら、ここには無限に水があるわけじゃない、このポリタンクの水を使う」男は、ポリタンクを頭を振って指し示した。その存在にはすでに気付いていた。「これでもなんとかなるものだ。僕たちが無駄遣いをしなければね。その代わりと言っちゃなんだけど、発電機はあるし、他のものもなんでも揃《そろ》ってる。きっと気にいるよ」

ジジッという音を立てて、男はスカートのファスナーを引き上げ、ブラウスの肩の縫い目を軽くつまみ、私の前に回って広げた指で私の髪を梳かした。

「レナ、僕と話ができないと思わないでくれ。話はできる。僕は君に幸せであってほしいし、そのためにはなんだってしよう、約束する。でもその代わりに僕は、君が規則を理解して、なによりも守っていると感じなければいけない。そうじゃないと、僕たちの生活は成り立たない」彼は私を見つめた。「ほぼ完璧だ」

僕たちの生活、その言葉が頭の中に響く、**僕たちの生活**、彼が棚に置いてある口紅を手に取る、**僕たちの生活**。乱暴に私の唇に口紅が引かれる。

「あと足りないのは、一つだけだ」

男は左手で私の頸を摑み、右手で棚に口紅を戻し、代わりに手首のワイヤロープを切るのに使ったハサミを取った。私は引きつった呼吸をし始めた。頸を摑む彼の力が強くなった。額の上に、深くハサミが食い込む。耳の中で血液の流れる音。右目に血が流れ込んだ。

レナ、あなたには傷跡があるのね。

もう少しで私にも傷痕ができる。

「これで足りるかな」と彼は、私の髪の生え際の下をタオルで軽くトントンと拭き取りながら言った。「ダメだったら後で手直しをしよう。もう少しタオルで押さえておくといい、そうしないとブラウスがダメになってしまう」彼は私の手を額に導いた。「強く押さえて、レナ。ブラウスがダメになったらいけない」私はタオルを頭に押さえつけ、メソメソとした泣き声をたてた。

「着る前にやればよかったなあ。なんで思いつかなかったんだろう。君のお気に入りのブラウスなのに」

もう何も見えなかった。目には血、目蓋が痙攣《けいれん》し、目眩がした。空間がひっくり返って上が下になり、スローモーションのように私は倒れ、床に叩きつけられ、気を失った。

次に思い出せるのは、目をパッと急に見開き、長い間水の中にいたかのように空気を吸い込んだこと。私は仰向けに、弱々しく寝ていて、ヒリヒリと痛む額の肌の下が脈打っていた。ぼんやりとした茶色の縞々が見えてきて、一瞬ののちにそれが天井の梁だと分かった。身体を起こそうとしたが出来なかった。断片的に目にしたものから、そこがリビングだと分かった。厚い絨毯、古い鋳鉄の薪ストーブには火が入っている。壁一面の本。私が寝ている場所がしなる。ソファだ、と私は気付いた。私はソファに寝ていた。毛布で包まれ、脹脛《ふくらはぎ》の下には枕が置いてあった。たぶん、血液の循環を助けるためなのだろう。誰かが、私の横に座っていた。私の手に、誰かの手が触れる。小さな手だ。

「起きた?」子供の囁き声が聞こえた次の瞬間、私の視界に男の子の顔が割り込んできた。その子はとても色白だった。ほっそりとした美しい顔、明るい青色の目、柔らかな黒い巻き毛。私は、美しいけれど同時に倒錯している芸術品を見ているような気持ちになった。

「ヨナタン!」他の声がした。

私は目を固く閉じて、男の子がビックリして飛び上がってもう一度ソファがしなるのを感じた。

「起こすつもりはなかったの、パパ！　治ったかどうか、見てみようと思っただけ」

パパ。男の子は男の子の息子。バケモノに息子がいた。

「ヨナタン、チェスのコマを並べておいで」という声が聞こえてから、「レナ……」

ソファのクッションがもう一度新しい重みに沈んだ。

「目を開けなさい、レナ。起きているのはわかっている」

私は瞬きをした。

「とても綺麗だ」と彼は言って、私の顔から髪の毛を払った。その視線が私の額の一点をじっと見つめた。「よさそうだ。あの後、もう一度ナイフで手直しをして、すぐに縫ったんだ」

私の喉から乾いた音が漏れた。

「おいおい、レナ。君はどっちにしたって気を失っていたし、何も気付かなかっただろう」

彼は笑った。「君にとってはちょうどよかったじゃないか、違うか？」私は震える手を持ち上げ、額に触れた。縫い目と縫い糸の端を指先に感じた。

男は私の手を摑むと下に下ろした。

「触るな、レナ。傷口が炎症を起こしてしまう。あと数日経ったら抜糸しよう」

私はしゃくり上げた。

「お願い、行かせて。家に帰りたい」彼は前屈みになり、その鼻はほとんど私の鼻に触れそうだった。男の体重は、拳と蹴りでボロボロになった上半身を圧迫して痛みとなった。

「ここが君の家だ、レナ」と彼は囁き返し、私の額にそっとキスをした。私は顔を逸らし、顔面をソファの背もたれのクッションに押し付けた。その少し黴臭《かびくさ》い匂いが、祖父母の家の家具を思い起こさせた。けれども男の手が荒々しくクッションと私の頰の間に割り込んできて私の顔を引き戻し、私は彼の目を直接覗き込まなければいけなくなった。

「自分のためにも良く考えるんだ、レナ。僕がふざけていると思うか。君を怖がらせようとしているだけなのか。それとも本当に君を殺すことができるかどうか、どっちだと思う。悪ふざけだと思うか？」

「悪ふざけ、じゃない」と私は声を絞り出した。彼の体重に押しつぶされて、息をするのが難しかった。それでも私の理性はある程度また機能し始めているようだった。私はあることに気付いてハッとした。たぶん、ずっと頭の中にあったのに、他の考えに搦《から》めとられていたこと。私が着ている、洋服。

「一度しか言わない、レナ。だからよく聞くんだ」

下着、ストッキング、スカートにブラウス、そして何よりも、私のサイズよりも小さいサイズの靴。どうやら、誰かのものらしかった。

「君は今から、いい母親、いい妻になるんだ。僕の規則には従ってもらう。理解した？」

「あの男の子の母親はどこなの？」

一瞬の間、男は果たして驚いたように見えた。

「あの子の母親はどこにいるの？」と私はもう一度、強調して言った。私の心臓は胸の中から上に向かって弾き飛ばされ、喉の中で脈打っているみたいだった。

「母親は君なんだよ」

彼は身体を起こした。上半身がやっと解放されて息ができるようになり、私は思わず安堵《あんど》の息をついた。

「さあ立って。もう十分休んだだろう」

子供がもう一人いた。女の子だ。その存在に気づいたのは、男の手助けで身体を起こした後だった。直立不動、大きすぎるパジャマを着て、真剣な青白い顔をして、ドアが外されたドア枠のところに立っている。いつからそこにいたのかはわからない。女の子は何かを胸に抱きしめていた。赤いまだらの毛並みが見えた。耳も。小さな動物だった。

「ハナ」と彼が言った。「ママが目を覚ましたぞ」

女の子は表情を変えなかった。男の子よりも歳《とし》が下だと私は思った。小柄でほっそりしていて、同じように尖った顎、柔らかい巻き毛をしていた。違いは女の子の髪がブロンドだということだった。バケモノには息子と、娘がいたのだった。

「ほら、こっちにおいでったら、ハナ」と男はせっかちに手招きをした。「思い切ってこっちにきてごらん、ティンキーさんも連れてきていいから。ママがやっと帰ってきたんだ」

女の子は目を細めた。当然、ここで何かがおかしいことには気付いたはずだ。リビングのソファの上に、知らない女が丸まっている。私がママじゃないことは見ればわかるじゃない。私の唇が音を立てずに「助けて」と動く。

女の子は目を細めたまま私を見つめ、瞬きもしなかった。それから踵を返して廊下か、隣の部屋へと消えた。

雷に撃たれたかのような、冷たいパニックに襲われた。私は呆然《ぼうぜん》として口を手で覆うと掌の中に喘いだ。耳の中で轟音《ごうおん》が聞こえた。遠くから男の声が聞こえた。「二人とも君がいなくてとても寂しがってたんだ。埋め合わせをしないとね」

「こんなの……うまくいくわけない」と自分の、いつもと違う歪《ゆが》んだ声が聞こえた。

「あの二人は、君の子供たち。僕は君の夫。僕たちは幸せな家族なんだ」

「私の子どもじゃない」メソメソとした歪んだ声。

「僕たちは幸せな家族だ。僕が君の夫だ」繰り返し。「僕が君の夫。あれは君の子供たち。君にはもう、誰もいない、僕たち以外は。その事を理解した方が、君のためだ」

私は頭を無意味に動かした。本当は横に振りたかったのだろうけど、急にどうやって頭を動かしたらいいのか忘れてしまったみたいだった。すると急に手が伸びてきて、私の口を覆って頬を潰した。男の瞳がゆらゆらと揺れ、顎が歯軋《はぎし》りをするように動いていた。肉食獣で狩人、バケモノ、それが今から私の夫。私の夫、全てが冗談などではないと私に思い出させるために、男は言った。「そういえば、頭蓋骨に何かを叩きつけるとどんな音がするか、知ってるか、レナ？　スイカを床に落としたみたいな音がするんだ。パン！」

私は竦み上がった。

「そんな音だ。パン！　面白いだろう」

警察官二人は何も言わない。無言でそこに座っていて、その表情は急にすっかり消えてしまったようで、何も読み取れない。何か間違った事を言っただろうかと、私は不安に襲われる。するとまた何か違う感情が私を襲う。何か、冷たくて引きずるような感情だ。それは、罪の意識。私が感じているのは罪悪感だ。あなたにあるはずの傷が、私にあるから。「彼は私を誘拐しました。子どもたちに新しい母親をあてがうために」と私は要約して言って、疲れて身体を枕に沈める。二人の視線から逃れるためかもしれない。私は天井を凝視する。「今日は何月何日ですか？」と私は尋ねる。

ハナ
Hannah

ルートさんはお茶をいれてパンにバターを塗っている。誰かが鍵をかけ忘れた引き出しからナイフを取り出して。ご飯の時間じゃないって私は言ったんだけど、たぶんルートさんは私のお腹がぐーぐーと鳴ったから心配になったんだと思う。本来看護師さんだったら、これがお腹の中の空気が音を立てているだけで、すぐに病気になるような危険なものじゃないって知っていてもいいはずなのに。けれどもお腹の音がどうやって発生するのか、そしてそれがどんなものなのかを説明しようとしても、ルートさんはろくに聞いていないみたいだ。その代わりに彼女は何度も、何時間も私に食べるものを与えなかったことを謝った。

「さあ、お嬢さん」とルートさんは言って、私の前にお皿を置く。私が描いた家族の絵の真ん中に。横顔に赤い染みを塗ったパパの頭だけがお皿から飛び出している。パパは家族の中で一番大きいから。パパ以外はお皿の下に隠れてしまった。

「カフェテリアが7時に開くから、そうしたらもっと他のものを持ってくることができるわ。水曜日には、とても美味しいリンゴケーキがあるのよ。これは絶対食べてみないとね」

私はありがとうと言う。いつだって礼儀正しくなくちゃいけない。

「さあ、食べて、ハナ」とルートさんが言う。

私はサンドされたパンを手に取るとネズミのように小さな一口を齧りとった。パパもいつもパンを買ってくるけれど、いつも一つだけ。パンはかびやすいし、黴は健康に良くないから。

ルートさんはテーブルの横に立って私が食べるのをみている。

「食べ終わったら、少し寝ましょうね」とルートさんは向こうの金属製の戸棚の左側の壁のベッドを指し示して言う。「長い夜だった。少し休んだ方がいいわ」

「でも、ママのところに行くんじゃないの」と私は言ってパンをお皿に戻す。

「ええ、もちろんよ。でもその前に刑事さんたちとお話をしようと思っているの」

「おじいちゃんの話？」

ルートさんはお皿の上のパンを手に取ると、もう一度私の手に握らせる。

「まずはこれ。お願いだから、少し食べて、ハナ。きっと興奮していて食べられないんだと思うけれど、あと何口かだけでも、ね？」

5口、5は素敵な数字だと思う。家族の一人ひとりに一口ずつ。ママに一口、パパに一口、ティンキーさんに一口、私に一口、そしてヨナタンにも。絨毯を綺麗にしなくちゃいけないヨナタンには特別大きな一口。

「もう食べられない？」とルートさんが聞く。

私は頭を横に振る。私が齧ったパンはアフリカ大陸の形をしている。アフリカ大陸は、アジア大陸に次いで二番目に大きな大陸だ。アフリカ大陸にはライオンやシマウマやセグロジャッカルが生息している。

「じゃあ、おいで」とルートさんは言って私の椅子を引いて立ち上がらせる。

休憩室のベッドは硬く、シーツだけで布団カバーがない。ルートさんは枕と丸まった毛布を金属製の戸棚から取り出してきて、私をベッドに包み込む。私の目はすぐに閉じていくけれど、本当はもう眠りたくなんかない、ママのところに行けるようになった時にその知らせを聞き逃さないためにも。ルートさんはベッドの端に腰掛ける。私の髪の毛を撫でてくれるのがわかって、私はルートさんがママだったらいいのにと思う。

「おやすみ前のお話をしようか？」とルートさんの声が聞く。

私は頷く。

「リクエストはある？」

「私、ママが星のお話をするのが好きなの」と私は囁く。これは秘密じゃないから囁かなくてもよかったんだけれど、急に私の声も眠たげになっている。

「お星さまね。わかった」とルートさん。「ちょっと考えさせて……うん、わかった。これは娘が幼稚園で習ってきたお話なの。お家でも何度もおやすみの前にお話をしなきゃだったたわ。特にあの子が悲しかったり、少し勇気が必要な時にね」

「甘党ネズミのニーナ」と私は眠い声で囁く。

「そうよ」とルートさんが笑う。「甘党ネズミのニーナ。さて。あるところに二つのお星さまがありました。一つは大きく輝く赤い星、もう一つはまだほのかに暗い光の小さな星。二つの星は、大の仲良しでした。明るいうちは、二つの星は夜のために眠って休み、夜が来ると一緒に空を遊びまわっていたのです。小さな星は、大きくて赤く光る友達が大好きで、自分も出来るだけ綺麗な光を放とうと頑張っていました。ある夜のことでした。空が灰色になっていってもまだ夜が来ていない時に、小さな星は大きな音によって眠りから叩き起こされてしまいました。小さな星はびっくりして、耳が痛くなるようなその音の原因を探しましたが見つかりませんでした。横で大きな赤い友達が、静かな声で言うのが聞こえました。《大丈夫だ、小さな星よ。怖がらないで、もう少し眠っておいで。約束するよ、今夜は僕は特別明るく光ろう、君のために》そして、本当にそうだったのです。この夜に大きな友達はいつもよりもさらに明るく光って、銀河のどの星よりも明るくて、小さな星は大きな星がもっと大好きになったのでした。その次の夜も、大きな星は暗い空を明るく照らしたのです。しかしある夜、小さな星が目覚めると、友達が消えていました。小さな星は驚いて大きな星を探しましたが見つけることができません。小さな星は怖くなってきました。無気味な、濃い、灰色の霧が周りを取り囲んでいることに気づいたのです。小さな星は友達の名前を呼んだのですが、返事はありません。小さな星は大声を出して泣きました。大きな星が恋しくて、それに一人きりになってしまったから。他の星々は遠すぎて、新しい友達を見つけることは難しかったし、そもそも、大好きな大きくて赤い友達の代わりなんて見つかるはずがなかったのです。小さな星は途方に暮れて、全能の神さまにお願いしました。すると神さまは本当にやってきて、小さな星の嘆きを聞いてくれたのです。友達がいなくなってしまって、ひとりきりになってしまったこと、濃い霧がとても怖いということ……」

「そうじゃないの！」私は出来るだけ長く聞いていようとしたけれど、ついにルートさんを遮る。話を遮るのは失礼だ、それはわかってる。けれども、誰かが何か間違った事をしたら、言ってあげないといけない。「私が聞きたかったのは、本物の星のことで、お伽話《とぎばなし》じゃない」

「あら」とルートさんは言って頭を掻く。「星座のお話とか、そういうこと？」

私は頷く。

「そうねえ、ごめんねハナ。そういうことには全く詳しくないの。このお話にもう少しチャンスをあげるのはどうかしら？　とても素敵なお話なのよ、最後まで聞いてみない？」

私は頭を振ってベッドの上を転がり、ルートさんに背を向ける。「神さまがお話に出てくるのは嫌なの。神さまはモンスターだってママはいつも言ってた」

レナ

Lena

私の質問に、9月16日だと「カーム」は答える。

四か月間か。

四か月もの間、あなたの夫は私を閉じ込めたんだ、レナ。あなたは、そんなことはなんでもないと思うかもしれない。あなたは何年も耐えたんだもの。彼の子供を産んで、家族ごっこをしていたんだから。

最初の夜、ソファで彼の横に座り、乱れた心で硬直していた時のことは今でも思い出すことができる。私は目の端で彼を盗み見ながら、そのカモフラージュに驚嘆することしかできなかった。見た目のいい男が、「私たちの特別な最初の夜」のために着替えて、ジーンズと色褪せたTシャツではなくきちんとした暗い色のズボンと明るい青色のシャツを着ていた。まるで、今しがた事務所から出てきたように、それかこれからすぐにミーティングに出発しそうに見えた。血管が浮き出た顔、暗い空っぽな目、汚くて臭い、ホラー映画に出てくるようなモンスターなんかじゃない。それから、あなたの子供たちを観察したときのことも覚えている。二人とも普通に見えた、全く普通に見えた、でもどこか普通じゃなかった。なんでパジャマ姿で、薪ストーブの前にしゃがんで手を温めながら楽しげにおしゃべりなんかできるんだろう？　先ほどは疑わしく細めた目をしてドア枠のところに立っていた女の子さえも、男の子の裸足の指先に猫を乗せて、きゃあきゃあと満足そうに声を上げて笑っていた。

「ティンキーさん、噛んじゃいなさい！」と女の子が叫び、私は何度も繰り返し思った。これが現実であるはずがない。こんなことは起きるはずがない。本当のはずがない。

それから、この夜にあなたのことを思ってどんなに悲しんだかも覚えているの、レナ。私は、今履いている靴の持ち主だったあなたを想った。私の前にここにいたはずの、可哀想な小屋の女の人。私が正しく理解したのであれば、あなたはパン！　頭蓋骨を砕かれて死んだ。あなたの靴は、私にとって強烈な警告だった。それでも私は、彼のいかれた、病的な遊びに付き合うつもりはないと最初から心に決めていた。私は心をしっかり持って、体力の回復に努め、拳と蹴りの傷を治し、外に出る方法を探さなければいけない。彼か私か。私たちのうちのどちらかが――たぶん最初の夜から、避けられない最期はハッキリとしていた。

私は出口をすでに見つけていた。そのドアは木製で二つの鍵がかけられていた。男のズボンのポケットからは、彼が動くたびに金属の擦れる音がしていた。男は常に鍵を携帯しているようだった。ドアは私の左手、私が彼と座っているソファから数メートルしか離れていなかった。廊下や独立した玄関はないようだった。玄関ドアを開けると、直接このリビングとキッチンが合体した空間に繋がっていた。小屋の反対側の奥に、小さな廊下があった。それが寝室や、誘拐された後に私が目覚めた倉庫に繋がっているのだろうと私は思った。おそらくそこには浴室か、少なくともトイレがあるはずだ。私は男が私に小屋の残りの空間を見せてくれるのが待ち遠しかった。勝手がわかれば他の逃げ道や逃げる方法を思いつくかもしれないから。けれどももう一方で夜になって私たちが寝室へ行くことが何を意味しているのかも、予感していた。一瞬私は、彼が私を倉庫に連れて行って一晩中また洗面台に縛りつけるのではないかという愚かな希望に囚《とら》われた。

少なくともリビングの窓は、逃走経路としては除外するしかなかった。窓には厚い板がネジで固定されていた。昼なのか夜なのか、決めるのは彼だ。神さまみたいに。その考えは苦い胆汁の味がした。私は視界の端でネジの数を数えた。両方の窓にそれぞれ四十個以上、工具なしでは永遠に外し終わらないだろう。左手のドア、他の可能性は思いつかなかった。ドアは外に繋がっている、それがどこだとしたって、外に繋がっているのだ。なんとか鍵を手に入れなければいけない。それか、彼を殺さなければいけない。けれどもそのためにだって、何か武器が必要だ。私の視線はリビングの反対側にある食卓のある一角へと向けられた。食卓の椅子四脚は、どっしりとした木製のようだ。四脚とも、金属で床に固定されていた。食卓の後ろの壁はキッチンになっていた。作業台は空で、錠が、一つ一つの扉に満遍なく取り付けられていた。一瞬、私は引き出しに希望をかける。想像の中で私はそこからナイフを手に取る、なんでも切れる鋭いナイフがいい、肉さえも。でもなんとなく分かっていた、引き出しが空だってことは。

自分のため息が聞こえた。

「眠いの、レナ？　ベッドに行こうか？」

私は竦み上がった。

「いやいや。まだ眠くない、大丈夫」

男は私の肩から腕を下ろすと、腕時計を見た。私も文字盤を盗み見た。7時半を過ぎたところ。

「二人とも、ママの言う通りだ。もう遅い。ベッドの時間だ」

子どもたちは文句を言った。

「口答えはなし！　ママが何かを言ったらきちんと聞くんだ！」

女の子がこちらを見て、疑わしそうな暗い視線を向けてきた。

「もう少し起きていてもいいと思う」と私は注意深く言った。

「いや、もう遅い」威圧的な大きな動きで男はソファから立ち上がった。「さあ、歯を磨くんだ、二人とも！」

子どもたちは素直にバタバタと立ち上がった。

「ティンキーさんも一緒に寝てもいい、パパ？」と女の子が聞いた。

「ダメだ、リビングに置いておきなさい、そうじゃないとまた一晩中眠らないだろう」と彼は言って、私に向き直った。「こっちにきてくれる？」

私はどうにかして立ち上がった。大きな傷を負った私の体を力ずくで起こしたのだった。あなたの夫は私の腕を摑んで支えた。そうやって私はゆっくりとした足取りで子どもたちに続き、リビングを後にして狭い廊下に出た。

右手にある閉じたドアの前で子どもたちは立ち止まって待っていた。彼は私を傍らに押しやると、ドア枠の上に腕を伸ばして指先で鍵を摘み出し、鍵を開けた。子どもたちが駆け込んでいく。彼は私を振り返るとニヤリとして鍵をズボンのポケットに滑り込ませ、中に入るようにと頭の動きで促した。

浴室は細長く、私たち四人が入るともう一杯だった。左側には洗面台が取り付けられていて、その下には既に水の入ったポリタンクが用意されていた。正面に白い小さな樽《たる》のように見えるトイレ、右側に古い、亜鉛板でできた浴槽、金具は何も付いていなかった。浴槽の上、天井から数センチの壁には拳大の穴が開いていて、そこから切り取られた管が微かにのぞいていることに私は気づいた。排気口のようなものだと私は思った。けれども、よく機能しているとは思えなかった。空気の中にはジメジメとした黴臭さが漂っていたから。窓はなかったし、天井からは、倉庫と同じように裸電球がぶら下がっているだけだった。

子どもたちは、洗面台の板の上の二つのカラフルなプラスチックコップから歯ブラシを摑んだ。二つのコップが並んだ絵面はなんだか不条理で奇妙だった。私は下顎の真新しい穴を舌先でなぞりながら、男が、あなたの夫が、他の何千人という客と同じようにドラッグストアで歯磨き用品の棚の前に立って、子どもたちが喜びそうな可愛《かわい》い柄を選んでいる姿を想像した。男の子の青いコップには馬に乗った騎士の絵、女の子のピンクのコップではお花畑でお姫様が踊っている。男がレジに立っている姿、支払いをしている姿。誰もがそのコップが普通のお家で使われるものと信じて疑わないに違いない。誰が、ここで、この閉じられた牢獄で使われていると思うだろう。

「浴室の掃除は、もちろん主婦の仕事だ。でも心配しないでいい。トイレは僕がやる」男が何を言っているのかを理解したのは後になってからだった。小屋には水道がないので、私たちは有機堆肥トイレを使っていた。排泄《はいせつ》物はおがくずが入った容器に直接堆積され、時々捨てにいかなければいけなかった。外へ。もちろん彼が、これを主婦の仕事として任せるはずがなかった。彼女にはもう外などなかった。

「よし」と腕時計に視線を走らせ、男は言った。「三分経過」

命令に従うようにシンクロして子どもたちは洗面器に泡を吐き出した。それから次々にポリタンクの水で顔を洗った。

「今日はママがベッドに連れて行ってくれるよ」と気前のいい笑顔を浮かべて男は言った。

「待ってました！」と男の子が顔を輝かせ、ほっぺたの水気をタオルで拭き取った。

あなたの夫は私に廊下に出るように促し、女の子が私たちに続いて出てきて浴室のドアを閉めた。私は最初、私たちが何を待っているのかわからなかったが、やがて男の子が出てきて入れ替わりに女の子が浴室に入って行ったので状況を理解した。彼は監視なしに子どもたちをトイレに行かせるのだ、と私はそこに可能性の萌芽《ほうが》を見出《みいだ》した。子供用の絵が描かれた歯磨き用のコップしか思いつかなかったけれども。でも、もしなんとかコップを割ることができたなら、割れたプラスチックはとても鋭利になりうる、武器だ。

子どもたちは、ちょうど二段ベッドが入るだけの小さな部屋を共有していた。木製の壁には自分たちで描いた絵や判別不能なスケッチが貼られていた。私は何が描いてあるのかを理解したかったが、明かりがまたまた裸電球からのものだけで、明るさが足りなかった。窓はもちろんネジで留められていた。男の子が梯子《はしご》を登って上のベッドへ、女の子は下のベッドに潜り込んだ。

「ここに座らなくちゃいけないんだよ」と女の子は誘うというよりも機械的に言って、自分の隣をトントンと叩いた。「いつもそうしているでしょう」

私は肩越しにあなたの夫を見た。彼は微笑み、腕を組んでドア枠に寄りかかっていた。おずおずと私はベッドに近づき、頭を縮めて背中を丸め、上のベッドにぶつからないようにして座った。

「そしてこれからおはなしを聞かせてくれるの。いつもみたいに」

「私……」

「みて、ママ！」急に男の子の顔が私の横に現れて驚いた。男の子は二段ベッドの上段の、夜に落ちないように取り付けられた板から手を放してさかさまにぶら下がっていた。「僕飛べるんだよ！」

「やめてよ、ヨナタン」と女の子が鋭い声で言った。「危ないんだから。それに、今はおはなしを聞く時間なの」

「おっけー」と男の子は不満げに言って、体を引き戻して姿を消した。男の子が寝やすい姿勢を探す間、私の頭上で簀子《すのこ》越しにマットが沈みこんだ。

「僕、飛行機のおはなしが聞きたい！」

女の子が舌打ちをした。

「あんたが決めるんじゃないの。私がお姉さんだから、私が決めるの」

「いつも、自分ばっかり！」

「そうよ、だってそういうものなんだから……」

「もういい！」私たちは三人とも同時に竦み上がった。あなたの夫。

「おはなしは、なしだ。立て、レナ」

「でも、パパ」上の階から男の子の声がする。

「ダメだ。二人とも行儀が悪い。さあ、立て、レナ」

何故、座ったままでいたのかわからない。彼の急な気分の変化が私を麻痺させたのか、それかこの異常な状況の中で、二人が普通の姉弟喧嘩をしているという光景にゾッとしたからか。私はただ、そこに座って一点を見つめていた。

「立つんだ。今。すぐに。レナ」あなたの夫は剣呑《けんのん》な目つきだった。

息が詰まった。一言一言が、そして彼の言葉の強調の仕方が、まるで毎回ナイフの一撃を肺に撃ち込まれるかのようだった。私は動けず、浅い呼吸を繰り返し始め、ほとんど犬のような荒い息を吐いていた。すると膝に何かがそっと触れた。あなたの娘の手。私は彼女を見つめた。

「立ち上がらないと」ほとんど聞こえないような声で彼女は言った。一瞬、私たちは互いの目を見つめた。それから彼女は突然ベッドの反対側に身を寄せて、私にはもうそのほっそりとした背中が見えるだけになった。布団が肩の上まで引き上げられた。私は夢の中にいるみたいに体を起こした。まるで彼女の声に操られているかのように。

「子どもたちにおやすみを言うんだ、レナ」とあなたの夫は言った。再び微笑みながら。

「おやすみ、二人とも」

「おやすみ！」とユニゾンが聞こえ、男はドアを閉めた。先ほどの浴室の時と同じように、男はドア枠から鍵を手に取ると、ドアに鍵をかけた。寝る子どもたちを閉じ込めたのだった。

私は口元を手で覆い、口から漏れる音を握り潰した。

「さあ」と再び鍵をドア枠に戻して、彼は微笑んだ。「じゃあ、僕たちも行こうか……」

私はビクッと体を震わせる。その音は大きく無機質だった。放心したような「カーム」が私と同じようにビクッとして、その膝の上のメモ帳とペンが床の上へ滑り落ちた。彼は落ちたものはそのままに、細かく落ち着きのない動きで上着を叩いて探り、手を突っ込んで内ポケットから携帯電話を摑み出す。

「ギースナーだ」と彼は呻くように名前を言う。私は電話口から聞こえる音から、何かを聞き取ろうとするが、心電図のピーピーという音が邪魔して難しい。彼は「わかった。ちょっと待ってくれ」と携帯電話を耳から離すと、私を力のこもった目で見る。「小屋を見つけたそうです。突入する際に、注意しなければいけない事はありますか？」

私は首を横に振る。「殴りました、スノードームで。強く……」私は頭の斜め後ろに触れ、言葉に詰まる。

「殴り倒したんですね？」

私は頷く。

「突入」とギースナーは携帯電話で指示をする。

私は枕に体を預けて目を閉じる。頭の中で、声がする。その声は言う。「ここは素敵でしょう？」

「ええ、いい子ね。本当に素敵ね」と私は無言で答えて微笑む。

レナ

Lena

「レナ？」

「え？」

「話の続き、できますか？」

私は目を開けて、もう一度体を起こそうとする。「ミュンヘン」がすぐに椅子から飛び上がって私の背中の枕を座りやすいように整えてくれる。

「もうちょっと待ってもらっていいですか？」

すぐに頷き、「カーム」は「どうぞ、ゆっくり、あなたのペースで」と言う。

私は、どこから話を続けようかと考える。話せないことなの、レナ。二人の警察官が知らなくてもいい物事は、うまく括弧に挟んで閉じてある。けれどもあなたは、レナ、あなただけは、彼が私に何をしたのか、知るべきだと思う。

私は「ミュンヘン」から「カーム」に視線を移す。「ミュンヘン」は困ったように手を揉み合わせている。「カーム」はため息をつきながら椅子に座って前屈みになり、携帯が鳴った時に膝から滑り落ちたメモ帳とペンを拾い上げる。たぶん二人は今から私が男から暴行されたことを話すと思っているんだろう。酷く、荒々しい出来事。そのことを話し始めるのに、私がまず心を落ち着けなければいけないのは当然だと思っているだろう。それとは違う出来事もあるのだということは、二人には想像できない。

これは、あなたにだけ、レナ。

「さて」と子供部屋の鍵をドア枠に戻して男は微笑んだ。「僕たちの部屋に行こう」

緊張して肩が強張り、背中が硬直した。私は拳を強く握った。これまで私の話についてきていた警察官たちが予測することと同じことを、私だって考えていた。

私はキルスティンのことを考えた。昨年のある明け方、夜と朝の間の曖昧な灰色の時間帯に、彼女は家に帰ってきた。世界中がベッドの中で眠っていて、あなたのそのくぐもった叫び声は誰にも届かず、偶然通りかかって獣を引き剝がして助けてくれる人もいなかった。私は考えた、彼女が幽霊のような青白い、引っ掻き傷だらけの顔をして、ズタズタに裂かれた服のまま、廊下の壁に寄りかかって崩れ落ちた時のこと。そして彼女の横にしゃがんで、抱きしめることもできなかった時のことを。

「なんで抵抗しなかったの？」と私は聞いた。なんてバカだったんだろう。眠かったのか、帰ってきたキルスティンがバタバタと音を立てて歩き回ったことで眠りから飛び上がることになって、まだ頭が働いていなかったからかもしれない。キルスティンが空き地で襲われていた時に、世の中と同じように私は眠っていたのだ。

キルスティンは青白い顔をして、見たことがないような表情を私に向けた。「あの瞬間、私は死んでいたの。私の体じゃなかった。自分を守る腕もなかった。相手を蹴る足もなかった。私の魂はどこか別のところにいたの」

私もそうなると思っていた、レナ。私は彼の下で死ぬだろう。ただそれが長くかからなければいいと願っていた。私はとにかく息を吸い込んだ。拳を握りしめ、あなたの夫がその日に私に与えた拳や蹴りの痛みが残る背筋を伸ばした。私は顎を上げ、彼の目を真っ直ぐにみた。私は自らの死から生き残ったキルスティンのことを考えた。彼女は強かった。私もそうあろう。私の肉体を与えても、心は渡さない。

「それじゃあ」と私は反抗心と思い上がりの発作に見舞われて言った。「さっさと済ませましょう」

その顔が崩れ落ちるのが見えたよ、レナ。その表情が崩れてバラバラになって、再び組み上げるのに、彼がしばらく時間を要するのが見えた。私は彼の意表を突いたのだった。左目が小さく痙攣し、今なんとか浮かべている笑みは不安げだった。でも、それでも彼は私よりも強かった。彼は、ふざける男ではなかった、彼は神さまで、私は芋虫で、そのことを彼は私に見せつけなければいけなかったのだった。彼は私の腕を摑むと廊下を急きたてて進み、浴室に戻った。

「君のトイレの使用時間は、朝7時、12時半、17時、そして20時だ」と彼は繰り返しながら、浴室の鍵をズボンのポケットから引っ張り出した。「8時だ」その指が震えているのが見えた。ほとんど気づかない程度に、でも震えていた。それは、束の間《つかま》の安らぎの瞬間だったよ、レナ。

彼は鍵を開け、私は中に入って彼を振り返り、彼がドアを再び閉めるのを待った。先ほど子どもたちを一人きりでトイレに行かせたのを見た後だったから、私はそれ以外のことが起きるなんて考えもしなかった。

「さあ」と彼はいい、浴室の中を頭の動きで示した。私が彼の視線を追っていくと、トイレに行き当たった。それはテストだったに違いない。私に彼の力を見せつけるためのテスト。彼は先ほど与えた束の間の安らぎを一瞬で覆したのだった。

「さあ、どうぞ」

私はふらふらと後ろに下がった。あなたの夫はドアの前に立っていた。気分が悪くなるような余裕を見せつけるように。左腕を伸ばしてドア枠に手のひらをつき、頭を少し傾げるようにして。その笑みからは先ほどの不安が消えていた。

「いや」と私は言った。

「トイレにいくんだ、レナ」

私は唇を引き結び、ゆっくりと頭を横に振った。

「僕は、トイレに行けと、言ったんだ」

「じゃあ外に出て。あなたの前でトイレには行かない」

「行くとも、レナ。僕が言うことには全て従うんだ」

男は私に向けて一歩を踏み出そうとした。私は両手を挙げて喘いだ。「待って。ごめんなさい。ごめんなさい」私は闘いたかった、強くありたかった、それはそうだけれど。それでも同じ日にもう一度ぼこぼこに殴られるリスクをおかすことはできなかった。彼は動きを止め、私を疑わし気にみた。

「私……したくないの」

落ち着け、落ち着け——彼の視線に、私は負けまいとする。

「言ったはずだ。トイレの使用時間は朝7時、12時半、17時、そして20時」

私は両手を下ろし、何度も頷いた。

「分かってる。もう覚えたから。朝7時、12時半、17時、20時。でも私、したくないの」私は何とか微笑もうとした。「したくないの」と私はもう一度言った。「もうベッドに行っていいわ」

それは余りにも速くて、私は一歩後ろに下がることも、腕を挙げることもできず、もう一度息をしたり瞬きをする間さえなかった。

知りたい、レナ？　目の前でトイレに行くことを拒否すると、あなたの夫が何をするか知りたい？　もしかして、あなたもされたことがあるかしら？

それだったら、床に引き倒されるのがどんなかわかるわね。そうされるともうあなたの身体は勝手に丸まっていて、手を顔に押し付けて額の傷を守ろうとしたでしょう。もう一度、お腹を蹴られる前に最後にもう一度、息を吸い込もうとしたでしょう。目を固く閉じてひどい痛みに備えたことでしょう。でもその痛みはこなかった。もう一度深く息を吸い込んだ。すぐに、すぐにやってくるから、痛みが……いや、違う、蹴りはこない、痛みはこない。聞こえてきたのは奇妙な、ジジッという音。そしてあなたは思い切って目を開けて、指の隙間から覗いてみた。彼を、あなたの夫をみた。あなたを見下ろし脚を広げて立っている様子が見えた。その手はズボンのジッパーに添えられていた。あなたは驚きすぎて三度目に息を吸い込むのを忘れてしまった、今度こそ本当に必要だったのに。何故ならあなたは息を止めなければいけなかったから。彼があなたの上で、あなたに向かって放尿して、温かくなり、肌がヒリヒリと焼け、あなたの服が吸い上げる、あなたの服が、あなたの髪が。わかるわね、身を捩《よじ》っても、どこにも逃げ場がないのがどんなものか。どんな気持ちか、わかるわね。最後に直接顔にかけられて、引き結んだ唇の上に一滴を感じた時、ジッパーの音がもう一度して、ジジッ、そして彼の声が、あなたの夫の声が平然と言うのを聞いた時にどう感じるか。「理解したかな、どうしてトイレの使用時間を守ることが重要なのか、レナ。漏れるといけないだろう？」

きっとその後、吐いたでしょうね、レナ。そしてあなたの夫はあなたに浴室の掃除をさせた。あなたが激しく震えて、気持ち悪さから嘔吐《おうと》しても平然と。あなたは浴室を掃除した。膝をつき、濡れた髪とびしょびしょの服のままで。その間、彼は浴槽の縁に腰掛けて軽く脚を組み、そんなあなたを見ていた。彼が満足するまで数時間かかったかもしれない。その後、あなたは服を脱いで浴槽の中に立たなければいけなかった。彼はあなたを綺麗にした、あなたはとても汚かったから。彼は、「あーあ、レナ、またこんなに汚れちゃって」と言って乾かし、そして寝室に連れて行った。

この出来事をあなたも体験したのなら、レナ、話せないことがあるってわかるわよね。ハードな、荒々しい出来事とは違う。もちろん、そういうことは酷い、けれども目新しくはない。警察官たちは、そういう出来事をよく知っている。今までにあまりにも多くそういう出来事を聞いてきたのだ。だから今も、視線を下げて手を揉みながら私の前に座っているのだ。彼らは驚いた顔をするかもしれない、けれども結局のところはこれも仕事の一部だ。「暴行」の文字がメモされたら、それで終わり。詳細は必要ない。男が女に覆い被さっていて、その際の女の痛みは疑う余地はない、以上。私はそういう女になるのだろう、レナ。鑑識が小屋中、そしてベッドのシーツを調べたら、そういう女に私はなる。それに関しては私にはどうすることもできない。

でも私は絶対に、浴室で泣きながら尿と吐瀉《としゃ》物の水たまりの中を這いずった女にはならない。私は話せない秘密を括弧で閉じる。固く、固く、閉じるのだ。

警察官たちはその間、辛抱強く、避けられない箇所を待っている。私は話を続ける準備ができたことを示すために頷く。

「子どもたちの部屋に鍵をかけた後、彼は私を寝室に連れて行きました。右のベッドの柱に手錠がぶら下がっていました。私が逃げられないように」患者用の寝間着の袖を引っ張り、「カーム」と「ミュンヘン」に相次いで伸ばした右手を見せる。私の手首は未だにぐるりと、青赤く肌が擦り剝けている。

「ベッドの柱に拘束されました、いつも。夜、寝ている間にも。たぶん、私がこっそりと起き出して鍵を探せないようにするためだったと思います。それか、彼を枕で窒息させたりしないように」

「カーム」はメモ帳に何かを書いている。

「彼は……」と躊躇《ためら》いがちに「あなたを、つまり……」

「はい」と私は答える。

ただ、「はい」とだけ。ハードで荒々しい箇所を認めるのにはこれで十分よ、レナ。こんなに簡単。後で女性警官が聞き取りを行うかもしれない、さらなる詳細を確認するために。人通りのない空き地でキルスティンが襲われた時もそうだった。送り込まれるのは女性警官だ。女性同士だとそういうことを話しやすいと思うらしい。でも結局は、「どの穴」の話か、その「性交」に同意していないということをはっきりと意思表示したのかどうか、ということを聞き出そうとするだけだ。

「やめてと言いましたか？」とあの時、女性警官がキルスティンに聞いた時、「それ、本気で言ってます？」と彼女が聞き返したのも当然だった。

私は束の間、心の平穏を得る。

しかしそれは「カーム」の携帯が再び鳴るまでの短い間だった。どちらにしろ内容は聞き取れないので、私は枕の中に身体を埋《うず》め、力を抜く。今晩は枷がない……私は微笑む、枷がない。

「カーム」が咳払いをする。携帯を持った手は、膝に下ろしている。通話は終わっていた。すぐに済んだのか、あるいは私は瞬間的に眠っていたのかもしれない。

「どうしたんですか？」と私は聞いて、身体をもう一度起こそうとする。今回は「ミュンヘン」は枕を整えるのを助けてくれない。たぶん、よりによって今、男性に近づかれてその近さに耐えなければいけないよりは、自分で頑張らせた方がいいと思ったのだろう。

「カーム」は私が体勢を整えるのを待って言う。「男を見つけたそうです。男の子も保護しました」

「それで？」

「見つけました」と「カーム」はもう一度言う、まるでそれが答えであるかのように。私はそれでも頷いて、「よかった」と言う。そして、終わったから、本当に、やっと、絶対的に終わったから、「ヤスミン・グラス。私の名前はヤスミン・グラス。生年月日は1982年3月28日。レーゲンスブルク在住。母はスザンネ、同じく名字はグラス。母はシュトラウビングに住んでいます。電話してもらえますか？」

「カーム」は驚いたようだ、でもそれもほんの短い間だけだ。

「もちろんです、問題ありません」

「ありがとう」と私は微笑む。

「でも、もう一つ問題が。ヤスミン」

私の笑みが固まる。私の名前を強調するように口にする、その表情。

心電図のピーピーと言う音が新しいリズムを刻み始める。

「なに？」と私は慎重に聞く。

「先程、あなたは私たちに、誘拐犯を殴り倒したと言いましたね」彼はメモ帳にさっと視線を走らせる。「スノードームで」

「はい」と私は強く頷く。「なんでですか？」

「カーム」はなにも言わない、「ミュンヘン」を見て、また私を見て、もう一度「ミュンヘン」を見て、彼に携帯電話を手渡す。「ミュンヘン」は携帯電話を受け取るとじっくりとディスプレイを見てから顔を上げて私をみる。

「なんなの？」心電図の音と音の間の速さで聞く。「なにがあったの？」

マティアス

Matthias

ほんの一瞬、そこには平穏が漂っていた。今までになかった、悟りのような心持ち。カリンと私、そして新しい一日が広がっていく空。私たちが互いにしがみつき合ったこの瞬間は、まるで一つの島への逃亡のようだった。もちろん、私たちはずっとそこに逃げていられるわけはなく、いずれドアが開いて誰かが入ってくるだろう。ゲルトかギースナーか、警察官のうちの一人が入ってきて、私たちを現実に引き戻す。それはもうわかっていた。なんとかそのことを考えないようにしていたが、もちろん、その事を考えざるを得なかった。そして、そんな時にこの瞬間をすっかり壊してしまったのは、よりによってカリンだった。

「マークにこの事を連絡してあげないといけないわ」とカリンは私の胸に向かって言い、私は答えた。「俺を殺してからにしろ」

平穏な時間はそれでお終《しま》い。空はもう希望に満ちてはいない。灰色で物悲しく、遠くの、切り絵のような黒い家々のシルエットの上に広がっていた。窓にはポツポツと灯りがともり始めていた。早起きな人々が一日を始めようと明かりをつけ、その明かりは、地球が止まる事なく回転を続け、それを止めることも、そこから逃れることもできないのだということを示していた。島など、どこにもない。

「ヤツに何を言うつもりだ?」私は主義主張の論争が始まりそうなのを予感してそれを回避しようとする。カリンはずっとマークのことを気に入っていた。あの時、私たちが捜索願を出しに警察署にいた時、私は即座にヤツの名前を挙げたけれど、カリンは「あの人がレナに何かするはずがないわ」という考えから一度も離れなかった。「娘さんは誰かとトラブルがありませんでしたか?」と私たちは聞かれたのだった。

「マーク・ズートフ」と私は吐き出すように答えた。

「マティアス!」とカリンはすぐさま言って、肘で私の脇腹を打った。

マーク・ズートフ、自称モデル兼俳優兼歌手。実際はナルシストの中古車販売員。ヤツの働く店で私たちはレナのポロを買った。レナはちょうど20歳だったはずだが、まだ私たちの家に住んでいて、ハイドハウゼンのアパートに引っ越す前だった。ヤツが既に販売店でレナに色目を使い、その電話番号を手に入れていたことなど、私は気づかなかった。ある夜、ヤツがうちの玄関の前に立っていて、レナを迎えに来るまで。そしてレナが嬉しそうにこう言うまで。「パピー、覚えてるでしょう、マークよ。ポロを売ってくれたの」ポロを売る、ヤツはそれだけすればよかったんだ。ヤツに求めたのはそれだけだった、あのつまらん小さな中古の青いポロを売ること。納品に伴って、何年にも渡るすったもんだがついて回るなんて誰も思いもよらなかった。レナとマーク・ズートフが付き合っている、レナとマーク・ズートフが別れた――「聞いてよ、マークが他の女を口説いていたの！」「あんな奴《やつ》死んじゃえばいい！」「でもパピー、私、やっぱり彼をすごく愛しているの！」

レナには、私に見えているものが見えていなかった。ヤツはあの子に相応《ふさわ》しくなかった、十分じゃなかった。

「あなたは、彼にチャンスをあげようともしないじゃない」カリンはこう言って私の懸念を退けた。ため息をつき、頭を横に振りながら。

私が見ているものに、誰も気付いていなかった。

そして今、病院で、どうやら私たちはまたこの惨めな口論を始めようとしている。カリンはマーク・ズートフに電話をして、今晩起きたことを知らせたいと言う。

「俺たちだって、まだ何もわかっちゃいない」と私は嚙み締めた歯の隙間から言葉を押し出して、カリンがそのまま諦めてくれることを願った。

「今すぐっていう意味じゃないわ。ましてやこんな時間に。でも後で……」

「馬鹿を言うな」私はその言葉をぶっきらぼうに遮ったが、カリンが私の抱擁から抜け出し、ベッドに足を引きずって戻っていくのを見て即座に考えを改めた。「すまない」と私はモゴモゴと肩越しに言った。「でもわからないんだ、なんでそんな事が必要なのか。ヤツはレナとはもうなんの関係もない」

「私たちと同じように苦しんだのよ」

「何に苦しんだって言うんだ？　真相を教えてもらえないことにか？」私は憤慨して息を吐き出した。レナの失踪から一年と経たないうちに、マーク・ズートフは新しい彼女と一緒にパリに引っ越した。「ヤツはあの子のことをあっという間に忘れたじゃないか、覚えているだろう。そんなこと、あの子が望まない」私は言葉に詰まり、カリンがそのことに気づいた。

「どちらにしろ、私たちも今は待たなければいけないんだから。でも何かはっきりした事がわかったら、彼に電話してあげなくちゃ、本当に、マティアス。そうしなきゃいけない、それがフェアよ」

窓に映った自分の顔が、歪むのがはっきりと見えた。

「俺はダメだと言った」と私は自分のしかめっ面に向かって唸った。

「わかったわよ……」とカリンのため息。「落ち着いてちょうだい、私はなにも……」

カリンの言葉は文として不完全なまま引っ掛かり、空気を息苦しく、重くした。

それから私たちは一言も言葉を交わさなかった。空気は重いまま、沈黙が頭蓋骨を圧迫するようだった。共有しないと、その頭蓋骨の中では、ますます悪い想像をしてしまう。

「これまでに得られたのはパズルのピースばかりです」とギースナーは言った。誘拐、小屋、レナのような外見の女、小さなハンナ。私は断片を整理しようとするが、失敗し、閉じ込められた虎のように部屋の中を右へ左へと歩き回り始めた。カリンはベッドに脚を上げ、天井をじっと見つめ、お腹の上で両手を組んで横たわっていた。私は、出来るなら少し眠るようにと言った。

「眠れない」と彼女は囁いた。

まるで、難しいオペの結果を待っているようだった。もう耐えられなかった。

「ちょっと聞いてくる」

カリンは肘をついて上体を起こした。

「きっとまだ取り調べの最中よ、そうじゃなければとっくにここに来て状況を知らせてくれているはず」

「手伝えるかもしれん」

「何を？ 取り調べを？」カリンは静かに笑い出した。「ああ、マティアス」

「俺は本気だ。何をこんなに手間取ってるんだ？ あの女の胸にピストルを突きつければ万事解決するかもしれん。あの女は、レナに何があったか、知っているに決まっているんだ」

カリンの目が大きく見開かれる。

「そう思う？」

「ああ、決まってるだろう！ なんでレナを名乗っているんだ？ どうしてあの女の子の母親を名乗っているんだ？」私は曖昧にドアの方向を指差した。「あの女の子はレナの娘だ、そんなこと目が見えなくたってわかるぞ！ DNA検査なんてやらなくてもいいくらいだ！」

カリンの足がベッドの縁でブラブラと揺れる。

「あなた、あの女性が何かに関わっていると思っているのね?」

「何かがおかしいって、辻褄《つじつま》が合わないって、お前だってそう思うだろう?」

ドアをノックする音。

カリンは勢いよくベッドから飛び上がり、私の手に向けて手を伸ばした。その指が空中でバタバタと必死に動き、まるで激しいピアノ曲を演奏しているようだった。私はその手を握り、カリンをそばに引き寄せた。ギースナーが一秒後に状況を知らせるために部屋に足を踏み入れたときには、私たちは手を握りしめ、肩を寄せ合って立っていた。

ハナ
Hannah

外は真っ暗だ。木々は黒く、枝が骨張った化け物の指みたいに見える。ママが呼ぶ。「捕まえてごらん！」

走る私の足元でパキパキと大きな音がする。ママの足元からも大きな音がする。だから私は、暗闇でほとんど何も見えなくても、どの方角に向かって走ればいいのかがわかる。時々、木と木の間隔がとても広い時には、月明かりに銀色に照らされた、ママの綺麗な白いワンピースの裾が見える。

急に光が溢れる、真っ黄色の、光る洪水みたい。黒い木の幹とその間のママのシルエットが黒く見える。ママは腕を左右に広げて飛び立とうとする天使みたい。そしてすごく大きな音がして、私は立ち止まる。びっくりってこんな感じがするんだ。ママが見えない、黄色い光の洪水だけ。私はネズミ足で進む。光が強くなって、涙が出てきたので私は目の前に手をかざさないといけない。森がなくなって道路になるまで、私は枝を押し除《の》けて進んでいく。ママは車の前に転がっている。ライトの明かりの中にその顔が見える。ママは目を閉じている。

　突然、私の後ろでパキッという音がする。振り返るとパパがいる。パパは私の方に突進してきて追い越すと道路に飛び出し、ママのところに走って行く。パパが叫ぶ。「君の負けだ！」そして「ははは！」

　ママは目を開けて笑う。

「ずるいよ、二人とも！」

　ママはパパに向かって手を伸ばす。パパは腕を引いてママを引き起こし、その顔から赤いのを拭き取る。

「次は、ハナの番だ」とパパは私に言う。「頑張るんだぞ」

　私はきゃあきゃあ言って踵を返し、森の中を走って戻ろうとする。でも数歩進んだところで何かが私の腕を引っ張る。私を太い木の幹の後ろに引っ張るのは、ルートさんだ。「ここはいい隠れ場所なのよ、ハナ……」

「……ハナ？」

　森がぼやける。ルートさんの顔だけがまだそこにある、私の顔の近くに。

「ハナ」とルートさんは言う。「起きて、ハナ」

　私は欠伸《あくび》をして、瞬きをする。

　私がいるのは森じゃなくて休憩室、ベッドの上。

「起きて、ハナ」とルートさんはもう一度言う。

「ママのところに行くの？」と私は聞く。私の声はまだ眠くて掠れている。

ルートさんはまずは何も言わなくて、でも私がよく眠れたか聞く。

私は「うん、夢も見たの」と言う。

「いい夢？」

私は頷く。

ルートさんは馬鹿っぽい半分の微笑みを浮かべる。それで私は、何かがおかしいことに気づく。

「ママの具合、よくないの？」

ルートさんは今度は床を見ている。「あなたをハムシュテット先生のところに連れて行かなくちゃいけないの」最初はそれが誰だかわからない、けれどもすぐに思いついた。あの背の高い、痩せた女の人。茶色の髪をして、警察官と一緒に休憩室にやってきた、医者なのに、白衣を着忘れていた人。

私は、なんで彼女のところにいかなくてはいけないのかをルートさんに聞こうとするけれど、ルートさんはそれよりも早く言う。「でも、その前にお別れを言いにいきましょう」

ヤスミン

Jasmin

シフト交代でバタバタしているにもかかわらず、シュウィント先生がやってきた。先生は来なくてはいけなかった、それは私もそう思う。

「私じゃない！　私がやったんじゃない！」と私は叫んだ。何度も、腕を振り回し、その際に点滴を引き抜いてしまっていた。それは起こってはいけないことだったのに起こってしまった。多くの出来事が、起こるべきじゃなかったのに起こってしまったのと同じように。まさかそんなことになってしまったなんて……。

「ゆっくりと呼吸してください、グラスさん」とシュウィント先生は言って、私の名前をまるでとても貴重なものみたいに強調する。心電図の機械が止まったので、再起動が必要だ。

「技術的な問題です」と先生は簡潔にコメントし、ボタンを押す。たぶん、この機械は私と私の気分と連動した不安定な心臓にうんざりしているんだと思う。

「すぐに少し眠くなります」ピーピーという音が一定の間隔に戻った頃に、シュウィント先生がそう説明する。この瞬間、余りにも孤独で味方がいないという理由だけで、私は先生のことが好きだと思う。先生は高齢で、精巧に整えられた髭《ひげ》をしていて、半月型のガラスの眼鏡をかけている。お父さんがここにいればいいのにと私は思う。誰でもいいから側にいてほしい。

「手足の感覚がなくなるかもしれません。でもそれはごく普通のことですから、心配は要りませんね、いいですね？」

「シュウィント先生」と私は言う。声はもう既に弱くなっている。「お願いがあるのですが」

「なんですか、グラスさん？」

「私のカルテで確認してほしいことがあります、お願いできますか？」

シュウィント先生は何かを探すようにクルリと回る。

「ふむ、たぶん、警察がちょうど持っていっているな。何が知りたいんですか？」

私は乾いた息を飲み込む。

「私が妊娠しているかどうか」

シュウィント先生の手は鼻に触れ、心電図の機械を弄っている時に滑り落ちた眼鏡を押し上げる。

「もしも鎮静剤のことで心配なのでしたら、影響はないので……」

「妊娠しているかどうかを心配しているんです」と私は先生を遮る。

「わかりました、グラスさん。確認します」と彼は頷き、私は先生をますます好ましいと思う、余計なことを聞いてこないから。

「ありがとう」

「少し寝てください、わかりましたね？」

先生はお大事にと言って部屋を出て行く前に、私の手の届くところに緊急呼び出しボタンを置く。

そして今、私は横になっている。指先や足先の感覚がムズムズと鈍くなっていく。でも私の精神は完全に覚醒状態、アドレナリンがまだ分泌されているみたいだ。

「もう一つ、問題が、ヤスミン」と「カーム」が電話の後で言って、「ミュンヘン」に携帯電話を手渡していた。

「なんなの？」と私は聞いた。「なにがあったの？」心臓がパニックで膨れ上がるようだった。

男を見つけた、とたった今、「カーム」が言ったんじゃない。じゃあ何なの？　あなたの夫は逮捕に抵抗した？　まさか逃れたとか？　ここに向かっているとか？　あり得ない、あり得ない、絶対にあり得ない。私は彼をスノードームで殴り倒した、本当に強く殴った。彼は床に崩れ落ちたじゃない。崩れ落ちて、ピクリとも動かなくなった。

「ミュンヘン」はため息をつき、携帯電話のディスプレイから「カーム」に視線を向けた。

私はもう耐えられなかった。

「何があったのか、教えて！」

二人は、「カーム」の部下から携帯に送られてきた写真を私に見せてもいいかどうかを決めあぐねているようだった。

「身元確認にはなりませんよ」と「ミュンヘン」が勿体《もったい》をつけた。

私はせっかちに空中で手を彷徨《さまよ》わせた。

「カーム」は私を細めた目で見た。

「見せてあげてください、ブリューリングさん。きっと大丈夫でしょう」

私は同意するように頷いた。

けれども、「ミュンヘン」から「カーム」の携帯電話を渡されて、私が見たもの……その写真、あなたの夫の写真……。

「私じゃない！　私がやったんじゃない！」と私は叫び出し、携帯電話が手から滑り落ちた。

それは布団の上、私の伸ばした脚の間の窪みで光っていた。ディスプレイが光っていた、赤く光っていた、全てが赤かった。私は顔を背けた。彼の顔はなかった、少なくともまともじゃなかった、顔が、ズタズタで、全て赤。

「ミュンヘン」が椅子から飛び起きて携帯電話を引っ摑み、右上のボタンを押してディスプレイを暗くし、そのまま「カーム」に返した。カームはもう一度その写真を表示し直した。

「これが本当にスノードームによる傷かどうかは、調べてみないといけませんね」と彼は事務的に言った。

「見た目からして、これは、なんというか……」

「違う、違う、違う！」と私はまた叫んだ。「私じゃない！　私は一度だけ……スノードームで……たった一度だけ殴っただけなの……」

私の声は喉に引っかかり、叫び声が途切れた。私は今、完全に沈黙し、事実をゆっくりとしか理解できなかった。

私はあなたの夫の頭蓋骨を砕いた。

顔中の骨を粉々にした。

肌をボロボロにした。

私はスノードームを数え切れないほど叩きつけたに違いない。取り憑《つ》かれたみたいに。パン！　という音がした、彼が言った通りだった。

パン！　スイカを床に落とした時に聞こえる音。

ゆっくりと深呼吸、とシュウィント先生が言った。

ゆっくりと深呼吸、と私は繰り返し、目蓋が重くなっていく。沈んでいく、鈍い眠りの中に深く沈み込んでいくのを感じる。徐々に寒くなっていき、もっと寒くなり、その寒気が手足に忍び寄り、痺《しび》れが広がっていくのがわかる。それもシュウィント先生が言っていた、手足の感覚がなくなるって、普通のことだって、心配する必要はないって、でもとにかく寒くてしかたがない。

寒いの、ママ？ と声が聞こえたような気がして私は弱々しく頷く。

ええ、ヨナタン、寒いの、とても寒い。

こんなことになるなんて。私が彼を殺した、レナ。あなたの夫を殺してしまった。顔の判別ができなくなるまでズタズタにした。パン！　という音がした、何度も何度も、パン！

私の頭が重くゆっくりと、横を向く。今、誰かが病室をノックした？　私の目蓋が緩慢に瞬きをする。

ドアが開き、女の人が入ってくる。夢なのか現実なのか、私はもう遠くにいて判別ができない。

「こんにちは」と女の人の声が聞こえたような気がする。「あなたに会いたいっていう人がいるんですよ」

彼女の背後に動くものが見える。私は瞬きをする。夢なのか現実なのか、ハナが現れる。私のベッドに近づいてくる。全てがスローモーションみたい。ハナはワンピースの右のポケットに手を入れる。私は目玉がゆっくりと回転し始めるのを感じる。ハナに触れられた私の手は、力のない拳になっている。ハナが私の指を慎重に一本一本、拳から引き剝がしていくのを感じる。そして何かを私の掌に置いて、また先ほどと同じように慎重に拳の形に戻していく。目蓋が閉じて、ハナは私の額に柔らかくキスをする、私の額の傷の上に。ハナの声、囁く声。「全部、ちゃんと覚えているよ」
私は沈んでいき、深い眠りに落ちる。

四か月間にわたる小屋の監禁生活から生還

カーム／ミュンヘン（ＭＫ）――ほとんど奇跡的である。四か月間の監禁生活の末に、５月半ばから行方不明になっていたレーゲンスブルクの広告業、ヤスミン・Ｇ（35）がバイエルン――チェコ国境付近の人里離れた森小屋から生還した。監禁生活について少しずつ明らかになる詳細は想像を絶するものである。35歳のこの女性は、警察から未だに身元に関しての発表がない誘拐犯と、その二人の未成年児童と共に家族として生活することを強要されていた。関係者によれば、異常な性的、精神的虐待が行われていたという。Ｇは何週間も鎖に繫がれ、犬の餌入れから食事をしていた。火曜日にヤスミン・Ｇは虐待者から逃れることができた。捜査を担当するゲルト・ブリューリング警部の水曜日早朝の発表によると、本日までその身元が不明な男は、脱出の際にＧによって殺害されたということである。また、この誘拐事件は２００４年以降行方不明になっているミュンヘンのパーティガール、レナ・ベック（当時23）とも直接関連があるとみられている。二人の未成年児童（13歳女児、11歳男児）と共にヤスミン・Gには現在治療が施されている。児童のうちの一人は精神的な問題と共に肉体的にも傷を負っており、発達の遅れが懸念されている。ヤスミン・Gに対し行われた性的虐待の被害に児童も遭っていたかどうかは、現在まで明らかにされていない。

二週間後

ヤスミン

Jasmin

合図は、三回短く、二回長く。

コンコンコン－コン－コン。

私は廊下を忍び足で歩いていき、念のためにもう少し待つ。扉の前で床板がギーッと音を立てる。**早く、いなくなってよ。**私は無言で唸る。頭に浮かんだのは、バーレヴ夫人が反対側でドアに耳を押し当て、私が立てる物音に聞き耳を立てている姿。**今日はそうはいかない、老いぼれめ。**

昨日、あまりにもお腹が空いていたので、私はドアを急いで開けてしまった。そしてうっかり彼女にセンセーショナルな悲劇的人物の姿を目撃させてしまったのだった。あれから、バーレヴ夫人が自宅リビングでレポーターにお茶を出している姿を想像してしまう。「あの可哀想な子は、酷い状態です。痩せすぎよ。髪も洗っていないみたいだし、シミのついたTシャツと伸び切ったジョギングパンツを着ているの。見ればわかるわ」あの子がどんな目にあったのか、見ればわかる、と彼女は言いたいのだ。そして入れ歯でクッキーをしゃぶっている。レポーターは熱心にメモを取っている。私の顔と身体にへばりつく、キスや触れられた痕のこと。そして私がシャワーを浴び、身体をゴシゴシと洗うことを諦めてしまったこと。力が尽きてしまったし、冷や汗の臭いを、どっちにしたって抑えることができないから。馬鹿な頭に残った最後の理性が、バーレヴ夫人がそんなことするはずがないと言っている。けれども、その絵面はカラフルでしつこく脳裏にへばりつく。やめろ。バーレヴ夫人の年金は微々たるものだ、少しのお小遣いはきっと助けになるだろう。やめろ。本日発売！　小屋の被害女性の隣人の独占インタビュー。**やめろ！**

私の胃が唸り声を上げる。ドアの下の隙間から、出来立ての料理の匂いがする。シチューに違いない。床板がもう一度鳴って、それから階段を降りる音がする。バーレヴ夫人はとてもゆっくりと歩く、腰が悪いのだ。私は急に罪悪感に駆られる。私が戻ってから毎日、この優しい老婆は階段を上って私の部屋までやってくる。それは彼女にとってはキリマンジャロの登頂のようなものだ。レポーターと話をしようと思えばいつでもできるのに、その代わりに彼女は壊れた腰でキッチンに立って私のために料理をしているのだ。**恥を知れ**。

私はもう少し待つ、二階下のドアが閉まって音を立てるまで。さらにもう少し待つ、建物の廊下に本当に誰もいなくなるまで。私は鍵を開け、ドアノブを乱暴に引き下ろし、マットの上の小鍋を摑み、ドアを叩きつけるように閉め、鍵を回す。自己ベスト、三秒とかからなかった。小鍋を持ったまま、私はしばらくドアに背を持たせかけて、マラソンを走り切ったみたいな荒い呼吸をする。大丈夫、落ち着いて、落ち着いて、と私は一斉に打ち始める胸の動悸《どうき》をおさえようとする。それから小鍋の蓋を取る。グーラッシュ。誓って、シチューの匂いがしたって言えるのに。

誓って、あなたの夫を殴ったのは一度だけだって言えるのに。

私は小鍋をキッチンに持って行き、コンロの上に置く。

私は彼を、酷く痛めつけたらしい。ひと目見ただけでは、所謂《いわゆる》「凶器」が、本当にスノードームかはっきりとわからないほどに酷く。捜査員たちは小屋の中で他の凶器になりうるものを探したようだ。けれど、殴打の痕を説明できるハンマーもなければ、深い切り傷を説明できるナイフもなかったという。いや、もちろん、ハンマーや他の工具、ナイフもあった、動物の処理をするときに使う、本当に鋭いものが。でもそれらには全て、鍵がかけられていて私は触れることすら叶わなかった。検死結果の報告が行われて初めて、スノードームが疑う余地のない凶器と確定された。聞くところによれば、スノードームはもう一度原形の通りに組み合わされて、ほとんど完全な形に戻ったのだという。ただ小さな一欠片が足りない、どんなに探しても見つからない。

あなたの夫は死んだ、レナ。

子供たちは精神病院にいる。

本当なら、もっといい気分でいてもいいはずだ。生き残りとして、勝利者として、生に感謝し、生きるのに貪欲であってもいいはずだ。私はその生を求めて四か月間歯を喰いしばって闘ったのだから。でも現実は全く違う。私のアパートは暗くしてある。長い間恋しくてたまらなかった空、太陽、鳥の囀《さえず》り、その全てに私は耐えられない。ドアのチャイムは切ってあり、私が反応するのはノックの合図だけだ。固定電話の電源も引き抜いた。携帯電話だけ、警察と心理カウンセラーと連絡が取れるように電源を入れたままにしてある。警察が、見落としがないようにする再確認にはその都度答えているし、心理カウンセラーには元気だと伝えている。角にあるスーパーマーケットに出掛けることができた、たった一人で、誰の同伴もなしに、やりました、とか。今から何か美味しいものを料理して、ギルモア・ガールズのラストシーズンをみるつもりです、だとか。次のセラピーの約束は、母親か親友が連絡してきたのでいけなくなってしまいました、とか。私の口は、嘘に塗《まみ》れて乾ききってしまった。

私の日常が本当はどうなっているか、知りたい？　私は今でも7時十分前に目が覚める。右腕を頭の上に伸ばした状態、それが小屋でベッドの柱に繋がれた状態でできる唯一の寝る姿勢だったから。私は反抗的にもう一度目を閉じる。姿勢を変え、寝返りを打って寝続けようとする。でも上手くいかないの。私は起きて、子供たちのために朝食を準備しなくちゃいけない。食事は7時半ぴったりにテーブルの上に用意されていなければいけない、そうしないと子供たちは落ち着きがなくなる。互いを追いかけてリビングを走り回り、コントロールを失ったゴムボールみたいに飛び回る、きゃあきゃあ言いながら、私の頭蓋骨が割れるように痛むまで――**お願い、二人とも、静かにして！**

7時半ぴったりに、テーブルの上に用意されていなければいけない、そうしないと彼が私を怒鳴りつける。**なんていうひどい母親なんだ、レナ？　君はなんていうモンスターなんだ？**

彼はここにはいない、それは私にもわかっている。彼は死んだ、私が殺した。わかってる。警察がその死体を発見した。でも私はそのことを感じることができない。担当の心理カウンセラーにそのことを話した時、彼女はただ紋切型にこう言うことしかできなかった。「それは普通のことです。時間が必要なんです」敢《あ》えて言わせてもらうけど、彼女は私の話をちゃんと聞いていなかったに違いない。私の人生に時間はもう何の意味も持たない。小屋で過ごした最初の一日で私は時間の感覚を失った。あるのは彼の決める時間だけ。彼が昼と夜を創る。神さまみたいに。今に至っても。

もちろん、私は朝食を準備したりしない。子供たちはいないし、この部屋にいるのは私だけだし、私は――はは、自由なのだから。それでも私は毎朝7時半にキッチンに立っている。そこでただキッチンの作業台にしがみつき、声を、頭の中で暴れる声を追い払おうとしているのだ。

君は恩知らずだ、レナ。恩知らずで、なにもできない。

そんなことない、と私はその声に惨めに逆らう。私はベッドからソファに、そして座り慣れた読書用の椅子に移動することができる。私は本を読むことができる、たとえ理解できなくても。「川はあった。その日は暑かった」とヘミングウェイは書いている。そこまではわかる。でもそこから文字が目の前で踊り始め、川が、そこに書いてある川が、大きく曲がって急流になり、制御不能な大河になり、私を攫《さら》って行く。その間に暑い一日が耐え難い、茹《う》だるような暑さになり、毛穴から汗を、目から涙を押し流す。私は本をパタンと閉じて何処かに投げることができる。私は年老いたバーレヴ夫人が作ってくれた料理を一気に飲み込んで、噴水のように吐き戻すことができる。そして私は、自分の欲求を彼のプランに合わせることができる。今でも、今でも、今でも。**トイレの使用時間は朝7時、12時半、17時、そして20時。**

まだ16時半だからと排泄を我慢すると、その人間に何が残るだろう？　私の一体何が残っているだろう？

よく、キッチンにある包丁ブロックの前に立ち、時々自然にナイフの柄に手がかかることがある。それは一番大きなナイフではないけれど、一番切れるナイフだ。いつか、母がクリスマスにプレゼントしてくれた。「なんでも切れるわ」と母は言った。「野菜、パン、肉も」

肉も、レナ。

私は空っぽなの、私に残っているのはこの、たった一つの気持ちだけ。それは私にとりついて、どうしたって私から離れようとはしない。胃の中でひりひりと燃え、こめかみを万力《まんりき》で潰し、日に日に強くなる。心理カウンセラーはそれも普通だと言う。時間が必要なのだと。体験したことを処理するために、体験を整理し、本当にそれが過ぎ去った出来事だと理解するために。

その意見は間違っていると思う。でも、私は心理カウンセラーに、この気持ちを敢えてうち明ける気にはなれない。警察もこのことを知らない。退院に漕ぎつけるために、私は膨大なエネルギーを使って一芝居打った。私が怖いのは、正気じゃないと思われて、また閉じ込められることだ。

救急救命で過ごした最初の二晩の後、私が隔離病棟に移されたことをあなたに伝えておく。この隔離病棟は、自分自身や他人に対して危険になりうる患者のための施設。その部屋のドアノブはすぐに取り外すことが可能になっている。私が自分や他人に危害を加える可能性があると本当に思われていたとは思えない。もしもそうだったら、私の母が持ってきた旅行鞄もきちんと調べただろうから。そう、やろうと思えばできたの、レナ。あなたの娘のお陰で、私には必要なものが揃っていた。だから、むしろあの部屋に移されたのは、私に——病院関係者の弁をかりるなら——安全だという気持ちを与えて、不要な訪問者を遠ざけるためだったんだって信じてる。熱心なマスコミとかね、例えば。説明はきっといらないでしょう、この保護室と呼ばれている部屋が、私にとっては実際にどう感じられたか。最初の一週間に部屋の前を行ったり来たりした見張りの足音に混じって、私は別の足音が聞こえてくると怯《おび》えた。誰かの足音、私を捕まえに来る足音、私を罰するために向かってくる足音。この閉じられた部屋で、私は新しく囚われたように感じていた。周囲では皆が「自由」の、受難の終わりの話をしているのに、矛盾してる。この自由は、囚われていたことをなかったことにはしない。心理カウンセラーは、私が子供たちと面会することを重要だと言っていた。でも私にはできない。私はあの子たちの目を見ることができないだろう、あの子たちの父親を殺した後で。

つまり、こういうこと、レナ？　私を万力みたいに押しつぶすのは、罪悪感なの？

私は鎮痛剤を飲んでいる、事故の際に折れた三本の肋骨のために。いつも、必要量よりも半錠多く飲む、違う痛みも一緒に和らげてくれたらいいと願うから。私はこんなに一人なの、レナ。それでも、携帯電話を手に取って誰かに連絡をとることはできない。私は父とキルスティンのことを考える。もし二人のうちのどちらかがドアの前に立っていてノックしてくれたらどんなに素敵だろう。三回短く、二回長く。でもそんなことは起こらない。いなくなってしまった、二人とも。もう取り戻せない。父は私が7歳の時に交通事故で死んだ。父は母のことも一緒に死の国に連れて行ってしまった、とても複雑な方法で。母はシュトラウビングに住んでいる、ここから50㎞も離れていない。健康そのものだ。でも父の死後、母は二度と私のベッドに腰掛けなかったし、可愛い蜘蛛の歌を歌ってくれることもなかった。先週私を病院に迎えに来た時には、私に握手をして他人行儀な挨拶をしていた。そしてキルスティンは、誘拐される随分前から、私に我慢できなくなっていた。わかるでしょう、あなたの夫の小さくて病的な家族劇場に、私ほど不適格な人間は見つからない。あなたの役を私にやらせるのは考えうる限り最悪のキャスティングだ。けれどもここ数日何度も思うのは、そもそもあなたの役はそんなにはっきりしたものだっただろうかということなの。私が言っているのは、あなたの夫が私に押し付けた役柄のことじゃない。私が言っているのは、あなた自身のこと、レナ。私はあなたの失踪に関する新聞記事をインターネットで読み始めた。まだ長くは読めていないけれど。踊り出す文字、私の目に涙を流させる明るいディスプレイ、何度も現れるあなたの写真、私とあなたが似ていることは胆汁のように苦い。そもそもあなたは誰なの？ レナ・ベック、あなたは誰なの？

マティアス

Matthias

ローグナー様

私はすでに何度も編集部に電話をしましたが、病気だと言われました。しかしたとえ病気であったとしても、編集長として、貴方《あなた》は発行する内容に関する責任を負うべきであり、負わねばならないと私は考えます。貴方の部下があのような内容の記事を執筆することを黙ってみているというのはいかがなものでしょうか？　あのようなくだらない記事が掲載されるようなことが起こっていいものでしょうか？　私は貴方に非常にがっかりしました、ローグナーさん！　よりによって貴方が、なにか大切なものを失う痛みに耐えることを知っている貴方が、私の娘の次に今度は私の孫のことまであのようにあることないこと紙面に載せるなんて。怒りが収まりません。以下にはっきりとさせておきたいことがあります。そのまま引用していただいて結構です。ハナは健康です、肉体的にも精神的にも——あの環境下で考えうる限りの最高の健康状態です。彼女は長年にわたるビタミンDの欠乏により同年代の子供たちと比べ少し身体が小さいだけです。信じるか信じないかは勝手ですが、ハナはごく普通の女の子です！　スプーンでスープをこぼさずに食べることができます。涎《よだれ》も垂らしません。トイレの使い方もわかっているし、その後には手を洗うことだってできます。それに肉体的な虐待の形跡もありません。彼女の歯は完璧な状態です。彼女を診察した歯科医からは星のステッカーをプレゼントされました。星のステッカーがどんな意味を持っているか、知っていますか？　星のステッカーをもらえるのは、歯をとりわけ良く磨いた子供たちだけなのです。ハナは動物のような鳴き声で意思表示などしません。それどころかたいへんな語彙力があります、少なくとも貴方たちの三流紙よりも豊富でしょう。加えてハナは、ご興味がおありならお教えしますが、四種類の外国語を喋ります。英語、フランス語、スペイン語、イタリア語。つまり、何語であの子に、貴方と貴方の部下たちはこの悪趣味をすぐにやめるべきだと叱られたいか、選ぶことができますよ！　私の個人的な、ここ数日の掲載内容への失望はもう埋め合わせることはできませんが、貴方はすぐに執筆者に道理というものを諭してください。そして引き続きこのようなモラルに反する、間違った執筆が行われて、私が貴方の新聞社に対して法的措置に踏み出さないで済むようにしてください。

重々、ご了解いただきたい。

マティアス・ベック

一瞬、私は「送信」ボタンを押すことを躊躇《ためら》う。たぶんカリンのことを考えたからだ。カリンは、そもそもメディアと議論なんてするべきじゃないと言った。あいつらがどんなハゲタカどもか、経験して知っているでしょうと。そして、私は自分の心臓をもっと大事にすべきなのだとも付け加えた。書斎に籠って、怒りに満ちた、彼女によれば「意味のない」Eメールを書くよりも、もっとやることがあるでしょうと。

でも書かずにはいられなかった。ハナは「ゾンビっ娘《こ》」や「亡霊娘」とマスコミに命名された。たった一枚出回っている彼女の写真には、インターネットで探せば中国語やキリル文字の見出しすらついているものがある。なんと書かれているのか読めなくて良かったと私は思っている。「ゾンビっ娘」でもう十分だ。低俗なゴミども！　私たちを苦しめてまだ足りないというのか？

「だからよ」とカリンは言った。朝食の後、書斎に行ってコンピュータを起動しようと思っていた時だった。食べかけのジャムトーストがのった皿と皿の間に、その新聞は置かれていた。「写真を入手　これが戦慄の小屋のゾンビっ娘だ！」その見出しで私たちは食欲を失ったのだった。

「こういうことを言っているのよ。私たちはもう十分苦しんできたじゃない」口調は優しかったが、視線で妻が本当は何が言いたいのかが分かった。見当違いのことをしていると言いたいのだ。私たちには、その死を悼《いた》んでやらなければならない娘がいる。そうすべきだし、長い年月、真実が分からず待ち続けて、やっとそうできるようになったのだ。それに私たちはまず、二週間前の夜の出来事を乗り越えなければならない。あのジェットコースターのような夜を、あの無慈悲にも感情が混乱した夜を。ほんの一瞬、私たちのレナを取り戻したかに思ったのに、ただもう一度失う羽目になった夜を。

「レナが望んでる」と私はカリンに言った。これはカリンを黙らせるのに有効だ。毎回、カリンはこの言葉に対しては何も言えなくなってしまう、その時点で静かになるのだ。レナは私たちに贈り物を残してくれた、素晴らしい贈り物を。そしてだからこそ、私はやはり「送信」ボタンを押して抗議のメールを新聞編集長へと送り付けたのだった。

人生はなんという残酷な奇跡なのだろう。

レナが起こした奇跡。

ハナ。ハナちゃん……。

「マティアス！」とカリンが階下から私を呼ぶ声。まるで私がドアベルの音を聞き逃したのではないかと本気で心配しているかのようだ。ゲルトが立ち寄ると連絡してきていた。新しい知らせをもって。ゲルトはそれ以上電話口で漏らすことをしなかった。あの夜に自分が引き起こした出来事から学んだのだろう。

「マティアス！」とカリンの声が下から響き、私は椅子にもう少し深く沈み込む。レナの遺体はまだ見つかっていない。

「ゲルトが来たわ！」

私は机に両手を置いて何とか椅子から立ち上がる。

カリンにとっては重要なことだ。あの子の骨が何本かあればいい。何か埋葬できるものを欲しているのだ。泣いて花を添えられる場所を必要としているのだ。一方で私は、誰かから骨を見せられてそれが「君のレナだ」と言われたところで、どうしたらいいかわからないだろう。

ゲルトとその同僚たちは、レナを誘拐した男が彼女を小屋の近くの森の中に埋めたとみている。でも完全な形でレナを見つけられるとは思っていないようだ。どうやらあの地域はイノシシの一大生息地になっているらしい。我が子の事件で教えられるのは辛いものだが、イノシシは獲物を時に何キロメートルも運んでいき、全部食べてしまうのだという。

「頭蓋骨以外はね」とゲルトは説明してくれた。「頭蓋骨は残すんだ。やっぱり大きすぎるらしくてね」

そのことを思い出し、私はやっとの思いで階段を降りていく。膝が震えて心臓がぎゅっとする。階段の反対の端では、カリンがちょうど一段目に足をかけたところだ。たぶん、私が何処にいるかみるために上がって来ようとしたのだろう。

「すぐいく」と私は弱々しく笑う。

カリンは熱心に頷く。その顔は紅潮している。

ゲルトは既にリビングの二人掛けのソファの片方に腰掛けている。彼の前にある小さなテーブルにはコーヒーカップが置いてある。カリンはいい食器を出したらしい、金色の縁取りの白いやつだ。

「そのまま」ゲルトが立ち上がるそぶりを見せたので、私はそう言った。私は彼の反対側のもう一つのソファに座り、カリンはひじ掛けに腰掛ける。「さあ、新しい知らせってのは?」

ゲルトは勿体つけて息を吸う。

「レナがあの小屋にいたということを、疑う余地なく確定することができた」

私はいよいよかと身構える、しかしゲルトの言葉はそれ以上続かない。

「ああ、それで? そんなことはとっくに分かっていたことじゃないか」

「違うよ、マティアス、そうではないかと推察していたんだ。これは大きな違いだ。知るということは事実と証拠に基づく。髪を二本、毛根と一緒に採取することができた。そこからDNAプロファイルを作成した。あの時、レナの歯ブラシから採取し作成したものと一致した」

私は溜息をつき、カリンをみる。とっくに予期していたことのはずなのに、カリンは片手を胸に押し当てて、打ちひしがれているようだ。

「そのご自慢のDNAなんちゃらで、少なくとも男の身元くらい分かったんだろうな？」

「いや」とゲルト。その顎が明らかに緊張する。「照合対象がないからね。これまでのデータバンクには男のものと一致するものはない。つまり、男には前科がないっていうことだ、少なくとも暴行や傷害の分野ではね。軽い盗みのような軽犯罪ではなにも採取されないから」

「それかヤツは賢くて、お前たちに捕まるようなヘマをしてこなかったのかもしれないな」

カリンが宥めるように私の腕に触れる。

「マティアス……」

私はゲルトに向かって身振り大きく言う。「お前たちは男を確保したんじゃないか、少なくとも、男の残骸を。ヤツがレナと子供たちと小屋に住んでいたことは分かってる、何年もだ！　それでもヤツが誰だか分からないって言うのか？　試験管を振ってばかりいないで、その小屋をきちんと捜索するべきじゃないのか！」

「信じてくれマティアス、それはもうやったんだ。それも徹底的にだ」

「それで何も出てこない？　なにも？　名前が載った身分証明書は？　カードの利用明細とか、何かあるだろう？」

「DNA検査の結果が届いたのは昨日だ。それを元に引き続き捜査する」とゲルトが言い返す。

私は身体を前方に倒し、うっかりカリンの手を肘に挟んでしまう。「おまえ、たった今言ったじゃないか、ゲルト。何も見つからなかったって」このことについて新聞社のローグナーは書くべきだ。警察の無能について。二週間経っても、自分のしっぽを追いかける馬鹿な子犬の群れのようにぐるぐると同じところを回り続けている。カリンは自分の手を私の肘から引き抜き、代わりに私の肩に添える。

「あなた……」

「男のDNAデータがある」とゲルトはもう一度言う。「一つ一つが面倒な手続きでいっぱいなんだ、忘れないでくれよ。現実では、テレビの《CSI》とか《事件現場》みたいに、一時間以内に画期的な成果が得られたりしない」

「一時間以内だって」と私は笑いだす。「レナがいなくなってからどれくらい時間が経ったか、本当に思い出させてやらないといけないか？」

「これからどうなるの？」とカリンが、話を逸らすために言う。でもそうはさせない。**君のレナを家に連れて帰るよ**、そうゲルトは約束したんだ、十四年前にだ。私がもらう残念賞は、イノシシに齧られた骨かもしれない。それか二本の、毛根付きの髪の毛、ほとんど何もないのと一緒だ。それに比べて、レナを誘拐した男はその身体が残っていて、それでもその男が誰だかわからない？　私は、顔が熱くなっていくのを感じる。その間にゲルトは、拭き取った血の跡を見えるようにすることができる何かの化学薬品の話をカリンにしている。レナが命を脅かすような量の血液を失った痕は見つかっていないという。「小屋はどうなんだ？」と私は噛みつく。「誰かの所有のはずだろう！　そういうものは登記簿に載るものだろう」

ゲルトはカリンから私に向き直り、イライラと溜息をつく。

「小屋が建っている土地がバイエルン州の土地かチェコの土地かもはっきりしない。どちらにしろ、国境地帯だ。誰の土地でもない。公式には誰もあそこに小屋など建てていないんだ。誰もその存在にすら気付かなかった。周辺地域は木々が鬱蒼《うっそう》としていて、車も入れない」

「おい、ゲルト！」と私は吼《ほ》えて立ち上がる。

「それなら何度も言っているようにグラスを起こせ！　あの女は四か月もの間、その男と小屋で過ごしたんだ、それで名前を知らないだと？　嘘をつかれているに決まってるだろう！」

ゲルトも立ち上がる。今私たちはテーブルを挟んで向かい合い、カリンが何とか場を落ち着かせようと間で右往左往している。

「マティアス、手を尽くしてくれてるのよ……」

「グラスさんは証言した」とゲルトはカリンのとりなしを無視して、でも私に対しては落ち着いた口調で話そうとする。「誘拐犯は名前を一度も言わなかったそうだ。その証言を疑う理由がない。子供たちにとって男はただのパパだった」

「俺に話をさせろ！　すぐにまた名前が思い浮かぶだろうよ！」

「自分でもバカげたことを言っているってわかってるんだろう、マティアス」

「バカげたことだって、え？」

「もちろん、証人を責め立てるようなことを許すわけがない」

「ご立派な証人だな」

「君は誰よりも分かってるはずだろう、そういうことをするとどうなるかって」とゲルトは意味ありげに言う。

私は口を開け、何かを言おうとするが、やめておく。

「聞け、マティアス。間もなく誘拐犯の身元が特定されるはずだ。でもそのことでレナの辿《たど》った運命が自動的に明らかになるわけじゃない。そのことは二人とも分かってくれよ」ゲルトは再びカリンに向き直り、恥ずかしげもなくカリンに笑いかけようとする。馬鹿みたいに、恩着せがましく。「でも、ベストを尽くすよ」

私は胸に手を当てる、痛みに声を抑えざるを得ない。

「君のレナを家に連れて帰るよ。お前の言葉だ、ゲルト。お前が言ったんだ」

リビングから玄関へと向かう私の歩みは小さく、慎重だ。崩れ落ちてはいけない、ここではだめだ、ゲルトの前ではだめだ。

「ヤツが何で、私たちからあの子を奪ったのか、その理由だけでも見つけてこい」と廊下への扉に辿り着き、私は肩越しに言う。

「それから妻には、骨を持ってこい。少なくとも花を供えることができるように」

「マティアス！」とゲルトが呼んだ時には、私はなんとか階段に辿り着いていたところだった。「ちなみに、ＤＮＡなんちゃらによればな、疑いようもなく確定したそうだ、ハナとヨナタンはレナの血を分けた子供だ。君は公式におじいちゃんになったんだ。おめでとう」

「馬鹿野郎」と私はもごもごと言って慎重に階段を上って行く、書斎へ。

ハナ

Hannah

時々夜、ベッドに寝ていると、あの星空がとても恋しくなる。私は天井に向けてできるだけ腕を長く伸ばして、触ることができたらいいのにと思う。星に触れることができたらいいのに。前みたいに。私はママが、私の手に自分の手を添えて、人差し指で星を一つ一つ繋いで見えない線を引いていくのを想像する。ママは「これはとても有名な星座なの、ハナ。北斗七星」と言って私に微笑む。私は微笑み返すけれど、本当はなんでも知っている分厚い本を前に読んだから分かっている、北斗七星は本来星座じゃなくて、おおぐま座の特別明るい七つの星をそう呼んでいるだけなんだって。そのことを考えると、ママと星のことを考えると、心が痛い、悲しみの獣に齧られて。

このこども病院は好きじゃない。家族が恋しいし、不器用な前足と柔らかい毛並みの小さなティンキーさんにも会いたい。

この部屋は好きじゃない。天井は高すぎるし、手が届かない、どんなに腕を伸ばしても。天井には星もない。それから初めてのちゃんとした窓も、何の意味もない、ブラインドが常に下ろされていないといけないから。私は椅子を窓ガラスに向かって放り投げてみたけれど、大きな音がしただけだった。そして怒られた。ハムシュテット先生はまだ自分がお医者さんだって主張している。今まで一度も、白衣を着ているところを見たことがないのに。ハムシュテット先生はここの偉い人だ。私はハムシュテット先生に、私は病気じゃないし、ここにいる必要はないと言ったのだけど、それでも家に帰してはくれない。トイレに行きたいときに行かせてもらえないし、いつも、何が怖いのかを言わないといけない。でももちろん私には怖いものなんてない。ここが好きじゃないだけなの。だからここで待っていたくないし、お家に帰りたい、今すぐに。私がハムシュテット先生にそのことを言うと、先生はいつも「ハナ」と言う、それはおかしな言い方で、まるで私が少し頭が悪い小さい子みたいに聞こえる。でも私は馬鹿じゃない！ それに怖がりでもない。ここには一人の男の子がいるんだけど、その子は時々あまりにも怖くて発作を起こす。それまでは普通にお昼ご飯を食べていたのに、一分後には食器をテーブルの上から床に払い落としてテーブルに頭を打ちつけ始めるの。私は密かにその数を数える。誰かが止めに入るまでの最高記録は12回。私がハムシュテット先生に、あの男の子はなんでそんなことをするのと聞いたら、先生は「心的外傷後ストレス障害」であると教えてくれた。それは、何かひどいことを体験したらなる病気だと先生は言った。見えない、治りにくい傷のようなものだって。

でもここの人たちがあの男の子を正しく治療しているとは思えない。ただ額に絆創膏を貼り付けて、青い薬を与え、絵を描かせるだけ。男の子はただ黒い落書きをするだけ。私が何度も、「ヨナタン、そんなに汚く落書きするだけじゃダメだよ。少しは頑張って絵を描かないといけないよ」と言ったのに。いつも、なんでも、ちゃんと頑張らなければいけない。でも男の子は私を、青い薬からくる変な目つきで見るだけで、そうすると私は、こんなのはもうヨナタンじゃないって思う。もう私の弟じゃない。ハムシュテット先生とここの人たちが、ヨナタンを壊してしまったんだ。

ここから出なくちゃ。これはこども病院なんかじゃない。みんながそう呼んでいるだけで、本当は違う。ここの人たちが言うことで正しいことなんて何もない。みんな嘘つきで悪い人たちだ。ここはとてもひどい場所なの。

おじいちゃんもそう感じているみたい。おじいちゃんは私を毎日訪ねてきて、外出にも付いてきてくれる。一緒に歯医者さんに行って、私の歯がとても良い歯だからと星のステッカーをもらったし、他のお医者さんのところでは、たくさんのビタミンDを摂らないといけないと言われた。ビタミンDは大事だ、足りないと大きくなれない。ビタミンDのためには太陽の光を浴びないといけない。それなのにこの部屋のブラインドを上げてはいけない。私は何故と聞いたけれど、「難しいのよ、おりこうさんね」以上のことは誰も言ってはくれなかった。けれども全然複雑なんかじゃない。おじいちゃんだってその理由を簡単に説明することができた。「ハナの目はゆっくりと光に慣れなければいけないんだ。そうしないと網膜が剝がれちゃうかもしれない」網膜とは目の内側に張り巡らされている神経組織である。網膜が剝離すると、目が正しく機能せず盲目になってしまう可能性がある。だから私は外出する時にはいつもサングラスをかけなければいけない。でもサングラスも好きじゃない。世界が茶色くなってしまうから。木が茶色、空も、全部茶色。空は青地のスクリーンで、雪のように白い雲の絵が描いてあるはずなのに。街だって茶色のグラスを通すと全く違って見えるし、臭い。建物は大きくて茶色の箱だし、見上げると首が痛くなってくる。おじいちゃんは時々、もっとゆっくり車を走らせた方がいいかと聞く。私たちが一緒に車に乗って外出をするときに、私がゆっくりと街を見ることができるように。でも私は、もっと速く走ってほしいと言う。パリの方が素敵だったし、ここには特に見るものもない。

私の心臓は最近、よく痛くなる。実は毎日、毎秒。悲しいの、でもたぶん、そのことを本当に理解してくれているのはおじいちゃんだけだ。昨日おじいちゃんは、私をお家に連れて帰ってくれると約束してくれた。おじいちゃんはこうも言った、単純に聞かれたことに答えてしまえばいいんだって。ハムシュテット先生、先生の助手の人、そして警察官たちが満足して、ここから早く出してもらえるように。ヨナタンはもう質問になんか答えることができない。青い薬はヨナタンをあまりにも馬鹿にしてしまって、ヨナタンは話し方も忘れてしまった。ヨナタンは一言も喋らない。私にも何も言わない。おじいちゃんは「全部きみ次第だよ、ハナちゃん」と言う。私だって質問には答えたい。でもあの人たちが知りたがるのはママに何があったのか、そしてママが何処にいるのかということだけで、私にはその答えが思い浮かばない。ママをみた最後は、あの病院の夜。なのにそう言うと、あの人たちはただ頭を横に振るだけで、私が嘘をついているような態度をとる。あの人たちは、私がたくさん嘘をついていると思っているみたい。ある時なんか、ハムシュテット先生はほとんど怒り出しそうになったくらいだった。私を叱りつけたわけではなかったけれど、その顔を見れば怒っていることがわかった。先生は、私の中には二つの世界があるのだと言った。頭の中の世界と、本当の世界と。先生はそれは悪いことではないと言ったけれど、その額には皺が刻まれ、眉毛が変に真ん中に寄っていたので先生の目の上に大きくて茶色の「V」の字があるみたいだった。お出かけのことを先生に話すんじゃなかった。ルートさんと違ってハムシュテット先生はすぐにそのことを警察官に告げ口したので、グレーのスーツを着た男の人がまたやってきて質問をしてきた。その男の人も目の上に大きな「V」の字があって、額に皺が刻まれていた。男の人は、私がママとしたたくさんの素敵なことを信じていなかった。私たちはずっと閉じ込められていたと思っている、動物園の動物みたいに。

「君はなんて賢い女の子なんだ、ハナ」と男の人は言った。「僕が出会った女の子の中で一番賢いかもしれない。だから僕は、君はお家で起きたことがどんなことなのか、しっかりわかっていると思っているんだよ。それにきっと、病院のあの女の人が君の本当のお母さんじゃないことも本当は分かっているんじゃないかな？　あの女の人の名前はヤスミンというんだ。綺麗な名前だろう？　ヤスミンと最初に会った時のことを教えてくれないか、ね？」

「レナっていう名前の方が好き」と私は言って、それ以上は何も言わなかった。私は、私が嘘をついていると思っている人とは話さない。

ヤスミン

Jasmin

今日は火曜日か、水曜日、それか他の日か。確実にわかるのは、時刻が12時半を過ぎているということ。私はもうトイレを済ませた。バーレヴ夫人はまだ来ていない。私のお腹がグルグルと鳴る。

すぐに違和感を感じた。今、私を読書椅子から飛び上がらせたドアのノックの音が、間違っていた。リズムが違う。三回短く、二回長く——コンコンコン－コン－コン、これが合図のはずなのに。

私は目をこする、昨夜はほとんど寝ていない。耳を澄ます。キッチンでは蛇口から水滴が落ちる音。下の道路からはけたたましいクラクションと工事の音、空気ハンマーの音が鳴り響く。

もう一度、玄関からドアを叩く音がする、強い、間違ったリズムで。

コンコンコンコン。

四回短く。私は厚いウール地の靴下でそっとリビングを横切る。読書椅子のサイドテーブルの上にある小さなランプの僅かな明かりが、私の影を異様な長さにする。

コンコンコン。三回短く。私は足を止める。バーレヴ夫人だろうか？

私は引き続き忍び足で進む、音を立ててはいけない。廊下を進んでいく。私の影が不気味な先陣みたいだ、ラミネートフロアをくねくねと玄関に向かい、私は付いて行く。

コンコンコンコン、四回短く。

私の視線は寝室のドアへと飛んでいく。ドアが閉まっていることを確認するためだ。外で、ドアの前で床板が何度もぎーぎーと音を立てる。誰かが落ち着きなくその場を行ったり来たりしているみたいだ。女の人の声がする、おずおずと「こんにちは？」そして「グラスさん、いるんですか？」と言う。

バーレヴ夫人じゃない。

私は玄関に辿り着く。胸を電流が駆け抜ける。覗き窓から歪んだ女の人が見える。警察官かもしれない、再度の問い合わせのために来たのか？　それか熱心なレポーターが私の住所を突き止めて、話せない出来事を聞くためにお金の提案をしに来たのか？　どちらにしたって私の胸にさらに強い電流を引き起こすだけだ。私はノック音を無視することに決める。でも既に向きを変え、ドアに背中を向けた時だった、もう一度声が聞こえてくる。「グラスさん、もしいるなら開けてください。バーレヴさんの使いです」

何かがおかしいという気持ち――ノック音のリズムが違うという違和感以上に――何かが

おかしいという気持ちが私の身体を襲う。私は斜め後ろにある廊下の左壁のサイドボードに手を伸ばし、閉じられた玄関から目を離さないまま、何か武器になるものを求めて手で探る。写真立てがカタカタと音を立てる、倒れる。ぎょっとして私は手を引っ込める。

「グラスさん？　いるんですね？」とドアの前で女の人は言う。今の音で気付かれてしまったのだろう。

私は深呼吸をし、鍵穴の中の鍵を回し、躊躇いがちにドアを開ける。細い隙間だけ。私と同年代のその女性は、トマト色に染めた髪の毛を短いおかっぱにしていて、前髪は片側だけ長く、顔に垂れ下がっている。苦笑いをするのがみえる。

「ああ、よかった。いないのかと思いました」

私は彼女をじろじろと観察し、ジーンズとTシャツと、それからお腹の高さに持っている鍋を確認する。

「お食事を持ってきました、グラスさん」

「あなた、誰ですか？」

女の人は肩越しに曖昧に階段の方向を示す。

「ああ、そうですよね。初めまして、マヤです、バーレヴさんのすぐ隣に住んでいます。私も三階に住んでいるんです。バーレヴさんは今朝、息子さんのところに行かれたので、私にこれを持っていくようにと託されました」彼女は顎で鍋を指し示す。「あなたのために、特別に作り置きしたそうです。あ、それからこれ」と彼女は頭を左肩に向かって斜めに傾げる。曲げた腕にいくつかの封筒、丸められた新聞と広告カタログが挟まれている。「郵便物も持ってきました。バーレヴさんから、あなたは難しい手術を受けたばかりで、まだあまり動けないと聞いています」

「ええ」はっきりと私は答えたけれど、同時に、私が誰だか知らないなんてことが本当にあるだろうかと考える。バーレヴ夫人がとっくにひそひそと漏らしているのではないか、五階にセンセーショナルな悲劇的人物が住んでいることを。

バーレヴ夫人自身はすぐにそのことに気づいた。およそ一週間前、丸まった背中とぎこちない動きで彼女が自宅の玄関マットを掃いているところに、退院してきた私が母と警察官に付き添われて上の階の自宅に向かって行ったのだった。私は少し前屈みになり、浅く呼吸をしていた。肋骨の骨折は医者の目には教科書通りに治っていたが、それでも刺すような痛みに涙が出てきたし、特に肉体的に負荷がかかると辛かった。私の顔の切り傷はたくさんの小さな茶色い三角の瘡蓋《かさぶた》になり、内出血の痕で未だに肌が少し黄ばんでいる箇所があった。

バーレヴ夫人は私を見て手にした塵取《ちりと》りを下ろし、「なんてこと」と言った。けれども私の失踪の調査のために、警察官が部屋に来て隣人にも聞き込みをしていたのだから、私の姿を見るまでもなく、彼女はとっくに分かっていたに違いない。それに加えてメディアからの情報。私が小屋の女だということ、それは明らかだった。たとえ脱出後に、マスコミが私の顔写真に被害者プライバシーの観点から黒い目隠しを被せたり画素数をお粥《かゆ》みたいに粗くしたとしても、点と点を結び付けるのはそう難しいことではなかっただろう。

「まあご存じでしょうけど、あの優しいバーレヴさんにとっては階段も大変なんですよね、腰のせいで」と女の人は言う。私はまだ謎解きしている。この数か月間、地球は本当に彼女を置き去りにして回っていたんだろうか？　それとも彼女は神経がとても細やかで、センセーショナルな悲劇的人物を目の前にした時に、普通であれば言ったりしたりすることを控えることができる人なのだろうか？　普通なら「なんてこと」とか「お大事に」とか、同情的でありながら見透かすような、貪欲な視線で私の服を透視して、ひどい虐待の痕を見ようとするのに。

私はもう一度頷いて「ええ、腰が。ずっと悪いんですよね」

だからバーレヴ夫人が郵便物を持ってくるのは、自身が買い物や医者へ行く用事で家を離れなければいけない時だけだ。それ以外の日には、建物の郵便受けのある玄関口への階段をわざわざ降りていくことはしない。ましてや、私のためだけにそんなしんどいことはしない。

「郵便受けがいっぱいで溢れ出ているなと思っていたんです、だからちょうどいいと思って……」

「お会いしたことないですよね」と私は確かめる。

「私ですか？　ええ。だって私もあなたにお会いするの、初めてですもの。私、ここに住んで数週間なんですよ」

「バーレヴさんの隣？」

「ええ」と彼女は頷き、また微笑む。

「あそこには家族が住んでいるはず」

「ヒルドナーさん、そうです。引っ越しされましたよ」

「知らなかった」

「そうなんです」女の人は肩を竦める。その際に腕を動かしてしまったので、抱えた郵便物が床に散らばる。「ああ、やっちゃった」と彼女は笑って私に鍋を押し付ける。私は鍋を受けとり、彼女がしゃがんで郵便物を拾い集めるのを見ている。「マルチタスクのいい見本にはなれないわね？」と彼女はくすくすと笑う。

私は「ちょっと待って」と言ってドアから離れ、鍋をサイドボードの上に置き、手伝おうとする。

「大丈夫、これで全部です」彼女はドアの隙間から郵便物の束を手渡してくる。「あ、それから、バーレヴさんが、ここ数日の食器をもらって帰ってきてほしいって言っていました」

私は昨日の鍋のことを考える。シチューが入っていた。小さな耐熱性の型にはジャガイモグラタン、ボウルにはヌードルサラダ、全てドアの前の玄関マットの真ん中に置いてあった。筆記体で書かれた、**誰でもウェルカム**が目立つ玄関マットの上に。私はまたドアの隙間に立つ。マヤはまだ微笑んでいる。

「ごめんなさい」と私は微笑もうとする。「まだ洗ってなくて」

「あら、そんなことは私がやります。そのまま全部渡してください」

私の内なる目に、キッチンで恥ずかしく思いながらカラカラに乾いた食べ残しをゴミ箱にこそげ落としている自分の姿が映る。そしてその間玄関はぱっくりと開いたままで、そこに立っている知らない女は、バーレヴ夫人の使いだという。入ろうと思えば入ってくることができるのだ。そう思った瞬間に、軽いパニックがこみ上げてくる。馬鹿げたパニックに違いない。けれども論理と理性では抑えることができない。女は頼まれて私に食事を運んできて、使い終わった食器を持って帰ろうとしているだけ。彼女が私の住居で一体何をするというの？　私に何をしようとしているっていうの？

私は必死に考えたけれど、どうしても彼女の目の前でドアを閉めて待たせる口実が思い浮かばない。なんて常識知らずと思われるに違いない。

「ちょっと、本当に洗ってなくてまだ……」

「私は気にしません、本当に」

マヤが微笑んでいる。マヤ、私が飢え死にしないためのバーレヴ夫人の使い。一生トラウマを抱え、ずっと危険に怯えている可哀そうな小屋の女、そんな女には決してならないと私は誓った。けれどもそう思われるに決まってる。現に今、私は食器を待つ新しい隣人を家に招き入れることをこんなにも躊躇っている。それだけでもうすでに十分ひどい状態だ。以前、キルスティンがまだここに住んでいた頃には、常に来客があった。ほとんど知らない人だらけだった。皆、誰かが連れてきた誰かで、私たちは皆パーティーが大好きだった。「十二人以下はパーティーじゃない」とキルスティンは口癖のように言って笑っていた。誰でもウェルカム、それは遠い昔、まだ人生が違って見えた時のこと。

私は思い切って頷き、螺子《ねじ》が巻かれたかのように向きを変え、廊下を急いでキッチンへと向かう。

玄関が、開いている。

心臓が首で脈打っている。私はせかせかとグラタン皿と小鍋を大きなサラダボウルに重ねていく。ボウルには乾いたマヨネーズがこびりついて、非難がましい模様を描いている。一体どうしたら、年老いた女性に料理をさせて食器すら洗わないなんてことができるんだろう？　**恥を知れ、レナ。全く礼儀というものを知らないのか？**　どこかにまだタッパーがあったはず。くるりと向きを変えようとすると、ウールの靴下がタイルの上を滑ってしまう。私は身体を支えようとキッチンの台の角に触れる。玄関が開いている。マヤ、ここで会ったことはない。新しく引っ越してきたのだという。その声がする。「大丈夫ですか、グラスさん？　お手伝いしましょうか？」

「いえ、いえ、大丈夫！」と私は叫ぶ。

タッパーは、あのクソタッパーは、タッパーは一体どこなの？　私は食洗機を引っ張り開ける。タッパーはどうしてか食洗器に滑り込んだらしい。その中でいくつかのコップとナイフとフォークと一緒に汚れたまま、私が正しいプログラムのスイッチを入れるのを待っていた。私はタッパーを中から釣り上げると、汚れた食器の山のバランスを取りながらキッチンを横切り、廊下を通って玄関へと戻る。玄関のドアは開いている。階段が見える。食器の山が私の手の中でカタカタと震える。

マヤがいない。マヤが消えた。

頭がおかしい。

マヤなんて来なかった、存在すらしない。

もう僕たちしかいない。僕たちが君の家族だ。

私はサイドボードにおぼつかない視線を向ける。鍋も郵便物も、マヤがここにいたことを証明している。私は乱暴に食器の山を床に下ろし、思い切ってドアの外を確認する。何もない、階段があるだけ、静かにそこにあるだけ。マヤの痕跡はどこにもない。足音がしないかと耳を澄ませる――何も聞こえない。私はできるだけ静かにドアを閉め、びくびくしながら肩越しに頭を後ろに向ける。その間私の心臓は不吉なリズムで鼓動を打っている。

彼女がこの家に忍び込む理由がない、と論理と理性が言う。理由があるんだ、とパニックが叫んでいる。

ヤスミン
Jasmin

私が三年前に引っ越してきたこのアパートは、こんな風に表現されていた。

> レーゲンスブルク旧市街地、三名用シェアハウスの同居人募集。十二世帯が住む建物の広さ74平方メートルの住居。眺望の良いベランダ付き。あなたが喫煙者だといいな、私も吸うから。動物好きだとポイント高し。私たちのシェアハウスには私の他に34歳のレストラン従業員、そしてオス猫がいます。12平方メートルの寝室を提供します。キッチンとトイレは共用。食洗器、冷蔵庫、電子レンジ、そして洗濯機あり。家賃は月額310ユーロと雑費。

そこに載っていた写真には本当の我が家が写っている、と私はすぐに思った。四つの壁に囲まれて頭の上に屋根がある、建築的な意味での我が家じゃなくて、活《い》き活きとした人生がそこに写っていた。部屋はカラフルで無造作で、蚤《のみ》の市の家具の寄せ集めと小さな宝物でいっぽい。寝室の窓辺にはドリームキャッチャーが吊《つ》り下げられていて、マットレスがベッドで、その上の壁には分厚い渦巻き装飾の施された金色の額。その中に安っぽい処女マリアが赤ちゃんイエスを抱いている絵。天井からぶら下がるカラフルなガラス玉のシャンデリア。キッチンの大きくて頑丈な木のテーブルは、遠くから見ても擦り傷や大きな傷が見えるほどで、よくある大きなピンクの冷蔵庫はアメリカ風味のデザイン。リビングの擦り切れた読書椅子の後ろには本が山になって壁を何メートルも覆っていた。信じられない数の本が本棚にも入れずに無造作に床に置かれていた。母が見たらとても、我慢できなかっただろう。私も我慢できなかった、ただし別の意味で。私は魅入られたみたいだった、ここにどうしても住まなければいけなかった。その思いは、募集記事を投稿したキルスティンに会った後ではより強くなった。キルスティンは私とは全く違う世界に生きているようだった。イビサ島みたいなヒッピー文化の島に住んでいそうだった。長い茶色の髪は塩水と風でこんがらがっていて何年も梳かしていないみたいにみえ、花柄のワンピースに数えきれないカラフルなネックレス、茶色いモカシンのブーツの編み紐《ひも》を膝下まで閉じて履いていた。キルスティン、カラフルで活き活きと、いつも笑っていた彼女。私はずっと実家暮らしだった。事情が事情だったし、たぶん母に対する間違った責任感が原因だった。愛とか情とかっていうよりも、それが道理だと思っていた。私たちは父が死んでから二人きりだったから。ここでは、このアパートでは私は幸せだったし強かったし高慢だった。キルスティンと太った黒猫のイグナッツが、私が誘拐されるおよそ二か月前に出ていくまでは。私はここにいたかった、どうしても、ここに引っ越してきたかったのと同じような強さで。このアパートとここで過ごした記憶を遺産のように守りたかった。その時間を知る証人のように、力強い遺物のように、環境の変化をものともせずにアスファルトを突き破る植物のように。何度暴力的に引き抜かれても、その根はびくともしない、実家の入口に生えている雑草のように。母がいつも文句を言っていたっけ。

私は忍び足でキッチンに入ると包丁ブロックからナイフを引き抜く。よく切れる、なんでも切れるナイフ、肉さえも。私は全ての部屋を隈なく探す。かつての我が家の、この74平方メートルを。ドアの後ろの死角や床に届く長さのカーテンの後ろ、シャワーカーテンの後ろ。誰もいない、このアパートは空だ、あるのは私と私の思念だけ。しばらくの間私には、マヤが開いた玄関から忍び込んで何処かに身を潜め、私に襲い掛かるタイミングを見計らっているのだという強い確信があったのに。

疲れ果てて読書椅子に沈み込み、私は膝を抱える。右手にはまだぎこちなくナイフを握ったままだ。そうなのかもしれない、私はおかしくなっているんだ、本格的におかしくなっているんだ、医学的な意味でも。もしかしたらとっくにそうなっていて、本来いるべき場所は病院なのかもしれない。安全上の理由からドアノブが取り外し可能な病室。私は壊れた頭を膝に埋め、しゃくりあげ始める。私は囚われたままだ、自由はその状況を変えはしなかった。

私は鍋の中のグーラッシュを嗅ぎつける——そして私に何かいいことをしてくれようとする人に危険を嗅ぎ取って、ナイフで何とかその危険を取り除こうとしている。そして頭がおかしくて愚かに感じられる今この瞬間にさえも、マヤは何故急に消えてしまったのだろうかという考えが頭を離れない。さよならも言わなかった、「やっぱり汚れた鍋なんていらないです」とか「考えたんだけど、少なくとも食器を洗うくらいは自分でやった方がいいと思います」もなしに、「ごめんなさい、行かなきゃ」とか何らかの釈明もなしに。

ナイフをサイドテーブルに置き、私はなんとか椅子から立ち上がる。ドアをもう一度確認したかった、本当にきちんと鍵がかかっているかどうかを。医者と心理カウンセラーは、最初は一人でいない方がいいと言った。ましてや反対を押し切ってクリニックを退院して、他の特別な施設に入院するつもりもないのならなおさら。私は彼らに、しばらくの間は母のもとに引っ越すと言ったし、それはどうやら退院するには十分な説得力があったようだ。

ドアは施錠されている、二回、それ以上は施錠できない。私はサイドボードに向き直り、額縁に入った写真を一つ手に取るとドアノブの上にバランスを取って載せる。誰もここには入ってこない、床で粉々に割れたガラスが警告することなしには。私は一歩下がり、ドアノブの上の額縁を見つめる、額の中の写真を。キルスティンと私、肩を寄せ合い、互いに頭を寄りかからせて。真ん中にはイグナッツの大きな黒い頭。キルスティンがイグナッツの脇の下を掴んでカメラの方向に向けている。その前足はだらんと垂れ下がり、黄色い眼は不機嫌に細められている。この写真が撮られた直後にイグナッツはキルスティンに飛び掛かっていった。うちの気難しい坊や、と私たちはよく言っていた。私はため息をつく。私の視線はサイドボードの上の郵便物の山に向けられる。一番上に、半分に折られた新聞、昨日の日付のものだ。第一面にハナの写真が載っている。小屋の薄暗い40Wの電球の灯りの下でも、ハナは青白く見えたものだった。新聞に掌の大きさに印刷されたカラー写真では、その白い肌と潤んだ目、その明るいブロンドの髪は、ほとんど非現実的に見える。私は指先で、ハナの気付かないほど微かに弧を描く唇をなぞる。これがハナの笑い方。

これが戦慄の小屋のゾンビっ娘だ！

カーム／ミュンヘン（MK）——本紙既報、小屋からのセンセーショナルな逃亡から二週間が経ち、本紙編集部に匿名で誘拐の被害者レナ・Bの娘の写真が提供された。女児（13）とその弟（11）には現在、治療が施されている。Bは2004年1月より行方不明と見做《みな》されている。その行方と誘拐犯の身元に関しては、フランク・ギースナー警部によれば未だに明らかではないという。新しい情報や手がかりは、逃走の際にヤスミン・Gによって殺害された男の具象的な顔の復元によって得られるものと期待がかかっている。男はレナ・Bとヤスミン・Gの誘拐犯であると推察されている。Gは今年5月に誘拐され、9月に脱走するまでの四か月間、小屋に監禁されていたという。その監禁生活の状況や二人の児童の健康状態に関し、現在まで明らかになっている情報は少ないものの、ショッキングである……。

私の集中力は続かない、文字がぼやけてしまう。ハナの写真だけがはっきりとみえる。誰が撮影した写真だろう。ハナは誰に微笑んでいるのだろう。私は、退院してからこの方、ハナがどうしているのか、尋ねることもしていなかったことに気づいた。ヨナタンについてもそうだ。万力がまた私の頭蓋骨を締め付ける。

君はなんて母親だ、レナ？

なんていうひどいモンスターなんだ？

新聞紙が部屋の隅にガサガサ音を立てながら飛んでいき、私はこめかみをマッサージする。気を紛らわすために私は、郵便物の山の残りをサイドボードの上から引っ摑み、キッチンへと向かう。テーブル椅子に腰を下ろし、封筒に目を通していく。保険組合からの手紙、恐らくセラピーの費用の補塡に関してだ、どうせ私はセラピーを受けないだろうけれど。携帯電話会社からの手紙、水道会社からの手紙。私は封を開けない。ただ一通だけ、差出人がない手紙がある。質素な、白い封筒に私の名前が書いてあるだけ、ヤスミン・グラス、黒いフェルトペン、手書きの大文字で、私の名前だけ、住所も書いてない。私は封筒を開け、たたまれた白い紙を引っ張り出す。一言だけ。**レナのために。**

マティアス
Matthias

「いいえ、マティアス！」

くそ、分かっていたことじゃないか。

「答えは、いいえ、よ」

「おまえ……」

「いいえ！」ナイフとフォークがカリンの皿の縁でカタカタと鳴る。私も食欲が失せていたが、悟られないようにステーキから特別大きな塊を切り取る。ごくごく当たり前のことだ、と私は思う、当たり前のことだし、夕食を中断するようなことじゃない。

「カリン、頼むよ……」

「私は、いいえと言ったんです」

これ見よがしにカリンはナフキンを手に取り、口元を拭う。そして椅子から立ち上がるとほとんど手つかずのステーキとジャガイモ、豆がのった皿を持ってキッチンへと向かう。ゴミ箱の蓋が開く音、皿から食事を掻き捨てる音が聞こえる。

「カリン！」と私はその音を掻き消すように大声を出す。「まずは話し合わないか！」

答えのようにゴミ箱の蓋が閉まる音、そして食洗機が引き開けられる。私は食事を続けようとする。肉が硬い気がする。

「本気で言っているのね」直後にキッチンとダイニングルームの間のドアに姿を現し、カリンが確かめる。

私はスプーンひとさじの豆を嚙んで飲み込み、言う。「もちろん本気で言ってる。どう考えたって当たり前のことじゃないか、あの子をうちに、家族のもとに連れて帰るのは。ハムシュテット先生とももう話をしたんだ。反対なんかしなかったよ、むしろ逆だ。ハナのセラピーにとってもいい影響を及ぼすだろうってさ」

「いつ？」

「そりゃ、できれば明日にでも」

「そうじゃなくて、いつ、ハムシュテット先生とそんなこと企んだの？」

今度は私もナフキンを摑み、口の端を拭う。

「何日か前のことだ」と私は静かに言う。「もしおまえが一度でもあの子を訪ねるのに一緒に来ていたら、既に知ってたかもしれないことだがね」

「マティアス、やめて」

「だってそうじゃないか。おまえはあの子のおばあちゃんなんだよ」

カリンは何も言わずにキッチンへと消える。今回聞こえてきたのは冷蔵庫を開ける音、そして引き出しを開ける音、そして最後にワインのコルクを開ける音。

「俺にも一杯持ってきてくれ」と私は頼む。

カリンが賛成しようとしまいと、私はハナを家に連れて帰るつもりだ。あの子に約束したのだ。

「おじいちゃん」とあの子は言った。「ここは好きじゃないの。とても悪い場所なの。夜は眠れない、悲しくて。お家に帰りたい」おじいちゃん。久しぶりにそんな素敵な言葉を耳にしたと思った。

「乾杯」とキッチンから戻ってきて私の手に赤ワインのグラスを押し付け、カリンが掠れた声で言う、「あなたとあなたの独断に乾杯」

「おい、カリン。やめてくれよ」

私はカリンがワイングラスを手に、ぎこちない動きでテーブルの周りをまわり、自分の椅子に戻るのをみている。

「やめるものですか、マティアス。あなたは私に隠れてハムシュテットさんと話をして、事後承諾を得ようとしたのよ。フェアじゃない、言わせてもらうけど」

「まず、ハナを数日だけでも退院させることがそもそも可能なのかどうかをはっきりさせたかっただけだよ。ハムシュテット先生も一旦検討しなければならなかった。でももちろん先生も、ハナがトラウマセンターに収容されてから、完全に心を閉ざしてしまったことは分かっている。セラピーは一進も一退もしていない状態だ。わかるか、カリン？　あの子の場合、医者たちは何から始めたらいいのか分かっていないんだ！　診断すら下せていない！　男の子のほうは治療できる、でもハナは、カリン、ハナは……」私はワイングラスを置いて両手を挙げる。「わかるだろう、あの子は私たちの孫だ！　助けてやらにゃならん！」

「一体どうやって？　私たちは精神科医じゃないのよ！　医者がどうしたらいいのか分からないんだったら、私たちに一体何ができるというの？」

「ハナは家族を恋しがってる、あの子には家族が必要なんだ、普通の……」

「普通！」カリンが私の言葉を遮る。「普通、それが何なのかも分かっていないじゃないの！」

「ああ、それならなおさら、うちで教えてやらないといけないだろう。見てみろ！」私は芝居がかった動きで腕を広げる。「これだ！　ここにある全て！　この家！　あの子の母親はここで大きくなったんだ！」

カリンがワインを一口飲む。

「どう進めていくつもり？」とワイングラスをまた置いてカリンが聞く。「レナの部屋のベッドにカバーをかければいいのかしら？」

私はその声に交じる皮肉を無視して熱心に頷く。

「それから本を買ってあげなけりゃいけない、カリン！　それもあの子が恋しがっていることだ。トラウマセンターでは勉強もできやしないんだ。すぐに何冊か教科書が必要だ」

「それで来年には小学校に行かせようとか、そういうこと？　普通の子供と同じように」

「何冊か本を買ってあげればあの子はきっと喜ぶ、言いたかったのはそういうことだ。好奇心が強い子だ、もう既に色んなことを知っている。一度ちゃんと会えばわかるよ、カリン。とても賢い子なんだ」

私は思わず口元が緩んでしまう。おじいちゃんはスペイン語でなんと言うかをハナが教えてくれた時のことを思い出したのだ。

「上手くいくはずがないわ、もう一度よく考えてみて」

アブエロ、おじいちゃんはスペイン語でアブエロ……。

「マティアス！」

「ん？」

「上手くいくはずがないと私は言ったの。そう簡単に家族ごっこなんてできないわよ」

「頼むよ、カリン。ごっこだなんて。俺たちは家族だろう！　あの子は私たちの孫だ！　うちの娘の子供なんだ」

カリンは額を擦る。

「まずは数日だけのことだよ、おまえ」と私はカリンの懐柔を試みる。「ハムシュテット先生ともそう話し合ってある。ハナのことはもちろん、変わらずにトラウマセンターにセラピーのために連れていくことになっているんだ。ただあの子に少し落ち着いた環境を与えてあげようっていうだけだよ」

静かだ。カリンが落ちるまであと少しだ、私にはわかる。カリンは心のないおばあちゃんにはなりたくないのだ、そしてカリンはそんな女性じゃない。カリンは怖くて、何もかもを正しくやりたいと思っているだけなのだ。ハナのことはプロの手に委ねたいと思っているのだ。ハナに対して何をどうしたらいいか分かっていない、「プロ」の手に。

「私がお伝えできることはそう多くはないのですが、ベックさん」とハムシュテット先生は直近の面談の際に言った。

私たちは先生の執務室に座っていた。先生はデスクに、私はその前に。彼女の後ろの壁には額に飾られた数多くの賞状、どれも彼女が「プロ」であることを証明するものだった。けれども左手の窓枠のオリヅルランの、ぐったりと黄色がかった葉っぱをみれば、その「プロ」が簡単な観葉植物の世話もできないことがわかった。

「子供たちが出来事をどのように処理するかは本当に千差万別です。たとえばヨナタンの経過は驚くべきものではありません、むしろ」――彼女は空中に両手の人差し指と中指で引用の括弧マークを描き――「普通なんです。ここでいう《普通》がどういう意味なのか戸惑われるかもしれませんが。ヨナタンは悪夢をみます、叫びます、私たちと話をすることを拒否します。当事者がトラウマとなった出来事にまずは自分自身で決着をつけるか、少なくとも決着を試みることはよくあることです。もっとも、私たちは、彼が時間が経つにつれて心を開いてくれると思っています。まずは彼が私たちを信頼するまで時間をかけ、みんな彼を助けようとしているんだと、安心していいのだということを理解するまで待つつもりです」

私は貧乏ゆすりを始めた。ハナは既に私のことを待っているに違いない。

「そりゃあよかった」

「ハナですが」とハムシュテット先生は強調するように言った。

「あの子がどうしたんです？」

ハムシュテット先生はまるで私を見透かしたかのように微笑んだ。

「ハナの場合は、全く違います」

私は背筋を伸ばし、椅子の前方に身を乗り出した。

「何がですか？」

「彼女の振る舞い方です」

「それが？」

「さて、ヨナタンの例で説明するのが一番いいでしょう。あの男の子はその人生のすべての時間を小屋で過ごしました。狭い、かりそめの空間に閉じ込められていた。窓もなく、外界への接点もなかった」彼女は勿体つけるような間をおいて、私が腕時計に視線を落とすとやっと話を続けた。

「この外の世界、ここで起きること、この活気、大勢の人、この煩《うるさ》さ、この全て、小屋での生活からは知らなかったこと全てに、彼は完全に萎縮してしまっている。たとえばエレベーター、もう大騒ぎです！　階段を使うことしかできないんですよ、彼と一緒に階をかえようと思ったら。それだって彼は怯えてしまうので、毎回大変です。慣れない肉体的な動きのことは言うまでもありません。分かりますか、ベックさん？　私たちは今、幼児に教えるように、階段の上り下りを彼に教えているところなんです。もちろん、彼にとってはストレスです。時折ヨナタンは何時間もテーブルの下に潜り込んで出てこないことがあります。それから夜、ベッドから寝具を引っ張り下ろして床で寝ようとします。このシグナルから読み取れるのは、彼にとってこの状況がストレスになっているということなのです」

彼女が一体何を言おうとしているのか、私にはわからなかった。それでも私はなんだか攻撃されたように感じた。「ハナだってここでは調子が良くないようじゃないですか。よく眠れないと言ってます。あの子を訪ねると毎回そう言いますよ」

ハムシュテット先生は長い溜息をついた。

「そうかもしれません、ベックさん。それでも彼女はこの慣れない世界を驚異的に上手く受け入れています。それとも怖がっているように見えますか？」

「強い子ですから」と私は言い切る、少し誇らしげに。

「ベックさん、神経学上の特性で、私たちがアスペルガーシンドロームと呼ぶものがあります。お聞きになったことがあるかもしれません。これは自閉症の一種で、当事者が外からの刺激をどのように処理し、他者と関わるかに影響を与えます……」

「ハナは病気じゃありません」

「私も病気であるとは言っていません」とハムシュテット先生は言って首を斜めに傾げた。

「むしろ、障害と言った方が正しいでしょう。そして私たちはまだ、ハナがこの診断に本当に当てはまるかどうか確信を持てないでいます。それでも、引き続きその線で診察を続けていきたいと考えています」

私はまた時計を見た。

「まあいいでしょう、ベックさん。ハナを数日間家に連れて帰るというご提案ですが、思い切ってやってみましょう。もちろん、条件付きとなりますが」

「もちろんです」何度も頷き、私は立ち上がろうとした――やっとだ。ハナが待っている。

「待ってください、ベックさん。少しだけ、娘さんについてお話ししたいことがあります。レナさんについて」

先生がその名前を強調するように口に出した、その言い方だけでも私は怒りがこみ上げるような気がした。まるで私がたった一人の子供の名前を忘れたかのような言い方じゃないか。

「ハムシュテット先生、本当にもう行かないと……」

「欲しくてたまらない答えを未だに得ることができないことが、どれほど辛いことか、私には想像することもできません」

私は万が一に備え、下唇を嚙んだ。彼女の言っていることはなるほど正しかった。子供たちは未だに、有益な証言をしていなかったのだから。まるで、レナの代わりにいつの間にかグラスさんが小屋にいたことに、二人とも気付きさえしなかったかのように。

「きっとストレスでしょうね。ですから、私は尚《なお》のことあなたがハナの祖父として関わろうとしてくださる姿を嬉しく思います。ですので、お助けするために、心理学的な状況をもう一度ご説明したいと思います」

私は唇を離し、溜息をついた。全て、既に聞いたことがあった。いつも同じ例《たと》えを使って、話は繰り返される。これまで世界を鍵穴の中からしか覗くことができなかったハナとあの男の子。これまでの人生、小屋に閉じ込められ、重要な他者が二人しかいなかったこと。両親だ。子供たちが無条件で両親を愛するのは自然の摂理だ。その隔離された状態が、比較の機会を与えなかったということ。何か間違ったことやひどいことが周囲で起こったとしても、他の状態を知らなければそのことにどう気付けと言うのか？　正しいことと間違ったことをどう学べたというのか？　それに加えて、父親への依存、生まれた時から訓練された服従。二人は彼を自分たちを閉じ込めるモンスターとは思っていなかった。二人は彼に感謝していた、飢えないように食べさせてくれたし、凍えないように火を起こしてくれた。そしてその全ての話に付きまとい、今も出てくるのが「普通」という言葉だ。ハナと男の子にとっては小屋の中の生活が普通だった、家族の普通だった。そして人は、普通のことに疑問を投げかけたりしない。

「それはもう理解しました」私はハムシュテット先生の説明を遮ろうとする。ハナはもうすでにほとんど十五分も私のことを待っていた。

「父親が二人に、部屋に行きなさいと言うことと、これが新しいお母さんだと言うことは、二人にとっては同じような重みだったのでしょう」とハムシュテット先生は私の態度にお構いなく続けた。「その言葉が法律だった。そのことを忘れないことがとても大事ですよ、ベックさん。あなたは娘さんに何があったかという問いに対する答えをまだ得られていません。その事実と上手く付き合えると、たとえ今あなたが思っていたとしても、時間が経つにつれて恐らくフラストレーションを感じるようになるでしょう。そしてそのフラストレーションは、急激に大きくなっていくかもしれません」

「悪く思わないでください、ハムシュテット先生。でもこの瞬間に大きくなっているのはむしろ私の我慢です、それも極めて急激にね。孫がすでに十五分も私のことを待っているんです」

ハムシュテット先生は訳知り顔で微笑んだ。

「それなら、これ以上お引止めできませんね、ベックさん」

「気付いているのかしら、あなたハナの話しかしてないってことに？」とカリンが長い沈黙を破る。

私は溜息をついた、次に何が来るかを予感して。

「今はレナの話はしたくないんだ」

「レナのことを言っているんじゃないわ。私が言っているのはヨナタンのことよ。あなたさっき、あの男の子と言ったわ。あなた、あの男の子のことは治療できるって言った。気付いていないの？」

「いったい何が言いたいんだ？」

カリンは椅子の上で姿勢を正す、その背中は真っすぐになっている。

「髪の色が気に入らないの？」

「なんだって？」

「レナに似ているって思えないのね？」

「何の話だ？」

「ハナには、父親の面影がない、レナそっくり」

「カリン、それは完全に馬鹿げているよ」厄介な意見を手を振って追い払おうとすると、私の手はうっかりとワイングラスに当たってしまう。グラスの脚はダイニングテーブルの硬い木の上に落ちて折れる。赤い水たまりがあっという間にテーブルクロスに染み込む。私は飛び上がる、カリンもだ。

「悪かった、おまえ」と私はおぼつかない手つきでナフキンを手に、零《こぼ》れたワインを吸い取ろうとする。カリンはテーブルクロスを撥ね上げ、テーブルの上のワインが下のベージュの絨毯に流れ落ちないようにする。

「よくあることだわ」カリンは顔をあげる。「でもそれ以外にも、ハナをうちに連れてきたら何が起こるか考えた？　ジャーナリストやカメラマンがまたうちの周りを占拠するわよ、あの時、レナが失踪した時と同じように」

「それは……」

「今だって電話は鳴りっぱなしじゃないの」カリンは上ずった甘え声を真似する。「ベックさん。娘さんが見つかるという希望はまだお持ちですか？　ベックさん、お孫さんたちはお元気ですか？　短いインタビューで結構です、ベックさん、お時間は取らせませんから」頭を振りながら、カリンはテーブルの上を片付け始める。「もう一度あんなことに耐えなければいけないのは嫌なのよ、マティアス」

「分かってるよ、カリン。でも今回はそんなことにはならない。ここに来て何をしようって言うんだ？　時間の無駄じゃないか。インタビューなんかできるわけがない、私たちはそんなことしないし、ハナは言わずもがなだ。それにハナの写真だって、もう手に入れてるじゃないか。ここでカメラを構えて待ち伏せをするような無駄をする必要もないじゃないか、そうだろう？　ゾンビっ娘だなんて、カリン！　おまえも自分で記事を読んだだろう！」私はやるせない気持ちで首を横に振る。「ゾンビっ娘。あの写真、あの子はあんなに綺麗に写っていたのに」

カリンの動きが止まる。

「マティアス、やめてよ」

私は視線を下げる。カリンは私を見透かすことができる。私を知っているのだ、ほとんど四十年間。気付いている。カリンはハナを家に連れて帰るという私の望みにやめてと言ったのではない。もっと別のことを確信したのだ、そのことを私は感じる。

「あなたがハナの写真を撮ってマスコミに渡したのね」とカリンは遂《つい》に言う。「あなた、またやったのね」

ヤスミン
Jasmin

私は肋骨の痛みが耐えられる範囲で体を丸め、読書椅子に座っている。手紙を硬直した指で握りしめている。震えている。

寒いの、ママ？

静かにして、ヨナタン！

大好き、ママ。

静かにして、二人とも！　私のことを放っておいて、分かった？　今日は調子が良くないの。

私は目を閉じて、呼吸を数える。心理カウンセラーが、パニックの発作が起きた時に行うようにと言った通りに。「声は本物じゃありません、グラスさん。あなたの頭の中にあるだけです。過ぎ去るのを待ってください。空を流れていく雲を眺めるように。追い払おうとしないことです、記憶の映像も同じです。浮かんだなら、消えるのを待ってください、大丈夫です、息をしてください、深く、ゆっくりと深呼吸をして、吸って、吐いて……」

私は呼吸をする。

声は——まだそこにある。記憶が浮かんできて、表面を突き破る。でも消えてはいかない。私の首根っこを摑んで捕え、底に向かって引き摺《ず》り下ろしていく。はるか深い、真っ暗な場所へ、40Wの暗闇へ。私は小屋に戻っている。寒い、とても寒い。息が小さな雲を作る。私はハナとヨナタンと食卓に座っている。今日の時間割に沿えば、今は英語の時間だ。

「集中しなきゃダメだよ、ママ。お勉強は大事。馬鹿なままでいるのはいけないことなの」

私は集中することができない。寒い。息の白さが、時間が過ぎ去っていることと、未だにこの地獄から抜ける道を見つけられていないことを思い出させる。それどころか、ここにいるのが数日なのか、数週間なのか、数か月なのかもわからない。今日は涼しい夏の日なのか、すでに冬なのか。

「寒いの、ママ?」とヨナタンがここ以外を知らない子供としては当然の無邪気さで聞く。少し前からあなたの夫は日中、私たちだけを残していなくなることが増えた。仕事に行っているのだという。馬鹿げた想像——モンスターに仕事、ごく普通の仕事かもしれない、きちんとした仕事、モンスターに給料、それから保険。

「ママ? 寒いのって僕きいたんだけど」

ママって呼ばないで。

私はママじゃない。

「ええ、ヨナタン、寒いの、すごく。今日は冷えるわね」

ヨナタンは椅子から飛び起きると、ソファに矢のように飛んでいき、そのひじ掛けにたたんである毛布を持ってきてくれる。

「優しいのね、ありがとう」と私は言って毛布を体に巻き付ける。二日前から、私はくるぶしまでの長さの薄い白いサテンのナイトウエアしか着ることを許されていない、罰として。パパの監視下で洗濯をした際に、私は液状洗剤の瓶を少し長く見つめすぎたのだ、その内容物の成分情報をじっくりと読みすぎたのだ。毒。一つの可能性。

いや、可能性はなかった。

「それを朝食に飲んでもいいぞ、レナ。全部ビオだからね」笑い声、短く残忍な。「僕がどれほど君に自由を与えているか、まだ分かっていないようだね」

「いいえ、私、分かってるわ」

分かっていない、と神は断言して、私を罰した。服もなし、ストッキングも靴もなし、ただ薄手のナイトウエアだけ。今では私の足は二つの塊のようだ。異物となって、身体の一部だとは思えなくなっているし、指先は麻痺してしまっている。寒気は鳥肌から身体の内側へ、骨へと食い込み、身体全体が強張っている。座っているのも辛いほど。

「次の言葉！」とヨナタンが顔を輝かせて叫ぶ。

「Summit」と私はまた、次の単語を機械的に読み上げる。テーブルの上、目の前にあるのは教科書じゃない、一般的な辞書である『基本英語用例集』だ。私たちは単純にアルファベット順に進んでいくだけ、機械的に、全て機械的に。

ヨナタンの人差し指がすぐさま宙に向けられる。ハナの人差し指は珍しいことに下がったままだ。その代わりにハナは視線を上に向けて頭を倒し、天井を見ている。

「ハナ、どうかした?」と私は慎重に尋ねる。

ハナがまずはヨナタンを見て、それから私を見るまでに、長い時間がかかった気がする。

ハナは「空気循環装置が壊れた」と言う。

「心配しないで。パパがきっともう少ししたらお仕事から帰ってくる、そうしたらすぐに直してくれるからね」と私は言う。

でも私は間違っていた。誰も帰ってこない。

6時15分-6時45分-7時半-8時前。

私たちは眠くなるだろう——眠って——窒息する。ヨナタンはすでに欠伸をしている。

「心配ない」と私は何度も繰り返す。

空気が、段々と薄くなっていくような気がする。事実そうなのか、思い込みなのかはもはやよくわからない。キッチンの時計の針の音が心臓の音のように聞こえてくる。大きく鈍く、緩慢な心臓の音——大きく鈍く緩慢——その音がより大きく、より鈍く、より緩慢になっていく。今や子供たちは二人とも欠伸をするようになっていた、最初は口に手を当てていたのが、そのうち大きく引き開けた口で。ヨナタンはすでに目を閉じている。ハナはティンキーさんを膝に乗せて、数分おきに怖がらなくてもいいよと繰り返している。

私は冷たい手をテーブルの上につき、身体を支えて椅子から立ち上がる。リビングをよろめきながら通り、小屋の入口へ。私はドアの取っ手を情けなく揺さぶって、そのうち力を使い果たして床に崩れ落ちる。

「とても眠いの、ママ」ハナの小さな声が聞こえる。

「わかってる」私も同じくらい小声で返事をする。

私はドアの取っ手に手を伸ばし、力を込めて身体を引き上げ、弱々しい、冷たく硬直した脚で立つと子供たちの元へと戻る、テーブルへ。キッチンの時計を見る、その刻む音が私の頭の中でこだまする、8時を過ぎたところだ。私はヨナタンの肩に触れる、**起きて、起きていなくてはダメ**、そして驚くほど冷静な声で自分が話すのが聞こえる。「二人とも、寝る時間よ」

私たちは廊下を進んでいく。ハナはティンキーさんを腕に抱えて先に行き、ヨナタンと私は手を繋いで後に続く。私たちは代わる代わるトイレに行き、歯を磨く、これが最後かもしれない。私は子供たちに、今晩は一緒に寝ようと提案する、大きなベッドで一緒に。

「ティンキーさんも一緒でいい？」とハナが聞いたので私は微笑む。「もちろんよ」

私たちは横になり、お互いにぴったりとくっつく。二人から今、離れるわけにはいかない。

それが唯一、私が二人のためにできることだ。この瞬間、ここにいることだけしかできない、それっぽっちしかできない、私は無言で泣く。ヨナタンが息をすると、彼の胸の何処かでガサガサと音がする。

ハナが囁く。「きっとまた明日の朝に目が覚めると思う。まあ、そんな早く死んだりすることもないよね、そうじゃない、ママ？」

「その通りよ、いい子ね」と私は微笑み、その冷たい額にキスをする。排気装置がどれくらい長く作動していないのか、その音が聞こえなくなってからどれくらいが経つのかを私は聞かないでおく。それでなくても余りにも眠くて、たくさんは喋れない。

「ママ、大好き」とハナがほとんど聞き取れない声で囁く。「ずっと、ずっと、永遠に」そして私は答える。「私も二人が大好き。おやすみ」

私は目を見開き、大きく息を吸い込む。リビングに戻っている、読書椅子の上に丸まって。手の中で手紙が震えている。白い紙と、咎《とが》めるような文字。レナのために。

ありえない。

それとも？

ヤスミン
Jasmin

私は意を決してキルスティンに電話をかけた。彼女がドアの前に立ってノックをするのに三十分もかからなかった。電話で伝えた通りに三回短く、二回長く、コンコンコン–コン–コン。

「連絡しようと思ってたんだ」と後ろ手でドアを閉めながらキルスティンは言う。私は頷くだけ。彼女の見た目が私を釘付《くぎづ》けにする。なんて美しいんだろう、小麦色の肌をしている。彼女は夏中、旅行していたのかもしれない。旅行をしていた、私が小屋に閉じ込められている間。

「大変だったね、ジェシー」と彼女は私の髪を撫でる。私たちが最後に会った時には、ブラウンだった髪、いつだってブラウンだったのに、今はブロンドの髪。明るいブロンド、生え際が親指の太さほどにブラウンになっている。時々、小屋にいる時に想像してみることがあったっけ、私たちはどう再会するだろうかって。私の想像の中で彼女は「良かった、戻ってきてくれて」と言っていた。

「最初、あんたがいなくなった時、私てっきり……」と一緒にリビングのソファに腰を下ろしてから彼女は話し始める。

「大体、想像つく」と私はすぐにその言葉を遮る。私の失踪が、ただ注目を浴びたいがためのドラマチックに演出された行動だった可能性を聞きたくない。

何日間か、急にいなくなって、携帯も切って、さあ、心配して、見つけて、私を家に連れ帰って。

「本当なの？　色々と読んだんだけれど？」

キルスティンはハンドバッグから煙草《タバコ》の箱を取り出すと私にすすめる。

「ありがとう、でもやめたんだ」

「私ったら。きっとこんなものなかったよね、小屋には」

「うん、なかった」私は親指の爪を齧り始める。これも厄介な癖でとっくのとうにやめたはずだった。

「それで、他は？　つまり、新聞に書いてあることだけど」

ライターのカチッという音。キルスティンは屈んでサイドテーブルの物入れの中から灰皿を取り出すとテーブルの上に置く。

「私たちが犬のエサ入れから食事をしなくちゃいけなくて、鎖でつながれていたっていう話？」私は首を横に振る。「ちゃんとした食器があったよ」

キルスティンがその答えににやりと笑うことを決断するまでに、数秒の時間がかかる。新聞にはここ数日多くの記事が載る。いくつかはちゃんとしたアプローチだけれども、多くはこじつけの作り話だ。時々、いっそのことインタビューの依頼に応えて間違いを正そうかとも思う。でも私は質問が怖い。細かいことに拘《こだわ》る、やる気に満ちて疑《うたぐ》り深いレポーターが深く掘り下げてくるのが怖い。私の括弧は閉じている。たとえそのせいで、小屋の哀れな女が犬のエサ入れから食事をしなければいけなかったことになっていたとしても。

私はキルスティンに手紙を見せる。

「これが今日、郵便受けに入ってた」

キルスティンはその紙を随分長く見つめる、そこに書かれた短い言葉を理解するには長すぎるくらいに。彼女がやっと私を見た時には、その視線の中に途方に暮れたような気配が隠れている。

「きっとマスコミの報道を読んだ何処かの大馬鹿野郎が、あんたを怖がらせようとしてやったんだよ。よく聞く話じゃない」彼女は首を傾げ、私をじっと見る。「それとも、誰か心当たりがあるの？」

私は親指の爪を齧り続ける。

「誘拐した男とか？　ジェシー、そいつは死んだんだよ。あんたが殺したんだ」

「わかってる、でも……」

キルスティンは分からないと言うように頭を横に振る。

「じゃあ、なに？　はっきり言ってよ」

私は一度深く息を吸い込む。

「子供たち」

「え？」

「あの子たちなら、私を憎む理由がある」

キルスティンの目が見開かれ、文字通り目玉が眼窩から零れ落ちそう。精神異常者と対峙《たいじ》した人はこんな風に見えるのかもしれない。

「子供たち？　ジェシー、何言ってるの？」

私は笑ってこの愚かな小さな爆発を誤魔化すべきなのに、その代わりにソファのひじ掛けを掴んで立ち上がろうとする。できない、痛みがそうさせない。

「まだ見せてないものがある」と私は喘ぎながら言う。「寝室。下着ダンスの上から二番目の引き出し、丸まった靴下の中」

キルスティンは慌てたように頷く。

「分かった、ジェシー。見てくるから、あんたは動かずそこにいて」

彼女は立ち上がると屈んで私の脚を注意深く持ち上げてソファに乗せる。

「休んでて」とキルスティンが言い、私は有難く目を閉じる。

直後に聞こえてきたのはラミネート床を歩く、聞きなれ親しんだヒールの音、そして鋭いキーキーと軋む音。寝室のドアノブの音。私たちはドアノブに何百回も油を差したのだけれども、このキーキー音はどうしてもなくならなかった。何度そのせいで夜中に目が覚めたかわからない。キルスティンがクラブのシフトから帰ってきてベッドに潜り込もうとするたびに。いつしか私たちはドアをいつでも開けておくようになった……私はハッとして目を開ける、けれどもその時にはもうキルスティンの声が聞こえていた。その声はショックで上ずっている。「ジェシー！　これって……？」

マティアス *Matthias*

ミュンヘンで女子大生（23）が行方不明

ミュンヘン（LR）――ミュンヘン警察はミュンヘン‐ハイドハウゼン在住の女子大生レナ・ベック（23）の行方を探している。目撃証言によると、この女子大生は水曜日夜より翌木曜日早朝5時にかけてマックスフォアシュタットで行われたパーティに参加していたとのことである。帰り道に友人と通話の後、携帯の電源が切られ連絡が取れなくなったという。警察によるミュンヘン近郊での捜索では手がかりは見つかっていない。

レナ・ベックは身長165㎝、細身で肩にかかる程度のブロンドの髪。最後に身に着けていたのはシルバーのトップス、黒いジーンズ、黒いブーツ、濃い茶色のコート。

これだ、これが最初に掲載された記事だった――レナが見つかるまでには、さらに多くの記事がこれに続くのだと、あの時私は愚かにも考えていた。

けれどもあの子が失踪したままになっていた長い年月の間に書かれたのは、たった四本の記事だった。真面目に書かれた記事は四本だけだった、と言った方がいいだろう。二本目は、レナがイザール川に落ちて溺死した可能性を潰すために行われた警察の潜水捜査で成果が得られなかったという記事。同じくパーティに参加していた目撃者の証言として、レナが「相当の量のアルコールを飲んでいて、詳細は明らかではないがドラッグも摂取していた」と書かれていた。三本目の記事からだ、ティストが変わって、全く間違った方向に舵《かじ》を切って走り始めたのは。「日刊バイエルン」がレナの友人らしき人物にインタビューをしたのだ。その友人とレナは失踪直前に電話をしていたという。自称友人であるヤナ・W（「編集部により仮名に変更」）の言葉が引用されていた。「レナはとても問題が多い女の子でした」彼女は大学を辞めようとしていた。マックスフォアシュタットのパーティだけでなく、あちこちのパーティでドラッグを常用していた。「そういう子」だったという、すぐに誰にでも付いて行くような「そういう子」、軽くて、お持ちかえりするには一杯のビールを奢《おご》るだけでいいような。五本目の記事からは、「ミュンヘンの女子大生（23）」から「ミュンヘンのパーティガール（23）」が出来上がっていた。あの頃、私はどんなインタビューの依頼にも応じていた、たとえマスコミの興味がとっくにレナや、少なくとも有力な証人を得ることには向けられていないということを漠然と感じていたとしても。

ある日、忘れもしないある日、私は事務所で一人のジャーナリストと面会した。

「レナは絵にかいたような優等生です」と私は言って、そのことを証明するためにレナの成績表を提示した。「小さい時からあの子は先生になりたがっていた。だから、教職をとることがあの子にとって最優先でした、もちろん、家族の次にね。私たちはとても近い関係でしたから」

ジャーナリストが連れてきたカメラマンが、レナの成績表とデスクに真っすぐに座る私の写真を撮った。あらゆる意味で、真っすぐだった。マティアス・ベック、当時48歳、自営の税理士、事務所は軌道に乗っている。糊付《のりづ》けされたシャツと縞模様のスーツ、きちんと分けられた髪、理性的で、決然としていた。

「うちの娘が、まだはっきりとはしていませんが、犯罪に巻き込まれてしまったであろう、うちの娘が、さらにメディアの追い立て猟の餌食になるなんてことを私は許しません」私は前もってメモを作り、絶対に言わなければいけない文章を整理し、忘れないように書き留めていた。「あなた方メディアの書きようは、あの子の1実際の姿を反映していないし、2正しい報道を阻害し、そのことによって警察の捜査をも阻害しているのです」

「こういう状況ですが、お体はいかがですか、ベックさん」とジャーナリストのラース・ローグナーが聞いた。如才ない男で暗い髪をジェルで固め、襟を立てていた。私はこの質問への答えをもちろんメモしてはいなかった。

「心が痛みます」と私は息を飲んでから静かに言った。

ローグナーは共感したように頷いた。

「よくわかります、ベックさん。ひどいことです」そして咳払いをして続けた。「レナさんがドラッグを摂取し始めたのは何歳ごろのことだったんでしょうか？」

拳のような質問だった。硬い右パンチが直撃して私を椅子の上に崩れ落ちさせた。

当然のようにローグナーの新聞は、翌日の記事にレナの成績表も背筋を伸ばして座る決然とした父親の写真も載せなかった。載っていたのは、事務机の椅子に崩れ落ちた悲惨の塊だった。見出しは、**行方不明のミュンヘンパーティガール（23）の父親が激白「レナの二重生活については何も知りませんでした」**

その記事を読んだカリンは私を殴った。そんなことは言っていないのだとやっと信じてもらえるまで、一週間丸々の時間とオピプラモールの箱半分が必要だった。その後私は朝早起きをして新聞を郵便受けから素早く取り出すようになった。カリンが起きてくる前に。私は新聞をこっそりと車庫の中で読んだ、もしもまた娘に関して脚が沈むようなバカバカしいことが書かれていた場合に崩れ落ちなくて済むように、釣り用の椅子に座って。読み終わると、立ち上がってふらつかないように少し待った。それから椅子をたたんで車庫を出て、隣人のゴミ箱に新聞紙を詰め込んだ。私は無理やり笑顔を作ると家に入り、朝食の準備をした。カリンと私は、私が失敗から学んだということで意見が一致していた。

「少なくともあの子のことはまだ報道されている」と私たちは互いに言い合った。たとえ心が痛もうとも、警察や市井の人々があの子を成績優秀な大学生とみるか、無秩序なパーティガールとみるかはどっちでもいいことだ。大事なのは、あの子のことを探し続けること、あの子が忘れ去られないこと。それでもカリンは私に約束をさせた、今後はジャーナリスト達から距離を置くことを。

しかしたった今、カリンは私がまた余計な干渉をしたことに気付いてしまった。ハナの写真をマスコミに渡したのが私だと知ってしまった。先週、トラウマセンターを訪ねていってカメラを見せてやった時に撮ることができたスナップショットだった。

「どうしてそんなことをしたの？」

カリンが腕を広げてダイニングテーブルのところに立っている。黙ったまま、彼女が既に重ねていた食器を手に私はキッチンへと向かう。カリンは小走りに追いかけてくる。

「忘れたの、あの時、あのハゲタカたちと関わったばかりにどんなことになったか？　あいつらはレナのことも、私たちのこともズタズタにしたんじゃない」

「俺は、あいつらがハナに近づかないようにしたいだけなんだ」と私は懸命に言葉を重ねながら、食器を洗うために水道の蛇口を開ける。水の轟音に負けないような大声で、カリンが理解のない文句を言っている。よりによってあなたが、よくわかっているはずなのに。

「それに、よりによってあのラース・ローグナーに写真を送るだなんて！」

そう、よりによってラース・ローグナーへ。けれど、彼に送るしかなかった。彼は、しばらくして世界がレナなしに回り始めてからも、少なくとも折にふれてこの事件に関する記事を掲載してくれた唯一の人だから。

「彼は自分自身も悲しい出来事を経験した父親だ。私たちを理解できる人間がいるとしたら、彼しかいないだろう」

カリンは疲れたように笑う。

「あの人が前に言っていたっていうお話のこと？　息子さんが8歳で亡くなったっていう？　いい加減にして。きっとあなたの信頼を勝ち取るための嘘なのよ。ラース・ローグナーはレナのことも私たちのことも一瞬も気にしたことがないわよ。あの時も今も、売り上げのことしか考えてない。他の低俗な新聞と同じようにね。なのにあなたはそのことに気づかない」

「息子を亡くしただけじゃない。奥さんがひどい鬱病で、息子を道連れにして自殺したんだ！　そしてそれは本当なんだ。新聞で読んだんだから……」

「あなたがそういうことを言うのは、私に愚かだと言われたくないからなんでしょう。でもそんなことが本当にあったなら、私たちにあんなひどいこと、できるわけがない」

私は溜息をつく。

「なあ、もういいだろう、カリン。写真のことについては考えが足りなかったかもしれん。でも俺は、ハナがごく普通の女の子だっていうことを分かってもらいたかっただけなんだ。

ゾンビでも、モンスターの子供でもないって。あの子はレナの娘なんだ」

私は水を止め、シャツの腕をまくって、カリンが夕食のステーキを焼いたフライパンを擦り始める。

「最初にグラス、皿、それからナイフとフォーク」とカリンは言って私を押しのける。「フライパンはいつも最後、そうしないと水がすぐに汚れちゃうでしょ。こっちに寄越して」彼女は水の中に手を入れ、私の手からスポンジを掴み取る。「あなたの言っていることも分かるのよ、マティアス。あの子を守りたいんでしょう、あの時レナを守ろうとしたみたいに。でもこういうやり方はやめて。傷を広げるだけだわ。あの子には静かな環境が必要だって言ってなかった？　それならどうして世間に晒《さら》すようなことをするの？　下手すれば、私たちもさらし者になるわよ？」

私はコンロの上に下がる小さいキッチンタオルで手を拭く。

「ローグナーは、写真が俺からだって知らない、安心してくれ。そのためだけに新しいEメールアドレスを作成したんだ」

カリンはまた微笑む。けれどももちろん未だに本心から笑っているようには見えない。

「そうでしょうとも。あなたははっきりと分かっていたの、あのならず者とまた関わったって私が知ったら、老い先をソファで眠らなければいけなくなるって」

「そうしなきゃダメかい？」

「考えとくわ」

私はタオルをまたコンロの上に吊り下げ、腕まくりを戻す。

「全部、良くなる。そのためになんだってするよ、約束する」

「それが心配なのよ」とカリンは言い返し、溜息をつく。「お願いだからこれからは一人で決めて行動しないでちょうだい、約束……」カリンの言葉が途切れる、ドアの呼び鈴が鳴ったのだ。

「この時間に誰？」とカリンは囁き、次の瞬間手を口元にもっていき目を見開く。そして自分の質問に自分で答える。「ゲルトだわ！」とカリンはあえぐ。「レナの遺体を見つけたのよ」

数秒間、感覚が失われる。胸が最後の瞬間を予感して締め付けられ、耳の奥で血液がざわざわと音を立てる。妻の目が見開かれたまま硬直している。ガラス玉のように見える。その口元の手が震え始める。

キッチンから廊下を通って玄関に着くまでの時間はスローモーションのように伸びきっている。背後にカリンを感じる、その重い呼吸、道のりは長くて、険しい。これが娘が失踪した父親としての最後の数歩だと私は理解しようとする。これからは、死者の父親として歩むことになる。ゲルトは正しい。推測することと知ることとの間には違いがあるのだ。

私はもう一度カリンを振り返り、決断する。「このほうがいい」そしてドアノブに手をかけ、ドアを開ける。でもゲルトじゃなかった、玄関の前に立っていたのは。

ヤスミン
Jasmin

私は唇を硬く引き結び、部屋の天井を見つめる。またキルスティンのヒールの音が聞こえてくる。今回は短い、興奮したような間隔だ。頭をそちらに向ける必要もない、見なくてもわかる、キルスティンはきっとドア枠のところに立っていて、私を見つめている。取り乱した様子で。下着ダンスまでは辿り着かなかったらしい。

私は想像してみる、キルスティンが僅か二分前にキーキーと音を立てるドアノブに手をかける姿。寝室のドアノブ、そのドアは理由があっていつも開いたままになっていたけれど、最近は別の理由によっていつも閉められるようになった。彼女の顔を想像してみる、そして部屋に足を踏み入れた瞬間に、彼女の心臓が爆発しそうになっただろうことを。

白い壁はあなたで埋まっているの、レナ。あなたの話でいっぱい。

「ヤスミン」とキルスティンがとても小さい声で言う、ただ「ヤスミン」とだけ。

壁は私がインターネットで見つけることができたあなたに関する記事で埋め尽くされている。三一二本の記事。これはほとんどコピー用紙一パックに相当し、一度のトナー交換が必要で、一晩かけた大仕事。

キルスティンの足音がしたので、私は弱々しく瞬きをする。キルスティンは近づいてくる、おずおずと、注意深く、まるで危険な動物に近づこうとするみたいに。

「ヤスミン」と彼女はもう一度言う。

彼女が理解できるはずがないよね、レナ？　頭がおかしいか、何かに取り憑かれているって思わないわけがない。私が不幸の泥に浸《っ》かっているって思わないわけがない。私は太陽も自由も世界も締め出している。シャワーを浴びるべきだ。歯医者に行って奥歯が抜けた下顎の穴をどうにかすべきだ。美容院へ行って髪を染めるべきだ。それか少なくともキルスティンに頼んでドラッグストアから染髪剤を買ってきてもらうべきだ。ヤスミンは生まれてからこの方、ブラウンの髪をしていた。ヤスミンは窓を破り開けるべきなんだ、空を見るために、どんな空でもいいから。ヤスミンは生きるべきだ、小屋から逃げられたのだから。それこそが新聞がこぞって伝えていることじゃないか。**犠牲者であるヤスミン・Gは四か月にわたる受難を生き延びた。**

生き延びた。

「ジェシー？」

キルスティンがソファの端に腰掛ける。私は彼女を見ない、視線は意固地に天井へと向けられている。

「なんであんなことしたの？　なんで、あんな新聞記事を貼り付けたりして？　どういうつもりなの？」

私は目を閉じる。

「ジェシー……」キルスティンの声は、まるで泣き始めたみたいに聞こえる。彼女の手が私の頰に触れる。「あんた、元気になっちゃいないんだ。助けが必要なんだ」

叫びたければ好きなだけ叫べばいい、レナ。誰もここに来て助けてくれはしない。

「病院に戻ろう、ヤスミン」

みんな君のことは忘れたんだ、レナ。もう君には僕たちしかいない。

ずっとずっと永遠に。

私の身体に衝撃が走った、キルスティンが私の肩を摑んで揺さぶり始めたのだ。

「目を開けて、ジェシー！　私を見て！」

目を開けるんだ、レナ。起きているのは分かっている。

私は服従する。

「聞こえる、ジェシー？」キルスティンの健康的な肌色を、青白いショックが飲み込み、たっぷりとした頰紅の色だけが鮮やかで、まるで闘いの前のインディアンの化粧が失敗したみたい。「聞こえる？」

私は弱く頷く。一粒の涙がこの微かな動きを利用して目尻から零れていく。

「私のせいなの」と私は囁く。

「何も、起こったことは何もあんたのせいじゃない」

私は頭を横に振る。次の涙が零れる。

「私のせい、そのことをあの子たちは私に思い出させようとしている。私のせいであの子たちにはもう父親がいない。家もない」

「そうだ、あの手紙」

次の瞬間、キルスティンはソファから飛び上がる。「下着ダンス」と彼女がぶつぶつと言うのが聞こえ、再びヒールがラミネート床の上を進んでいく。私は親指の付け根で目を擦り、鼻をすすりあげる。それがしばらくの間、聞こえる音のすべてだ。足音はもうしない、何も聞こえない、寝室からも動きのある音は聞こえない、引き出しを引くがりがりとした音もしない。私は、キルスティンは本当にここにいるのかと疑い始める。壊れた理性が更なる悪ふざけをしたのではないかと。私はソファから何とか立ち上がり、こみ上げてくる痛みを呼吸して逃し、足を引きずり寝室へと向かう。

悪ふざけじゃなかった、キルスティンは本当にそこにいる。でも未だに下着ダンスに辿り着いてはいなかった。その代わりにキルスティンはマットレスに座り、頭を軽く反らし、その視線は壁に沿って漂っている。私はもたつきながら彼女の横に腰を下ろす。私の内なる感情を誤魔化すことはもうできない。私の心理状態が壁を埋めている、それは見れば明らかだった。

「一度も、理由を言わなかった」私は壊れそうな声で言葉を紡ぎ始める。もう一度鼻をすり上げ、目を擦った後で。「なんで彼が私を選んだかってこと。想像はするけれど。たぶん私は間違った時間に間違った場所にいたんだ、そして運悪く彼女に似ていたんだ」私は頭を動かして壁の写真を指し示す。あなたの写真が添えられていない記事なんてほとんどなかった、レナ。そしてその写真はほとんどいつも、同じスナップショットなの。あなたが今しがた振り返って、シャッターが切られるその1ミリ秒前に、くるっと回転したかのような写真。あなたはブロンドの髪の毛をひと房、顔から払いのけて笑っている。あなたは笑い声に包まれている、軽やかに。昨日の夜中、プリンターが絶え間なくぶうんという音を立てて動いている間、あなたの笑い声が聞こえたような気さえした。最初はとても小さな、そよ風のようだった。それがプリンターがあなたの写真を吐き出す度に笑い声が近づいてきて大きくなり、あなたがここに、私の側に、同じ部屋にいるみたいに聞こえてきた。

「どうして、あの男は彼女を選んだんだろう、キルスティン？　彼女も誰かを思い起こさせたのかな、私が彼女のことを思い起こさせたみたいに？　でもそれなら彼女はどうして自分の名前のままで、私はそうじゃなかったの？　それとも、あいつは彼女を最初から知っていたのかな？」

キルスティンは溜息をつく。

「彼女だって偶然犠牲になったのかもしれない。あんたと同じように、ただ間違った時間に間違った場所にいたのかも。理由がわかれば気分がましになると思ってるの？」キルスティンは頭を振る。「あの時、空き地で襲われた時に、私も同じことを何千回も考えたよ。どうして私だったのか？　どうして、よりによって私がそんな目に遭わなければいけなかったのか？　男は既にクラブで私のことを観察していたのかもしれないと想像したりした。バーカウンターに座っていたのかも、私に微笑みかけたかも、私がドリンクを作っている間。私も微笑み返したりしたかも、チップを弾んでもらえることを期待して。私はその考えにのめり込んでいったけれど、あんたが知っての通り、私間違ってたのよ。そいつは、私をレイプしたそいつは、私の働いてるクラブに来たことなんてなかった。私のシフトが終わるまで待っていて、私の後をつけたんじゃない。そいつはただ、帰り道に私と行きあっただけ、警察が後で突き止めたように、全く違ったクラブでパーティして、酔っぱらっただけだった」

「うん、わかってる」

「その夜、そいつに出会う可能性は誰にだってあった。それか、誰もそいつに出会わなかったかもしれない。でも私はそいつに出会ってしまった、運命だったんだ」キルスティンは肩を竦める。「時々、理由なんてないことがあるんだよ、ジェシー。時々、二人の人間の道がこんなふうに不幸な交わり方をすることがある、受け入れて、どうにかして前進するしかないんだよ」

「でも、あなたの場合は男は捕まった。何故そんなことをしたのか、聞くチャンスがあった。それがたとえ、ちゃんとした理由なんてなかったって知るだけだったとしたって」私は脚を伸ばし、厚い靴下の中で指先を動かす。足が冷たくなっている。体の何もかもが冷え切っていて、もうどうしても温かくはならない。

寒いの、ママ？

「私はもう、理由を聞くこともできない、彼は死んでいるから。私は彼の名前さえ知らない」

「警察がすぐに割り出すよ」

「警察が、どれだけ長くこの事件を捜査してるか分かってる？　警察が何を信じようと、何を探し出そうと、それは全部推測でしかない。彼は死んだ。わからない、キルスティン？　彼女が彼の最初の犠牲者で、理由で、動機だったんだから」

「ジェシー……」

「起こったことの理由さえ知らないまま、どうやって決着をつけろっていうの？」

キルスティンは向かい側の壁を指し示す。

「あんた、新聞記事に答えが書いてあると思ってるの？」

「わからない。たぶん、私は彼女が誰だったのか、知りたいんだと思う」

キルスティンは笑い始める。まだ、あなたの話とあなたの写真に囲まれて、私が奇妙な慰めを感じていることを言ってもいないのに。あなたの話とあなたの写真によって、私は孤独に耐えられる、孤独ではないと思う。あなたは私と同じ目に遭った、私たちは二人一緒なの。あなたはそこにいる、レナ、あなたは私を理解してくれる。

「半分は与太話じゃない。考えてみて、ジェシー。あんたについてだって、鎖につながれて犬のエサ入れで食事をしていたって書いてあるじゃないの。それで本気で、レナ・ベックに関する記事を読めば彼女のことが警察よりもよく理解できるって思ってるの？」

「たぶん、できない」と私は小さく言う。

キルスティンは漠然と部屋の中を指し示して言う。「自分のことに関して書かれている記事を同じように壁に貼り付けることもできるけれどもあんたはそうしない！　自分でもはっきりわかってるからだよ、出鱈目《でたらめ》でいっぱいだって」

「うん」

首を振りながら立ち上がり、キルスティンは反対側の壁に歩み寄る。

「やめて！」と私は叫ぶ、彼女が最初の画鋲《がびょう》を引き抜いたのだ。「お願い、キルスティン。私にはこれが必要なの」

「いいえ、ジェシー。必要ない、逆よ。朝起きた後に最初に目にするのがこれな限り、あんたは一歩も前に進めない」

「お願い」と私はもう一度言う。

キルスティンは溜息をつき、画鋲を壁に刺しなおす。

「カウンセラーのところにはちゃんと通ってる？」

「明日電話する、約束する」

キルスティンは視線を下げ、もう一度溜息をつきながら額を擦る。それから急に顔をあげる、もう一つ重要なことを思い出したみたいに。

「下着ダンスって言ったよね。二段目の引き出し」

マティアス
Matthias

我が家の玄関の前に立っているのはゲルトじゃない。マーク・ズートフだ、そして全てが素早く展開していく。私はドアを閉めようとし、マークの足がドアの隙間に押し込まれ、カリンが背後で吼える。「マティアス！」

マーク・ズートフが私の家にいる。

マーク・ズートフが私の妻を抱擁している。私の妻がマーク・ズートフを抱擁している。

私は玄関に立ち尽くす、よろよろと。

「何の用だ？」

「マティアス、やめて」と再びカリン。

「申し訳ない、こんなに遅く、連絡もなしに訪ねてきてしまって。何度か電話したんですけど、誰も出なかったから」

「固定電話の線は抜いてあるの」と私の妻は説明して、マーク・ズートフの背中に手を添えてリビングに入るように促している。「あのマスコミが。電話が鳴りっぱなしで我慢ができなかったのよ。いつからまたドイツにいるの、マーク?」

私は忘れられた犬のように二人に付いて行く。

「たった今降り立ったばかりですよ。空港で直接レンタカーを借りて走らせて来ました」ジャケットを脱いで私のソファのひじ掛けに放るマーク・ズートフ、まるで自分の家にいるみたいに。私のソファに腰掛け、腕をひじ掛けに置いて脚を無造作に投げ出している。私の妻に問われて水、それかお茶を是非、もちろんお手数でなければ、と答えている。私は歯軋りをし始める、カリンが小走りにキッチンに、「あら、マーク、手間だなんてとんでもないわ」と言ってお湯を沸かしに行っている間に。

「ずっと電話しようと思っていたのよ」とカリンがキッチンから叫ぶ。

「でも考え直したんだ、そもそも電話する理由もないからな」と私は丁寧に説明してやる、ちょうどカリンが水道の蛇口を捻ったところで。そして私は胸の前で腕を組む。

「座ってくださいよ、マティアス」とマーク・ズートフは気にしていないように微笑む。暗い茶色の髪は今では少し短めになっていて、顔は体全体と同じように肉付きがよくなっている。最後に会った、警察本部で見た時よりも。あの時はひょろりと痩せていたせいで、赤く腫れあがった鼻が目立っていた。私を非難するつもりはない、とあの時ゲルトのいる前でマークは言った。私がいかに特殊な状況に陥っているかを理解しているから、と。できればヤツの顔に唾を吐きかけてやりたかった。同じように、このひどい俳優のつまらぬ猿芝居に感銘を受けたようだったゲルトにも。最終的に、マーク・ズートフはその演技で7000ユーロものギャラを受け取ったのだった。

「結構だ、私は立ったままでいい」とがらがら声で私は言う。

「最近どうしてるの、マーク？」とカリンが、トレーを手にリビングに戻ってくる。カップが三つ、私のカップだ。カリンがマークと連絡を取り合い続けているのではないかと薄々と思っていたが、確認したことはなかった。彼女にとってはそれくらいしか慰めがなかったのだろう。私と私の独断のせいで、何度オピプラモールや他の鎮静薬を薬局で処方してもらったことか。

「そうだ、マーク」と私は微笑む。「中古車販売業は順調か？」インターネットから私はとっくに、フランスに引っ越した後に彼が俳優学校を設立したことを知っている。そしてその俳優学校が数か月後に破産したことも。

マーク・ズートフも微笑む。

「もうパリには住んでいないんです。田舎に引っ越しましてね。マルヌ渓谷、素晴らしい場所ですよ、夢のような自然。ワインを作っているんです。今度一箱送りますね、マティアス」

「ご親切にどうも」

その間にマークの横に腰を下ろしたカリンが咳ばらいをし、ティーカップのソーサーのひとっにティーバッグを取り出す。

「どうぞ、マーク」と彼女は言ってマークにカップを一つ取るようにと促す。「奥さんと娘さんは元気?」マーク・ズートフに娘がいる。最初に私の娘を手中にし、今は自分の娘がいるのか。右の眉毛の上が脈打ち始める。

「元気も元気」とマークは言って、茶に口をつける。

「今何歳なの?」とカリン。

「9歳です。時が経つのは早いですね」

「ええ」とカリンが物悲し気に微笑む。「時々、そうね」

「レナに関して、何か新しい情報は?」

眉の上の鼓動が激しくなる、マークがあの子の名前を口にしたせいで。

「いつからそんなことが気になるようになったんだ?」

マーク・ズートフはガチャンと大きな音を立ててティーカップを置き、私を見つめる。彼という男を知らなければ、この言葉が彼に大きなショックを与えたと確信したに違いない。正確な打撃。命中だ。口角は下がっているし、顎が細かく震えているのがわかるほどじゃないか。

「僕はずっと気にしていましたよ、分かっているはずでしょう」

カリンが励ますようにマークの膝を軽く叩き、マークはカリンの手を握る。マーク・ズートフと私の妻が手を取り合っている。その手が私の娘にしたかもしれないことを私は想像する。あの子を捕えて、あの子の首を絞め、その墓を掘ったかもしれない。

「マーク・ズートフにはアリバイがある」とゲルトはあの時はっきりと言った。

私は首を振った。

「アリバイ、それがどれほどのもんだ？　アリバイのために人は嘘をつくもんだ」

「マティアス、彼はレナが失踪した週には街にいなかったんだ」私が更に首を振るのを見て、ゲルトは両手で天を仰いだ。「おい、マティアス、彼はこの国にさえいなかったんだ！　フランスにいたんだ！　航空券、ホテルの予約、ホテル従業員、それから同伴者の証言も揃ってる！」

「同伴者って？」

ゲルトは私を少しの間見つめた。

「女性だ」

「女性？」

「ズートフさんの証言によれば、彼とレナは数週間前に別れたそうだ。彼の携帯の送受信履歴からもそのことは確認できた。けれども二人はずっと連絡を取り合ってもいて、彼がフランスから戻ったら会う予定でいたようだよ。どうやらよりを戻すことを考えていたらしい」

私は視線を上げる。

「分かっています、我々も色々ありましたね、マティアス」というマーク・ズートフの声が聞こえる。私は弱く頷く、記憶が蘇《よみがえ》ってくる。私の両手がその襟を摑み、その背を壁に押し付けた、その顔は茹でた蟹のように真っ赤だ。

あの子はどこだ、くそ野郎！

「でも、あなたと同じように、僕だってレナの運命が明らかになることを望んでいたんです。彼女のことを忘れたことなんてありません」マークが笑う。それはほとんど辛そうに聞こえる。「妻に聞いてみればいい、レナの話はもうやめてって言っていますよ。でもどうしようもないじゃないですか。初恋はいつまでも引きずるものなんです」

カリンが溜息をつく、どこかうっとりと。

「だからこそ」とマーク・ズートフは続ける。「僕はすぐに次の飛行機に飛び乗ったんです、警察から連絡があってすぐにね」

眉の上の鼓動が急に止まる。

「警察？」

マーク・ズートフが熱心に頷く。

「そうそう。昨日、あのベルント・ブリューリングから電話がありました。どうやら僕の協力が必要らしいんです」

「ゲルト・ブリューリングだ」と私は反射的にバカバカしい訂正をし、その間に理性がその意味を理解しようとする。「協力ってなんのだ？」

「具体的にはまだ何も言われていないから分かりません、けれど」――マークは大きく深呼吸をする、深く、ドラマチックに――「僕はなんでもするつもりです。当然でしょう、レナをこれからでも発見するのにお役に立てるなら」マークはカリンに向き直る、カリンは感動しているようだ。「僕にも今や娘がいます。あなたたち二人と同じ目に遭ったとしたら、こんな長い年月をどうやって耐えたらいいかわからない」そして彼は私に視線を移す。「僕はたぶんおかしくなってしまいますよ」私はその意味ありげな視線を無視する。

「でもゲルト・ブリューリングは電話で何か言ったはずだろう」

マーク・ズートフは肩を竦める。

「今、別の女性が見つかって捜査が再開したことで、もしかしたら僕が助けになれるかもしれないっていうことだけです。子供たちは元気なんですか？　たしか男の子と女の子でしたよね。信じられない」――彼は熱っぽく微笑む――「僕のレナがお母さんか、なんてこった」

「僕のレナ……」

「子供たちは適切に処置が施されているわ」とカリンが性急に言う。「でも元気だとは言えない。ヨナタンはトラウマがひどいの。ハナの方は、精神科医が軽い……あなた、あれはなんていうシンドロームでしたっけ？」

「アスペルガー」と私は唸る。

「アスペルガー、それ。これは自閉症の一種で、他者とのつきあい方を難しくするんですって。例えばコミュニケーション。物事を言葉通りに受け取る傾向があるせいで、物事の因果関係が正しく理解できないことがあるの……」

「なるほど、でも、生まれてからずっと小屋で隔離された状態で育ったのなら、普通のことじゃないですか？　そんな子が最初から他の人間と上手く接するなんてできるわけないじゃないですか？　まったく新しい環境なんだから」

「その通り！」と私は叫び、人差し指を宙に差し上げる。「まさにその通りだよ、マーク！　いきなり障害を診断することなんかできるわけがないんだ！　ハナがどんなに賢い女の子か、直接会わせたいくらいだ！」

「でもマティアス、ハムシュテット先生がそのことについては説明してくれたじゃないの」とカリンが口を挟む。「多くのアスペルガー患者は、平均以上に知能が優れているって。問題はむしろ、世界の感じ取り方の能力であって……」

マークが首を振る。

「たぶん、単に全てのことに慣れる時間が必要なんですよ」

「その通り」と私はもう一度言って手を叩く。

カリンがため息をつく。

「まあ、どのように物事が進んでいくか見守りましょう。少なくとも、あの子たちはレーゲンスブルクで最善の治療を受けているわ。お世話をするセラピストは力を尽くしてくれているし」

「まあ、カリンの言っていることは彼女の想像に過ぎないがね」と私はマークに向かって言う。「一緒に来たことがないからね、子供たちを訪ねていく時に」

「そうなんですか？」マークがカリンを驚いたように見たので、カリンは目を伏せる。

「私も、たぶん色んなことに慣れる時間が必要なの」と彼女は小さな声で言う。

「きっと全て、良くなりますよ」とマークが言ってカリンの手を握りなおす。

「ゲルト・ブリューリングといつ会うんだ？」と私は聞く。

「まあ、できるだけ早くにと思っています。電話口では、どの飛行機に乗るかをまだ伝えられませんでした。だからまだ僕がドイツにいることを知らないはずです。明日の朝、電話をかけるつもりです」

「何か進展があったら知らせてくれるか？」

「ああ、もちろん、マティアス。それは当然のことですよ」

失踪したミュンヘンパーティガールの父親が傷害の疑いで有罪判決

ミュンヘン（LR）——1月より行方不明になっているミュンヘンのパーティガール、レナ・ベック（23）の父親、マティアス・ベックが傷害罪で有罪判決を受けた。ミュンヘン裁判所は娘の元交際相手の若手俳優マーク・S（26）に暴力をふるった48歳のこの男に七十日分の罰金を言い渡した。マティアス・ベックは、Sが娘の失踪に関わっているのは間違いないと思っている、と陳述している。判決にあたり、マティアス・ベックの事件当時に陥っていた特殊な精神状態が専門家によって鑑定され考慮されたとみられている。判決は確定した。被害者マーク・Sは判決に満足しているようだ。「ベックさんは野生動物のように私に襲い掛かってきて私は命の危険を感じました。司法がこの件を容赦しなかったことを嬉しく思います。深い悲しみにご同情はしますが、ベックさんの激しやすい行動は阻止されなければいけません。私のためだけでなく、一般の安全を守るために」

ヤスミン

Jasmin

下着ダンス、上から二番目の引き出し。マットレスの上に座ったまま、私はキルスティンがその丸まった靴下を、最初は触ってみて、それから中身を取り出すのを見ている。彼女の表情を観察する。いつもははっきりとしているのに今は暗い目。薄く、歪んでいるように見えるその唇。彼女の震える指が靴下の塊から引っ張り出したガラスの欠片は、ひずみにまだ茶色に乾いた血がこびり付いている。

「これって……？」

「スノードームの一部、警察が見つけられなかった欠片」

「どうしてこんなものを小屋から持ってきたの？　記念品としてじゃないよね？」

私は首を横に振る。

「ハナがくれたの。病院で。担当医が私に鎮静剤を打ってくれて、私はかなり朦朧《もうろう》とした状態だった。そこにハナがやってきて、ガラスの欠片を私の手に握らせたの。あの子は言ったわ。**全部、ちゃんと覚えているよ。**目が覚めた時、最初は夢を見たんだと思った。でもガラスの欠片を握っていることに気づいたの」

「どうしてその子はあんたにこれを渡したのかしら？」

「最初は私も意味が分からなかった。でも今、この手紙が来てからは、あの子たちが私に、私の罪を思い出させたいんだと思ってる」

私は救急車に乗っていた時のことを思い出す。あの時私を襲った奇妙な感覚、ハナの声が聞こえた時のことだ。**名前は、**レナ、と彼女は言った。その声を、私はその時まだ現実であるはずがないと思っていた。鎮静剤かショックからくる幻だと思っていた。奇妙な感覚は後に強くなっていった。「カーム」と「ミュンヘン」の話から、ハナが本当に救急車に一緒に乗っていたと分かった時だ。ハナが今、ここに、病院にいると分かった時。恐らく数部屋しか離れていない、どんなに離れていても階が違うという程度の距離にいると知った時。なにかがおかしいという奇妙な感覚。ハナが小屋を離れるはずがないじゃない。実際、その数時間前に、私は彼女に向かって大声で叫んだ。私についてくるようにと二人に言ったのだ。二**人とも、一緒に来て、急いで！** でも二人はついては来なかった。ヨナタンは静かに泣きながら床に横たわる動かない身体の横に膝をついた。ハナはその横に立って、信じられないという表情で私を見つめていた。たった今、私は二人の父親を殴り倒したのだ。全身全霊の力を込めて、原始人のような叫び声をあげながら、スノードームで。

「あの子たちは、お父さんの死の責任は私にあると思ってる」

「ジェシー、相手は小さい子供だよ」

「ハナは13歳。ヨナタンは11歳」

「子供だ」

「ガラスの欠片はメッセージなんだ」

「まさか」

「そして手紙は私に思い出させるため。私は二人にしたことを忘れちゃいけない。あの子たちは私をお母さんとしてずっと、ずっと、永遠に手元に置いておきたかった。それなのに私がずっと、ずっと、永遠に全てを壊してしまった」私は声を小さくして囁く。「あの子は全部ちゃんと覚えてるって」

「ジェシー、手紙には差出人すら書いてない。直接郵便受けに入れられたはずなんだよ。まさか本気で思ってるわけじゃないよね、二人の子供たちが、精神病院にいるはずの子供たちが、外出許可をもらって、レーゲンスブルクをうろついて手紙を配りまわってるなんて」キルスティンは血が付いたガラス片を指先で回転させる。「どうしてこれ、警察に渡さなかったの?」

「分からない。たぶん、もうあれ以上何も説明したくなかったんだと思う。だから私は欠片を病院のベッドとマットの間の隙間に隠しておいて、後で母親が病院にもってきてくれた鞄に入れた」私は口を閉じる。キルスティンの表情を読むために。かつて、親密だったその顔を観察するために。睫《まつげ》の震えがその答えを含んでいる。突き出た唇は山ほど何かを言いたげだ。その顔は、知らない顔みたいだ、私の顔も、彼女にとっては知らない顔になったように。彼女にとっては、私の全てが知らない人みたいに感じられることだろう。

「あなたにはわからない」

キルスティンは何も言わない。

「いいんだ。理解してもらおうとも思ってない」

「理解したいと思っているんだよ、ジェシー！　でもすごく難しいんだ、話に付いて行くのが」

私は弱々しく笑う。あいつは正しかったんだ。

君にはもう、誰もない、僕たちだけだ。そのことを理解すれば、楽になる。

ハナ
Hannah

初めの頃、ここはまだましな場所だった。このこども病院。すごく快適というわけじゃなかったけれど、まだ今よりはましだった。ヨナタンと私は同じ部屋で寝ることができた。その部屋で一緒にご飯を食べることもできた。私たち二人だけ、大きな食堂の他の子供たちのところへ行かなくてもよかった。ハムシュテット先生と助手の人たちは私たちを放っておいてくれた。もちろんしょっちゅう様子をみにきたけれど、そのことは大して気にならなかった。私たちは時間通りにトイレに行くことができたし、ここの人たちはいつも、何か必要なものはないか、何か欲しいものはないかと聞いてくれた。私はティンキーさんが欲しいと言ったけれど、ハムシュテット先生は、警察はティンキーさんを見つけることができなかったのだと言った。ティンキーさんは、ママと私があの夜、小屋から走り出た時に逃げてしまったのだと思う。それか警察が小屋に入っていったときに。きっとちゃんとドアを閉めなかったんじゃないかな。ティンキーさんが知らない大勢の警察官にびっくりして森に逃げていく様子を私は想像する。どこか暗い藪《やぶ》の中に座って、お腹が空いて家に帰る道が分からなくて怖がっているかもしれない。それか、これが一番最悪のパターンだけど、小屋への帰り道は見つけたのに、私たちが誰もそこにいないから、もっと怖い思いをしているかもしれない。

「ごめんね、ハナ」とハムシュテット先生は言った。そのことで私が悲しくなって涙が出てきたから。「あなたの猫がとても大事なのはわかってるわ。きっと元気だと思う」それから先生は、動物はどちらにしろ、このこども病院では許されていないのだと言った。その時私は初めて、ここはそんなにいい場所じゃないかもしれないと思った。

そして数日経って、私は自分が正しかったことを知った。

ここの人たちは、私とヨナタンは別々の部屋をもらった方がいい、他の子供たちと食堂でご飯を食べた方がいいと言った。私たちが何か欲しいかどうかを聞かなくなったし、トイレには鍵をかけてしまった。私はある程度我慢ができたけれど、ヨナタンは毎日三回おもらしをした。それで黄色い錠剤を飲むようになった。黄色い錠剤はまだそう酷くはなかった。少なくともヨナタンはお絵描きの時間に一生懸命頑張っていたし、私と話もしていた。他の人とは話さなかったけれど、私とは話をしていた。一度ヨナタンは、ここに私たちがいなくちゃいけないのは、罰を受けるためなんじゃないかと思うと言った。私は「そんなことない」と言って、心配しないようにと言った。もうすぐお迎えがくるからって。約束は約束、破っちゃダメ。けれどもヨナタンは私の言うことを信じなかった。

それからすぐのことだった、ヨナタンはご飯の時間に頭をテーブルに何度もぶつけるようになった。それでここの人たちはヨナタンに青い錠剤を飲ませるようになった。ヨナタンは全く喋らなくなっちゃったし、お絵描きの時間にもぐちゃぐちゃと線を描くだけになった。私はヨナタンにもっと頑張らなくちゃいけないよと言ったのに、私の言うことなんて聞いてくれなかった。ヨナタンがあまりにも汚く線を描くようになったので、ついに私たちのお絵描きの時間も別々にされてしまった。ヨナタンのお絵かきの時間は私よりも一時間早くなった。もうヨナタンにはほとんど会えなくなった。会えるのはヨナタンがお絵描きの時間の後、ハムシュテット先生の部屋から出てきて、私が廊下で中に入るのを待っている時だけ。今日みたいに。

ヨナタンの馬鹿な目が嫌い。もちろん、ヨナタンがただ青い錠剤のせいでアホみたいに一点を見つめているだけなのは分かってる。でもそれでも、ヨナタンを好きでいるのがどんどん難しくなっていく。ヨナタンは私に会っても「こんにちは」も言わない。いつだって礼儀正しく「こんにちは」を言わなくちゃいけないのに。ハムシュテット先生はヨナタンを部屋のドアから押し出して、そのまま数歩廊下を横切り、私を連れてきて待っているヘルパーさんに引き渡す。

「彼のことをお願いできるかしら、ペーター?」

ヘルパーさんは「アイアイサー」と言う。ちなみにそんな変な言葉は存在しない。それからヨナタンに向かって、「やあ、ぼうず、今日はどんな調子だい? ハムシュテット先生とお絵描き、楽しかったか?」ヨナタンはヘルパーさんに向かって脚を引きずるようにして近づいて行ったけれど、何も答えない。「そうか、上出来だ」とヘルパーさんはそれでも言う。「じゃあ、部屋に戻るとしようか、ぼうず」

私は二人の後姿を見る。二人が廊下を進んでいく様子を。馬鹿な目だけじゃなく、ヨナタンは見た目も前とは全く違う。後ろからだって、その髪が梳かしてないことがわかる。昨日の夜に枕の上に寝ていた真ん中の巻き毛が、左右になぎ倒されて林の中の平らな道みたいになっているし、ここでもらった変なグレーのズボンはほとんど膝までずり落ちている。私も同じようなズボンをもらった、色はピンク。できればお家の自分の服が欲しい。

「さあ、ハナ」とハムシュテット先生が言う。ヨナタンとヘルパーさんは階段に続くガラス扉にほとんど辿り着くところだ。「今度は私たちの番、ね?」

私はまず何も言わずに先生のことも見ない。何故なら私はいつもと同じようにまずヨナタンとヘルパーさんがガラス扉の向こうで右に曲がるか左に曲がるか確認したいから。左側にはエレベーターがあって、右側には階段がある。エレベーターにもう乗ることができなくなったのも、ヨナタンのせいだ。初めての時に、ヨナタンは余りにも大声で叫んで、その叫び声は私の胃に響くほどだった。私の胃は本当に震えた。それもこれも、ヨナタンがエレベーターの構造を理解していないからだった。あのおバカさん。ハムシュテット先生は、エレベーターのボックスが小さくて狭いことや、作動中に扉が閉まってしまうことが原因だと言っていた。私はヨナタンに、こういうエレベーターはロープ式で稼働していて、ドアはもちろん閉めなくちゃいけないこと、そうしないと外に落ちてしまうかもしれないことを説明した。でもヨナタンは聞く耳を持たなかった。ヨナタンがエレベーターに乗り込まない日には、この人たちが主張するほどにはヨナタンの調子が良くないのだと分かる。ヨナタンは頑張ろうとしないし、また私の弟になりたくないみたいだ。

二人は右に曲がっていく、やっぱり。

「おいで、ハナ？」

私は「うん」と言ってハムシュテット先生の脇をすり抜けて先生の部屋に入る。

窓が開いている。ハムシュテット先生は毎日、お絵描きの時間の合間に空気を入れ替える。窓が開いているのは好き。そうするとブラインドが上に上がっているし、空が見えるから。時々空が本当に青い時すらある、灰色の時もある。けれども茶色のことはない、ハムシュテット先生の部屋に来る時にはサングラスをかけないから。茶色い空は大嫌い。私は先生が窓を閉めてブラインドを下ろすのを待つ。先生は私に座るようにという。私の座る場所は子供用の机で、その上にはもうお絵描き帳と尖った色鉛筆が用意してある。部屋の後ろの方にはハムシュテット先生の大きなデスクがあって、その前には椅子が置いてあるのだけれども、私はそこに座ったことはない。

「今日は二つ、特別なことがあるの、ハナ」とハムシュテット先生は自分も子供用の机に座って言う。私は唇を摘まむ。先生の長い脚が低い机の下に収まらないのを笑っちゃうのは良くないから。人のことを笑っちゃいけない、たとえ、座る姿勢が変に見えたとしても。

「知りたい？　何が特別なのか？」

私は頷く。

「一つ目は、あなたにいい知らせがあるの。聞きたい？」

私はもう一度頷く。

「おじいちゃんがあなたをお迎えに来るわ」

私の心臓の音が速くなる。

「お家に帰るの？」

今度は先生が頷く。

「嬉しい？」

私ももう一度頷きたかったけれどやめておく。二人でかわりばんこに頷きあっているのはなんだか馬鹿みたいだと思ったから。それに質問自体もバカみたい。私は先生に何百回もお家に帰りたいって言ったんだから。つまり私が嬉しいのは当然のことなんだから。「今すぐ？」私はその代わりにそのことが知りたい。

「後でよ。今はまだあなたに協力してほしいの」とハムシュテット先生は言って、なんだかとても真剣に聞こえる。

「なんで私の協力が必要なの？」

「それが、今日特別なことの二つ目」

先生はその長い脚でもたもたと子供用の椅子から立ち上がると、大きなデスクに向かう。私には先生の背中しか見えないけれど、紙のガサガサとした音が聞こえる。振り返った先生の手には一枚の絵。私はすぐに、それがヨナタンの描いたものだと分かる。黒い落書き。ハムシュテット先生は子供用の机に戻ってくると、長い脚でもう一度小さな椅子に無理やり座る。先生は私にヨナタンの絵を差し出す。私はそこで、ヨナタンが黒いぐちゃぐちゃとした落書きの下に、本当は別のものを描いていることに気づく。

「手に取って見てみて」とハムシュテット先生は言って紙を軽く振る。私はその絵を摑み、テーブルの上に置く。私たち二人のお絵描きの時間が一緒じゃなくなってから、ハムシュテット先生がヨナタンの絵を見せてくれるのはこれが初めてのことだ。

「あなたの協力が必要なの、ハナ、ヨナタンが何を描いたのか、理解するために」

私は指先で、黒い落書きの下に見え隠れする顔をなぞる。ヨナタンは上手に描いている。例外的に一生懸命描いたみたい。

「これは、あなたたちのお母さんでしょう？」

ヨナタンはママに長いワンピースを着せていた。でもきっとママは足が冷たくなっている。ママに靴を履かせてあげるのを忘れてる、小さなおバカさん。

「ハナ？」

「うん、そうだと思う」

「これは、あなたの本当のママ？　つまり、あなたとヨナタンを産んでくれた女の人？　それとも後から小屋にきた女の人かな？」

「パパは、それは重要じゃないって言ってた」

「重要じゃない？」

「私たちを産んだかどうかはどうでもいいこと。大事なのは、お行儀がよくて、私たちを大好きかどうかだけ」

「パパがそんなこと言ったの？　パパは正しいと思う？」

私は肩を竦める。

ハムシュテット先生は私を見つめる、私が何か言うのを待っているみたいに。でも私はただ黙っている、先生が答えを待つことに疲れて、自分からまた話し始めるまで。

「この絵をもう一度しっかりと見てみて、ハナ」

私は絵を見る。ママは腕に何かを抱いている、おくるみだ、顔も描いてある。

「抱っこしているのは赤ちゃんだと思うのだけれど」ハムシュテット先生はおくるみを指でとんとんと指し示す。

「これはヨナタンかしら？」

私は首を振る。

「それか、ハナ？　あなたなの？」

「これはサラだと思う。でもヨナタンは特徴をあまりよくとらえてないと思う、これ、みえるでしょ？」私はサラの口を指さす。「ここでは笑っているけれど、本当はいつも喚いてばっかりだったんだから」私が視線をあげると、ハムシュテット先生の首と顔が赤くなっている。「サラって誰なの？」

「妹だよ」私は首を引っ掻く。痒《かゆ》くなってきたんだ、まるでハムシュテット先生からうつったみたいに。「でもあまり長くはうちにいなかったんだ。いつも迷惑かけてばっかりだったから」

マティアス

Matthias

カームの病院で行われた警察主導の基本的な調査の後、子供たちはレーゲンスブルクに移された。もちろんカームにも精神科のある施設はあるのだが、子供に特化した施設ではなかった。私にとってはミュンヘンの施設への収容が理想的だったけれども、DNA検査によって血縁関係にあると証明される前だったから、私の希望は聞き届けられなかった。二週間前から、私はミュンヘンとレーゲンスブルクを毎日往復している。道が空いていれば一時間半。カリンはそれが不満なようだ。その時間を他のことに当てればいいのにと。カリンはひっきりなしに、そもそもいつまた事務所を開けるつもりなのかと聞いてくる。それどころか他人の税関係の書類の面倒を見ることは、私にとってもいいことじゃないかと言うのだ。しかしレナの失踪とそれに伴うマスコミとのごたごたによって、どちらにしろもう顧客などほとんどいないことは二人とも分かっている。事故のあった夜以来、もう二週間以上、事務所のドアには張り紙がしてある。家庭の緊急の事情により不在。カリンは時々事務所に通っては留守番電話をチェックし、植物に水をやっている。昔、私は二人の事務員を雇うことができた。

昔、あの頃、クライアントが私をきちんとした税理士と見ていた頃、好感の持てる若手俳優を病院送りにし有罪判決を受けた暴行犯じゃなくて。私がもう事務所を閉めようと考えていることを、カリンはまだ知らない。なんといっても私はいつの間にか62歳になっている。家のローンは返し終わっているし、少し貯金もある。私は年金生活に入って、おじいちゃんになることができる。**アブエロ**……。

「いいや、それはダメだ」と私は先ほど朝食の時にカリンに言った。カリンはレーゲンスブルクにハナを迎えに行く私に同行するかどうか考えていたのだ。

「おまえが言う通り、車であそこまで行くのは大変なんだ。A9号線はよく渋滞を起こしているし。いつもどれほどの時間がかかるか、分かっているだろう」この二週間の間、夕食が冷めてしまったことは何度もあった。

でも本当のところは、私はハナを一人で迎えに行くことを楽しみにしているのだ。あの子との家までのドライブは、とてもとても素敵な儀式みたいに思える。レナは小さい頃、車に乗るのが好きだった。長距離のドライブの時には道中何度も無理やり休憩をせがんだものだった。ある時は草原の一面のヒマワリが理由だった。レナは後部座席から前方に身を乗り出し、小さな手で私のヘッドレストを摑んで揺さぶったのだった、私が音を上げるまで。そこで、ちょうどいいところで車を停め、ヒマワリを摘み、雲の形を観察したのだ。ドライブインでアイスを食べたいというのが休憩の理由だったこともあった。たぶん、レナはハナにそんなことを話したのだと思う、それもかなり詳しく。あの子はハナになんでも話したみたいだ。例えばハナは、私たちの庭の様子を、まるで何百回もそこにいたことがあるように詳しく知ってる。その庭はミュンヘン－ゲルメリングの郊外にあり、そこには家も建っている。森林に隣接していて牧歌的だ。私が母から受け継いだものだ、レナのおばあちゃんである、ハナから。かつてはよく週末をそこで過ごしたものだった。レナはそこに咲くアジサイが大好きだった。私はハナが何日かして我が家に慣れたら、ハナを連れて庭に行ってみるつもりだ。できるだけ早く、アジサイが枯れてしまう前に。

そういうわけで、私は今、古いボルボに座っている。後部座席はまだ空でレーゲンスブルクまではあと12キロメートルの距離だ。上着のポケットで携帯電話が震えている。私は無視する。運転中に電話をしてはいけないからではない。ハムシュテット先生が受話器の反対側にいて、やっぱり考えを変えたと言うつもりかもしれないと一瞬にして頭に浮かんだからだ。ハナを連れて帰るのはやっぱり許可できないと。それか、カリンかもしれない、カリンも同じことを、全く違う理由から言うかもしれない。私はラジオの音量を上げる。ちょうど天気予報が夢のように気持ちのいい秋の始まりの一日を約束している。その日を私は誰にも邪魔させはしない。

時刻はまだ午前11時半にもなっていない、私は大きな建物の後ろにある訪問者用の駐車場に車を停める。早く着きすぎた。約束は12時のはずだった。私はエンジンを切り、携帯電話をポケットから引っ張り出す。不在着信が四件もある。カリンからだ。SMSも届いているが、私は敢えて開けることをしない。もう後戻りはしない。いたって普通のことだ。ハナは私たちの家族だ。私は携帯電話をポケットにしまって車から降りる。

その総合病院はたくさんの独立した建物からなっていて、それらが敷地内に分散してまるでちいさな村のようだ。私は毎日、目立つ看板の前を通る。それは「児童青少年精神科・精神医学・精神療法クリニック」への道を示していた。私はその前を通るたびに視線を地面に落とす。「精神科」というのは醜い言葉だ。ハナは「こども病院」、私は「トラウマセンター」と呼んでいる。

建物に足を踏み入れる。まるでレナの通っていた小学校を大きくしたような巨大な建物だ。ガラス窓が多く、カラフルなエナメルの鋼の骨組み。受付の当直の女性とは既に顔見知りなので、私は片手を上げる。

「こんにちは、ベックさん！」

「こんにちは、ゾマーさん。少し早めに着いてしまいました」

「問題ありません。上の階にどうぞ。みなさん、お待ちですよ」

フランク・ギースナーのことはこちらに背中が向いていてもすぐに見分けることができる。

三階の廊下を進んでハムシュテット先生の部屋に向かう途中からその背中が見えていた。彼はどうやら一着のスーツしか持っていないようだ。鼠《ねずみ》色で、肩の縫製が幅広すぎて背中が実際よりも大きく見えてしまうスーツ。彼の側にもう一人制服姿の警察官、そしてハムシュテット先生が立っている。三人は抑えた声で会話をしていたが、ハムシュテット先生が私を発見して話をやめ、次の瞬間に三人の顔が同時に私を見る。

「ああ、ベックさん、ちょうどよかった」ギースナーが言う。

私の足が鈍る。一瞬私は、ハムシュテット先生が何らかの理由でハナを連れていくことを阻止するために警察の協力を仰いだのではないかと疑う。私は肩を張り、顎を突き出す。ハナは私の孫だ、私はあの子のアブエロだ、そして私はあの子を家に連れて帰る。

「ハムシュテット先生、ギースナーさん」私は辛うじて言う。制服を着た警官には会釈をする。

「ベックさん」ハムシュテット先生が微笑む。「来てくださってよかった」

「ハナになにかあったんですか？　どこにいるんです？」

「ご心配なく、ベックさん。スタッフと一緒に私の執務室で待っていますよ」

「何か問題でも？」

ギースナーが私の肩に触れ、まずは溜息をつく。それから、「新しい展開です。ハムシュテット先生が先ほど私に電話をくださいまして、ハナとのセラピーでの会話についてご報告ください。ました。ベックさん、どうやら三人目の子供の存在が明らかになりました」

「サラです」とハムシュテット先生が付け加える。

「サラ」と私は馬鹿みたいに繰り返す。

ハムシュテット先生が頷く。

「さて、あなたの助けが必要です、ベックさん。ハナと話すのを手伝ってください」

ハナ

Hannah

ママの叫び声に私は心配になった。心配というのは怖いというのとは違う、でもそんなに心地良い気持ちでもない。私はベッドの端から飛び降りるとパパにしがみついた、パパはベッドの横に立っていた。パパがいてくれてよかった。家の中は温かかったし、パパは美味しいものを作ってくれたし、今は私のことを強く抱きしめてくれる。パパの大きな温かい手が私の右耳を覆っていたので、私には海の音が聞こえていた。左の耳はパパのお腹に押し付けていた。片方で海のざわざわとした音が聞こえ、もう片方ではパパのお腹がごぼごぼと音を立てていた。

「怖くないよ、いい子だね」とパパは言って私の髪を撫でた。「痛みはいい印なんだよ。もう少しで赤ちゃんがやってくるっていう意味なんだ」

私はママの方を見る。ママはベッドで転げまわっている。その顔はすごくブサイクだ。ママがひきつけを起こすたびにシーツが波打つ。ママの太い、銀色のアームバンドがベッドの柱にあたって音を立てた。ママの脚は布団に絡まっていた。

「大丈夫よ、ハナ、全部、大丈夫だから」と二つの叫び声の合間にママは言った。

「ママを助けてあげよう、手を握ってあげようか？」とパパが聞いた。

最初は何と答えたらいいかわからなかったけれど、私は頷いた。全部大丈夫、痛みはいい印。赤ちゃんがもう少しでくるんだ。

けれどもそれは正しくなかった。ママとパパは間違っていた。待っても待っても赤ちゃんはなかなか来なかった。

ママはもうかれこれ昨日からずっと叫び続けていた。

私はとっくにママの手を握っているのに疲れてしまっていた。みんな疲れていた。眠くて、でも叫び声のせいで誰も眠れなくて、イライラしていた。ティンキーさんさえも。その日の朝、ティンキーさんは私のカップを倒してしまった。ココアがテーブルの上に広がって、床まで汚してしまった。ティンキーさんはテーブルの上に乗ってはいけないってはっきりと分かっていたはずなのに。パパがやってきた。たぶん、私がティンキーさんを叱っているのが聞こえたんだと思う。パパは私が正しいと言った、猫はテーブルの上に乗ってはいけない。ティンキーさんはソファの下に隠れようとしたけれど、パパはティンキーさんを見つけて首根っこを摑み、外へ、ドアの外へ連れ出してしまった。最初は私も当然のことだと思った、ティンキーさんは学ばないといけない。でもパパがドアに鍵をかけると、私は怖くなった。外は危険だ。ティンキーさんが道に迷って帰ってこられなくなったらどうしよう？　驚いちゃったらどうしよう？　もしも私たちがもうティンキーさんのことが好きじゃないって誤解したらどうしよう？　ママはいっそう激しく嫌な叫び声を上げていた。パパはママの様子を見に行って、それからすぐにバケツとぞうきんを取ってくるつもりだった、私がティンキーさんの後始末をすることができるように。

「パパ」と私はパパが部屋を離れる直前に素早く言った。

パパは振り返った。

「何か言いたいことがあるのかな、ハナ？」とパパは微笑み、膝をついて私に向かって両腕を伸ばした。二人の視線は同じ高さだった。パパはいつも言っていた。もしも誰かが目を合わせることができない時には、その人は何かを隠している。

「ティンキーさんを中に入れてあげて。外は寒すぎる」

「ティンキーさんに教えてあげるには、これしかないんだよ、ハナ」パパはそう言って私の額にキスをした。「ママのところに行かなくちゃ、いい子だね。ママはパパが必要なんだよ」

私は頷いた。

ママの叫び声が聞こえた。それからティンキーさんがドアを引っ掻いて悲し気ににゃーにゃーと鳴く音……。

「ハナ？」おじいちゃんだ。どうやら私が考え事をしているのに気付いたみたい。

私はおじいちゃんとハムシュテット先生、そして灰色のスーツの警察官を順々にみる。みんなハムシュテット先生の部屋に座っていて、私がサラについて何かを話すことを期待して待っている。でもサラのことなんて話したくない。私はハムシュテット先生に今朝もうサラのことについて話をしたし、それで十分だ。私はサラが私たちの妹だっていうこと、それから長くは私たちのところにいなかったということを伝えた。ハムシュテット先生はもっと詳しく知りたがった。「それはどういう意味なの、ハナ？」「何があったの？」「そのことについて、絵を描いてみる？」

私はライオンの声で「嫌」と言った、それから部屋に戻りたいと言った。もう少し休みたかった。何か特別なことをする前には、十分に休まなければいけないから。そして今日は特別なことをするんだから。

おじいちゃんが私を家に連れて帰ってくれる。私はおじいちゃんのお気に入りの孫、そのことを私はもうとっくに知っている。おじいちゃんはヨナタンとは外出する予定はない、それはおじいちゃんのせいじゃないけれど。ヨナタンはクリニックから出たくないんだ。だから歯医者さんにも行かなかったし、星のステッカーもプレゼントされなかった。

「ハナちゃん」とおじいちゃんが言う。「話していいんだよ。おじいちゃんもここにいるから、怖がらなくていいんだ」

私は怖がってなんかいない。サラについて話をしたくないだけ。世の中、サラのことだけで回ってるわけじゃない。もっと大事なことがいっぱいあるんだ。

「誰か、ティンキーさんを見つけてくれた?」と私は聞く。「きっと私に会いたがってると思うの」

マティアス
Matthias

ギースナーと私は、彼の希望によってクリニックの敷地内で小さな散歩をすることになった。本当は、ハムシュテット先生の執務室での会話の後、ハナをすぐに連れ出してしまいたかった。それだったらとっくにアウトバーンを走っていただろうに。ところがギースナーが言った。「ハムシュテット先生があなたの計画について報告してくれましたよ」そしてハナに困ったような視線を向けた。少なくともギースナーはハナの前で、私の計画について話し合わないという分別を持ち合わせていた。

「少し歩きましょうか、ベックさん」彼はドアの方向を示した。

ハナはその間、ハムシュテット先生のところにいる。私はそんなに長くかからず戻ると言って、ハナの顔に微かな笑みを見たような気がした。あの子の微笑みは本当に魅惑的だ。

「あの女の子をうちに引き取りたいという気持ちはよくわかりますよ、ベックさん」とギースナーが大きなガラス扉から外の砂利道に出るや否や言う。

「ハムシュテット先生も私の考えに賛成してくれましたよ」と私は注意深く言う。ハナを連れて三十分以内に出発すれば、道中一、二回休憩をすることができるだろう。それにそうしないと遅くなりすぎてしまう。カリンが正しい。カリンは、ハナが新しい我が家を知るのは暗くなる前のほうがいいと思っているようだ。ただ、もしも我が家がハナの気に入らなかった場合に、それでも夜ごはんに間に合うようにクリニックに戻れるようにするために、というのが彼女が挙げた理由だった。私は「そうしよう、おまえ」と言って微笑んだ。

「聞いていますよ、ええ」と言ってギースナーはタバコを咥える。タバコを吸うとは知らなかった。「一本どうですか?」

私は左胸の上着の襟のあたりを叩き、「医者に八つ裂きにされます。二回ほど危ないところだったんです」どうして彼に私の壊れた心臓の話をしているのかは分からない。ひょっとすると、彼に同情させようとしているのかもしれない――病気の老いぼれに、**孫娘を連れて行かせてやれ、どちらにしろ、もう長くはないのだから。**するとギースナーも少し慌てた様だ。

「これは失礼」と彼は言って、最初の一服の煙を肩越しに吐き出す。老いた病気の男に煙が行かないように。「もしあれでしたら……?」

「いやいや、お気になさらず。お話とは何でしょう」

「ええ。先ほども言いましたように、ハナを引き取りたいというお考えはとてもよくわかります。私が言いたいのは、そしてこれはハムシュテット先生にも先ほどお聞きしたんですが、このシチュエーションを捜査に利用できないかということなんですよ。ハムシュテット先生も大いにチャンスがあるのではないかと思っているようです」

「意味が分からないのですが」

ギースナーは私たちから数歩離れた砂利道の脇のベンチを指し示す。

「少し座りましょうか」

私たちは黙ったまま歩いていく、靴の裏で砂利が軋む音がする。

「ベックさん」腰を下ろすとギースナーが続ける。「ハナは重要な、けれども同時に難しい証人です。私は心理学のことはよくわかりませんが、ハムシュテット先生が彼女に心理的な圧力をかけないように強く警告するのも納得ができます。でも一方で、彼女はこれまでの捜査においては残念ながらあまり役に立ってくれたとは言い難い状況です」

「でも子供ってそもそもが難しい証人なんじゃないですか？」

「ふむ、それはその通りです」ギースナーは一口吸い、「子供に話を聞く時には、大体二通りのリアクションがあります。萎縮してしまって話し出すまでに長い時間がかかる子は、話し出したとしても必要最低限のことしか口にしません。一方でもう一つのタイプはまるで出番を待ってましたとばかりに文字通り湧き出すみたいに話し出すんですよ。そうすると、犯人像だけでなく、お昼に何を食べただとか、アーニーが先週のセサミストリートで何と言っていたというようなことまで報告してくるんです」ギースナーはにやりと笑う、私は笑わない。私の微動だにしない顔を見て、ギースナーは咳ばらいをする。「まあ、ええ、さて、私が言いたいのは、こういう子たちは、場合によってはハナよりも小さい時もあるのですが、少なくとも私たちがどうしてその子の助けが必要なのかを理解しているんですよ。そして力の及ぶ限り、解決に協力しようとするんです」

「正直なところ、何を仰《おっしゃ》りたいのか全く分からないのですが」

ギースナーはベンチの横に身をかがめ、タバコをもみ消す。

「ハナはどうやらこのどちらのタイプにも属さないようです、そのことが事態をより複雑にもしています」再び体を起こしたギースナーの顔には奇妙な表情が見て取れる。「すごく好奇心旺盛な子ですよね、そう思いません？」と額に皺を刻み、試すように細められた目をしてギースナーは言う。「たとえば、あの子は聞かれもしないのに、警察車両の青いランプがどのように機能するのかを説明してくれましたよ。でも父親の名前を尋ねると《パパ》という答えが返ってくるか、何も返ってこない。そうすると私は当然、そんなことはあり得ないと思ってしまうんです。他のことに対しては、いつでも答えを探す女の子ですよ？　レナさんの代わりに突然グラスさんが小屋にいた時に驚きもしなかったんでしょうか。母親がいなくなったことを、そのまま受け入れるなんてことがあり得るでしょうか？」

「まさか」と私はイライラと手で宙を掻く。「ハナが何か情報を隠していると本気で思っているわけじゃないでしょうね？」私は笑い始める。「そういうのをトラウマというんですよ、ギースナーさん。わかったものじゃない、おかしな質問をしようものなら、あのモンスターがあの子に何をしたことか」

ギースナーは地面を見て、靴の先で砂利を引っ掻き始める。

「しかし今やそのモンスターは死にました」としばらくしてからギースナーは顔を上げ、私の目を真っすぐに見る。「私はハナとこの二週間の間に九回も話をしました、ベックさん。九回です」彼は肩を竦める。「なんたって私は、ハナがお母さんと一緒に行ったというエッフェル塔の高さももう知っていますからね。320メートルです」

「324メートル」と私は訂正して、ベンチの上で落ち着きなく座る位置を変える。ベンチの硬い木は座っているのがだんだん辛くなってきた。「失礼ですが、ギースナーさん。あなたも私も、あのような極端な状況下での人間の精神状態について理解しているとは思えません。でもあんたたちには小屋と死体がまるまる、それに例のDNAなんちゃらがあるじゃないですか、ご自慢の。それなら事件をハナの助けなしで解決しなさい。娘の遺体を見つけなさい」

「もちろんやっているんですよ、おっしゃってることは全部、ベックさん！　その上で私は、ハナは私たちを助けることができるに違いないと思っているんです。でも何かが彼女の邪魔をしている。それは何なのでしょう、ベックさん？」

「どうして孫を放っておいて、かわりにグラスさんのところに行かないんだ？　あんたたちが私に求めているのは、ハナから証言を引き出すことなんでしょう、違いますか？　このシチュエーションを捜査に利用できないか、というのはそういうことだ。ハナにプレッシャーを与えたくないと言いましたね。嘘だ！　その役割をあんたたちは私にやらせようとしているんだ！　私に事件を解決させようとしてる、そういうことだろう、違うか？」

「とんでもない、ベックさん、誰もそんなこと言っていないじゃないですか。あなたにはハナとの心理的な結びつきができたようなので、もしかしたらあなたに対しては心を開いて、私たちの捜査の進展に役立つ物事を話してくれるのではないかと思ったのですよ」

「捜査」と私は唸る。

「あなたのお力をお借りしたいだけなんですよ。あなたは娘さんをみつけたい、私たちもです」

「力をおかししましょう。グラスさんは嘘つきだ。どういたしまして」

「なにか、そう思うに至る具体的な理由は？　どうしてそう思われますか？　ハナがもしかしてなにか……」

「どうしてそう思うか？　人間としてのごく普通の理解力ですよ、ギースナーさん！　誘拐されて何か月も一緒に家族として暮らして、母や妻として……」彼女を遮ろうとするので、私は追い払うように手を上げる。「はいはい、分かってますよ。彼女はそのことを強制された。でも、それでもそこでいったい何が起きているのかを知ろうとはしなかったんでしょうか？　明らかに自分の前にそこにいたはずの女性に一体何があったのか？　一度もその誘拐犯と話をしようとしなかった？　そんなこと、本当に信じているわけじゃないでしょう、ギースナーさん！」

「ベックさん、グラスさんは犠牲者なんです、あなたの娘さんと同じように」

「でも娘と違って、彼女は生きたまま小屋から逃れることができた」

「お怒りは理解できます。でもその怒りはグラスさんに向けるべきじゃない。フェアじゃない、そう思いませんか？」

　私はため息をつく。

「いずれにしても、先ほどご自分で仰ってました、ベックさん。あなたも私も、極端な状況下で人間の精神にどんなことが起こるのか、理解していません」

　私の心臓はこの数分でかなりの負担がかかったのだろう。胸に覚えのある強い痛みが走る。加えて尾骨の下の木の固さ。私はギースナーから顔を逸らすとベンチの背もたれの背後にある、ハナが私を待つ大きな建物を見上げる。ハナのことを考えようとする。間もなく一緒にこの建物から出てきて走り去るのだ、ここを離れて、遠くへ、我が家へ。ただ、私の考えは再びヤスミン・グラスに引っかかる。あの女。一度だけでも直接話をして、その真意を探ることができればよかったのに。必要とあれば襟元を締め上げて答えを揺さぶり出してやったというのに。**娘はいったいどこにいる？　お前は何を知っている？　どうしておまえは家に**

帰れたのに、私の娘は帰れなかったんだ？　でもそのチャンスは与えられなかった。あの事故の夜に私が身元確認をして彼女をレナじゃないと言ってからは、私に彼女と話す機会は与えられなかった。君のためでもある、とゲルトは言った。病室の前には見張りが立てられていた。

「ただ、そんな気がするだけです、ギースナーさん」と私はできるだけ落ち着いて言う。心臓の鼓動が健康的なリズムに戻るように。「あの女性は何かおかしい。まだ話していないことがあるはずなんだ」

ギースナーはぼんやりと「ふうむ」と唸り、背広の内ポケットから畳んだ紙を取り出す。その紙を開いて伸ばし、私に手渡す。

「この男をご存じですか？」

私は老眼鏡を上着から摘まみだす。

「いいえ」としばらくしてから私は答える。「これは誰ですか？」

「法医学研究所で再現された、小屋の男性の遺体の復顔図です」

「娘を誘拐した男」

「ええ、そう推察されます」

普通、それが私の第一印象だ。ごく普通にみえる。その事実が私に衝撃を与える。私はその顔をじっくりと見る。何処かにそれでも異常性を確認できはしないかと目を凝らす、奇妙な方法で私を慰めてくれる異常性を探し出そうとする。レナが残忍な、その異常性に1キロ離れた場所からでも気付くような獣《けだもの》の犠牲になったのなら。**そういうなにか**に対してだったなら、レナはなす術《すべ》がなかったと思うことができる。けれども私の手にある絵は、**そういう何か**ではなく、**誰か**だった。一人の人間だった。近所に住んでいそうな男。私のクライアントの一人かもしれない。弁護士かもしれないし自動車整備工かもしれない。我が家の玄関にレナをデートに迎えに来てもおかしくない男。私は二人に楽しい夜をと言って送り出しただろう。それどころか最初から好ましいと思ったかもしれない。少なくともマーク・ズートフよりもずっと好きだと思っただろう。私は最初からマークの笑みの中に、狡猾《こうかつ》さを見たような気がしていたから。しばらくの間、私は復顔図がマークの顔でなかったことにがっかりするべきかどうか分からなかった。ほっとしているのかもしれない。昨晩ハナに関して意見が一致したことで、初めて彼のことを誤解していたかもしれないと思ったからだ。もしかしたら、私はマークに本当に理不尽なことをしたのかもしれないと思ったのだ。

「確かですか、ベックさん?」ギースナーの声が私の考えに交じる。「よく見てください。時間はありますから」

私は頷く。私の娘を誘拐し、恐らく殺した男。このごく普通の、目立たない男。

復顔図から目を離さずに、私は首を振る。

「記憶にないです、ええ」

ギースナーは溜息をつく、私は顔を上げる。

「ハナには見せたんですか？」

「ええ、今朝、あなたがいらっしゃる前に。ハナは復顔図を見て、私の絵が上手だって褒めてくれましたよ」

ギースナーはもう一度溜息をつく。

「この復顔図をメディアに公開しなくちゃいけません！　全ての新聞とニュースに載せないと！」紙を持つ私の手が興奮から震え始める。「こいつが誰か、知っている人がいるはずだ」

ギースナーはまた「ふうむ」と言って「それは少し検討させてください、ベックさん。私の経験上、こういうものを公開すると同時に世界の半分の人がこの男を知っていると連絡してくるんです。電話をかけてきて、これは私の隣人だ、子供の先生だ、私のかかりつけの歯医者だと言ってくる。手がかりの洪水が起きますよ、そしてその一つ一つを精査していくには長い時間がかかり、成果が得られるとも限らないのです」

「まさか本気で、忙しくなりすぎると言っているわけじゃないでしょうね、ギースナーさん！　それがあんたの仕事だろう！」

ギースナーは何も言わない。

私の心臓の鼓動がまた速くなる。

「じゃあ、何も起きないんですか？　ただ問題をそのままにしておくんですか？」

「いいえいいえ、ベックさん、そんなことはもちろんありません」

彼は私の手から紙を摑み取ると再び畳んで上着の内ポケットにしまう。

「最初に私たちはまず身内に聞いて回る予定なんですよ」

「でも私がレナの身内だ！　その私がその男を知らないと言っているんだ！」

「ベックさん、あなたが娘さんととても仲が良かったことは私も知っていますが……」彼は言葉を止める。私は次にギースナーが何を言うかを予感している。彼が可哀そうな、老いぼれの、病気の男を興奮させすぎないようにと言葉を選んでいる時から。もちろん、彼は当時の記録を読んだことだろう。もちろんゲルトがレナの失踪に関する捜査状況を話したことだろう。新聞記事だって読んでいるだろう。そこに書かれた嘘っぱちを本気で信じているかもしれない、太字で印刷されてさも真実であるかのように見えるから。自分の子供をちゃんと理解していなかった両親。私はひとつひとつの記事をはっきりと覚えている、その一文字一文字を……。


失踪したミュンヘンの女子大生〈23〉**の友人が証言「レナは問題を抱えていました」**

ミュンヘン〈LR〉――ヤナ・W〈編集部による仮名〉は五階にある自宅のリビングの窓枠に座り、その視線は街の上を当てもなく彷徨っている。「どこにいるの、レナ？」というのが、一週間ほど前から行方の分からない女子大生、レナ・ベック

(23)の友人が繰り返し思うことだ。Wはレナ・ベックが失踪前に連絡をとった最後の人物である。「パーティの帰り道に電話をしてきたんです」とWは回想し、気持ちを落ち着かせようとしている。「何かがおかしいって気付けばよかったけれど、私はあの時間帯に彼女からの着信で眠りから起こされたことに怒っていたんです」最後の電話の内容についてWは「レナは、いい加減に生き方を変えるつもりだって、このままじゃいけないって言っていました」しかし、助けを求める電話だとは思わなかったという。「すごく酔っぱらっているように聞こえました。それにレナはよく気まぐれを起こす子で、なにかを変えたがることがよくありました。大学を途中で辞めることも考えていたようです、そうした方がいいんじゃないかって私も思っていました。元々特別興味がなさそうでしたし、講義で見かけるよりもパーティで見かける方が多かったんですから。きっとこの学期は試験に通らず留年していたことでしょう」Wはベックと共にミュンヘンのルートヴィヒ-マキシミリアン大学教育学部の四学期に在学中である。「彼女は、ご両親をがっかりさせることが怖かったんだと思います。ご両親が知っているレナは、全く違う人物ですから」この23歳の女性が、絶望のあまり、失踪した夜にイザール川に身を投げた可能性はあるのだろうか？　ヤナ・Wはその可能性も否定できないという。「でも、私は彼女が単純にその辺の男に付いて行った可能性もあると思います。彼女は常に新しく知り合った男の話をしていました。もしかしたら、今回は運悪く変な男に捕まってしまったのかもしれません」友人をもう一度腕に抱きしめる希望を捨てていないとヤナ・Wは涙ながらに訴える。「レナ、何処にいるのか知らないけれど、帰ってきて。あなたの帰りをみんなが待ってる」昼前に警察の潜水捜査が行われた。「これまでの捜査によって失踪の件に関連する可能性のある物証は見つかっていません」と刑事課の主任警部ゲルト・ブリューリングは言う。注目されているレナ・ベックの精神状態についても発言は差し控えるという。また、この女子大生をオーストリア国境付近のアウトバーンドライブインで男性の同伴者と一緒に見かけたという女性の証言についても現時点では詳しいことはわかっていないとブリューリング。しかし「もちろんどんな手がかりでも真剣に受け止め、あらゆる方向に捜査を行っていく」

「ベックさん?」ギースナーだ。

「いいでしょう」と私はぐったりと言う。「聞いて回ればいい」——私は見えない括弧を宙に描く——「**身内**に。私よりもレナのことをよく知っているという友人たちに。聞いてみてください、この男が数えきれないという娘の男友達の一人なのかどうか。しっかりと調べてください」私は支えを探してベンチの背もたれに手をつき、喘ぎながら立ち上がる。「あなたならブリューリングさんと違って、あの時どれほどの人が自分が目立つためにレナに関する嘘を広めたかに気付くかもしれない。そのことを明らかにするだけでも意味があるでしょう。ああ、それから、グラスさんのことも考えてくださいよ」

ギースナーは同じように立ち上がり、私を鋭く見つめる。

「父親としての自分を疑う必要はありませんよ、ベックさん。両親は自分の子供を守ろうとするものです、それはいたって普通のことです。しかし残念なことに時々忘れてしまうものです、子供というのも一人の自立した人間……」

「はいはい、わかってますよ」と私は唸って曖昧にギースナーの上着を指し示す、その内ポケットに復顔図の紙が入っている。「その復顔図をミュンヘンに持って行って妻に見せたいのですが？　彼女も身内の一人でしょう」

「それはブリューリング警部がやるでしょう、彼の管轄ですから」

「ギースナーさん、私は妻を余り興奮させたくはないのです」私は胸に手を置く。「このような尋問じみた状況は緊張しますからね」

「お渡しできないんですよ、ベックさん、本当に。申し訳ないのですが」

胸の上の掌が拳になり、私の顔が歪む。

「ちょっとあちらを向いていてくださったら、携帯電話で写真を撮ってしまうこともできます」と私は息苦しく喘ぎながら言う。「そうしたらそれを妻に見せて、もしも彼女が男に見覚えがあるようなら即座にご連絡することができます。全力を尽くして協力し合うということでたった今一致したばかりでしょう?」

ギースナーは微かに頭を横に振る。「信じて頂けないかもしれないですけれど、ベックさん。でも私はあなたを理解しているつもりです。それでも、この件に関してはご希望に沿うことはできません。私には私の仕事をさせてください、そしてあなたはお孫さんのことを考えてください。それが私たちみんなにとって一番です、信じてください」

ハナ
Hannah

おじいちゃんは警察官と一緒に出て行ったけれど、そんなに長くはかからないと約束してくれた。つまり、私がお家に帰るまでもう長くはかからないっていうこと。

ハムシュテット先生はそれまで一緒にお絵描きをしようかと言った。私は、先生が一緒にという言葉を使うことによって嘘をついていることを教えてあげた、実際に絵を描くのは私一人なのだから。どちらにしろ、私は絵を描きたくなんかなかった。かわりに、私は待っている間にヨナタンにお別れを言いに行った方がいいと思った。何処かに行く前には、ちゃんとお別れを言わなければいけない。お別れを言わないことは失礼なことだ。ハムシュテット先生がヨナタンのところへ行く許可をくれた。

私たちは先生の部屋を出て廊下を進み、ガラス扉へ。左手にはエレベーター、右手には階段がある。私は先生にエレベーターに乗ることを提案してみる。先生は私を見る、ママがお勉強の時間、私の答えがまだ気に入らない時と同じように。私が何かを最後までちゃんと考えていないかのように。

「単なるロープ式」思わずイライラした顔をしてしまってから、私はハムシュテット先生に説明する。ハムシュテット先生には、おバカだって言っちゃいけない、そうしないとお家に帰してくれないに違いない。「それにドアは閉めないといけないの、そうしないとボックスから落ちてしまうでしょう」

「そのことはヨナタンもわかっているのよ、それでもエレベーターに乗るのは怖いの」とハムシュテット先生は言う。「でもね、ハナ？　それは本当に普通のことなのよ。本当にそう感じていないなら、勇気がある振りなんかしなくてもいい。知らないことや物に対して怖いと思うのはいたって普通のことよ」

「エレベーター、別名リフト、または昇降機とは、シャフトの中を上下に動くボックスのことであり、その使用目的は別の階への人または物の移動である、以上」と私は分厚い本の該当箇所を思い出し、上に向かった矢印のボタンを押す。ボタンは黄色に光る。実はこうやってエレベーターを呼ぶことができるのだ。「でも私は今までの三回、怖くなんかなかった。私、ママと一緒にエッフェル塔に登ったことがあるもの。ほとんど300メートルのエレベーターに乗らないと一番上の展望台にはいけないんだ」

ハムシュテット先生は静かだ。エレベーターが小さな呼び鈴の音を立てて到着し、私たちは乗り込む。背後で銀色の扉が閉まっていく。ハムシュテット先生は数字の2が書かれた丸いボタンを押す。丸いボタンの数は三つで、信号みたいに縦に並んでいる。ボタンを押すことによってエレベーターがどの階に行くべきなのかを決めることができる。

「どうしてお出かけをする時にヨナタンを一度も連れて行ってあげなかったの?」

私の口端が震える。胃が飛び上がったのだ。エレベーターに乗っている時の、この浮き上がるような感覚が、私は一番好きだ。

「ハナ?」

私はまたイライラした顔をしないように我慢する。

「だってお気に入りの子は私なんだもの」

何度同じことを言えばいいのか分からない、ハムシュテット先生がいい加減に理解してくれるまで。みんながこのことを理解してくれるまで。みんな、信頼できるお気に入りの子がいるに決まってる。

ヨナタンの部屋は暗い。ブラインドが下ろされているから。網膜の問題は、家族性のものだ。それにヨナタンの部屋は臭い、古いおならの臭い。無理もない、ここには誰も空気循環装置を取り付けていないから。私の部屋の窓も、私がご飯やお絵描きのために部屋から出る時やおじいちゃんとお出かけする時に、半分傾けるように開けられるだけ。一度、それがどうしてなのか聞いたことがあったけれど、誰も答えをくれなかった。たぶん、窓を傾けるには、レバーの小さな錠を毎回開けなくちゃいけないことが理由だと思う。たぶん、その錠を開ける鍵は一つしかない。ハムシュテット先生のヘルパーさんたちは、毎回まずその鍵を探すところから始めなくてはいけないんだと思う。私は、私たちがお家でするのと同じようにすればいいのにと言ってみた。家では、鍵が何処にあるかなんて考えなくてもいいし、探さなくてもいい。パパがいつも鍵にちゃんと気を付けていたから。私はハムシュテット先生のヘルパーさんたちに、同じように誰か選んで鍵を任せればいいのにと言った。もちろん誰も私の言うことに耳を貸さなかった。たぶん、私は唯《ただ》の子供で、特別賢くもないと思っているんだろう。本当は、あの人たちよりも、私の方が賢いのに。

ヨナタンは部屋の後ろの方の隅の床に膝を抱えてしゃがんでいる。ハムシュテット先生が「こんにちは、ヨナタン」と言う。先生はヨナタンを驚かせないように、部屋のドアを音をたてないようにゆっくりと開けたけれど、どちらにしろヨナタンはあの青い錠剤を余りにも多く飲んでいるので、誰かが部屋に入ってきたとしてもどうでもいいんだと思う。膝から頭を持ち上げようともしない。

「外で待っていた方がいいかしら？」とハムシュテット先生が聞いたので私は頷く。ちなみに外というのは、先生が開いたドアのところに立って、私たちに背を向けるということだ。私はネズミ足でヨナタンに近づいていく。もちろん、ヨナタンが危険だと思っているわけじゃない。ヨナタンは今や何者でもない。私はそのすぐ横に座る、囁いてもよく聞こえるように。聞いていればの話だけど。

「どうしてサラを描いたの？」

ヨナタンが微かに震えた気がする。

「あの子のせいで、ママがどれだけ叫んだか忘れたの？　本当になにもかも忘れちゃったの？」

いまだにはっきりと覚えてる。あのひどい叫び声。ママのした、ブサイクな顔。足をばたつかせて転げまわって、しまいにはアームバンドが手首を切って血が腕を流れ落ちていた。それからもっと血が出てきて、もっと酷い叫び声が聞こえて、誰も眠れなくなって。そしてティンキーさんに起こったこと。サラのせいでママがあんなにひどく叫びまわらなかったら、ティンキーさんが驚いてココアのカップを倒すこともなかったし、パパが罰としてドアの外にティンキーさんを出してしまうこともなかった。ティンキーさんがまた家に入ることを許されたのは夜になってからだった。それまでにはすっかり冷たく硬くなってしまっていたし、その毛並みが薪ストーブの暖かさで柔らかくなるまでとても長い時間がかかった。全部、サラのせいだ。

サラはとても変な色をしていた。紫色でべとべとしていて、黄色と赤で汚れていた。私は、ママがサラを綺麗にするまで絶対に触りたくなかった。全部が汚かった、サラも、ママも、ベッド全体も。私はマットレスからシーツを引き剝がした。パパは、ママが私たち二人を産んだ時よりもたくさんの血を失ったのだと言っていた。その染みは本当に大きかった。パパは、寝具を洗うことには意味がないだろうとも言っていた。パパは大きな青いゴミ袋を一巻き寝室に持ってきて、それから三人で浴室に向かった。ママがサラと一緒に戻ってきたのは、ちょうど、私が枕のカバーを外している時だった。ママは変にゆっくりと動いていた、まるで一歩歩くごとに骨が折れることを怖がっているみたいに。ママはベッドの端に腰掛けた。赤ちゃんは今度はさっぱりとしていてましに見えた。ママは、完璧だと言った。この子はパーフェクトだって、サラがパーフェクトだって。その名前の意味は「お姫様」、「パーフェクト」とは「完璧」ということである。サラ以上に大事なものなんてなかった。眠くて仕方がなかった、最初はママの叫び声のせいで、今はサラの泣き声のせいで。私は寝具を二回に分けてゴミ袋に詰め込んだ、パパが私に指示したとおりに。

「今度いつお出かけする、ママ？」

ママは最初、私の言うことが全然聞こえていなかったみたい。私はもう一度聞かなくちゃいけなかった。

「しばらくは無理よ、ハナ」とママは腕の中のサラから目を離さないまま言った。このひどい泣き声。空気循環装置に問題がないかどうかを伝えることもできないほどだった。

「サラも一緒に来ればいいよ」と私は提案した、本当はそんなことちっとも望んじゃいなかったけれど。「一緒に連れて行けばいいよ」と私はもう一度言った。ママは私を見るべきだ、ママと話しているのは私なんだから。「ママ？」こっちを見ないのは、失礼だ。「ママ！」

「ハナったら」とママは押し殺した声で言った。ママは私を見た、けれどもそれはすごく短い間だった、サラがもっと大きな声で泣き始めたから。「しーしーしー」とママは言って、サラの頭を撫でた。「この子はまだ小さいの、ハナ。こんな小さな赤ちゃんと一緒にはお出かけできないわ。とても大変だから……」

「でもママ……」

「今はダメ、ハナ」とママはそれだけ言った。

「なにが、今はダメなの？」パパがドア枠に立っていた。私がちょうど息を吸い込んだ時だった。ママが「たいしたことじゃないの」と、まるで私たちのお出かけに何の価値もないように言った。サラのいる今に比べれば、今までなんか一瞬も価値がなかったかのように。

「ママは、私たちよりもサラが好きみたい」と私はヨナタンに言った。この時はまだドアの外にいなくちゃいけなかったティンキーさんのために、私はヨナタンに玄関ドアの側にいてくれるように頼んでいた。ドア越しにでも、ティンキーさんには聞きなれた声を聞かせてあげたかった。もっと怖くなって森に逃げて行ってしまわないように。

ヨナタンは木の床にしゃがんでドアに寄りかかっていた。私はヨナタンの横に座った。ティンキーさんが外からがりがりとドアを引っ掻いていた。その音は私の心臓を齧って、私の目には涙が出てきた。

「どういう意味、ハナ？」

「ママがはっきりと言ったわけじゃない、けれどもう私たちのこと、いらないんだと思う。今はサラがいるし、サラはパーフェクトなんだって。パーフェクトって完璧っていう意味」

「僕たち、もういらないの？」

私は頷いた。

ヨナタンがこのことを忘れるなんてありえない。そして、忘れてはいないみたいだ。何も答えはしなかったけれど、ヨナタンは小さく震える。泣いているような気さえするけれど、顔が見えないから本当のところはどうかわからない。

「サラの絵を描いたのは、私を怒らせるためなの？　私がサラのことが好きじゃないって言ったから」

ヨナタンが何か音を立てる。鼻が鳴るようなぼんやりとした音だ。

「大丈夫？」とハムシュテット先生がドアのところから聞く。先生は頭をこっちに向けている。

私は「大丈夫」と言って囁き声で続ける。「何度も言ったよね、ごめんねって。覚えてる？　パパがすごく泣いた時。すぐにわかったもん、ママがサラと一緒にどっかに行っちゃったのは、私のせいでもあるって。あんたは私をじっと見るだけで、何日か私と話をしなかったよね、私があんたに、あんただってサラのことが好きじゃなかったって思い出させるまで。そうだったじゃない、ヨナタン」

ヨナタンがもう一度音を立てる。

「かなり馬鹿だよ、サラのことを絵に描くなんて。でもあんたは今だって私の弟なんだ、たとえおバカさんだとしたって。だから、素敵なことを教えてあげる。私たちのおじいちゃんは、すごく優しいの。今日、お家に連れて帰ってくれるんだって。全部言った通りでしょう。何度も言ったのに、信じてくれなかったんだから。約束は約束、破っちゃダメ」

ヨナタンは頭を私の方に向ける。ごく軽く、膝から持ち上げることもなしに。おバカな目だけが見えてるけれど、驚きですごく大きくなっている。

「頑張らないといけないよ、また普通になるように。わかった、ヨナタン？　普通になってくれないと、あんたのことを取り戻しに来られないの。ここにいなくちゃいけなくなっちゃうよ、たった一人で」

ヨナタンは頭を膝の上の元の位置に戻す。けれども頷いたように見える。はっきりとした、頷きだ。

ヤスミン

Jasmin

最初に目が覚めたのは、7時十分前だった。いつも通り。頭の中の声が、起きて子供たちのために朝食を作るようにと急き立てた。7時半には朝食がテーブルの上に載っていなくてはいけない。私はキルスティンに向き直った。その顔が僅かな隙間を開けてあるブラインドから寝室に差し込む、日の光に飲み込まれたような街灯の残り火に照らされていた。目は閉じられ、口は軽く開いていた。私はその静かな呼吸に耳を傾けた、吸って、吐いて。頭の中の声が大きくなった。子供たちは朝食を取らないといけない、今すぐに。7時半、朝食。それのどこが難しいんだ？ 子供たちには規則正しい毎日が必要だ。子供たちにはバランスの取れた朝食が必要だ。私はキルスティンの呼吸のリズムを真似し始めた、吸って、吐いて。頭の中の強制と声に逆らって、ただ呼吸をするだけ。一定のリズムで、吸って、吐いて。そして私は果たしてもう一度眠ったらしかった。初めて上手くいった、初めて、ベッドから起き上がらずに済んだ。

キルスティンの籠った声が私の目を覚まさせた。慣れない、長く忘れていた明るさ。私は瞬きをする。陽《ひ》の光の中で埃《ほこり》が踊っている。私は体を起こす。キルスティンがブラインドを引っ張り上げたのだ。秋の始まりの一日が部屋の中に溢れている。心臓が高鳴っている。私は微笑む。壁からはレナ、あなたが微笑みかけてくれる。私は記事をぼんやりと眺めて驚く、見慣れたあなたの写真は光の中で全然違ってみえる。しばらくすると、私の意識はキルスティンに向いた。彼女は別の部屋で、たぶんキッチンで電話をしている。今日のクラブのシフトを断るのが聞こえる、プライベートな事情でと彼女は説明する、身内の緊急事態がありまして。上司は理解を示してくれているらしい、キルスティンがお礼を言っている。空き地で襲われる前からの上司、同じクラブの同じバーカウンターの後ろに彼女は今でも立っている。同じ勤務時間、同じ客層。キルスティンが暴行された後に再びそこに戻るのには一週間とかからなかった。仕事を続けたのだ、頑固に、決然と。最初こそ仕事が終わった曖昧な、灰色の危ない時間帯にはタクシーで家に帰っていた。けれども少し経つとキルスティンはまた徒歩で仕事に通うようになった、同じ道、同じ空き地を通って。私は今でも、二つの物事の整合性が理解できないでいる。一方でこの強さ、頑固さ、粘り強さ。そしてもう一方で、私たちの終わり方。私は彼女が襲われた夜に、ちゃんと抵抗したかどうか聞いた、もちろんそれは愚かだったし思いやりに欠けていた。

「あんたがああいうことを聞いたのは、私にとっては顔面パンチだったよ、ヤスミン。あの瞬間に、私たちの間の何かが壊れた」

私は何千回も、あの時とにかく眠くてちゃんと頭が回っていなかったんだと言ったけれど、キルスティンは信じてくれなかった。微笑みながら「もういいの」と言ってはいたけれど。その後なんとか数か月間、私たちは一緒にい続けた。けれども最終的に、彼女は引っ越していった。

「もうあんたとは一緒に暮らせない、ヤスミン。なんとかしようと思ったけれど、どうしてもダメだ」それから「友達でいよう」

最後にその言葉を聞いたのは私が失踪する前の晩だった。あの夜、私は彼女の家のドアの前に立っていた。パンと塩と旅行鞄を持った大馬鹿野郎だった私。友達でいよう、彼女はそう言ったけれど、すぐにでもドアを閉めたいと思っていることはその視線からも明らかだった。パンと塩は引っ越し祝いだった。その引っ越しは既に数週間前に済んでいて、私は新居への招待をもらえないまま待っていた。あの夜、私は連絡をしないまま彼女を訪ねていった。旅行鞄に必要なものだけを詰めて。彼女のところに泊まれたらいいけれど、また喧嘩になってしまったなら次の電車に乗ろう、何日かいなくなって、やっと距離を取って、携帯電話も切って、**受け入れる**、キルスティンが望むように。

「受け入れてくれないと困るよ、ヤスミン！　電話もしないでほしいし、メールも送ってこないでほしいし。何よりも、こうやって急にドアの前に立っていられるなんてのはもってのの外、わかった？　私は今、一人でいる時間が必要なの。いい加減に分かってよ、お願いだから」

私は頭を振る、あのひどい夜の記憶を追い払うために。あの夜のことはもうどうでもいい。大事なのは、キルスティンがここにいるということ。私のところに戻ってきてくれた、細かいことは考えない。キルスティンはここにいる。

キッチンからお皿のかちゃかちゃした音がする。開いたままの寝室のドアを通って微かな珈琲《コーヒー》の香り、かすかな日常の香りが漂う。私は枕に体を預けて目を閉じる。でもうとうとしているだけ。私はとっくのとうに玄関の不規則なノック音に気付いている。ノック音がはっきりと聞こえてきた頃には、キルスティンが作業をする手を止めたようだった。廊下のラミネート床の上を進む足音、鍵を回すときのカチッという音、そして驚いたような「ああ、どうも、こんにちは」という男性の声、聞いたことのある声だ。

「カーム警察のフランク・ギースナーです」とその声が言う。

「キルスティン・ティーメです」と答えたキルスティンは、知らない女性にドアを開けられた「カーム」の驚きに気付いたのだろう。「グラスさんの友人です」と聞かれないまま言う。

「ティーメさん、わかります。あなたのお名前は失踪事件の捜査の記録で知っています。失踪届を出したのはあなたですよね」

「ええ、そうです」

「彼女と話をしたいんですが」

私は用心のために枕の間で身を丸め、もう一度目を閉じる。今は「カーム」と話をしたくない、キルスティンがいる状態ではなおのこと。

「申し訳ないんですけれど、まだ寝ているんです」

「とても重要なことだって伝えてくれませんか」

「もちろん、それは分かるんですが。彼女の調子、よくないんですよ。昨夜、ちょっと大変だったので、しっかり休ませたいんです。後で電話をさせるのでは駄目ですか？」

「カーム」が答えるまでには戸惑うような間が空く。

「もちろんです。では、少しあなたにお時間を頂くことはできますか？　グラスさんとかなり近しい間柄ですよね？」

私は固まる、私の全てが固まる。

「ええ……」と今度はキルスティンが驚いているようだ。「じゃあ、どうぞ中へ……えーっと」

「ギースナーです。ありがとうございます」

私は一気に気分が悪くなる。「カーム」が私のアパートにいる。「カーム」がキルスティンと話をしようとしている。キルスティンがキーキー音を立てる寝室のドアノブを押してドアを閉めている。可哀そうな小屋の女の人には休息が必要だから。それに、何らかの病的な理由からレナ・ベックに関する新聞記事で壁が埋まっている寝室を、警部さんがチラッとでも見ることがないように。起きた方がいいのは分かってる。けれども代わりに私は布団を頭の上にまで引っ張り上げて目をきつく閉じ、呼吸をする、吸って、吐いて。

私はまた眠ったらしい。キルスティンは正しい、私には睡眠と休息が足りていないのだ。何よりも、記事を調べて印刷することに使った一昨日《おととい》の夜が尾を引いているらしい。私はがばっと身体を起こして耳を澄ます。キルスティンの声も、「カーム」の声も聞こえない。私はもたもたとベッドから下りると、おぼつかない足取りで寝室のドアへと歩いていく。私が起きたことをキーキーと教えてしまうドアノブを引き下ろす前に、私はドアに片耳を当ててみる。何も聞こえない。アパートの中は静かだ。

私はキルスティンがキッチンテーブルに座っているのを見つける、ネイルをベリー色に塗り替えているところだ。

「あら、起きたのね、眠り姫」と彼女は私に気付いて微笑む。「珈琲飲む？　ポットに少し残ってる。自分で注いでね」説明するように彼女は左手を見せる、塗りたてのネイルがきらめいている。

私はキッチンを横切り、棚からカップを取り出す。

「何がそんなに急ぎだったの？」

「なんのこと？」

珈琲ポットを掴む寸前で、私の手が宙に浮いたまま固まる。

「ノックの音が聞こえたの、でもそのまま寝ちゃったみたい」

私はキルスティンに向き直り、探るように彼女を見る。

「ああ、うん。ご近所さんが来たよ。マヤ、だったかな？　三階に住んでるって。いい人だった」キルスティンはコンロを指さし、またネイルに集中する。「お昼ご飯を持ってきてくれたよ」私はふらふらとコンロに向かう、そこには小さな鍋が載っている。「鶏肉《とりにく》ヌードルスープだって」とキルスティンは説明する。「もう来なくても大丈夫って言っておいたよ、今は私がいるし、あんたの面倒を見られるからって。それでも彼女は何かあった時のためにって携帯の番号を置いていった。冷蔵庫の扉に貼ってある」確かに、ピンク色のポストイットが貼ってあって、マヤの名前と数字の羅列、そしてスマイリーがその下に描いてある。

「ああ、それから郵便物も持ってきてくれたみたい。サイドボードの上に置いてあるよ」

私は手の中で重くなってきた珈琲ポットを作業台の上に下ろす。

「そうじゃないの、キルスティン。私が言っているのは、フランク・ギースナー。ここに来たんでしょう。聞こえたの」

キルスティンはもう一度顔を上げ、溜息をつく。ほんの数秒のことなのに永遠に延びていくようで、額の裏がヒリヒリとし始める。熱が毛穴から外に噴き出して私の顔を湿った厚い膜で覆い、恐れが泡立っていく。キルスティンは、ギースナーの訪問とその声は、ただ私の思い込み、ただまた思い込んだだけなんだって言うかもしれない。やってきてノックしたのはマヤだって。コンロの上の鍋と冷蔵庫の電話番号がその証拠だって。

「ええ。完成した復顔図についてあんたと話をしたいって言ってた」とキルスティンがついに言ったので、私はほっとして笑う。けれどもそれから気付く。誘拐犯は顔を取り戻して、私はそれを見なくてはいけないのだ。身元を確認しなくてはいけないのだ。頭の中の写真を生き返らせなくてはいけないのだ。その眼を、私を非難するその眼を見なくてはいけないのだ。**なんていう化け物なんだ！**

「どうしてすぐに言わなかったの？」と私は他の考えを覆い隠すために聞く。

「あんたをまた興奮させたくないからに決まってるでしょう、もう。珈琲を飲んで、まずはちゃんと目を覚ましなよ」私はそのイライラしたトーンを聞き逃さない。私はカップをちょうどいい位置に置いて珈琲を注ぐ。

「見た？」

「復顔図？　うん。でもその男を見たことがあるかどうかは分からなかった。前はここにいつも人がたくさんいたしね。覚えてるでしょう？」

うん、覚えてる。誰かに連れてこられた誰か、みんな私たちと同じようにパーティ好き。十二人以下はパーティじゃなかった。

物悲しい気分が湧き上がってきそうになるのを抑えて、私は頷く。

「あんた、自分で見ないといけないんだと思うよ、ジェシー。それ以外ないよ」キルスティンは心配そうだ。「できると思う？」

　少なくとも私は微笑んでみせる、それがたとえ、わざとらしく思えても。

「そうするしかないんでしょう？」

　私は何度か珈琲に口をつける。飲み込み辛い。キルスティンはもう一度溜息をつきながら、指先でネイルカラーの蓋を回して閉じていく。私の世話をするために戻ってきたことを後悔しているだろうか。私にうんざりしているだろうか。

「ギースナーが電話をしてくれって。身元確認のために予定を合わせたいって。あんたは警察本部に来なくてもいいって言ってた。もう一度ここに来ることもできるって。いつでも、必要とあらば仕事の後でもいいって」

「優しいね」と私はしわがれた声で言う。

「私思ったんだけど、心理カウンセラーとも会う約束を取り付けた方がいいんじゃないかな？　復顔図を見たことで、あんたの内面にどんな心理的影響があるのか分からないんだし」

「心理カウンセラーも助けちゃくれないよ」

「まあ、それは……助けてもらおうとしないことにはね」

「そう思ってるの？」と私は静かに言って、珈琲カップを作業台の上に置く。「私が負担なら、言ってくれていいよ。そう思ったとしても当然だって分かってるから」

キルスティンは呆れたように目を剝く。

「ちょっと、ジェシー。やめてよ。本当に」

「私の面倒を見る義理もないし」

「やめてって言ってるでしょ？　今考えるべきなのは、私たちのことじゃなくて、あんたがしっかりするために何をすべきかってことなの」

「しっかりする」

「起きたことを受け止めて、この先を生きていくことを学ばないといけない、そうよ。それには、こういうやり方を続けても上手くはいかないの。あんたには専門家の助けが必要なんだよ」

「あなたがここに来てくれてから、調子がいいの」

キルスティンが舌打ちをする。私はしばらくの間、黙ったまま下唇を嚙む彼女をみている。

キルスティンは会話を続けることを決めたようだ。

「あんた、ベッドでおもらししたの」

最初、私は聞き間違えたんだと思う、笑ってしまっているかもしれない。

「私が……？」

キルスティンは椅子の後ろに体重をかけ、立ち上がる。そして私の前に立ち、暗い目をして、少し頭を傾げて私を見る。

「あんた、ベッドでおもらししたの」と彼女はゆっくりと繰り返す。

「昨日の夜中。夢を見ていたみたいだった。手足をばたつかせて自分に打ち付けてた。そうしながら叫んでいたの。これは腕輪じゃない、ハナ！ これは手錠なの！ 外して、すぐに！ 起こそうとしたんだけど、あんた、完全にどっか行っちゃってたんだ」

私は首を振る。昨日の夜、夢なんか見なかった。

「嘘じゃない、ジェシー、本当にそうだったんだ。シーツが濡れていることに気づいて、私はあんたをベッドから引っ張り出した。本当はリビングのソファに連れて行ってそのまま寝かせてあげようと思った。その間にシーツを替えようと思った。でもあんたは私にしがみついて叫んでたの、一人にしないでって、それから何か機械が止まっちゃうことが怖くてたまらないって」

「覚えてない」

「寝ていたからね」

私は首を振る、もう一度。キルスティンの暗い瞳は心配そうに見開かれ、彼女は頷く、何度も、まるで催眠術にかかったみたいに。

「本当なの、ジェシー、嘘じゃない。そしてこれは、あんたの調子がよくなっているわけじゃないっていう証拠だよ、わからない？ 私はここにいてあげられる。あんたのためにお買い物をしたりシーツを替えたりしてあげられる。必要ならあんたを抱きしめて話を聞いてあげる。けれども私は心理カウンセラーじゃない」

私は無言でキルスティンの横をすり抜ける。キッチンから離れ、彼女の心配そうな視線から逃れて、彼女の側からとにかく離れたい、その近さは今は痛みだ。目標はリビング、一人になりたい、一瞬だけでも。考えたい、先ほど目が覚めた時の穏やかな気持ちと、知らないうちに起こったおぞましい夜とが、どうやったら一致するのかを。

「意地悪で言っているんじゃないんだよ」と背後から聞こえてきた声に私は振り返る。キルスティンが私を追って廊下に出てきている。私の前に立って両手を宙に挙げていて、その指先がパタパタと動く、塗りたてのネイル、まだ乾いていない。「でも私たちだけじゃ、無理だよ」彼女は腕を伸ばして私の肩に触れようとした、けれどもすぐに考え直したようだった。ネイルが服についてしまわないようにと思ったんだろう。「心理カウンセラーに電話しよう」

私は体の向きを変える。

「本当に、ジェシー。どうしてあんたは自分で事態を難しくしちゃうの、どうして人に助けてもらおうとしないの？」

私の視線は廊下のサイドボードの上の郵便物の山に引っかかる。それはすぐに目に飛び込んできた。

「そうやって自分が苦しむことが当然だと思っているの？」

シンプルな、切手のない白い封筒。

「苦しんで当然の人なんかいないんだよ」

昨日の新聞の下に半分隠れていて、宛名も半分しか見えない。けれども同じ筆跡だ、間違いない。

「わかったわよ。今から電話する」と私は抑揚のない声で言う。「私の携帯を探して持ってきてくれない？　リビングにあると思う」

背後でキルスティンのほっとしたような溜息が聞こえる。それからその足音がリビングに向かって遠ざかっていく。

「ちょっとトイレ！」と私は彼女に向けて叫び、その手紙を掴む。

私は浴室に滑り込むと鍵をかけ、ドアに背をもたせかける。冷たい汗をかく指で震えながら私は封の糊づけを引き剥がして開け、それでも一瞬、がたごとと音を立てる洗濯機に注意を奪われる。それが昨夜の汚れたシーツが単調に回っているのだと気付き、胸にしこりができる。私は封筒の中の紙を引っ張り出す。

同じ大きく書かれた、大文字で、黒く、非難するような活字体。今回の言葉は。

真実を話せ。

マティアス
Matthias

ギースナーとのやり取りは、ゲルト相手でもそう変わらなかっただろう。ただ、ゲルトとは俺、お前と呼び合っただろうし、別れる時にはゲルトは私をクズ野郎と呼び、私は彼を大馬鹿野郎と罵ったことだろう。警察官は、どいつもこいつも、交換可能で型で取ったみたいに同じだ。全員が同じことを口にする。**身内**。その言葉が頭から離れない。その言い方が、ハナと私の家へのドライブにも付きまとい、咽《むせ》るような汚れた重い空気となって車の中に広がっているような気がする。頭蓋骨が圧迫されるようだ。皆が、私は娘のことを知らなかったと思っている。見えていなかったんだと。十四年間、それどころかあの子が生まれてからずっと、たった一人の子供に対する愛で意識が麻痺しているのだと。けれども私は娘を知っている。ちゃんと知っていたのだ。

私は大きな音を立てて鼻をすすり上げ、バックミラーに視線を投げる。ハナの目と髪の生え際。レナの目と髪の生え際に瓜二《うりふた》つだ。私はレナをこの瞬間、体操クラブか友達の家に連れて行っているのかもしれなかった。

「パピ」と後部座席から高い声が聞こえてきそうだ。「休憩して、急いでアイス食べない?」

「いいねえ。誰が買ってくれるのかな?」

「もちろん、パピの奢りじゃなくちゃ! 私はまだ小さいから仕事してないんだもん」

「しまった、すっかり忘れてた。いいよ、レナ。特別にね、君は特別だから」

いつか、ハナも私に同じようなことを聞くかもしれない。「おじいちゃん、今すぐアイスを買いに行こうよ」その日のためなら私はなんだってするだろう。

「次のドライブインで少し休憩しようか、ハナ?」と私は期待に満ちてバックミラーに笑いかける。「家まではゆうに三十分はある。ちょっと休憩したほうがいいんじゃないかな、どう思う?」

ハナは答えないまま、窓の外を見ている。アウトバーンの左右を木と休耕中の畑が飛んでいく。天気予報はあたらなかった。何時間か前は青かった空には、濁った灰色のベールがかかっている。ハナの頭の中を覗ければいいのに。今、この瞬間に、時速130キロでアウトバーンを疾走しているこの瞬間に、何を感じているのか、聞く勇気が持てればいいのに。怖いと思っているのか、ワクワクしているのか。お家に行くのが楽しみかどうか。でも二人きりになると、いつもこうだ。何かが、本当に大事なことを聞く邪魔をする。それは何かを壊してしまうことに対する恐怖なのかもしれない。

一台のBMWが厚かましく私の前に車線変更したことで、私は物思いから現実へ引き戻される。車道の右手の標識に、5キロメートル先の休憩所の案内が載っている。

「どうする、ハナ？」と私はもう一度チャレンジする。「どう思う？ 休憩したくない？」

「休憩なしでお家に帰りたいの、おじいちゃん」

「オッケー。そうだよね、わかった」と私は必要以上に楽しげに言って、がっかりした気持ちを覆い隠そうとする。そして無意識に一人でブツブツと呟く。「たぶん、どっちにしろ、よくない考えだったんだ。誰かに携帯電話で、またゾンビっ娘などという写真を撮られてしまうかもしれん」

「なんて言ったの、おじいちゃん？」

「ハナが正しいって言ったんだよ」と私は大きな声で言ってバックミラー越しにもう一度彼女に微笑みかける。「急ごうね、早くお家に着くように」私はバックミラーにハナの顔全体が映るように首を伸ばす。ハナは微笑んでいる。私のレナちゃん……。

ゲルメリングはミュンヘンの西に位置し、群庁所在地だ――レナがいつも目を白黒させて言っていたような村じゃない。ゲルメリングからミュンヘンの大学に通うために電車に乗る三十分に耐えられなかったのか、それとも四万人の人口にもかかわらず、こぢんまりとした、アットホームな雰囲気が嫌だったのか、そういえばあの子とはっきりと話をしたことはなかった。どちらにしろ、ルートヴィヒ－マキシミリアン大学の入学手続きが済んですぐに、レナはミュンヘンの街の一角、イザール川沿いのハイドハウゼンに小さなアパートを借りた。そのアパートから大学へは十五分の距離で、レナは満足そうだった。私は当然、アパートの家賃を払ってやった。カリンはレナが少なくとも家賃の一部を自分で支払うためにアルバイトを探すべきだ、それか少なくとも安くて済むシェアハウスに引っ越すべきだと主張していたけれど、私にとっては問題にもならなかった、どちらの場合も。私はレナが学業に専念するためには十分な時間と静かな環境が必要だと考えていた。カリンと私はレナを時々ミュンヘンに訪ねて行った。私たちはミュンヘンが好きだった。けれども自分たちがそこに住む気にはなれなかった。私たちにとってはゲルメリングがちょうどよかった、こぢんまりとしていて、アットホーム。幼稚園、小学校、公園、日用品を購入する店、それに医者が近くに揃っている。家族にとっては理想の環境だ。1980年代に開発されたばかりの住宅地に土地を購入した時に、私たちはそう思った。子供を育てるのに完璧な環境だ。

「ハナは本当はもう子供じゃないってことを忘れちゃ駄目よ」と今朝、朝食の時にカリンが付け加えた。私は興奮していた、これからレーゲンスブルクに向かってトラウマセンターからハナを引き取ってくることに。余りにも興奮しすぎて、手先が震えてナイフもまともに扱えないほどだった。カリンが私の皿を摑んだ。皿の上にはバターが半分塗られた白パンが載っていた。私はバターを塗る時にパンに穴を開けてしまっていた、それほどまでに緊張してぎこちなかったのだ。私はカリンがパンにきちんとバターを塗り、ビアハムを載せ、それを二つに切って、訳知り顔で皿をこちらに戻すのを見ていた。

「わかってるよ」と私は言い返して食べ始めた。

カリンはマーマレードパンがのった皿を少し横に押しやって場所を空け、テーブルの上に肘を乗せた。顎の前で、彼女はまるでお祈りをするように手を組んだ。

「今までどこでどのように育っていたとしても、あの子にも遅かれ早かれ思春期がやってくるのよ、マティアス。あの子を見ると、年齢に見合わない小ささだから、あなたはそのことを忘れてしまうでしょうけれど、目の前にいるのは13歳の女の子なの」

これまでにハナを診《み》せた医者は、そのことについてははっきりと分からないと言っていたが、私はそのことは黙っていた。ハナは、弟と違ってビタミンDが深刻に欠乏していて、そのことが今までの身体的な成長を阻害していたのだという。医者によれば、レナがハナの妊娠中には栄養不足に陥っていて、男の子の妊娠時には最初から特別に妊婦に合わせたビタミン剤を飲んでいたことは想像に難くないそうだ。ハナの身体が同年代の子供との差を取り戻すことができるとは言われなかった。むしろ、まずありえないだろうとのことだった。それもカリンが医者に行くときに一緒に来てさえいれば知っていたことだった。そして私は、ハナがどのように成長するのか、あるいは果たして成長するのかどうかということも、どうでもいいことだと思っている。人生の残り、私は彼女をあるがままに受け入れられればそれで十分なのだ。ハナが永遠に小さな女の子であっても、一人の女性であってもかまわない。

「俺たちはレナの思春期だって乗り切ったじゃないか」と私はパンを齧る合間に茶化して言った。

カリンは私の言葉を聞き流して頷いた。

「ええ、あの時は私たちも若かったのよ、マティアス。今は二人とも60代、骨は弱くなったし、神経も細くなった。それにあなたは心臓のことがあるし」カリンは頭を振る。「ハナとヨナタンには、普通の成長期の子供には必要ない、特別なことが要求されるの。二人とも生涯、精神科のお世話にならないといけないかもしれない」

私はソーセージパンを見つめ、飲み込んだ。

「大抵のことは解決策が見つかるものだと俺は思っているんだよ、カリン。例えば、この近くにトラウマ患者のために日中の世話をする施設があるかどうか調べてみようじゃないか、あの子が授業も受けられるところがあるかもしれない。そんなところがあれば、学校というテーマで心配をしなくてよくなるじゃないか」

「あの子たちよ、マティアス。二人よ。あの子が授業を受けられるところですって。子供は二人いるのよ。私たちはハナのことだけを話しているんじゃない……」

「わかったわかった」と私は手を振って彼女を遮った。「もちろん、男の子の方も同じだよ」

「名前はヨナタンよ」

「そう、ヨナタン」

カリンは首を傾げて目を細めた。

「あなた、さらにもう先のプランまで立てているのね。セラピーの助けになるようにハナを何日か家に連れて帰るっていうだけじゃないんだわ、違う？」

「言っただろう、なんにでも解決策が見つかる……」

「いつ事務所を再開するつもり？」とカリンが辛辣な調子で遮った。

私はカップを掴み、珈琲を一口飲む、時間を稼ぐために。

「そのことについては別の機会に話そう。もう行かなくちゃ」そう言って私は立ち上がり、食卓を離れて廊下に向かった。

「私、付いて行こうかしら？」とカリンが言うのが聞こえたのは、私が洋服ダンスから上着を引っ張り出した時だった。私はその声に振り返る。妻がドア枠に立っていて、腕を組み、不信感に満ちた目をしている。

「いいや、それはダメだ」と私は微笑み、行ってきますのキスを頬にするためにカリンに歩み寄った。「車であそこまで行くのは大変なんだ……」

私たちの住んでいる通りを古いボルボで進んでいくにつれ、私の心臓の音が大きくなる。交通量の少ない道の両側にはきちんと刈り込まれた生垣、愛情をこめて手入れされたマイホームが並び、その玄関口には歓迎の言葉と家族の名前が書かれたプレートが吊り下げられている。どの家にも前庭があり、子供の遊び場が作ってあったり芝生の上に小さな島のように薔薇《ばら》の低木が植えられている。子供を育てるのに理想的な環境。

ちょうど道路の突き当たりで曲がろうとして、目的地に間もなく到着することをハナに知らせようと息を吸い込んだところだった、それが目に飛び込んできたのは。我が家の前の道路に1ダースほどの人の群れ。車輛《しゃりょう》が歩道に並んでいる。

「これは……？」と思わず口から零れる。そして私はブレーキをかけボルボを停める。

私の斜め後ろでハナが体を起こし、座席の前方にお尻を滑らせると助手席のヘッドレストを抱きしめる。

「どうしたの、おじいちゃん？」

猟犬の群れが私たちの乗る車を発見したようだった。その頭が一斉にこちらを向く、私たちの車はおよそ20メートル前の道路の真ん中で立ち往生している。私の顎が痙攣する。肩が緊張で硬くなる。体全体が痛々しく強張ってくる。手はハンドルをあまりにも強く握ったため、指の骨が肌の下から白く浮き上がっている。私は息を止める。

「おじいちゃん？　このたくさんの人たちは誰なの？」

アクセルの上で、私の右足がピクリと動く。一瞬、頭の中である考えが閃《ひらめ》く。踏み抜いてしまえ、群れの中に突っ込んでしまえば、静かになる。

「おじいちゃん？」ハナの声はいつもの単調な様子を失っている、ほとんど泣き出しそうに聞こえる。この子を怖がらせていることが分からないのか？　と私は吼えたいが、孫のことを考えて思いとどまる、これ以上怖がらせてはいけない。この人だかりがマスコミだということは間違いない。クリップボードとカメラ、テレビ用カメラとガンマイクさえも見える。水色のマントを着た赤毛の女性が、人だかりから離れておずおずと数歩、私たちの車に向かって足を踏み出す。

「ローグナーのくそ野郎が」と私は唸る。この群れの中にどうやらローグナー自身はいないようだった。けれども本人はいなくても、少なくとも誰かを送り込んできているに違いない。水色のコートの女がそうかもしれない。その女はゆっくりではあるけれども、確実に車に近づいていた。後ろに他も続いて、車までの距離はもう10メートルほどになっている。

「ハナ」私はできるだけ静かに言って、マスコミから目を離さないまま素早く上着を脱ぎ、後部座席へと投げる。「平らに寝て、おじいちゃんの上着を被って隠れておいで」

ハナは何も聞かない。代わりに聞こえてきたのは、シートベルトを外す音だ。念のため、私はそれでも一瞬後部座席に視線を走らせる。そこではハナが私の上着の下で丸まっている。私は後ろに手を伸ばすと上着を引き上げて、はみ出しているハナの明るいブロンドの髪を隠す。それから前方に向き直り、両手でハンドルを握り、注意深く車を走らせはじめる。心臓が首元で鼓動を打っている。この人の群れが、もう5メートルも離れていないこの群れが、車の四方八方から襲い掛かってくるのだろうと私は思った。想像の中では、水色のコートを着た女がボンネットに身を投げ出してきて、その仲間が車のドアを開けさせようと揺さぶり、窓を叩いて叫んでいた。でも実際は違った。私が歩くような速度で進んでいくと、群れは二手に分かれて道を空け、それどころか車から安全な距離を保った。私は難なく車庫の入り口に到着し、右手でコンソールボックスから小さなリモコンを摑みだす。すぐに車庫の扉が開き始める。

「そのまま伏せているんだ、ハナ」と私は言って、背後で車庫の扉が完全に閉まるのを待つ、それからエンジンを切り、数分ぶりに普通に呼吸をする。

「オッケーだ」と私は後ろに向かって警報を解除し、ハナの小柄な体から上着を引き剝がす。

「やったぞ、乗り切った」

ハナは体を起こすと瞬きをする。

私はドアを開けて車から降り、ハナが下りるのを手伝ってトランクから小さな旅行鞄を取り出す。それはトラウマセンターでこの外出のために用意したものだった。クリニックへ寄付された洋服が詰め込まれている。買い物に行かなくてはいけない、できれば明日にでも。私は誰が着たかもわからない、擦り切れた洋服を着た孫を見たくないのだ。

車庫から重い金属の扉を通り、小階段を上がると、玄関の奥へと繋がっている。そこでは私たちをカリンが待ちわびている。その顔は石灰のように真っ白だった。

「ああ、よかった」とカリンはほっとしたように言う。ちょうど、私がハナを部屋に押し入れた時だった。いつになく薄暗いのは、カリンが好奇心に満ちた視線を避けるために、家中の雨戸を下ろしているからだ。カリンはパキパキと音を立てる膝をまげてハナの前にしゃがみながら、私から視線を外さない。「何回も、あなたの携帯に電話をしたのよ！　どうしてこんなことになったの？」カリンの声は興奮して甲高くなっている。「どうしてあんなたくさんの人たちが集まっているの？　いったいどうして、あなたが今日ハナを迎えに行ったって知っているの？　私たち、どうしましょう？」

「まずは落ち着こう」と私は言って宥めるように両手を上げる。

「落ち着けって？　外で何が起きているか、見たでしょう！」

「俺が何とかする」

「どうやってよ？　私たち、警察を呼んで追い払ってもらうことすらできないのよ！　あの人たち、誰も家の敷地に入ってない！　レナの時に学んだでしょう？　どんな決まりがあるか？　あの人たちが道路の上にいる限り、私たちにできることは何もない。あそこは公道なんだから」カリンは腕を伸ばして人差し指で玄関の方向を指す。「あの人たち、何日だって悠々と外に立っていられるのよ！」

「カリン……」私はハナを指し示す。ハナは黙ったまま、カリンの前に固まったように立っている。

カリンはため息をつき、やっと孫に注意を向ける。

「こんにちは、ハナ」と彼女は微笑む。「嬉しいわ、やっと家に来てくれたのね」

ハナが反応を示さないので、カリンはまた私に視線を戻す、少し途方に暮れたように。けれども私が思い切って氷を割るように口を開こうとした時だった、ハナが私を振り返る。その表情はがっかりしているように見える。

「おじいちゃん、休憩しないって言ったじゃない」

「いや、ここは……」私は言葉に詰まる。「着いたんだよ、ハナ。家に着いたんだ」

ハナが口を歪める。

「でもここは私のお家じゃないよ、おじいちゃん」

ヤスミン

Jasmin

「こんなに遅くまでお待たせしてしまってごめんなさいね、グラスさん」とハムシュテット先生が執務室のドアを後ろ手に閉めながら言う。約束は20時半だったけれど、私はしばらくの間一人で執務室で待っていなくてはならなかった。「忙しい日でした」と先生は微笑みながら付け加える。マリア・ハムシュテットが所長であるレーゲンスブルクの精神科クリニックは、この地域にある唯一の、児童と青少年に特化したクリニックだ。ここで言う「忙しい日」が何を意味しているのかを私は考えたくない。すぐに、癲癇《てんかん》の発作を起こしてぴくぴくと身体を痙攣させ手足をバタつかせる未成年の患者が腕を拘束服で上半身にきつく巻き付けられている姿が思い浮かび、クリニックの長い廊下に響き渡る叫び声が聞こえる気がしてゾッとする。

私は無理やり、同じように微笑みながら「大丈夫です」と絞り出す。でも本当は大丈夫なことなど何もない。この状況も、手紙のことも。この精神科クリニックへの外出、この祝・初外出、しかもこの時間帯にだ。外は既に暗くなっていて、通りの街灯が黄色い円形の光を放ち、その明かりが全ての影を長く、不気味に引き伸ばしている。全てが私の胸骨にのしかかり、関節を引き千切ろうとし、まるで重い風邪《かぜ》を引きかけているみたいだ。

ハムシュテット先生は一瞬、私に疑いの眼差しを向けてから、腰を下ろそうとデスクの後ろに回りこむ。

「正直なところ、あなたが私に電話をしてきて面談を希望したのには驚きました、グラスさん」

キルスティンも驚いていた。心理カウンセラーに電話することに私が泣いて抵抗しなかったことに。私がむしろ、ほとんど取り憑かれたように彼女の番号に電話をかけ、半日の間繋がらなかったのを何回も何回も掛けなおし、最後には先生を電話口に引っ張り出して今日、忙しい日であるにもかかわらず面会を取り付けたことに。

「それに」とハムシュテット先生は口を開き、机の上で両手を組んで少し身を乗り出す。

「あなたは私の患者ではなくて、シュッツェン通りのブレナー先生が担当ですもの」

私はひそかにドアを確認する。きちんと閉まっているかどうかを。ドアの前に、廊下に、私に付いてきてくれたキルスティンが座っているのだ。私の心理カウンセラーの元へ付いてきた——と彼女は思っている。けれども実際のところ、ハムシュテット先生には今までに一度しか会ったことがない。小屋から逃れてすぐ、カームの病院で精神病の病歴を確認された時に。

「ええ、わかります。驚かれてるでしょうね」と私はこもった声で言う。キルスティンがドアの外で聞き耳を立てていることは想像できなかったけれど。たぶん、キルスティンはiPodのイヤホンを耳に詰め込んでいるか、雑誌に没頭しているだろう。キルスティンは何もしないでいることや退屈することが得意じゃない。

ハムシュテット先生は、私が同僚のブレナー先生ではなく彼女のところに来た理由の説明を待っているようだ。それから私の電話から感じ取れた切迫した様子について。ここに向かっている間、私はあらかじめ全てを考え、言葉を頭の中で準備していた。けれども、それは一瞬にして何処かに消えてしまう。

ハムシュテット先生はデスクの上に更に身を乗り出す。

「ブレナー先生とは合わないとお考えですか？」

私は強く首を振る。

「いいえ、いいえ、そうじゃないんです。すごく優しい先生です。たぶん」

「定期的にセラピーに通っているわけじゃない？」

「いいえ、そんな頻繁には」

「それはちゃんと通った方がいいですよ、グラスさん。大事なことです」

「分かってるんです。ただ……」頭を後ろに倒し、私は天井を見つめる。天井の茶色い水の染みの輪郭がほつれていき、ぼんやりとしていく。泣くな、私は無言で踏みとどまる。また泣くのだけはダメだ。今はダメ、ここではダメ。私がここに来たのは、マリア・ハムシュテットに傷口をほじくり返されるためじゃない。ここに来たのは、ある情報を得るためだ。そして彼女の意見を聞くためだ。

「あなたにとって、起こってしまったことを話すのは辛いことですよね」ハムシュテット先生の理解溢れる声が聞こえる。

「ええ」

「もしや、自分には恥ずべき下地があったとさえお考えかもしれません」

「そうかもしれません」

ガサガサとした音に私はびくりとする。私は天井からハムシュテット先生へと視線を戻す。彼女は机の上の箱から勢いよくティッシュを引っ張り出して、それを今私に差し出している。私はそれを摑んで目を拭い、それから背筋を張って咳払いをする。

「どうも」

「ブレナー先生のことは何年もよく知っています、グラスさん。彼女はとても聞き上手ですよ。あなたも、自分を恥じる理由などどこにもありません。あなたは犠牲者なんです。それは自分から進んでなるものではないのですから」

「ええ、よく言われます」と私は少し頭が悪そうに微笑み、そうしながらどうやって話題を変えようかと考えている。

「その通りなんですよ、グラスさん」とハムシュテット先生も元気づけるように微笑む。

「それでも、もしも患者として、ブレナー先生が自分に合わないと思うのでしたら、もちろん、他の心理カウンセラーを見つけるお手伝いをしますよ」

「いいえ、そうじゃないんです」と私は急いで言う。彼女がそれを面会の理由だと思いかねないと分かったから。「新しい心理カウンセラーは必要ないんです。あなたと急いで話をしたかった理由は別のことです」

「あら、わかりました、それでは。どうすればお力になれるでしょうか、グラスさん？　もしも子供たちの治療の進み具合に関するご質問でしたら、私の医者としての守秘義務があることをご理解ください。あなたは二人とは血縁関係にありませんので……」

私は首を横に振る。

「子供たちが外出することができるのかどうか、知りたいんです」

「外出？　子供たちがこの施設を離れることができるかということですか？」

「それです」

ハムシュテット先生は少し混乱しているようにみえる。

「ええ、もちろん。私たちはご存じのように精神科の施設です。ここで必要な一般的医療の診察を行うには限界があります。ですから、ええ。ハナは既に他の医者にかかっていますよ」

「ハナは外に出たんですか？」

「歯医者と総合クリニックに、ええ。でも彼女の身体的な状況は、考えうる限りとてもいい状態です、もしもそれがご心配なのでしたら」

「ハナが外に出た」と私は自分のために繰り返す。頭の中にあの子が一人、幽霊のように通りを漂いながら進む姿が思い浮かぶ。私の住んでいる通りを進んでいき、あの建物へ、私が住んでいるアパートへ。あの子は裸足で白い寝間着を着ていて、ティンキーさんを腕に抱えている。「全部、ちゃんと覚えているよ」とあの子は囁く。そして「ずっと、ずっと、永遠に」

「もちろん、一人ではありませんよ。スタッフが付き添います、最近はよくおじいちゃんと一緒に、ええ」とハムシュテット先生は私の頭の中の映像を追い散らす、まるで私の考えを読んだかのように。「どうしてそんなことをお聞きになるんですか、グラスさん？」

私は何も言わない。膝の上でティッシュを千切り始める。

「グラスさん？」

ハナのおじいちゃん。あなたのお父さんね、レナ。病院で私の寝ているベッドの横で叫んでいた人。

「グラスさん？」

「一人では？　つまり、ここには自由時間のようなものはないんですか、患者が監視なしに外に出られる時間は？」

「先ほども言いましたが、グラスさん。私たちは精神科の施設です。ほとんどの入院患者はもちろん、監視なしに外に自由に散歩に出かけるというわけにはいきませんよ」

「クリニックの敷地内も？」

「ええ、もちろんダメです」とハムシュテット先生ははっきりと言う。

「誰かが、気付かれずにこっそりと外に抜け出すこともできないんですか？」

ハムシュテット先生は溜息をつき、きっぱりと言う。「できませんよ、グラスさん。不可能です。どうしてそのようなことを聞かれるのか、教えていただけますか？」

私は彼女に手紙のことを説明するつもりだった。持ってきてもいた、私が座る椅子の横の床の上に置いてあるハンドバッグの中に。でも急に、それが本当にいい考えかどうか分からなくなってしまう。先生がキルスティンと同じような反応をしたらどうしよう？　**あんた調子がよくないんだよ。助けが必要なんだ。**私はドアノブが簡単に取り外せる部屋のことを考える。**あなた自身の安全のためなんです、グラスさん。**私はなんとか唾を飲み下す、まるで喉が傷だらけになっているような気がする。恐らく、精神科クリニックの所長である彼女以上に、強制入院に素早くサインできる人はいないだろう、その彼女が私の答えを待ってこちらを見ている。

「グラスさん？」

「それは……」

突然、自分が救いようのないほど愚かに思える。髪を梳かしてさえいない、それどころかトレーニングパンツと染みの付いた、汗で汚れたシャツを着替えずにここに来てしまったのだ。私の全てが、要注意な状態！　と喚いている。まるで合図のように額に脂ぎった髪がひと房落ち、私はそれを性急にかきあげる。

「聞いてください、グラスさん。私の医者としての守秘義務はもちろんこの会話にも適用されます」とハムシュテット先生は言う。私はその低めの柔らかい声と真っすぐな視線に絆《ほだ》される。「ですから、もしも気にかかっていることがあるのでしたら……」彼女の言葉の残り、彼女の誘いは宙ぶらりんになる。私は深く息を吸い込む。

「誰かが手紙を送ってきたんです」と私は慎重に話し始める、ハムシュテット先生の表情の変化の細かいところまで見逃すまいと目を凝らしながら。唇が引き結ばれるか、眉毛が引き上げられるか、それか鼻に皺が寄るのではないかと。「それで、ええ、自分が言っていることが奇妙に聞こえることは分かっているのですが、その手紙が子供たちからじゃないかと、思っているんです」

「手紙？」

私は頷く。

「何と書いてあるんです？」

ここまで、彼女の表情には私に警告を発するものは読み取ることができなかった。だから私は身を屈め、鞄のサイドの仕切りから二つの封筒を引っ張り出す。

「レナのために」とすぐにハムシュテット先生は読み上げる、そして「真実を話せ。これはどういう意味なんでしょう、グラスさん？　それから、何故、これが子供たちからだと思うのですか？」

「あの子たちは、私を憎んでいるに違いないんです、あんなことをしたんです。私を憎まないとおかしい。特にヨナタンです」

ハムシュテット先生の表情がやはり変化するのが分かる。その眉毛が、突然引き上げられたのだ。しかし幸運なことに、その顔に浮かんでいるのは私に対する疑念よりも素直な驚きだった。

「ヨナタン？」

私は重苦しく頷く。

「あの子をすごく傷つけました」

「どういうことですか」

私はもう一度頷きながら、先生から視線を外す。

「小屋から逃げた日のことです……」

ヤスミン

Jasmin

そのうちに、私は小屋の中の厳しく制限された日常を理解していたし、安全な範囲を把握してできるだけ順応しようとしていた。あなたの夫があの朝、仕事に行く前にいってきますのキスを口にしてきた時にも私は吐き気を催すこともなかったの、レナ。でもその時彼が言った。「今晩、検査薬を買ってくる」そう言ったその目は輝いていた。

生理が既にしばらくの間来ていないことについては、私は徐々に考えないようにしていたみたいだった。身体を混乱させているのはストレスだろう、肩と腰の骨がくっきり浮き出ているのは、体重が減っているせいだろうと思っていた。けれども妊娠している可能性だけは、全く考えなかった、彼がこの言葉を言うまでは。**今晩、検査薬を買ってくる**。その言葉で、全てが崩れ落ちていった。崩れ落ちて、床にぽっかりと開いた巨大な深い穴に飲み込まれていった。彼がドアからいなくなると、私は最後の力を振り絞って何とかソファに辿り着き、そこに沈み込んだ。

これまでの会話から、彼がいつも三人の子供を欲しがっていることは知っていた。ハナとヨナタンの小さな妹か弟。乾杯したことすらあった、できるだけ早く妊娠できますようにと。毎日言われるままにビタミン剤を飲んでいた、彼が与えた妊娠の可能性を高めるというものだった。それに私は同意するように頷きもした、彼が子供の名前を提案した時に。男の子ならマティアス、女の子ならサラ。マティアスは「神の贈り物」と彼がその意味を説明した。サラは「お姫様」。

全て本気で言っていることは疑いようもなかった。本気だ、彼はふざけているんじゃない。一瞬にして全てが終わった、全てが黒く塗りつぶされ、私は心の中で死んだ。彼の三人目の子をこの世に生み出すのは私なのだと自覚して。検査薬が今日陽性にならなければ、明日、来週、それか一か月後に陽性になるだろう。子供がもう一人、この戦慄を経験しなければいけない責任は私にある。私は囚人を産むのだ、一人の人間を、生まれた瞬間に既に死んでいる人間を産むのだ。私は余りにも激しく泣き、まるで顔が粉々に砕けるような気がした。

調子の悪い日や少なくとも数時間の間に、私の気分が激しく揺れ動き、二人に向かって叫び散らしたり、何らかの二人の幻想を剝き出しの怒りで踏みにじることには、子供たちは慣れっこになっていた。私はハナを怒鳴りつけた、あの子が私にお出かけをしようと説得しようとした時に。もとより実現するはずのないお出かけだ。私はティンキーさんを蹴り上げた。そしてヨナタン、飛べるんだと言って遊ぶのが好きなヨナタンには、生きている間に本物の飛行機に乗れることは決して、決して、決してないのだと叩きつけるように切り捨てた。

「私はあんたたちのママじゃない！」と喚いたし、二人が反応を示さないと、もっと大きな声で喚き散らした。でも私の理不尽な爆発は、いつも長くは続かなかった。大抵、直後に自分を恥じるか、少なくとも恐れたのだ、子供たちが父親にそのことを話すことを。そして私は謝った。

今日の私は意地悪じゃなかった。怒ってもいなかった——ただの抜け殻のようだった。ソファに座り、腕で上半身を抱きしめて無感情に前後に揺れていた、もう何時間も。ハナもヨナタンも既に何度か、私の反応を引き出そうと試みていた。お勉強の時間はいつ始まるのかと二人は聞いた。少なくともスポーツの時間に一緒に参加するようにと誘ってきたし、定期的に筋肉を鍛えないと何が起きるかを説明した。飲み物を持ってきたり栄養バーを分けてくれようとした。それぞれに自分で描いた絵も持ってきてくれた、私を元気づけるために。けれども私はその絵を見ることすらしなかった。それは愚かしく意味のない、ただの落書きだった。そのうち私は、ハナがヨナタンに分厚い本を読み上げているのにぼんやりと気づいた。「鬱病」とハナはいつもの単調な声で引用した。「鬱病とは、精神的な障害のひとつである。その特徴は意気消沈、ネガティブな考えのループ、無気力。多くの場合、喜び、やる気、共感能力、そして一般的な生への興味が失われる。以上」

「それって僕たちのことはどうでもいいってこと？」とヨナタンが聞き、ハナが「おバカさん。ママには全てがどうでもいいの」と答えた。

「じゃあ、僕たちのこともだ」とヨナタンは確認して、それから奇妙な音を立て始めた。たぶん、それが二人に注意が向いた唯一の理由だった。私はこの音を聞いたことがなかった、ヨナタンからもハナからも。そして、二人の異様さにもかかわらず、この音はなにかよく知ったものでもあった。その音は、父が死んだときの痛みを思い起こさせた。何日も閉じこもり、泣いた時のことを。その音は、キルスティンが本気で私と別れて元に戻るつもりなどないのだと言うたびに、私のすべてを占めた擦り剝けた気持ちを思い起こさせた。

ヨナタンはしゃくりあげて泣いていた。

私は瞬きをして涙を払い落とした。本当だ、ヨナタンは泣き始め、余りにも激しくしゃくりあげるものだから、その小さな胸がまるで電流が流れたかのように上下していた。私はその華奢な、青白い顔を見つめる。けれども痛みに歪んだその顔を私は長くは見ていられなくて両手を思わず差し伸べた。男の子はその手をとらなかった。代わりに身体ごと私に突進してきて、その際にほとんどソファから私を引き剝がすところだった。最初、私はそのしがみつくような抱擁の中で完全に固まっていた。私は子供たちが泣いたところを見たことがなかった、今までに一度も。今の今まで、この子たちは感情をみせることも、それどころか何かを感じることすらできないのだと考えていたのかもしれなかった。もちろん、あの日、空気循環装置が止まってしまったあの日には、私たちは大きなベッドで一緒に寝たし、私はあの子たちを腕に抱きしめた。「ママ、大好き」とハナはあの時言った。「ずっと、ずっと、永遠に」そして私は答えた。「私も二人が大好き。おやすみ」今はその言葉が全く違う意味に理解できるけれど、あの時は、あのぞっとするようなシチュエーションを少しでも耐えられるものにするために、ただそう言っただけだと思っていた。恐怖を少しでも和らげるために。少なくとも、私はそうだった。私だって子供たちに対して感情がないわけじゃなかった。でもそれが同情以上のものだったことなんてあっただろうか？　子供たちはとっくに私を愛し始めていた、本当の意味で愛し始めていたのかもしれない、そして私がそのことに気付きもしなければその愛を返しもしていないことに私はぞっとした。私が二人にしてあげたことは、ただ私の役割の一部だった。全ては、二人の父親が役割を全うしないと私を罰するからしたことだ。

おずおずと私はヨナタンの背に手を添え、反対の手で彼の頭の後ろを撫で始めていた。柔らかい巻き毛を指の下に感じた。首筋には温かい、乱れた呼吸。しゃくりあげるたびにその小さな身体を走る震え。ヨナタンの心臓が私の胸の上で早鐘のように打っている。私は彼の痛みを感じ取っていた。私が父親の死の後やキルスティンとの別れの後に感じていたのと同じ痛み。それは最も辛い痛み、愛からくる痛みだ。

私はハナを目で探した。ハナは少し離れた本棚のところに立っていて、手には未だに分厚い本を抱えていた。私はハナが、いつもの氷のように青い、挑発的な目で私を見ているものだと思った。けれども彼女は視線を下げ、そのためになんだか困っているように見えた。それも、私が知らなかった感情だった。ハナは今までに一度だって私の顔を直接見なかったことはなかった。私の目の周りに、父親による暴力によってできた新しい内出血の痕が見逃せないほどはっきりと現れていた時でさえ。それどころか、ハナは微笑んで言ったほどだった。「そんなにひどくないよ、ママ。ただ少しうっかりしてただけだもんね」そう言って彼女は父親が自制心を失ったことを謝っていたのではなかった。そうじゃなくて、私の態度だ。私がうっかりとなにか馬鹿なことをしたり言ったりしたから、父親が私を殴ったのだと。私の愚かさへの純粋な代償として。

「いいこと思い付いた！」とヨナタンが叫んだ。

次の瞬間には私の膝から飛び降りて、部屋から後ろ側の廊下に消えていった。戻ってきた時には、泣いたことによってまだ赤らんではいたけれど、その顔は輝いていた。ヨナタンは何かを背中に隠していた。

「ママにプレゼントがあるの」とヨナタンは調子を改めて言って、背中からその何かを引っ張り出した。

スノードーム。

その中には小さな家、茶色い扉、赤い窓枠、尖った屋根。家の左右には一本ずつのモミの木が立っていた。

「みて、ママ」とヨナタンがスノードームを振ると、何千ものごく小さな人工の雪が舞い上がって螺旋《らせん》を描き、その一部はお家の屋根の上とモミの木の上に積もり、残りが地面を覆った。「みて、雪が踊ってるの！　そして、僕たちはこの中に住んでいるんだよ」ヨナタンは微笑んで、小さなお家を指さした。

「持ってみてもいい？」

ヨナタンがスノードームを私に差し出す。

「でも気を付けてね。本物のガラスでできているからすごく重いの」

「すごく重い」と私は譫言《うわごと》のように繰り返した。ヨナタンの言っていることは正しかった。スノードームはたっぷりとした重さだった。素晴らしい重さだった。

「これ、どうしたの？」

「パパがプレゼントしてくれたの。ハナにはティンキーさん、僕にはこのスノードーム。僕の一番大事な宝物なんだ」

「でもどこに隠していたの？」

「僕たちの部屋だよ。ベッドの下の床板が緩くなっているところがあってね、その下に穴があるんだ」ヨナタンはにやりと笑った。「ティンキーさんもやっちゃいけないことをしちゃったときにはそこに隠れるんだよ」ヨナタンはハナを見たけれど、ハナはヨナタンの笑みに応えなかった。

「二人のお部屋ね」と私は繰り返しながら、スノードームの重みを手の中で測っていた。二人の部屋、もう何千回もベッドを整えたりおやすみのお話をしに入った部屋。「そうだよ」とヨナタンは言って、私の横に座った。「でも、ママにあげる」

「私に……？」

「うん、だってママ悲しいんでしょう」ヨナタンはスノードームを掴んでもう一度振った。雪が小さなお家の周りを舞っている。ヨナタンはうっとりと微笑んだ。「これが僕たちのお家。この中にみんなで暖かくして座ってるんだ」

ヨナタンは私にスノードームを返した。

「ほらね、ここは素敵でしょう？」

「ええ、いい子ね。本当に素敵ね」

「もしもまた悲しくなったら、これを振ればいいんだよ」

「ええ、優しい子。そうするわ」

私の目には涙が浮かんでいた、ヨナタンを力強く抱きしめたその時に。なんていう優しい子なんだろう。私を元気づけるために大事な、唯一の所有物を譲ろうとしている。

「今からでもお勉強の時間にするのはどうかな？」とハナが言った。今まで不自然なほど静かだったのが、背後からむっつりと。

私はヨナタンの額にキスをして、「ありがとう」と言い、それからキッチンの時計を一瞥した——午後4時少し前——そしてソファから立ち上がった。

「さあ、二人とも。ノートとクレヨンを持ってきて。今日は書き取りをします……」

もう既に遅くなっていた、8時少し前。私は彼が今日帰ってくるとはもう思っていなかったし、寝る準備をするために子供たちを浴室に行かせようとしていたところだった。お勉強の時間の間中、スノードームは食卓の上に載っていた。私の視線は何度もそちらに向けられ、私はそれを目にするたびに微笑んでいた。そしてヨナタンも、そんな私を見て微笑んでいた。たぶん彼は、とても幸せだった。誇らしい気持ちでいっぱいだっただろう、今日は偉大なことを成し遂げたのだ。病的に悲しんでいたママを元気にしたのだ。予想などできるはずもなかっただろう。

遅くなってからだった、外からやはり足音が聞こえてきたのは。木材の上、小屋に繋がっているはずの階段を上がる重い足音。子供たちは飛び上がって部屋の真ん中の見えやすい定位置に立ち、両手を前に突き出した。私も二人に続いた。スノードームを私の椅子の上に置き、彼がドアを入ってきてもすぐに視界に入らないようにしてから。私は子供たちの隣に立ち、同じように両手を差し出した。その瞬間に、鍵穴の中の鍵が回転を始めた。

私は小屋の扉を内側から閉める彼の背中を観察する、そして鍵束のついた鍵を鍵穴から抜いてチャラチャラと音を立ててズボンのポケットに滑り込ませる様子を。何もかもがいつも通りだった。ただ、私の心臓は身体全体で鼓動を打っていて、私は一つの大きな脈になっていた。彼が私の爪が清潔かどうか確認しようとすぐ側まで近づいた。余りに近くて、彼の身体に残る外の寒さを感じるほどだった。彼は買い物をしていた、この喜ばしい日に何か美味しいものを料理するために。そして検査薬も買ってきていた、その喜ばしい理由をもたらす大事なものとして。子供たちはいつもよりも長く起きていていいのだという、今日は喜ばしい日だから。彼は検査の結果に相当の自信を持っているようだった。

「何か変わったことはなかった、レナ？」と彼は買い物袋をキッチンの作業台の上に置くために私の横を通り過ぎながら聞いた。

「いいえ、なにも」と私はすぐに答えて彼と椅子の間にさり気なく立った。椅子に置かれたスノードームを私の身体で見えないようにするために。その時が来た。私は自由になるか死ぬだろう。私の肌が、私の全神経がそれを感じ取っていた。心臓の音が鳴るたびに。私は怖かった、どうしようもなく怖かった。その恐怖は私の身体を膜のように包んだ。何も通さず、私を締め付け、麻痺させた。

ここからは全てが自動的に進んでいく。誓って言うけれど、どのタイミングでスノードームを摑んだかは覚えていない。ちょうど、買い物袋の中身を取り出そうとしているところ？それか薪ストーブの灰をかき混ぜているところ？彼が目の前にみえる、私に背を向けている、前屈みになって。私は背後から近づいていく。手の中のスノードームは1トンの重さに思える、持ちつづけられない、けれども私は渾身《こんしん》の力で大きく振りかぶる。

子供たちはどこ？　ハナなの、私のすぐ横に立って、警告するような叫び声を発しているのは？　何も聞こえない、その叫び声は私を覆う膜を通らない。そうだ、ハナが視界の端に見える、けれどもその口は閉じている。ハナは無言で何もせず、スノードームが宙に危険な大きな弧を描くのを見ている。

ヨナタンは？　ヨナタンも何処かにいるはず。部屋から出て行っていないのは確かだ。この瞬間も、興奮気味にぺちゃくちゃと喋りながらソファの周りを走り回っているかもしれない。パパが帰ってきた、と喜んでいるのだ。パパがストーブをつけて小屋の中が暖かくなる。パパが美味しいものを作ってくれる。パパがいるってなんて素敵なんだろう。

この瞬間、あなたの夫は振りむこうとする——ただ、遅すぎる、すさまじい音、それは、パン！　まるでスイカを床に落としたみたいな音。声を出してる？　痛みに呻いたり、それどころか叫び声をあげたりしてる？　私の耳には何も聞こえない、聞こえるのは耳の中のざわざわとした血液の音と、籠った、揺さぶるような、パン！　という音だけ。私は殴りつけた、見事に命中させた、力強く、十分力強く。その身体が折れ曲がる、まるでマリオネットの糸を切ったみたいに。それで十分だった、彼は床に横たわっている、けれども私はどうやらやめることができないようだ。私は殴って、殴って殴りつける、何度も何度も、スノードームが彼の頭蓋骨の上で砕けるまで。私は彼の上に屈みこんで、壊れたスノードームで何度も叩きこんだに違いない。尖ったガラスの欠片が彼の顔をズタズタにする。血が、あちこちに血が飛び散っているに違いない。

私は凶器を手に、よろよろと後ろに下がる。子供たちが視界に入ってくる。そこに立っていた、二人とも、根が生えたみたいに動かない。ハナは固まった表情のまま。ヨナタンはギョッとしている。その頬を涙が流れ、口が唖然《あぜん》として開いている。両腕はだらりと小さな身体の横に垂れている。その眼、その視線。スノードームは私へのプレゼントだった。今までで一番大事な行い、宝物だった。そのスノードームが父親を殺した。自分のせいで父親が死んだ、スノードームをプレゼントしたから。唇が音を立てずに「ママ」と動く。

私はスノードームから手を離す。それは、私の頭の中では床に落ちて音を立てる。私の頭の中では今、この瞬間に初めて割れている。その音は私の膜を通り抜け、私を急き立てる。

私は動かない体の横に膝をつき、鍵の束をズボンのポケットから摘まみだす。待って、今動いた？　ありえない、それはありえない、彼は死んでいるはずだ、後に警察が確認するように。私はまたふらふらと立ち上がり、後ろに下がる。私の手の中で鍵がかちゃかちゃと音を立てている。私は小屋の入口の扉へと走り、震える指で次から次へと鍵を鍵穴に突っ込もうとし、ようやくそのうちの一本が穴に合う。これだ！　扉が、開く！

「急いで、二人とも！」と私は叫ぶ。「行くよ！」

でも子供たちは動かない。父親の動かない体の横に立っているだけ。

「おいでったら！　逃げなきゃ！」

スローモーションのようにヨナタンが父親の横に崩れ落ちて膝をつくのが見える。その上半身が震えながら前屈みに倒れる。ヨナタンは泣いている、静かに、痛みで、愛で。私は呆然と頭を横に振る。ハナを見るとまだそこに立っている、硬直したまま、無表情で。私は喘ぐ。もうなにも考えられない。考えられるとしたら一つのことだけだ。**ここから逃げなきゃ！**　脚が動き出す。私は狭いベランダの向こうの木の階段を転がるように下りる。暗闇と凍るような空気が襲い掛かってくる。私は一瞬、息をすることを忘れてしまう。肺がこの空気に、本物の、新鮮な空気に驚いて止まってしまったみたいだ。

私は走る。小屋を取り囲む生い茂った草の中を。そして森に飛び込む。小枝が肌を引っ掻く。暗闇の中ではほとんど何も見えない。足の下で乾いた大きな音がする。私は両手を振り回し、枝を払いのけ、時々空を切り、躓き、倒れる、痛み。ぎくしゃくと立ち上がる――**遠くへ、できるだけ遠くへ、ここから遠くへ。**

突然、後ろから。パキッという音がした？　まさか彼が起き上がった？　追ってきている？

もっと速く、走れ！

私は走る、躓く、滑って転ぶ、木の幹に激突する。

進むの、立ち止まってはダメ！

背後でパキッという音がする。

前方、遠くの木と木の間に見えるのは、光?

二つの光が、小さいけれど、確かに見える。動いている。車のライト?

私は光に向かって走っていく――遠くへ! 立ち止まっちゃいけない! 道路だ、道路がある! 両腕を広げ、大きく振る。車だ、本当だ、車が走ってくる! 私は車に向かって走り出す、手を振る、車が近づいてくる、近づいてきて――そして……耳を劈《つんざ》くような大きな音。目の前でギラギラとした光が爆発する。瞼《まぶた》が震える。私は硬い地面に冷たく横たわる。ひどく寒い。私の上で何かが動くのが分かる。誰かがそこにいる。その誰かは私の上に屈みこんでいる。車を運転していた人だ。でもその声はその顔と合っていない。「グラスさん? グラスさん! 落ち着いてください、グラスさん!」

マティアス
Matthias

今夜は落ち着かない。眠りに落ちて、できるだけ早く明日に、新しい、ましな一日になることを心から望んでいるというのに。カリンも私の横で、はっきりとした寝息を立てて眠ってはいるものの、同じように落ち着きなく何度も姿勢を変えている。でも少なくとも眠ってはいるのだ、幸運なやつめ。

私はもっと違う反応を期待していた、はっきりと。まるで見えない斧が私の胸を割って誰かが意識のある状態のままで心臓を取り出したようだった、ハナが家に到着した後に「でもここは私のお家じゃないよ、おじいちゃん」と言った時。そしてあのがっかりとした表情。どうやらハナは私が彼女を小屋に連れて行くものだと思っていたようだ。私が何の言葉も見つけられないでいる間に、カリンが即興で反応した。

「そうね、ハナ」とカリンは戸惑うことなく言った。「ここは私たちのお家なの、あなたのおじいさんと私のお家。あなたのママは長い間、私たちと一緒にここに住んでいたのよ。だから、あなたもここに来てみたいんじゃないかって思ったの。あなたのママの昔の部屋を見てみたくない？」

「うん」とハナは頷き、カリンに手をひかれて階段を登っていった。私は少し距離を空け、引きずるような足取りで二人に付いていった。

正確に言うならば、その部屋は、レナのかつての部屋の残骸でしかなかった。パインウッドのベッド、洋服ダンス、どっしりとしたステレオはレナが音楽を楽しみ始めた頃のクリスマスプレゼントだった。勉強机と回転椅子は元々の場所に置いてある。そしてベッドの上の天井には今でも星のステッカーが貼ってある。暗いところで光る、レナが小学生だったころの名残《なごり》だ。あの頃、レナは自分だけの星空を作り出したのだ。「夜に外に出ないと星が見えないなんてつまらないと思わない、パピ？　星空の下で寝る方が素敵に決まってる、そうじゃない？」

「そうだね、レナちゃん」と私は賛成して、彼女が届かない高さに星を貼り付けるのを手伝った、レナが下から指示を出した。

以前は壁中を覆っていた数知れないポスターは一方で、とっくに紙くずになっていた。ポラロイドカメラで撮った写真とコンサートチケットでいっぱいだったコルクボードも壁から外してある。洋服ダンスにかかっていた洋服は処分してある。新しいタンスとベッドサイドマットは、カリンがこの部屋をゲストルームか、少なくとも亡霊のいない部屋にしようと苦心した表れだった。カーテンと窓枠の白い蘭《らん》の鉢植えもそうだ。カリンはその花を愛情をこめて世話している。

躊躇いがちにハナは部屋の真ん中に立ち、部屋の中を見回した。

「大きい」と言って彼女はドアに戻り、部屋の大きさを測り始めた、足をもう片方の足の前に置き、踵をつま先にくっつけて、何度も繰り返し。

「28歩」と反対側の壁に辿り着いてハナは数え終わった。

「気に入った？」と私は期待を込めて聞いたが、ハナは肩を竦めただけだった。

レナの勉強机を紹介する私は、まるで今日まだ売り上げていない家具のセールスマンのように途方に暮れて見えたに違いない。

「ほら！　この机はお勉強するのに完璧なんだ。この椅子も座り心地がいいんだよ。座ってみない？　おいで、座ってごらん。それに、ほら！　特別にもうお絵描き帳と色鉛筆も揃ってるし、欲しいなら明日か近いうちに本を買おう。それかカリンが、おばあちゃんが、地下室を探してみたらきっとママの教科書が何処かの段ボール箱に入っているはずだ、そうしたら……」

「マティアス」とカリンがドアから言って私を手招きした。「まずは少しそっとしておいてあげましょう」

溜息をつきながら私はカリンの指示に従い、その横に立った。「一体何を考えていたの？」とカリンが横から押し殺した声で言った。

ハナにお家に連れて帰ると言ったことについてだ。その誤解に誰よりもがっかりしているのは私だった。「星が」とハナが急に言った。ハナはレナのベッドの前に立ち、上を見て微笑んでいた。その微笑みが私に勇気を与えた。

「ああ。君のママはどうしても自分の星空が欲しかったんだ、だから星空を貼り付けたんだ。カリン、電気を消して」外のレポーターに覗かれないようにレナの部屋のブラインドも下ろしてあったから、星はカチッというスイッチの音がしてすぐに光り始めた。ネオングリーンの星の海、大きな星、小さな星、箒星《ほうきぼし》と普通の星。

「ママはお家で星空を描いてくれた。クレヨンの色は光らないけれど」

「星空を描いてくれたの?」温かい気持ちが私の胸を勢いよく流れ、こじ開けられた胸は、一瞬にして閉じられたようだった。私のレナは、なんていう素晴らしい、愛情に溢れた母親だっただろうか。

「うん、ヨナタンのベッドのすのこの下にね。ベッドに寝ると手を伸ばすだけで触ることだってできるの、星を。すごく綺麗なの、光らないけれど。その代わりに青だったり緑だったり赤だったりする。黄色の星だけはすのこの木の上だとよく見えないの、でもそれでもそこにあるって私知ってるの」

「もしかして、今晩この部屋で眠りたくない? ママの星空の下で?」

ハナは何も言わない、けれどもドアの隙間から部屋の中に差し込む光の中で彼女が頷くのが見えた。私は、今この瞬間、結びついたと思った。外れた糸が結び付いた瞬間だと思った。天井の星、彼女の母親が合図のように残した星空。この星空がハナに、無言で教えたに違いない、ここが、あの子がこれからいるべき場所なのだと。

でも私は思い違いをしていた。夕食の時だった、ハナが聞いたのだ。「それで、ここにはいつまでいなくちゃいけないの、お家に帰るまで」

私はまたカリンに期待したが、彼女にも今度は何も思いつかないようだった。

「ハナ」と私は一瞬の間を空けて話してみようと口を開いた。「警察が小屋を閉めた。扉に張り紙をしたんだ、それはもう小屋に入ってはいけないっていう意味なんだよ」

ハナは何口か齧ったばかりのバターを塗ったパンを下ろした。

「二度と？」

「そうだと思う、二度と」

「でも、どうしてなの？」

「ハナ……」と私は口を開いた、何を言っていいのか分からないまま、そしてカリンに遮られた。

「そこで酷いことが起きたからよ」

私は内心縮みあがってカリンに警告する視線を送った。ハナが小屋で本当は何があったのかを自分自身で理解するまでは、そのことをハナに教えることは専門家の手に任せておいた方がいい。そしてその専門家でさえも今まで何の成果もあげられていないことが、ハナといかに繊細に向き合わなければいけないかを示していた。けれどもカリンに対してそう主張することはできなかった。そんなことをすれば、私が最近その専門家を何度も無能な大馬鹿者と呼んだことをすぐに指摘されるだろう。

しかし、驚いたことにハナはすぐに頷いた。

「ヨナタンがあの絨毯の染みを全部、綺麗にできたとは思えないもんね」

カリンが大きな音を立てて息を吸い込んだ。

「それでももう一度あそこに行かなくちゃ、おじいちゃん。ティンキーさんのために。私たちがもう小屋に住んじゃいけないって全然知らないんだから」

「そうしよう、ハナ。大丈夫だよ」と私は言って、今度はカリンから警告するような視線を受けた。

ハナはいずれ、ここを居心地良いと思うようになるだろう。そのことを私は疑っていない。最後には何もかもが上手くいくだろうと思っている。それでも、今晩は落ち着かない。私は小さな、蝕《むしば》むような疑いを無視しようとする。家族になることなどできないというカリンの考えが最後に正しかったとあってはいけない。私たちはまた家族になる、昔みたいに……そう考えながら、最後には眠りについたようだ。

カリンが夜中に起きることには慣れている。レナがいなくなってから、カリンは通して眠ることがなくなった。レナの失踪は彼女を夜中にベッドから追い立てる。そうするとカリンはトイレへ行き、グラス一杯の水かお茶を飲むためにキッチンに下りるか、リビングへ行って本を読み、瞼が重くなるのを待つ。階段を下りる足音と水の音は何年もの間に気にならなくなった。もう目さえ開けない、せいぜいのろのろと転がって姿勢を変えるくらいだ。

でも今晩は飛び起きた。

叫び声。

私の手はサイドテーブルの明かりのスイッチを摑む。

叫び声、カリンの声だ。

身体は起き上がろうとするが、血行が付いてこようとしない。両足が床を探る。

叫び声、下からだ。何かがガタゴトと音を立てる、椅子かもしれない。食堂、と私は思う。

グラグラする足で寝室のドアに辿り着く。

誰かが家の中にいる、と私は思う。誰かがカリンを捕えている。武器、武器が必要だ、でも武器など持ってはいない。思いつくのは火掻き棒くらいだが、その火掻き棒はあるべき暖炉の横にあるはずだ、食堂、つまりカリンがいるであろう所に。

カリンを守らなければと私は躓きながら廊下を進んだ。けれどもその前に、ハナは大丈夫だろうか。レナの部屋をさっと覗いておこうと私は思う。ハナに何か起きてはいけない。

しかしそこで再びカリンの声が聞こえて私は動きを止める。

「一体なんのつもり？」とカリンが叫んでいる。そして気勢を削《そ》ぐような小さな返事が聞こえる。「手を振り返さないのは、失礼なの」

ハナ！ 返事をしたのはハナだ。

私は廊下の残りを走り抜けて階段を下り、玄関を通って明かりが煌々《こうこう》とついた食堂へ。そこではカリンがハナの腕を摑んで捕まえている。

「どうしたんだ？」と聞いて、私は警戒しながら周囲を見回す。侵入者はいない、争いもない、ただハナとカリンがいるだけだ。

「窓のところにいるのを見つけたの！」

カリンに腕を摑まれてハナが顔を顰《しか》める。私は飛び掛かるようにして駆け寄り、妻の固く握られた指をハナのほっそりとした腕から剝ぎ取る。

「窓に近づいちゃいけないって知らなかったの。ごめんなさい」

「もちろん、窓には近づいていいんだよ、ハナ」宥めるように言って私は二人の間に距離をとろうとし、カリンの肩を摑んで押しのける。「何があったんだ？」

「下に降りてきて水を飲もうとしたら、ここのブラインドのところで音がした。強盗だと思った」とカリンが息を切らしながら説明を始める。食卓に連れて行ってそっと座らせる。カリンは震えている。「誰かが部屋の窓に石を投げたって言うの」

「本当だもん。嘘なんかつかない」とハナが口を挟む。「でもちゃんと見えなかった、それが誰か。だから下に降りたの。ここからの方が外がよく見えるから」

「じゃあ私たち、運がよかったのね。あなたが窓から外を見ただけで、直接玄関を開けたんじゃなくて」とカリンが皮肉な調子で言ってテーブルに肘をつき、両手を額の前で組む。

「誰かが家の前にいるのか？」無意識に私の身体が暖炉に向かう、火掻き棒へ。

「いいえ、誰もいない」とカリンが私の動きを遮る。「ハナが追い払ったのよ、優しく手を振ってあげてね」

「カリン、もうよさないか」と私は言ってハナに向かって頷く。寄付された服の中にあった寝間着は大きすぎて、秋の夜には薄すぎて、それでなくてもハナは既にみすぼらしく見える。加えてその頭が、困ったように重くだらりと、細い肩から垂れ下がっている。

「ハナ」私は近づき、老いた膝に鞭《むち》打って膝をつく。「何があったか教えてくれるかな、ね？」

「誰かがお庭に立っていて、部屋の窓に何かを投げてきたの。最初は雨が降ってきたんだと思った。雨にそっくりだった、そんな小さな、静かな音だった。でもそれから思ったの、ちゃんと見た方がいいって。でも影しか見えなかったから、下に降りて他の部屋に行ったの」

「窓の前に誰か立っていたんだね？」

ハナは頷く。

「手を振ってたの」

「誰だか見えたかい？」

「外はとても暗かったから」

私は落ち着かせるように彼女の腕を撫でる。

「心配いらない。おじいちゃんがすぐに見てくる。部屋にあがって横になりなさい、いいね？」

ハナはもう一度頷いて、肩越しにカリンに向かって言う。「ごめんなさい。もうお許しなしに窓に近づくことはしない、約束する」

カリンがただ溜息をついたので、私は代わりに「もういいんだよ、ハナ。なにも間違ったことをしたわけじゃない。何の問題もないんだ。さあ、ベッドに入りなさい。私たちもすぐに行くから」

ハナの小さな、慎重な足音が階段を上がって離れていくのに耳を澄ます間、私の視線はカリンに縫い留められている。会話が聞こえないであろう所までハナが離れてから、私はカリンを怒鳴りつける。「なんだっていうんだ？」

「何を言っているの」とカリンはかさついた声で言って組んだ手を下ろす。

「悪い夢を見ただけかもしれないじゃないか。それなのにおまえはそうやって責める！」

「私が恐れていた通りだったかもしれない」カリンの掌がテーブルの上を力なく叩き、鈍い音を立てる。

「マスコミのハゲタカの一人が夜中に陣を敷いていたのよ」

「バカバカしい。あいつらは9時前には店仕舞いしていなくなっただろう。車が走り去るのが聞こえたじゃないか。その後に見てみたらもう誰もいなかった。ここでは何も起こらないって分かったんだろうさ」

カリンは私の意見を無視する。

「そしてハナは楽しそうに手を振る写真を撮らせて、あいつらを喜ばせたのよ！　言ったでしょう、マティアス！　最初から言ったじゃない、もうこういうのは嫌だって。毎日自分が新聞に載っているのを見るのは嫌なの」カリンがあまりにも突然立ち上がるので、椅子がほとんど後ろに倒れそうになる。カリンはぎりぎりで背もたれを摑んでテーブルに引き戻す。

「念のため確認してくるよ」と言って私は暖炉の留め具から火掻き棒を外す。「はっきりとさせるさ、何か問題があるのなら。おまえは上のハナのところに行ってなさい。でも優しくな、いいね、カリン？」

外は何もかもが静かだ。鳥の鳴き声だけが夜明けの中で甲高く響き始めている。私は玄関に続く四段の階段の一番上でじっと動かない。手には火掻き棒を握っている。視線は前庭を走る。庭の扉は閉まっている。数分前に敷地の中に誰かが入ってきた形跡は見られない。そして薔薇の低木以外には藪も太い幹の木もない。だから侵入者が隠れている可能性もない。

小さな前庭は明け方の光の中でもよく見渡せるし穏やかそのものだ。思った通りだ。ハナはただ悪い夢を見ただけだったんだ。

マティアス

Matthias

カリンがどうしてしまったのか、私には分からない。朝食の時からそうだ。ハナはまた昨夜と同じようにバターを塗ったパンしか食べない──それのどこがいけない？　わかってる、カリンはハナを喜ばせようとしたのだ──何かいいものをあげようと──キッチンからヌテラの瓶を持ってきて食堂のテーブルに置いて。

「私が知る限り、子供たちはみんなヌテラが大好きなのよね」とカリンは言ってハナに片目をつぶってみせた。

けれどもハナは瓶に書かれた内容物の表記をじっくりと読んだ後に、ヌテラを自分からできるだけ遠くへと押しやったのだった。

「砂糖の摂りすぎはよくない。砂糖と砂糖を含む食品の摂りすぎは、次の症状を引き起こす可能性がある。倦怠感、不安感、胃や大腸の不調、腹部の張り、下痢または便秘、神経衰弱、睡眠障害や集中力の低下、そして歯の損傷、以上」

カリンの唇は半笑いの形になった。それから彼女はヌテラの瓶を手に取り、キッチンに戻り、貯蔵用の棚に瓶を押し込んだ。その棚には板チョコレートやグミベアの袋やクッキーが詰め込んであった。全て、ハナが私たちのところに来ることが決まってからカリンが特別に買い込んだものだった。カリンががっかりしていることは理解できる。全てよかれと思ってしたことだ。でもわざわざ瓶を片付ける必要まであったのだろうか？

しかも今度は大きく溜息をついている。食堂にまで聞こえてくる。私は掌をテーブルの上について立ち上がり、キッチンにカリンを追っていこうとする。けれども考え直す。ハナが向かいに座って私を見ている。皿には既に一枚のパンが置かれていて、カリンがキッチンに消えてからは手つかずだ。

「バターだけ？」と私は聞く。

ハナは頷く。

私はテーブルの上に身を乗り出して、パンにバターを塗るためにハナの皿を引き寄せる。

「ありがとう」皿を返すと、ハナは礼儀正しく言う。

「食べなさい、ハナ。少しおばあちゃんの様子をみてくるからね」

「朝食くらい三人で落ち着いて食べないか？」

私は囁こうとする、ハナに聞こえないように。けれども声を潜めていても、聞き逃せない鋭さが交じってしまい、カリンだけでなく私もぎょっとする。

「こんなの耐えられない、マティアス」カリンは曖昧に上を指し示す。天井の灯りが、この時間帯には似つかわしくない、冷たく白い光をこの部屋の中に投げかけている。この部屋だけじゃない、家中のブラインドが下ろしてある。

「昨日の半分もいないよ、カリン」と私は言う。マスコミは歩道の上に意味もなく突っ立っている。今朝6時半に新聞を郵便受けからとってきた時にはまだ誰もいなかったので、そのまま誰も来ないのではないかと思いそうになった。最初の車がやってきて駐車したのは8時を過ぎた頃だった。

「ええ」とカリンが馬鹿にしたように笑い始める。「ハナの写真は夜の間に手に入ったんだもの」

「もうやめてくれよ、頼むから。昨日ここには誰もいなかった。ハナは夢を見ただけだ。おまえも今日の新聞を見ただろう。手を振るハナの写真なんてなかった、ただ……」私は気付いて言葉を止める。でも今は議論したくない、「日刊バイエルン」に載った警察を糾弾する記事が正しいかどうかなんて。「聞け、カリン」とその代わりに私は言う。「俺にとっても簡単じゃないんだ。でも俺たちにとって大事なことは一つだけ、あの男が誰で、うちの子に何をしたのか、それを明らかにすることだけだ」私の喉が渇く。「そしてあの子を何処にやったのか」

「本当にそれが大事だって思ってる？」カリンの目はどんどん水気を増していき、その表情はどこか訝《いぶか》し気な暗さを湛《たた》えている。

「ああ、当然だ。どうしてだ？」

「マークに確認さえしていないじゃない、ゲルトに会ったかどうか」

「ゲルトが連絡してくるだろうさ」

カリンは両手を宙に投げ出す。

「それも気付いてないのね！」

「大声を出すな」押し殺した声で言って、私はハナがいる一角を盗み見る。ハナは真っすぐに前を見たまま、落ち着いた様子でバターパンを噛んでいる。幸い私たちに横顔を向けているので、その真っすぐな視線は私たちに向かわず食堂の暖炉にかかっている。

「何に気付いていないっていうんだ？」と私はカリンに向き直る。

「ゲルトはもうあなたとは話をしないのよ、どうしても必要な時以外はね。今日の記事のことを考えれば、それも全く当然のことだけど」

「ゲルトが俺と話をしないって？　そうか？　じゃあ、俺の記憶違いかな。あのグラスさんが病院に運ばれた夜には、すぐ俺に電話をかけてきたような気がするんだが」

「**私たちに**電話をかけてきたのよ、マティアス。そのことをさぞ後悔したでしょうね。彼は私たちがカームの病院に行くことを望んでいなかった。あなたが決めたことよ」

「二人で、決めたんだ！」

私は理解できずに頭を振る。

「どうして俺たちは今、ゲルトの話をしているんだ？　俺は、どうしてヌテラの瓶ごときでこんな大袈裟《おおげさ》なことをするのかと聞いたんだ」

カリンの顎が震え始める。

「これが全てレナのためだってあなたが言うからよ。でも本当はそうじゃない。もう違う。あなたが考えているのはハナのことだけなのよ」

自分の耳が信じられない。そんなことを口にするなんて。私のレナちゃん、私のすべて……相手がカリンだから、四十年間結婚生活を共にしている妻だから、私は攻撃的にならずに済んでいる。ゲルトかギースナーかマーク・ズートフだったら、この無遠慮な物言いに首を締め上げていたことだろう。

「ハナは、俺たちに残された唯一じゃないか」と私はその代わりに言い、すぐに同じ呼吸で「それからヨナタンも」と付け加える。このバカげた会話に更に火種を加えないために。

でもカリンはどうしてもやめるつもりがないようだ。

「どうしてわかるの？」とカリンは黙らない。私が「しー！」と言って念のためにハナのいる一角をもう一度確認している間にも。「レナの遺体はまだ見つかってない！　どうするの、もし……？」

「カリン。あの子は死んだんだって、分かってるだろう」と私は彼女を遮る。ハナが未だに大人しく無表情でテーブルに座ってパンを齧っているのを確認してから。

「でもどうして分かるのよ？ ゲルトが二週間前のあの事故の夜に電話してきた時には、私たち、レナが生きているかもしれないって信じたじゃない！」

「カリン、頼むよ……」

「それなのに、あなたは何もしない、助けようとしない！」

「何？」

「ハナに、聞いてみることだってできるはずなのに！」

「俺は心理学者じゃない、カリン！ どんな影響があるか、わからないだろう、もしも……」

「所謂プロたちは役立たずだって言っていたのはあなたじゃなかった？ それでいて自分はすごく心理学に精通してるって思ってるんでしょう、あの子を家に連れて帰るくらいですからね」とカリンは一気に言う。

「カリン、もういいだろう」私は彼女に近づき、その肩を摑む。「マークにはあとで電話する、約束する。ゲルトにもだ。だから今はハナと俺と一緒にテーブルに座って朝食を食べるんだ、分かったか？」

カリンは口を開き、何かを言おうとするがどうやら考え直したらしい、ただ弱く頷く。私は彼女の手を摑み、一緒に食堂に戻る。けれどもハナはもうそこには座っていない。

「どこに行ったんだ?」

「お手洗いでしょう」とカリンが言ったが、私はそんなはずはないと思う。

「ハナ!」食堂を大急ぎで通り抜けて玄関へ。

「上を見てくる」と付いてきたカリンが言い、小走りで階段を上がっていく。玄関広間の後ろにある客用のトイレは空だ。私は一秒前に勢いよく引き開けたドアをまた閉める。もちろんハナはトイレになど行っていなかった。ハナの時間帯じゃないし、許可を取らずにトイレに行く子ではないのだ。私とカリンが喧嘩するのをやはり聞いていて、怖くなったのだろう。すぐにレナのことが思い浮かぶ、あの子も私たちが喧嘩するのを嫌っていた。あの子は大抵、玄関広間の大きなタンスに隠れていたっけ。その中に膝を抱いて座り、私たちがあの子を探して見つけ出すのを待っていた。まるで、いなくなれば私たちの注意が喧嘩から逸れるだろうと期待してやっているみたいだった。あの頃はまだ毎月ぎりぎり捻出していたお金について、まだ軌道に乗っていなかった事務所について、子供の教育について、すると約束していて忘れられた皿洗いについて、そういったありとあらゆる小さなことが、時々大きく揺れ動いて喧嘩の原因になっていた。

私は階段下のモミの木のアンティークのタンスにゆっくりと近づく、中にはカリンの上着やコートが入っていて、普段は使っていない。記憶が……。

やっとみつけた。

心配した、パピ？

おまえねえ、どんなに心配したと思う……。

それはよかった……。

ちょうどタンスの扉を開けようとしたところだった、カリンが上の階から「自分の部屋にいたわ！」と叫ぶ。私の心臓はすぐに元の場所に沈み、ほっとしたのと同時に少しがっかりして唇に笑みが走る。私はハナをタンスの中に見つけたかったのかもしれない。

心配した、おじいちゃん？

ハナちゃん、どんなに心配したと思う……。

「上に来てくれる、マティアス？」とカリン。

階段に足をかけた時だった、私は玄関扉の曇りガラスに映る動く影を視界の端に捕えた。

私は何も考えない。一足飛びにドアを引き開けたのは、一人の女がガムテープで閉じられた大きな段ボール箱を我が家の玄関マットに置いたのと同時だった。

「ベックさん……こんにちは」と彼女はつっかえながら言う。私と同じように困惑し、驚いたように数歩下がっていく。

同時に庭の柵の前に押し寄せた小さな群衆の慌ただしさが増して、カメラのシャッター音、キーボードの音、質問が弾丸のように飛んでくる。

「女の子の様子はどうですか、ベックさん？」

「男の子のことはどうするんですか、ベックさん？」

「娘さんの居所について何か新しい情報はあったんですか、ベックさん？」

「警察に見捨てられているとお感じになられているというのは本当ですか？」

私の視線は足下にある茶色い段ボール箱、覚束《おぼつか》ない足取りで後ろ向きに階段を降り離れていく女、そして庭の柵の向こうで大声でがなり立てている輩《やから》どもの間を行ったり来たりする。

「ハナは長期的にここに住むんですか、ベックさん？」

「ヨナタンのことも引き取るつもりですか？」

「ベックさん！　ベックさん！」

全てが噴き出した、絶望感の突発的な爆発だ、私は吼える。「とっとと失せろ、卑怯者《ひきょうもの》、さもないと警察を呼んで強要罪で訴えるぞ！」私は玄関マットの上の重そうな段ボール箱の方へ踏み出し、女に向かってその箱を蹴ろうとするが、女はその間に四段の階段を降りて平らな地面の上で注意深く後ずさりを続けている。私は彼女を知っている。赤い髪と水色のコートに見覚えがある。昨日もここに来ていた、ハナとトラウマセンターから到着した時に。

「放っておいてくれ」と私は家の中に消える前に彼女に向かってもう一度吼え、後ろ手に大きな音を立てて扉を閉める。

「明日の見出しが決まったわね」

カリンの腹立たしそうな声が階段の上から聞こえてくる。私は力なく顔をそちらに向ける。

「悪い」

妻は呆れたように目を剝いている。

「いつもそう言う。ちなみにハナは部屋に入って鍵をかけたわ。出てくるように、あなたが説得してみてちょうだい」

「鍵を……？」

「鍵をかけて閉じこもったのよ。自分からね」

ヤスミン

Jasmin

目が覚める、7時十分前ではなく、頭の中の彼の声に起こされてでもない。けれどもその代わりに、起きた瞬間に前の晩のことを思い出させる二日酔いのような目覚めだ。私は横の、キルスティンが寝ているはずの場所を触り、彼女が今日の午前中にイグナッツに餌を与えるために家に帰って、その後買い物をしてくるつもりだったことを思い出す。どうやらもう出掛けたみたいだ。トイレからもキッチンからも何の音も聞こえない。一人でいることは逆に悪くないかもしれない。ある意味、猶予期間みたいなものだから。キルスティンが帰ってきたら、私たちは「カーム」に電話をかけるだろう。私は再現された復顔図を見なければいけない。当然そうなる。そして、昨夜の面談の後にはもう一つ、どうしても「カーム」に会わなければいけない理由ができた。

「これは重要な情報かもしれません、ヤスミン」とハムシュテット先生は言った。「もしかしたら誘拐犯の身元とその動機を突き止めるのにも有益な情報かもしれない。なんだかそこに犯人のこだわりが見えます、そう思いませんか?」

「それか新聞で捜査の状況を追っていたのかも。それで楽しい遊びを思いついたのかもしれない」

「それもありえます。それでもできるだけ早くギースナー警部と話をするべきです」

そのことを考えるだけで、できればもう一度枕に顔を埋めてただ単にまた眠ってしまいたい。でもそんなことできるはずがない。レナ、あなたが何百もの目で壁から私を見つめているというのに。数えきれない新聞記事の写真の中から私を元気づけるように──何かを求めるように──笑いかけてくるのに。私は観念して立ち上がる。

アパートは空《から》、キルスティンはもう出掛けた後だ。私は覚束ない足取りで引き摺るようにキッチンに歩いていき、蛇口を捻ってグラスに水を注いで痛み止めを飲む。いつものように半錠多めに。頭の中では昨日の夜の出来事がもう一度繰り返される。ハムシュテット先生との面会。会話があのように展開するとは夢にも思わなかった。そもそも、私は先生に説明しようとしただけなのだ。手紙が子供たちからなのではないかという、恐らく本当に馬鹿げた考えにどうして私が至ったのかを。頭のおかしい人だと思われたくなかった、ドアノブのない部屋に保護されるのが当然の人だと思われたくなかった。私が伝えたかったことは、子供たちが──特にヨナタンが──私に失望する理由が、憎む理由があるのだということだった。私に手紙を送って、罪を思い出させようとするだけの理由。私はヨナタンの優しい気持ちと行動、その贈り物と信頼を利用して彼の父親を殺した。そして振り返ることなく自由に向かって走った、車の前に飛び出してしまったけれど、それでも逃げていなくなったのだ。私は子供たちから全てを奪った――父親を、あの子たちが受け入れた母親を、我が家を――その上で、二人を見捨てたのだ。

けれども私はハムシュテット先生に話をする間、どんどんと漂流していった。自分の説明にのめりこみ、まるでもう一度その日を生きているようだった。森の中を走っていた。足の下のでこぼこした地面を感じ、躓いた。枝が顔を殴って肌を傷つけていた。足下の木がパキッと鳴る音、自分の喘ぎ声。全てがリアルだった。森から道路に辿り着いた瞬間。私を襲った車。目の前で爆発した極彩色の雷《いかずち》。身体がアスファルトに叩きつけられた時の硬くて鈍い衝撃。車を運転していた人が私の上に屈みこみ、ガラスの鐘の中にいるかのようにその声が聞こえてきて、私は瞬きをした。

「グラスさん」と何度も彼の声が聞こえてきてから、私はその声がどこかおかしいことに気付いた。もちろん、その人が私の名前を呼ぶはずもなかった。その時本当に私に呼びかけていたのはハムシュテット先生だった。先生は私を現実に引き戻そうとしていた。

「グラスさん！　落ち着いてください、グラスさん」と熱の籠った彼女の声がし、その両手が私の肩を包むように支えているのが感じられた。話をしている間に彼女がデスクから立ち上がったことにすら気が付かなかった。「大丈夫ですか、グラスさん？」

「はい」ぜいぜいと喘ぎながら私は答えた。「私……」頭に触れ、身体が熱くなっていることに気付いた。「ごめんなさい。私どうしちゃったのか、自分でもわかりません」

「謝らなくてもいいんです、グラスさん。水飲みますか？」

「いいえ、結構です。もう大丈夫です」先生の顔を見ることができず、私の目は他の当たり障りのない目標を探していた。メモ帳が、ハムシュテット先生のデスクの上の二通の手紙の横にある。けれどもその時私は、自分が見つめているものが何なのかに気づいた。

ハムシュテット先生はメモをとっていた。

「書いてたんですか？」

「ええ」と彼女は頷いた。その顔には笑みが浮かんでいる。「すごかったですよ、ヤスミン。催眠による特別な療法に似たものがあります。でもあなたは私の助けを借りることなく、自分自身の力だけでその日に戻り、逃亡した日をもう一度生きたんです。その際に言っていたことの中に……」先生はメモ帳を摑んである箇所を指でトントンと叩いた。「これです」と言う先生はほとんど興奮しているように見えた。「あなたは言ったんです、誘拐犯は赤ちゃんにマティアスかサラという名前をつけるつもりだったと。レナ・ベックの父親がマティアスという名前だとご存じですか？」

「ええ」と私は答えた、けれどもこの知識が寝室の壁を埋め尽くす大仰な調査の結果だということは黙っておいた。ハムシュテット先生は私のことを頭がおかしいとは思っていないようだ、それなら余計なことは言わない方がいい。

「これは重要な情報かもしれません、ヤスミン。もしかしたら誘拐犯の身元とその動機を突き止めるのにも有益な情報かもしれない。なんだかそこに犯人のこだわりが見えます、そう思いませんか？」

「それか新聞で捜査の状況を追っていたのかも。それで楽しい遊びを思いついたのかもしれない」

「それもありえます。それでもできるだけ早くギースナー警部と話をするべきです」

「本当に、そんなに重要なことだと思いますか？」

ハムシュテット先生は熱心に頷いた。

「何故、誘拐犯はあなたとの子供に、最初の犠牲者の父親の名前をつけようとしたのでしょう？」

「わかりません。かなり病んだくそ野郎だったから？」私は舌先で下顎の穴に触れた、とっくに治ってはいたけれど、穴は変わらずそこにあった。

「専門家はあなたじゃないですか。あの男は何だったんですか？　サディスト？」

ハムシュテット先生は何度か頭を揺らした。「レナ・ベックにとってマティアスは意味がある名前でした、ええ。もしも自分の子供を常に父親の名前で呼ばなければいけなかったとしたら、そのことは彼女を酷く苦しめたことでしょう。そうすることで何度も以前の人生を思い出さなければいけなかったでしょうから。でもヤスミン、あなたにとってこの名前は小屋にいる間は何の意味もなかった。レナの父親の名前は、脱走した後に知ったわけですし。私はここに異常なこだわりを感じますね。あなたを苦しめることが目的でないのなら、この名前は、誘拐犯自身を何らかの形で満足させたのでしょう」

「まあ、彼は私をレナだと思っていたわけですし」

「あなたをレナにしようとしたんです。この二つには違いがあります」先生は考えるように唇を尖らせた。「知り合いだったのかも」

「誰が？」

「彼とレナの父親です。ただ……」と彼女は考え続けた。「私が知る限り、ベックさんは復顔図からは犯人に見覚えがなかったということでした。でも」と彼女は手で遮るような動きをし、「そういうことはギースナー警部と話をするのが一番いいでしょう」

復顔図。急に気持ち悪さが襲いかかってきた。今、この瞬間も頭から離れてくれない。私はただの絵だって自分に言い聞かせようとする、ただの一枚の絵だって。でもどうにもならない。胃が痙攣し、頬が口の中の酸味に窄《すぼ》められる。私はグラスを乱暴にキッチンテーブルに置いてトイレへ急ぐ。そこで次の瞬間には便器の前に跪《ひざまず》いて便座を固く握りしめる。しばらくたっても反射反応は治まらない。胃はとっくに空っぽになっていて、出てくるのはこみ上げてくる、低い、空っぽな音だけ。

「お願いですから、ヤスミン」とハムシュテット先生は二通の手紙をデスクの上から手に取り、畳んで封筒に差し込みながら言った。「ギースナー警部に電話してください。彼と話をしてください。この手紙のことについても」と彼女は手紙を掲げるようにしてみせた。「私は、子供たちが関わっていることはないと断言できますが、それでも、ギースナー警部にはこの手紙を見せるべきですよ」

私は頷いた。

「わかりました、ええ。明日電話します、約束します」私は椅子から立ち上がり、挨拶のために手を差し出した。そこで先生が何かを躊躇っていることに気が付いて急に不安になった。

「まだ何か、あるんですか」

「今日、ハナを一時的におじいさんの保護のもと、退院させました」

「彼女が……外にいるんですか？」

私の心臓の鼓動が速まった。その情報が私にショックを与えたことをハムシュテット先生は見逃さなかった。

「ブレナー先生のところに行ってみてください、ヤスミン。力になってくれるはずですよ」

あの子が外にいる……私は洗面台まで這って行き、力なく身体を引き上げて立ち上がる。胃がまだ痙攣している。私は息をしようとする。蛇口を捻って顔を洗う。鏡の中の女は病的に見える。顔色は灰色ぽく、目の周りには暗い陰ができている。それでもその女はきっぱりと頷く。
「カーム」に電話するべき。分かってる。手紙の指紋を調べてくれる、そうしたらはっきりする。でもその時には再現された復顔図を見せられるだろう、それに耐えられるか自信がない。昨日の夜、ハムシュテット先生のところで起きたみたいに、コントロールを失ってしまったらどうしよう？　残りの私の欠片が失われてしまったら？　復顔図を見て、全てが蘇ってきて話し始めてしまったらどうしよう、全てを話し始めて、もう止めることができなくなってしまったら？　私は頭を振る。私は「カーム」に電話をするんだ、後で、キルスティンのいる時に。キルスティン、あんたを病気だと思ってる彼女。そしてそれは間違っていない。**あんたのことが負担になっている彼女。**私は掌で洗面台の縁を叩き、掌の痛みを噛み合わせた歯の間から逃す。突然、鏡の中の女は何かに気付く。**誰かいる。**

ヤスミン　*Jasmin*

私は浴室から廊下へと急ぐ。それがキルスティンじゃないことはすぐにわかった。鍵はいつものように鍵穴にささってはいなかったから。キルスティンは鍵を持って出たらしい。それにノック音が取り決めた合図と違う。私は「カーム」が来たのだと思う。話をする、いつ会う、といった私の提案を待たずに既にここに来ているのだと。けれどもその時、ノック音に交じって声が聞こえる。

「グラスさん？　マヤです。今日は少し早めにお昼ご飯を持ってきました！」

　私は固まる。

「グラスさん？」

　私は静かに玄関へと近づく、マヤがまたノックする。

「グラスさん、マヤです！」玄関前の床板が何度も軋む音。マヤがそわそわし始める。私は深呼吸をしてドアを開ける。

「起こしちゃいました、グラスさん？」

「いいえ、大丈夫」私は溜息をつく。

　マヤは緑色の蓋のタッパーを私に差し出す。郵便物は持っていないようだ。

「今日は温めることができなかったんです」と彼女は言う。「電子レンジが壊れてしまって」

「大丈夫、ありがとう」

　タッパーを受け取り、サイドボードの方に振り返って一度置こうとしたその時だ、マヤが突然ドアの隙間を押し開け、次の瞬間には廊下に立っている。

「ダメですよ、グラスさん」余りにもきっぱりと彼女が言うので、私はびくりと震える。

「バーレヴさんに神に誓って約束したんです、あなたのお世話をすると。それなのに冷たい食事を持ってくるなんて。そんなこと知られたら殺されてしまいます」

「言わないわ」と私は急いで言いながら、マヤがアパートに足を踏み入れて当然のようにドアを背中で閉めている事実を理解しようとしている。

「そうはいきません」

マヤはタッパーを摑む、私がまだ驚きで硬直したままの指で持っていたタッパーを。そして私の横を素早くすり抜けていく。「すぐに温めますね。電子レンジ、ありますよね？」

私の視線は啞然と、マヤがちょうど消えていったキッチンのドア枠に張り付いたままだ。

次の瞬間、彼女の「あったあった」という声が聞こえてくる。

キッチンに足を踏み入れた時には、彼女はちょうど電子レンジのタイマーを押しているところだ。機械がぶうんと音を立て始める。

「お腹が空いているといいんですけれど、グラスさん。今日は野菜グラタンです。なんとなく選んでみたんですけれど、よかったでしょうか」くるくると動き回りながら、彼女は大袈裟に媚《こ》びるように笑いかけてくる。「冷凍庫にはまだヌードルグラタンと挽肉《ひきにく》の何かが入っているんです。たぶん。バーレヴさんの手書きの文字は解読が難しいんですよね。明日はどちらが食べたいか考えておいてくださいね」

「ありがとう、マヤ。私、もう大丈夫だと思う」

「お皿、洗いましょうか？」

「それはいいから、ありがとう。後で友達がやるから」

「ああ、ケルスティン。昨日知り合いました。鳥のスープ、お口にあいました？」

「キルスティン。名前はキルスティン。じゃあ、きっとここに一時的に引っ越してきたことも言いましたよね。ちなみに彼女もすごく料理が上手なんです、私も飢え死にする心配はなくなりました」廊下を指し示すように、私は身体を半身にする。「だから、あの……本当に追い出すみたいで申し訳ないんだけど。もう少し横になりたいんです。今日はあまり気分がよくないので」

マヤはまだ笑っている。けれど、その表情はなにか硬い、不自然なものを纏《まと》っている。まるで彫刻のようだ。本物の笑顔を見たことがない芸術家が、説明と自分の乏しい想像力だけでその顔を彫りこんだような。まるでハナがその笑顔を作ったような。

「まず、何か食べるべきです、グラスさん」合図のように電子レンジが音を立てる。「チン！」とマヤがその音を真似する。「ほら、もう出来上がり」

彼女の背中がみえる。次々にキッチンの棚と引き出しを開け、皿とナイフとフォークを探している。近すぎる、私が考えるのはそれだけだ。包丁ブロックに近すぎる。腕を伸ばせば届く距離。私は慎重に一歩下がる。

「この前はあんなに早く、どこに行ったんですか、マヤ？　私が食器をもってキッチンから戻ってきたら、もういなかった」

マヤは回転しながらキッチンの反対側に移動する。包丁から離れてまた電子レンジのもとへ。

「まあ、美味しそうな匂い」機嫌がよさそうな声。

私はもう一歩後ろに下がり、その際にキッチンの扉にぶつかってしまう。

「マヤ?」

「ああ、この前ですか、ええ。オーブンにピザを入れていたのを思い出したんです。焦げたピザほど酷いものはないですよね。ああ、そんなことないか。もっと酷いこともありますよね、グラスさん?」

私は首に手をあてる、まるで急に締め付けられたみたい。

「友達が、ちなみに、もうすぐ家に帰ってくるはず」

マヤは動じず、タッパーの中身を皿にあけている。

「お座りになってください、グラスさん」

背中をキッチンのドアが圧迫する。ドアを通り過ぎて後ろに下がり、廊下に出るには一歩横に動けばいいだけだ。けれども私の身体は機能しない、頭のシナプスに繋がっていないみたいだ。ただそこに立っているだけ、目を見開いたまま。私の声が嗄《か》れる。「彼女は家から少しものを取ってくるだけだから、すぐにここに戻ってくる」

「ごめんなさいね、ヤスミン」片手に盛り付けの終わった皿、もう一方にナイフとフォークを持ってマヤがこちらに振り返る。「食事は残念ながら一人分しか用意してないんです」

ハナ
Hannah

いくつか、話と違うことがある。たとえばお庭。巨大なんかじゃない、どちらの方向にも少なくとも五百歩の大きさだなんて嘘ばっか。キャベツの玉みたいなアジサイもない。ブラインドの隙間から覗いたから知っているの。外のお庭にあるのはいくつかの細い折れ曲がった薔薇の低木と写真機を持った人たちだけ。

おばあちゃんも話と違う。優しくないし、おやすみ前のお話もまだしてくれてない。ただおじいちゃんだけは、話に聞いていた通り。とても丁寧にママの部屋をノックする。「ハナ、お願いだから開けて」とおじいちゃんは言う。いつでもお願いしますとありがとうを言わなくちゃいけない。いつも丁寧じゃなくちゃいけない。

鍵を開けると、おじいちゃんが入ってくる。「どうして鍵をしめたんだい、ハナ？」おじいちゃんはとてもびっくりしたみたいに見える。

「二人が忘れたからに決まってるでしょう」と私は言う。「喧嘩する前に、大人はまず子供を閉じ込めないといけないの」

「おや」とおじいちゃんは言う。おじいちゃんは私の背中に手を当てると、ママのベッドへと連れていく。「座って、ハナ」私は座る、けれども本当は回転椅子に座りたかった。おじいちゃんの言ってた通りだった。回転椅子の座り心地はすごくいい。部屋の隅から隅まで座ったまま滑ることもできるのだ。

「聞いて、ハナ」とおじいちゃんは言う。横におじいちゃんが座った重みでマットレスが上下に揺れる。「おばあちゃんとおじいちゃんは本当に喧嘩をしていたわけじゃないんだ。二人の意見が違うことについて話をしていただけだ。それは普通のことだし、悪いことじゃない。怖がらなくていいんだよ」

私は上を見る、天井の星空を。いつも考えるのは、夜、ベッドに寝て、ママが横にいて、人差し指でヨナタンのすのこをなぞるように指さして、一つ一つの星を見えない線で繋いでいたこと。そんな時には微笑んで「これは凄く有名な星座なの、ハナ。北斗七星」と言ったこと。私はいつも微笑み返した、分厚い、なんでも知っている本を読んでいたからとっくに知っていたけれど。北斗七星は本当は星座じゃなくて、おおぐま座の七つの明るい星のことを言うんだってこと。

でも今はママのことじゃなくて、ルートさんのこと、ルートさんが病院で小さな星のお話をしてくれようとした時のことを考えてしまう。怒鳴ったりするんじゃなかった、ルートさんがおバカさんでお話が間違っていたからって。

「ごめんなさい」と私は言う。ルートさんはここにいやしないし、聞いてもいないのに。

「何を言ってるんだ」とおじいちゃんは言って、もっとびっくりしているみたいに見える。「何も謝ることなんてないんだよ、ハナ。なにもハナのせいなんかじゃないんだ。私たちは、おばあちゃんとおじいちゃんは、ハナがここにいることがとても嬉しいんだよ。おばあちゃんは家の前にたくさんの人たちがいることにイライラしているんだ」

「そんなにたくさんの人じゃないよ。六人だけ。昨日はもっとたくさんいたよ」

おじいちゃんは咳みたいな音を立てる。笑ってるんだと思う。

「その通りだね」

「ルートさんだったらいいおばあちゃんなんじゃないかと思う」と私は笑い終わったおじいちゃんに言う。「時々少しおバカさんなんだ、計算もとても苦手だし。でもその代わりにいつも優しいんだよ」

おじいちゃんは、私が何か間違ったことを言ったような顔をしている。

「本当なの！」と私は急いで言う。「私、嘘つかない！　嘘をついちゃいけないんだから。ルートさんは13－2の答えも知らないの」

「ハナ……」とおじいちゃんは言って、でもそれからしばらくは何も言わずに、まずはズボンのポケットからティッシュを取り出して鼻をかむ。「家族は選ぶことができないんだ。誰かを代わりにすることもできない。問題があるからって単純に交換することもできない」おじいちゃんはティッシュをぐちゃぐちゃと丸めるとまたズボンのポケットにしまう。「これは信じて欲しいんだ。ハナのおばあちゃん、カリンおばあちゃんは考えられる限り最高のおばあちゃんなんだよ。ただ、色んなことに慣れるのに時間が必要なだけなんだ」

「同じようなことをパパも言ってた」と私は微笑んだ。本当は途端にちょっと悲しくなってしまったのだけれど、おじいちゃんのせいでパパのことを考えてしまったから。おじいちゃんも悲しそうだ。唇を固く引き結んでいるので、その口はただの細い線に見える。

「ねえ、ハナ?」ちょっと間をおいて、おじいちゃんは言う。「もう一度下に降りて、おばあちゃんのところに行くのはどうかな? きっととっくに落ち着いていると思うし、二人は何処にいるんだろうって思っていると思うよ。ハナのママが子供の時の写真を一緒に見てみたくない?」

私は頷く。

「もう一つだけ、ハナちゃん。もうドアに鍵をかけるのはやめてほしいんだ、お願いだ。いつも小さな隙間だけ開けておいてくれるのが一番だ、ハナに何も問題が起きていないことが分かるように。ね? 約束してくれるかな、ハナ?」

私はもう一度頷く。

おじいちゃんはまず私に向かって微笑み、それから天井のママの星空に向かって微笑む。

「歯医者さんから星のステッカーをもらったよね。ここに貼り付けることを考えてみてもいいんじゃないかな」

私は頭を横に振る。

「それはできないよ、おじいちゃん。そんなことをしたら星座がおかしくなっちゃう」

「ああ、そっか」とおじいちゃんは言って、「まあいいや、ただちょっと思いついただけ」

おじいちゃんと私が階段を降りていくと、玄関に大きな段ボール箱が置いてあって、ちょうどおばあちゃんがドアを閉めたところだ。

「いなくなったわ」と言うおばあちゃんの声は嬉しそうだ。手紙を手にしている。「これがドアの前に置いてあった」

「ああ」とおじいちゃんは言って手紙を受け取る。「さっきマスコミの女が置いていったんだ。段ボール箱はまた持って帰ったんだと思っていたがね、後ろから蹴ってやったから」

「中身は何かしら？」とおばあちゃん。

「わからん」

おじいちゃんが手紙を破り開ける、ビリッという音。

「なるほど」と手紙の中身に目を通しておじいちゃんは言った。「ハナとヨナタンのための物みたいだ。書いてある内容は、
私たちの読者の多くが、お孫さんたちの運命に共感しています。ここ数日の間に送られて

きた物や直接編集部に持ち込まれた物を集めさせていただきました。心から、《日刊バイエルン》編集部より」

「素晴らしいじゃない」とおばあちゃんは言って長い茶色いガムテープを段ボール箱から引き剝がす。「こっちにおいで、ハナ。何があるか見てみましょう」

私は近づいていく。

一つ、また一つとおばあちゃんは段ボール箱から洋服を取り出していく。

「見て」と濃い青色の毛糸のセーターを手にしておばあちゃんは言う。「ヨナタンの気に入るかしら？」

「ヨナタンは青が好き。青はお気に入りの色」

「じゃあ、このセーターは喜ぶわね」

「こんなにたくさんの古着を頂けるとは」とおじいちゃんは手の中の手紙を握りつぶし「素晴らしいね」と言う、本当に素晴らしいって思っているようには聞こえない。

「マティアス」とおばあちゃん。段ボール箱から物を引っ張り出し、眺め、そのまま床の上の二つの山に積み重ねていく。一つの山は私の物、もう一つの山はヨナタンの物。「これはすごく親切なことよ、そう思わない？　それに状態がいい……ねえ、ハナ、見て！　あなたにぴったり」おばあちゃんはワンピースを上に持ち上げる、白地に花柄。「これは、まさにあなたのワンピースね！」

私はちょうど、どうして知っているのと聞こうとしたところだった、おばあちゃんが大きな声を出す。「あら、これも！　おもちゃも入ってるわよ！」

最初に取り出したのはただの黒いスコップのついたオレンジ色のパワーショベルのおもちゃだった、けれども次の瞬間……私はワンピースを放り出して両手を伸ばす。おばあちゃんは微笑んで私に赤白の斑《まだら》模様の毛玉を手渡し、おじいちゃんに向き直ってもう一度「日刊バイエルン」の読者は親切ねと言う。その間に私は込められるだけの力を込めてティンキーさんを抱きしめる。ティンキーさんはすぐに喉をごろごろと鳴らし始める。

「私も会いたかったよ、おちびさん」と私は言ってその柔らかい毛に鼻先を押し付ける。

ヤスミン

Jasmin

階段を降りる際に一段踏み外したみたいに、胃が飛び上がる。鍵穴の中を引っ掻く鍵、何度も押し下げられるドアノブ、背中に迫りくる抵抗感。ドアの反対側から一息に悪態をつく声が聞こえてきてはじめて、しゃがんだ姿勢から音を立てて立ち上がり、玄関のドアを開ける。私はドアの前に座り、背中をもたせかけ、膝を抱え、体重をドアストッパーとして利用して、アパートを侵入者から守っていたのだ。

次の瞬間に私が彼女をドアの外から引っ張り込み、その手にある鍵を奪い、中から二回鍵をかけてから、「一体何なの？」とキルスティン。

「ジェシー？」

「ここに来た！」

「誰が？」

「あのマヤっていう女。知ってるでしょう、三階の、ヒルドナーさんの住んでいたところに引っ越してきたっていう。気味が悪かった」

キルスティンは長い溜息をついてからコートを脱いでいく。

「私はここにいるから心配しないで」と言っただけで、それ以上何も聞いてこない、その様は昔の私を思い出させた。以前、まだ母親の元に住んでいた頃の私。私も、そこにいなくてはいけないと思い込んでいた、一瞬一瞬にはらわたに鉛が流し込まれているように感じていたけれど。

「出掛けてる間、しっかりしてたよ」と私はコートを洋服ダンスにかけるキルスティンに説明しようとする。彼女の負担になりたくない、母親が私にとっての負担だったみたいにはなりたくない。「本当だよ。もしまた家に帰りたくなったなら、私なら大丈夫。きっと仕事にも行かなくちゃいけないでしょう。クラブでも必要とされてるんじゃない、ちょうど週末だから」

「わかったから、ジェシー」ボソボソと言ってから、キルスティンは私に向き直る。「それで？　三階のマヤが一体どうしたの？」

私は一瞬躊躇する。

「ジェシー？」キルスティンが私の頬を撫でる。「また熱が出てるじゃない、まったく」その視線に純粋な心配が見て取れる。「興奮したの？」

私は頷く。

「マヤ。ここに食事を運んできた」

私はキルスティンにマヤの奇妙な言動を説明する、その不快な干渉について。「ごめんなさいね、ヤスミン。食事は残念ながら一人分しか用意してないんです」と彼女が言った瞬間、私がただただそこから、あの女から離れたかった時のこと。私はキッチンから後ろ向きに転がり出た、マヤは食事ののった皿をテーブルに置いて追ってきた。襲い掛かってきたわけじゃない、その歩みはゆっくりだったし落ち着いていた。両手は宥めるように持ち上げていた。

「怖がらないでください、ヤスミン。分かってます、酷い体験をしましたよね。誰も理解することができないようなことです。そうじゃないですか、ヤスミン？」

廊下に辿り着いた、決めなければいけなかった——右手のリビング、そこにある携帯で助けを呼ぶか。それか左手の寝室に逃げて鍵をかけるか。

「孤独ですよね、誰も理解してくれないと。そうじゃありません？」

左へ、と私は決断する。

「何がしたいの、マヤ？　一体なんのつもり？」

「あなたの話を聞きたいんです、ヤスミン」

背中で靴箱に激突した。

「話すことは助けになりますよ、ヤスミン。私を信じてください」

キルスティンは信じられないという様子で首を振る。

「それでどうなったの？」

「寝室に走って入って鍵を閉めた。マヤは何度かドアをノックして、出てくるように説得しようとした。どっかいってって叫んだし、出ていかないと警察を呼ぶって言った。彼女は、それでは助けになりません、ヤスミンって言った。玄関のドアの音が聞こえた。マヤはいなくなった」

「マヤはいなくなった」とキルスティンは単調な声で繰り返し、疑わし気に目を細める。

「そんなことがあったの？　確かなの？」

「うん！　確かに決まってるじゃない！」私は大声で怒鳴る、けれどもキルスティンは眉を上げただけだ。「私、おかしくなってない」落ち着いて私は説明しようとする。「子供たちがあの二通の手紙を書いたって信じるのは馬鹿げていたかもしれない、それは認める。あなたが正しい、きっとどっかの頭のおかしい奴が私を怖がらせようとしただけなんだ。でもこのマヤのことは……」

キルスティンが気付く。

「二通の手紙って？　一通しか知らないけれど」

「そうじゃないの」と私は小さく言う。「昨日、二通目が届いた」私はタンスからハンドバッグを取り出して、サイドポケットから二通の手紙を引っ張り出し、キルスティンに手渡す。彼女が開いた一通目は、既に知っているものだ。

「真実を話せ」と二通目を読み上げ、彼女は眉を高く引き上げながらコメントする。「ぴったりね」キルスティンは封筒ごと手紙を返す。「どうして見せてくれなかったの？」

　私は何も言わない。

　キルスティンは笑い始める、苦々しい笑いだ。

「あんた、いったい私にどうしてもらいたいの？」

「ただ、これ以上心配をさせたくなかっただけ。だから、まずはハムシュテット先生と話をした方がいいと思った。先生は、子供たちがこの手紙を書くことは絶対に不可能だって断言した」

　キルスティンは溜息をつく。

「先生がそのことを知っているのは、子供たちのカウンセラーだからよね。あんたが私に言ったように、あんたのカウンセラーなんじゃなくて」

「うん」と私は躊躇いがちに答える。

「私があんたを昨日の晩、あそこに連れて行ったのは、あんたの心が折れる寸前だと思ったからよ」キルスティンは信じられないと言うように頭を振る。しばらくの静寂の後、キルスティンは言う。「ジェシー、このままじゃ無理だ。私のことを信頼してくれないなら、ここにはいられない」

「そうじゃないの。信頼してる」

キルスティンはもう一度笑う。

「いいや、してないよ！　言いたくないことは話してくれないじゃない。でも私は馬鹿じゃない、ジェシー。馬鹿にしないで」

私は思わず後ずさりする。

「あんたがいなくなった時のことをよく覚えてるよ。ちょうど、その直前に私たち、喧嘩したよね。その時、あんたが旅行鞄を持っていたことを私は忘れたわけじゃない。黒い、銀の金具の鞄だった。二日後にあんたの失踪届を出した時、私は旅行鞄のことについては触れなかった。あんたの捜索を真剣にやってもらいたかったから。警察があんたを何処かのホテルの部屋で見つけたら、あんたにとってもいいんじゃないかって思ったくらいよ。あんたが期待したように、私が来るんじゃなくて、警察が来た方がいいんじゃないかって思った」

「何が言いたいの、キルスティン？　私が自分で計画したって？」私の口が乾く。**さあ、私の心配をして、探して、見つけて、お家に連れ戻して。**「何処かの精神異常者に四か月間も小屋に閉じ込められて苦しめられたのに、それが私の計画のはずがないでしょう！」

「そんなことは言ってない」

「じゃあ、何が言いたいの、キルスティン？　私が嘘をついているって？」

「あんたの注目されたがりな性格が、いつだってあんたを難しい状況に追い込んでいるんだっていうことが言いたいの。あんたは気付いてない、自分がどれほど馬鹿げているか。まず、二人の、小さな病気の子供たちがあんたを脅してるって疑って、今度は三階の隣人に追い詰められているって疑ってる」

「でも本当のことなの！　マヤはここに来て、私にしつこく迫ってきた、その通りなんだよ、私、怖かったの」

キルスティンの頭がゆっくりと動いたと思うと、渦を巻くように彼女は動き出す。乱暴に鍵を回して次の瞬間にはドアをタンスにぶつかるほどに勢いよく引き開け、アパートから飛び出していく。

私の心臓が止まる。

「いや……お願い……行かないで」ほとんど聞こえないような声で、つっかえながら私は言う。ショックが声を飲み込んでしまった。キルスティンの短い、決然とした間隔の足音が階段で音を立てるのが聞こえてきて、私は先ほど自分が思っていたことが間違っていたと知る。

彼女なしじゃやっていけない、彼女が必要なんだ。

私も動き出す、キルスティンを追って。階段を下りる度に肋骨のあたりの痛みが爆発する、私は喘ぐ。

恩知らずだ、レナ。

「キルスティン、待って……分かってるから、良かれと思ってくれてるんだって！　ごめんなさい！　本当にごめんなさい！」

けれどもやっと三階で追いついた時、私はキルスティンが出ていこうとしていたわけじゃないと気付く。彼女はマヤの部屋の前に立ち、きっぱりと頷くと「一体どういうつもりなのか、聞こう」そう言って呼び鈴に指をかける。

呼び鈴がブーッと唸る。ドアの後ろで物音がするのが聞こえる。

「グラスさん、ティーメさん！　まあ、お二人ともなんてお久しぶりなんでしょう！」と言ったのはマヤじゃない。三階のこのアパートから引っ越したことのない、ヒルドナー夫人だ。

ヤスミン

Jasmin

キルスティンの頭の中の歯車がゆっくりと動き出し、回転し、軸を失って揺れ始めるのがはっきりと見て取れる。キルスティンは目を見開いていく。驚いたヒルドナー夫人が開いたドアの中に立ち尽くしているにもかかわらず、キルスティンは一言も言葉を発することなく身を翻すと次の瞬間には再び階段を上っていく。ヒルドナー夫人は一歩ドアから出てきて困惑したようにキルスティンのいなくなった方向を見てから再び後ずさりし、説明を求める目で私をじっと見る。

「私たち……私……」と私はつっかえながら言う。

「マミー？　誰がいるの？」部屋の中から優しい声が聞こえる、ヒルドナー家の息子がドア枠の中に現れて母親の膝に纏わりついている。

喉からほとんどマヤのことが出かかる。けれどもキルスティンなしだとここに立っているのも居たたまれないし、責任能力のない精神病患者のような気持ちになってくる。マヤのことを聞いたら、ヒルドナー夫人はどう思う？　ここにマヤが住んでいないことは明らかじゃないか。私は頭の中で何らかの言い訳を捻り出そうとする、洗濯機が、壊れてしまっているようだとか、ここに来たのはこれから数日の間にヒルドナー夫人の洗濯機を一度使わせてもらえないか頼むためだとか。

「ただ、聞きたいことが……」

突然、何かに思い当たったようにヒルドナー夫人の顔が明るくなる。

「もしかして、最近ここを嗅ぎまわってるあのケーニヒのことかしら？」

「あの……？」

「聞いてくださって構いませんよ、グラスさん！」ソニヤ・ヒルドナーの声はほとんど攻撃的にすら聞こえる。「私が彼女と話をしたかどうか、聞いてくださっていいんですよ！　もちろん、話していません！　私の夫もそうです！　そんなことするもんですか！　私たちからは一言だって話をしませんでした、彼女はしつこく説得しようとしてきましたけどね」ヒルドナー夫人は微笑む、少し誇らしげだ。「お金を払うとまで言ってきたんですよ、でも相手が悪かった！　本当に、グラスさんは辛いことに耐えてきたんですものね」その微笑みの中の誇らしげな様子が、今度は同情的な気配を帯びる。

「マミー？　なんの話をしているの？」と男の子が口を挟んで母親のズボンを引っ張る。

「ちょっと待ってね、レニー。マミーはグラスさんとお話をしているから」

レニーは何かもごもごと言って、母親から離れ、リビングによちよちと戻っていく。ヒルドナー夫人はその様子を見送り、おもちゃを片付けるようにと言う。

「よくわからないんですが……」と私は言って、彼女の注意を引き戻す。

「そうそう、あのケーニヒ！　私たちのところでは上手くいかなかったんです。でも、結局ちょうどいいカモを見つけたみたい」彼女は顔を顰める。「ごめんなさい。カモなんてよくない言葉ですね。どちらにしろ……」

「キルスティン！」それから二分もしないうちに私は叫び、そのエコーが階段に響き渡る。階段を駆け上がる私の頭には血が上っている。「キルスティン！」片手で手すりを摑み、もう片手で傷ついた肋骨を押さえる、肋骨は負荷がかかって痛みに脈打っている。「待って！」今、この瞬間に二階上で何が起きているのか、はっきりと分かる。キルスティンが怒りに満ちて、興奮気味に足を踏み鳴らし、荒っぽい罵り言葉を唇に乗せながらアパートの中を当てもなくせかせかと歩き、やがて冷蔵庫に貼ってあるポストイットに思い当たる様が見えるようだ。

部屋に入った時には、果たしてキルスティンは小さなピンク色の紙切れに書かれている番号を携帯電話に入力している最中だ。

「ダメ、キルスティン、やめて！」

私は彼女の元へ飛んでいき、その手から紙切れを奪い取る。

「何してるの、ジェシー？　番号を渡して、電話して話をするんだから！」

キルスティンが紙切れを奪い返そうとするので、私はその紙切れを握って拳を作り、背中に隠す。

「待って、キルスティン！」私は息を切らす。「分かったの、これが何を意味しているのか！まずは聞いて！」

「バーレヴさんが？」

キルスティンの目玉が飛び出そうになって、その口はあんぐりと開いている。その驚き唖然とした表情は、私の気持ちそのものだ。けれど、確か……とっくのとうに、ちょうどそんな想像をしていなかった？　バーレヴ夫人がリビングでジャーナリストに珈琲を出している。入れ歯でクッキーをしゃぶりながら、五階の可哀そうな、痩せすぎの女に関する見解を述べている、あの子は髪を洗うこともせず、染みのついた服を着ている。ひどい様子だって、全部がひどい様子だって。バーレヴ夫人が少額の年金の足しにお小遣いを稼いでいるっていう、そんな想像。

「じゃあ、マヤはジャーナリストだって言うの？」

私は頷く。

ソニヤ・ヒルドナーのその女に関する描写は、明らかにマヤと一致している。およそ30代半ば、赤く染めた髪、斜めに顔に垂れる前髪。彼女はちょうどいいインタビューの相手を探してどうやら建物中の呼び鈴を鳴らしてみたらしい、三階で頑固なソニヤ・ヒルドナーにあたり、それから興味津々なバーレヴ夫人に行き着いた。

キルスティンは改めて携帯電話に集中する。今度はネット上でマヤを探すために。ほとんど熱に浮かされたみたい、その様子では彼女が言う私の注目されたがりな性格のこともあっという間に頭から消えそうだと私はほっとする。

「これだ」と言って、彼女は興奮気味に携帯電話を上に掲げて振る。「マヤ・ケーニヒ、《日刊バイエルン》ミュンヘン編集部。ミュンヘンだって、ジェシー！　まさか本当に毎日ミュンヘンとレーゲンスブルクを行ったり来たりして食事を運んできてたのかな？　あんたに夢中じゃない！」キルスティンから受け取った携帯のディスプレイにマヤの写真が光っている。

「まず、バーレヴさんに抗議して、それから警察に連絡するべきだ」

「ソニヤによれば、バーレヴさんは本当に今、息子さんのところにいるみたい」と私はぼんやりと言いながら、マヤの写真を見る。マヤ・ケーニヒ、白いブラウスの襟を立てて、コケティッシュにカメラに微笑みかけている。「2004年実習生、2005年-2008年見習い、2008年-2011年準編集者、2011年より《人物と流行》コーナー担当者」と私は写真の下の略歴を読み上げる。

「じゃあ、すぐに警察に連絡」とキルスティンが言う。「きっと犯罪だよ、嘘をついて人の住居に入り込むのって。それにジャーナリストって職業上の行動規範みたいなものがあるんじゃないの？」

「わからないよ、キルスティン。今まではまだ記事を書いてないから。でも、警察をけしかけたりしたら」私は人差し指で見えない見出しを宙に描く。「**被害者が警察権力を使って報道を妨害。ヤスミン・Gには疚**《やま》**しいことがあるのだろうか？**」

「でもこんなの許されるわけない！　きっとあんた以外にも同じことしてるに決まって……」その時、私の頭の中にあることがハッと思い浮かび、その途端にキルスティンの言葉はぼやけた渦の中に飲み込まれてしまう。

「あの手紙！」と私は叫ぶように言う。

「何？」

「あれはマヤからだったんだ！　最初の手紙はマヤが初めて食事を持ってドアの前に立って

いた日に届いた。それどころか、彼女自身が持ってきたのよ、郵便受けから溢れていたのを持ってきたって言って」私は口を手で覆う。「何が目的なの？」

「インタビューに決まってる！」

「そのために、こんな手の込んだことを？」

キルスティンは肩を竦める。

「あんたの独占インタビューが今、どれくらいの価値があるか、知らないでしょう。もしかしたら、あんたをぼろぼろにすることで衝撃のストーリーを語らせようとしているのかも」

キルスティンは首を振り「まじめに、ジェシー。あのギースナーに電話するべきだと思う」と私の手を摑む。「それはどっちにしろやらなきゃいけないことなんだ、分かってるでしょう」

私は頷く。

「復顔図」

キルスティンも同じように頷く。

「先延ばしにすればするほど、難しくなるよ」

「いや、違う方法がある。マヤに電話する。彼女の目的が何なのか、確認する」

「ジェシー」とキルスティンは溜息をつく。

「その後、ギースナーに電話する、それでいいでしょう？」

マヤに繋がったのは二回目の呼び出し音の後だ。

「はい？」とても感じのいい声。

「マヤ？　こんにちは、ヤスミン・グラスだけど」

「グラスさん！　びっくり！　大丈夫ですか？　調子はよくなりました？　午前中のこと、謝らなきゃですね、私なんだか驚かせちゃったみたい……」

「もういいの」と私は彼女を遮る。「あなたのせいじゃない。親切にしてくれようとしたのに、過剰反応してしまったみたい。謝らなきゃいけないのは私の方……」

私の横でソファの上で胡坐《あぐら》をかいているキルスティンが呆れたように目を引ん剝く。

「ご存じでしょうけど、今は余り調子が良くなくて」

「そうですよね」とマヤは寄り添うような言い方だ。「もちろん、私は変わらず力になりたいと思っているんです、ヤスミン。もしも誰か話し相手が必要なら……」

「ええ、マヤ。話し相手が必要なの」

「早かったね」直後に通話を切るとキルスティンがそう言う。「彼女、なんだって？」

「まだ仕事中だって、でも終わったら来られるって。9時とか9時半くらいに」

「つまり、この瞬間にあの女は上司の執務室に飛んでいって独占インタビューを取り付けたって鼻高々に報告しているわけだ」とキルスティンは言う。そのにやりとした笑みが、私のアイデアがやっぱり気に入ったことを明らかにしている。彼女のやり方に従っていれば、マヤに電話をして釈明を求めるだけで済んでしまっただろう。もちろんキルスティンは私のために喜んでその役目を果たしてくれただろう。ここ数日のストレスを吹き飛ばす捌《は》け口としてもちょうどよかったはずだ。けれども私はマヤに電話を切るチャンスを与えたくなかった。タッチ一つで逃げられるようにするつもりはなかった。こんなに度を越して、しかも偽りの口実を利用してアパートに入り込むなんてことをした後で。ただでさえ、私がこの世界で存在することが許される空間なんてほとんど見つけられないというのに、微かな安心感を得てコントロールできると思える唯一の、残された数平方メートルに侵入した後で。そのことはキルスティンも理解しなくちゃいけない。

「たぶんね」と私は言ってキルスティンのにやにやとした笑いを真似して返す、本当は全くそんな気分ではないけれど。

キルスティンは私の手を摑む。

「じゃあ、次は……」

次は。

私は深く息を吸い込む。

ハナ

Hannah

おじいちゃんは地下室にいる。古い写真アルバムを探すために。おじいちゃんとおばあちゃんはもう一度喧嘩した。私が横に立って聞いていたのも二人には全く気にならなかったみたい。おじいちゃんは怒っていた、おばあちゃんがアルバムを地下に仕舞っていたから。ママの子供の頃の写真は段ボール箱に入れて何処かに押しやられちゃいけないし、ましてや地下なんてもっての外だとおじいちゃんは思っている。地下は少し湿っていて写真がダメになるかもしれないから。おばあちゃんは、それよりも約束したとおりに電話をするべきだって答えていた。

「マークには後で電話するよ」とおじいちゃんはぶつぶつと言って地下室に消えていった。

おばあちゃんは洗濯室にいる。

おばあちゃんは、知らないお洋服は着る前に必ず洗濯しなくちゃいけないのだと説明して、寄付の段ボール箱のものもすぐに洗えば、明日にはその中のどれかを着られるかもしれないと言った。私のワンピースも持っていこうとしたので、私は強く摑んだまま放さなかった。

おばあちゃんが変な顔をして私を見たので、私はワンピースは知らないお洋服じゃないし、だから洗わなくてもいいのだと説明しようとした。けれどもその前におばあちゃんは、「まあいいわ、試しに着てみてもいいわ、後で洗えばいいものね」と言った。きっとおじいちゃんとこれ以上喧嘩したくなかったんだと思う。おじいちゃんは必要とあればルートさんが私のおばあちゃんになってもいいんだっていうことをもう知っている。だからカリンおばあちゃんは頑張らないといけないしお利口にしてないといけない。たぶん、おばあちゃんもそのことをなんとなく感じているんだと思う。おばあちゃんがティンキーさんのことも洗濯室に連れて行こうとした時には、私が短く叫んだだけで十分だった。「完全にすり減っているし汚いじゃない……」それ以上は声が続かなかった。私のライオンの声がティンキーさんを助けたんだ。実は、私もおばあちゃんは正しいって少し思ってる。けれどもティンキーさんは洗濯機に入れるには弱すぎる。私はティンキーさんを守って側にいてあげなくちゃいけない。お家で何かが落ちたり倒れたり、おバカなことが起きた時に、ティンキーさんが何度も罪を被って側にいてくれたみたいに。ティンキーさんは私の代わりに一晩中小屋のドアの外に座っていたことだってある。

おじいちゃんは地下室に、おばあちゃんは洗濯室にいて、私はママの部屋にいる。ドアは小さな隙間が開いている、おじいちゃんが言った通りに。

私はもう着替えを済ませていてとても可愛く見える。洋服ダンスの鏡の前でくるりと回ってみる。私の後ろ、ママのベッドの上にティンキーさん。私は「みて、ティンキーさん」と言って、ティンキーさんのためにもう一度特別くるりと回る。ワンピースのスカートが大きくふわりと膨らむように。

でもティンキーさんは重たげに頭を揺らすだけ。私はその横に座ってティンキーさんを膝の上に乗せる。

「こうやっていつもお家でストーブの前に座ってたよね。覚えてる、ティンキーさん？」私はその頭を指先で引っ掻くように撫ぜる。ティンキーさんは今でも冷たくて硬い、でもそれも無理ない。おばあちゃんがお家に入れてくれるまで、きっと何時間も寄付の段ボール箱の中に座っていなくちゃいけなかったのだから。「もう上の綺麗な星空、みた？」私は天井を指さす。「ママが私たちのために作ってくれたの。ママは、私たちがここに来るって分かってたんだよ」私は目を細め、宙に伸ばした人差し指で北斗七星をなぞる。「お話をしてあげようか、ティンキーさん」

ティンキーさんは小さくニャーと鳴く。

「うん、よし、よく聞いてね。お話はいつでもちゃんと聞かなくちゃいけないの。ちゃんと聞かないことは失礼なの。でもそんなことは分かってるよね、ティンキーさん？　さて。昔々、あるところに二つの星がいました。片方の星は大きくて明るい赤い星、もう片方は小さくてその光は少し暗い星。二つの星は大好きなお友達でした。明るいうちは二つの星は寝ていて休んでいました、けれども夜がくると一緒に空をあちらこちらにはしゃぎまわっていました。小さな星は、大きな明るい赤い友達が大好きで、自分も同じように明るく光れるように一生懸命でした。ある晩のことです、日の光が灰色になったばかりで夜がなかなかやってこない時に、大きなどかんという音がして小さな星は眠りから叩き起こされたのです。小さな星は驚いて、音のした理由を探しましたが分かりませんでした。横から大きな赤い友達の落ち着いた声が聞こえてきました。《心配いらないよ、僕の小さな星。怖がらないで、もう少し寝ていていいんだ。約束するよ、今晩僕は、特別明るく光ろう。君のためだけに》

そしてその通りだったのです。この夜から、大きな友達は今までよりもずっと明るく光るようになったのです、銀河の星々の誰よりも明るく光ったのです。小さな星はますます大きな友達が大好きになりました。ところがある夜、小さな星が目覚めると友達が消えていることに気が付きました。小さな星は慌てふためいて探しましたが、友達はどこにもいません。小さな星はすごく怖くなりました、そして不気味な霧に取り囲まれていることに気づいて、もっと怖くなったのです。小さな星は泣き始めました、友達が恋しくて、一人ぼっちで寂しくて堪らなかったのです。新しい友達を探すには他の星々は遠すぎましたし、そもそも大好きな大きな赤い友達の代わりなんているはずがありません。その時霧の中で声が響きました、その声は友達の声にそっくりです。僕の時間は終わった、小さな星よ。僕は全ての力を使い果たしてしまっていたんだ。

《でも、そんなことはありえない！》と小さな星は叫びました。《昨日の夜も一昨日の夜も、君はあんなにも明るくかつてないほどに輝いていたじゃないか！》

《ああ》と声が言いました。《死ってそういうものなんだ。星が燃料を使い果たした時、僕たちは赤い大きな巨人になって特別綺麗に光ることができるんだ。それから爆発が起きて僕たちは破裂する》

小さな星は怖い言葉にびっくりしてしまいました。

《それだったら、僕もすぐに破裂したい》と頑固なライオンの声で小さな星は言いました。

《今、すぐに！　この先一人で、君なしでいるくらいなら死んだ方がいいんだ》

《でも君は一人なんかじゃないよ》と友達の声が言いました。《君を囲んでる霧が見えるだろう。それは僕の魂で、そこからたくさんの新しい星が生まれる。新しい星たちにとっては君が大きな友達だ。君は彼らを守る星で、彼らにとってのお手本なんだよ》

《でもどうやって？》小さな星は信じられなくて聞きました。《僕だって小さいし、明るく光ることもできない。大きな友達になってお手本になるなんて無理だよ》

《周りを見てごらん！　新しい星たちは霧の中のちっぽけな埃の粒だ。彼らにとって君はどんなに大きくて明るいと思う？》

この声が言っていることは正しいと小さな星は思いました。新しい星たちは埃の粒よりももっと小さくてあまりにも小さいので小さな星はその存在にまだ気付いてさえいませんでした。

《これからは、僕が大きな友達なんだ》と小さな星は心を打たれたように繰り返して、霧を見回しました。先ほどまでは怖かったのが、今は素晴らしい予感がします。《そして僕はいい大きな友達になろう》と小さな星は約束して、今までで一番明るく光ったのです――新しい責任感と大好きな友達の魂がいつでも守ってくれているという安心感が小さな星を強くしたのです。ちなみに知らないなら教えてあげるけど、責任というのは、正しいことが行われるように面倒を見るということだよ、ティンキーさん」私は微笑んで「おしまい」と言う。ルートさんは私がこのお話を知らないと思ったんだと思う。でも私はずっと前からこのお話を知ってる、ママから聞いた。神様は出てこない。神様が出てこないほうが、このお話はずっと素敵だ。

私は両足をベッドに引き上げてティンキーさんを抱っこしたまま小さく丸まる。

「怖がらないで」とその耳に囁きかける。「もう少しだからね」

ヤスミン

Jasmin

　時刻は既に夜7時少し前。ノックの音が鳴り続け、ドアの向こうから聞こえる声が「カーム」のものだと分かって私はようやくドアを開ける。「グラスさん、フランク・ギースナー警部です」

「カーム」は先週、私がここに帰る時に母と一緒に同行してくれた警察官を連れてきている。私は彼らを中に招き入れる。

「こんばんは、ギースナーさん」とちょうどトイレから出てきたキルスティンが言って「カーム」ともう一人の警察官に代わりばんこに手を差し出す。

「カーム」はキルスティンに挨拶をし、私には電話をくれたことと今日中の面会を申し出たことのお礼を言った。私は、昨日会えなかったことを謝りながら、日中に彼が何度か私に連絡をとろうと試みたことをキルスティンの前で言わないでいてくれることに感謝する。それもまた今日中に彼に会う決意をした理由の一つだった。その連絡を無視し続けていても「カーム」が予告なしにドアの前に立つのは時間の問題だと思った。同じく、その着信を切るために携帯をいじっているところをキルスティンに見咎められるのも時間の問題だと思った。特に先ほどマヤに電話した後では、キルスティンはますます理解できなかったことだろう、一方で出過ぎた態度を懲らしめようとマヤをアパートに呼び出す思い切りの良さ、他方で捜査への協力を渋り続ける態度。私は当事者なのに、私たち二人とも当事者なのにね、レナ。これがあなただけの事件だったらどんなによかったことか。レナ、私はあなたが安らかでいられるように助けたい。あなたを見つけたい。あなたが私を頼りにしていることは分かってる、だから今、力を集めているの。あなたの笑い声を思い浮かべる、あの写真、屈託のないスナップショットの瞬間、その中のあなたは幸せで、私たち二人にどんな苦難が待ち受けているのか、知りもしなかった。

「座りましょう」とキルスティンが提案してリビングにみんなを誘導する。「カーム」が彼女に続いて横を通り過ぎた時に、私はその左腕の下に挟まれている緑色の薄いファイルに気づく。あの中に違いない、再現された復顔図の描かれた紙が入っているのは。

「すぐに終わるから」とキルスティンは断言した。さっき、「カーム」の電話番号を押すのに最後の勇気の一欠片が、壁を乗り越えるためのほんの少しが足りなかった時に。「形式上の手続きっていうだけだよ。あんたは復顔図を見る、そしてあの男かどうか答えるだけ。簡単なことだよ。はい、この男です。それでおしまい。それ以上は何も言わなくてもいいの。あんたは四か月間もその顔に耐えてきたんだから、ジェシー。そしてあんたは生き延びたんだ。ギースナーが記録のために必要なこの数秒だって、なんとかなるに決まってる」彼女を信じたかった、けれども私が納得しているようには見えなかったんだろう、キルスティンは付け加えた。「信じて、これを乗り越えたら色んなことが良くなっていくはずだから。私たちの未来への第一歩なんだよ」私の耳が一番はっきりと聞いたのは、**私たちの**という言葉だった。

「きっとあなたにとっては簡単なことじゃないでしょう、グラスさん」とソファのキルスティンの横に腰を下ろした「カーム」が言う。ファイルはソファの前のテーブルの上。彼が私の小汚い格好をじろじろと観察するのを私は無視しようとする。ハムシュテット先生との面会の際に既に着ていた染みの付いたトレーナーに膝の抜けたジョギングズボン、今、私に多くの負担をかけるのは危険だということは一目瞭然だ。「ですが、残念ながらこれを省くことはできないんです、ご理解ください」

「わかってます」私は読書椅子に座ろうとして、痛さのあまり声が出そうになるのを押し殺す。「さっさと終わらせてしまいましょう」励ますように頷くキルスティンを一瞥しながら私は言う。「カーム」も頷いてファイルから一枚の紙を取り出し差し出す。私は深呼吸をする、速くなっていく心臓を落ち着かせようと息をする、心臓がバクバクと血液を汲《く》み入れて吐き出している、その破壊的な鼓動は広がり、やがて胸だけでなく全身に感じられるようになる。そして私はその紙を手に取り、その顔をじっくりと見つめる、その表情を、戦々恐々と。人差し指がラインをなぞる。その顔は頭の中でぴかっと光り、ほとんど不気味な方法でA4の再現図に重なっていき、目の前でぼやけ、生々しい現実と混ざり、記憶の断片が頭を弾丸のようにズドンと貫いて私を現実から引き剝がしていく。それは渦巻きのように私を吸い込み、攫って行く。私は目をきつく閉じる、そして再び目を開けた時には、森に戻っている。

あの事故。目の前で眩しい光が爆発する。痛み。私は固い地面に冷たく横たわっている。誰かが私の上に身を屈めている。その声がする。「大変だ、怪我したんですね？　僕の声が聞こえますか？」

私は弱々しく瞬きをする、目の中に血が流れ込んでくる。その顔は何度もぼやけていく。「聞こえますか？　救急車を呼びますからね、いいですか？　全部良くなりますから」

頷きたい、でもできない。瞼が震える。

「しっかりしてください、いいですね？　聞こえますか？　聞こえますか？」

「グラスさん？」遠くの他の現実から、声が聞こえる。「カーム」の声だ。

「お願い、ちょっと待ってあげて」そう要求する声が聞こえる、キルスティンだ。

車のライトが眩しい、痛みがまるで私を酔ったような状態にする。男が、車の運転手が膝をついて私の上に屈みこんでいる。ぼやけた状態で私は、彼が上着のポケットから何かを摑みだそうとしているのを見ている。「助けを呼びますからね、聞こえますか？　救急車がすぐに来ます」私は一瞬だけほっとする。今死ぬのなら、自由の中で死ぬることになる。この男は私を救ってくれた。私は命の恩人の顔を見上げる……。

「彼ですか、グラスさん？」

しかしその時、突然また何かが。音だ、空気を裂くようなシュッという音。聞いたことがある。さっき聞いたばかりだ、さっき、自分で立てた音だ、スノードームを大きく振りかぶって宙を切り裂いた時に。そしてそれに続く音も知っている。それは、まるでスイカを床に落とした時のような音だ――パン！ そんな音だ、誰かの頭蓋骨に何かを叩きつける時の音。私はショックで瞬きをする。膝をついていた車の男は、次の瞬きで崩れ落ちる。彼の顔は今は私の顔のすぐ近くにある、その息が私の肌にかかるほどに近い。けれども私は何も感じない、彼は息をしていない。目は見開かれ、硬直している。叫びたいのに、できない。今、ここでは叫ぶことができない。でも何処かでは叫んでいる。リビングに響き渡る叫び声が浮かんでいた映像を引き裂く。私は読書椅子の上で丸まり、震えている。まるで癲癇の発作を起こしたみたいに、全てが痙攣している。キルスティンがソファから飛び上がる。抱きしめてくる。私は足をバタバタさせ、腕を振り回す、顔が熱く濡れていて肌がヒリヒリしている。

「ジェシー！　大丈夫、ここは安全だよ。家にいるんだよ、側にいるよ。聞こえる、ジェシー？」

「この男に見覚えはありますか、グラスさん？」

ええ、見覚えがある。私は叫ぶ——恐怖で。私は泣く——私の命の恩人を思って。そして私は足をばたつかせる——その意味に抵抗しようとして。キルスティンが私を抱きしめている。

「ギースナーさん、後にして！　見ればわかるでしょう、今は無理だって？」

あんたは調子がよくないんだ。助けが必要なんだ。

また。私は走っている。小屋を囲む生い茂った草地から森の中へ。枝が肌を引っ掻いている、暗闇の中ではほとんど何も見えない。突然、ほら、後ろ。パキッていう音がしなかった？

「これが、あなたを誘拐した男ですか、グラスさん？」

誓ってもいい、シチューの匂いがした。

誓ってもいい、私はあの男を一回だけ殴った。

その顔、ぐちゃぐちゃ、赤い、何もかもが赤い。

ドアノブなしの部屋。**あなた自身の安全のためです、グラスさん。**

「息をして、ジェシー、ゆっくりと息をして。ここにいるから、大丈夫。息をして」

形式上の手続きっていうだけだよ。あんたは復顔図を見る、そしてあの男かどうか答えるだけ。はい、この男です。それでおしまい。それ以上は何も言わなくてもいいの。

「側にいるよ、ジェシー。怖がらなくていいんだ。もう終わったよ」

私は瞬きをする。キルスティンの心臓の音を感じる。力強くて頼りになる、私を強く抱きしめる腕。その温かさ。そして自分の声が聞こえる。「はい、この男です」

マティアス

Matthias

ハナはベッドで眠っている。天使のようだ、私のレナちゃんのよう。ただその腕の中の、「日刊バイエルン」の読者から届いた使い古されたぬいぐるみが気に入らない、彼女が着ている洗い古したワンピースもだ。今日は買い物に行く時間などなかった、けれども明日にはハナを連れて街に出ようと思っている。新しい洋服を着せてやって新しいおもちゃを買ってやろう。いや、ハナは置いて行った方がいいかもしれない、買い物センターで注目を浴びなくて済むように。そのためには、私なしに二、三時間を過ごす間、カリンがしっかりしていてくれなくちゃいけない。私は注意深くハナに布団を被せてやって囁く。「いい子だね、おやすみ」

もう一度、眠っている小さな天使を見てから私はドアを僅かな隙間を残して閉める。カリンは隣町ギルヒングのヨガ仲間に会いに行っている、たぶん、私に関する愚痴を吐き出すためだろう。

階段を降りている時だった。リビングにある携帯が鳴ったので、私はカリンの不機嫌には理由があるかもしれないと思い出す。そういえばマークに電話するのを忘れていた。しつこい呼び出し音にハナを起こされないように、私は最後の数段を急ぐ。

ゲルト・ブリューリング、警察署、とディスプレイに表示されている。

「もしもし」と私はぎりぎり電話に出る。それ以上はしばらくの間、何も言うことができない、ゲルトが火を噴くように喋り出したからだ。私は、頭のネジが緩んでいて、ケツの穴が開ききっていて、どっちみち前から頭がおかしいけれどその上ボケてしまっている、老いぼれた、馬鹿なロバで、盲目で役立たず、それどころか有害だ。言葉自体は理解できるものの、ゲルトの怒りの原因が何処にあるのか、私にはわからない。

「おまえが俺を罵りたいのはわかった」と息継ぎの間に私は言う。ゲルトは長台詞《ながぜりふ》の後で初めて息を吸ったみたいだ。「じゃあ、一体何の話なんだか申し訳ないが教えてもらえるか？」

「新聞に、警察の仕事について不満を言っただろう！」とゲルトが叫び、息が切れて喘ぐのが受話器から聞こえる。目に見えるようだ、デスクに座っているゲルトの姿。ボタンを掛け違えたシャツの下の張り裂けそうなお腹、太って赤らんだ顔。「今日の《日刊バイエルン》に載った記事のことだよ！」

「それが？」

「おまえ！」とゲルトは長く唸ってから今日の紙面を読み上げる。「二つの警察署（カームとミュンヘン）の連携にもかかわらず、誘拐被害者ヤスミン・Gのセンセーショナルな脱走劇から三週間近く経っても成果を上げることはできていない。闇の中をのんびりと彷徨っているような現状に鑑み、啓蒙《けいもう》的役割と社会的責任を自覚する報道機関として、私たちは既に容疑者の身元を突き止める助けとなりうる復顔図が存在していることを公表することは私たちの義務であると考える。当局が公開をしないのは、現時点で正体が不明な男の身元を突き止めるために市民から寄せられるであろう情報により、仕事上の負担が増すことを避けるためであるらしいとのことである。我々編集部にあてられた匿名の証言によれば、捜査中の警察官が証言者に対してこの件に関し次のように発言したという。《情報の洪水が起きて、一つ一つを確認していくには膨大な時間がかかるだろう》それゆえ、現時点では市民に協力を仰ぐことは避ける方針であるという——しかしこれではこの十年で最も注目を集めているセンセーショナルな事件を、犠牲者とその家族のために解明することを遅らせてはしまわないだろうか。

ヤスミン・Gに脱出の際に撲殺された、これまで身元の分からない男は、同じく2004年1月に失踪したミュンヘンパーティガール、レナ・ベック（当時23）の事件とも関わりがあるという。私たち《日刊バイエルン》は市民に重要な情報を秘匿するという警察当局の決定に賛同しない。親愛なる読者の皆様のご協力があれば、長い年月を経てレナ・ベックの発見に繋がるかもしれない……ここで何が起きてるか、分かるか？　電話が鳴っているのは何処かの酔狂な奴がそいつを知ってると言ってくるからじゃなくて、ただ苦情をいうためなんだぞ！　もう一日中この調子だ！　他に何もやることがないと思ってるのか？　娘を見つけて欲しいんじゃないのか？　君の望みはそれじゃないのか？　それをせずに俺は今こんなバカバカしいことをしなくちゃいけない！　時計を見てみろ！　何時か分かってるか？　それなのに俺はまだ署にいて、意味のない電話をとらないといけないんだぞ！」

「やることはやっていかないと……」と私はがらがら声を出す、でもゲルトはまだ全てを言い終えていないようだ。

「やれることは全てやってるんだ、マティアス！　レナを見つけるために、なんだってやってるんだ！　でも君がこのくだらない新聞と市民を焚《た》きつけて捜査をボイコットしてたらできるものもできないだろう！」

「なんて言ってほしいんだ、ゲルト？　久しぶりに残業しなくちゃいけなくなったことが申し訳ないって？　そんなこと思うわけないだろう！　お前たちの尻には誰かが火をつけてやらなくちゃいけない！　これでおまえたちは結果を出さなくちゃいけなくなったんだ、市民がおまえたち警察への信頼を永遠に失わないように！」

「なあ、君にとって大事なのは君の娘か、それともなんかの原理原則なのか？」

「なんだと？」と私は受話器に吼える。「おまえはとっくにカリンに復顔図を見せに来なくちゃいけなかったんじゃないのか、ギースナーが言うように？　遅くとも今朝8時にはこの玄関マットに立っていなくちゃいけないんじゃなかったのか」私は荒い息を立てる。「身内に復顔図をみせるために。おまえは何処にいたんだ、ええ？　そんなに真剣に捜査してるって言うなら？　カリンが男の顔に見覚えがあったらどうする？　それだったらとっくに、レナを見つけるためにどこを探したらいいのか分かっていただろうに！」

　ゲルトがぶつぶつと言う。

「もう一つ教えてくれ、マティアス。すぐに対応ができるように。このくそ編集部にもう最新情報は伝えたのか、マーク・ズートフがDNAテストを受けに来たって？」

「マークが……なんだって？」私は二つある二人掛けソファの一つに倒れこむように座る、それは偶然にもマーク・ズートフが水曜日に座って、妻にお茶を運んでこさせたソファだ。

「それならよかった」とゲルトはほっとしたように溜息をつき、電話を切ろうとする。

「ゲルト、ダメだ、待て、切るな！　ローグナーのところにおまえたちへの不満を言ったことは悪かった。どうして警察がマークのDNA検査をしたのか、教えてくれ！」

「悪かっただって？」ゲルトは乾いた調子で笑い始める。

「違うんだ、ゲルト、本当だ！　孫の命に誓って、誰にも何も言わない！」

　ゲルトは何も言わない、しばらくは回線の静かなざわざわとした音が聞こえるだけだ。

「あのローグナーを信頼したことはとっくに後悔していたくらいなんだ。お礼にヤツはレポーターを山ほど送り込んできた、ハナをトラウマセンターから家に連れて帰った時に」

　ゲルトはまだ何も言わない、回線がざわざわと音を立てる。

「頼むよ」と私は続ける。「マークは二日前突然、家に訪ねてきたんだ。警察に協力をお願いされたと言ってはいたけれどDNA検査をするとは言っていなかった」

「まあ、お願いした、とも言えるな」とゲルトは言う、それから更に短い間を置いて「誓え、マティアス。誰にも一言も言わないって」

「ああ！　言わない」と私は急いで頷く。「一言も言わない、約束する。早く、話してくれ」

ゲルトはもう一度溜息をつく。数秒の間、流石《さすが》に今回はゲルトは折れないかもしれないと私は怖くなる。記事が掲載されたことで私への信頼は、怒りの汗で湿った指で触れた新聞紙の印刷インクほどももたないと思われても仕方がない。ああ、ゲルトの言う通りだ。トラウマセンターでのギースナーとの会話の後、私は直接「日刊バイエルン」の編集部に電話をかけ、ローグナーのアシスタントに警察の不十分な仕事についての怒りをぶちまけた。それよりましなことは思いつかなかったのだ。余りにも多くのことが何の成果ももたらさなかった。レナが徹底して全力で捜索されるべきこの十四年間、そして今、パズルのピースが全てテーブルの上に揃って広げられているこの時にも。パズルのピースは揃っているというのに、誰もそれを正しく組み合わせようとしていない、そのことがどうしても我慢ならないのだ。犯人と犯行現場があるのに、犠牲者が見つけられないなんてことがなんで可能なんだ？　最重要の証人であるあのグラスさんがいるというのに、彼女が知っていることをちゃんと話すように尋問しないのはどういうことなんだ？　ひき逃げの件が未だに解決していないのはどうしてなのか、レナを見つけるために小屋の周辺をみみっちくも周囲たったの1・5メートルしか掘り返さなかったのは何故なのか？　森全体を掘り返すべきだというのに！　私はやっぱり、今回こそゲルトは私を撥ねつけるのではないかと思い始める。同僚である頑固なギースナーから学んだのではないかと。ギースナーは心臓発作をちらつかせても、妻のために復顔図の写真を撮らせることをしなかった。まあ、写真を撮っていたとしても、最後には大きな差はなかっただろう。どちらにしろ、私は新聞編集部に連絡をしていた。唯一の違いは、ただ電話口で不平を言うだけでなく、復顔図の写真も編集部に送っていただろうということだ。そうしたら、それは今日付けの「日刊バイエルン」に載って、もしかしたら既に市民から有益な情報が寄せられていたかもしれない。ところがどっこい、ありがたいことにゲルトは頑固なギースナーじゃない。やっぱり、ゲルトはゲルトだ、かつての大親友、私の釣り仲間、私の娘の後見人。ゲルトは今回もよろめいて話し始める。「まあ、いいだろう。君も知っての通り、我々には捜査の際に血縁関係をテストすることが義務付けられている、たとえ誰の目にも明らかな件であってもだ。レナと子供たちの血縁関係を確認しなければいけなかったようにね。ただそれが、ここに来ておかしな点が出てきた」

私の胸の中が痙攣する、バカバカしい考えだ。ハナは私の孫ではないのか。これは全て、大きな勘違いだったのか。無意識に頭を横に振っていたことに気付く。**ありえない、心配するな、ハナはおまえの孫だ。レナちゃんにそっくりなんだから。**

「こういうことなんだ、マティアス」

レナちゃんにそっくりなんだから。

「森小屋の遺体と子供たちの間に、血縁関係が確認できなかったんだ」

私の心臓が安心して胃の方向に沈んでいく。ハナはもちろん私の孫だ、全て問題なしだ。

「つまり……」

「つまり、森小屋の男は子供たちの血の繋がった父親じゃないということだ。これははっきりと証明された」

「マーク・ズートフ」と私は携帯電話に向かって喘ぐ、その意味をちゃんと理解しないままに。

「ギースナーさんが、ズートフさんの検査をしてはどうかと言ったんだ。レナは失踪の直前まで彼とくっついたり離れたりしていたからね。表立っては誘拐の時期には二人は別れていた、けれども当時携帯のSMSからは、二人がまた連絡を取り合っていて、マークがフランス旅行から戻ってきたらもう一度関係を修復しようとしていたことが分かっている。君も覚えているだろう」

「続けて」と私は歯軋りする。

「まあ、単純に計算してみたんだよ！ 子供たちは二人とも、生年月日がはっきりとはしていないから、二人の証言と担当した医者の見解に従うしかないんだ。つまりハナが本当に13

歳であるならば、そしてレナは13年と9か月前に消えたのだから、可能性は二つしかない。レナは誘拐された直後に妊娠しハナが早産で生まれた可能性。もう一つは、誘拐された時点で既に妊娠していた可能性だ」

「父親はマーク・ズートフか」と私は言って、手で口を覆う。

「ああ」とゲルトは言うが、それほど確信していないように聞こえる。「ただ、遺体のDNAはヨナタンとも一致しないんだ。ヨナタンはハナより2歳ほど若い」

「それで？　マークのDNAとは一致するのか？」

「まだわからん。ラボから結果が届くのは早くて月曜日だ」

「くそ、ゲルト！　もしもマークが父親なら……」言葉が口から洩《も》れる間に、その意味が沈んでいく、深く沈んでいき、私を生き埋めにするので息ができなくなる。

　なんてことだ、私は正しかった。私は本当に正しかったのだ。

私の両手がその襟を掴み、その背を壁に押し付けた。その顔は茹でた蟹のように真っ赤だ。

あの子はどこだ、くそ野郎？

私がヤツを締め上げていた時、レナは確実にまだ生きていた。

「ああ」とゲルトはそれだけを言う。

「でも、じゃあ、あの森小屋の男は誰なんだ？」

「マティアス、いいか？　森小屋の男は一体誰だったと推測できるか？　ラボの結果が届かない限り、全ては仮説でしかない。いいか？　結果が出るまでは、マーク・ズートフは証人だ。特定の可能性を排除するために私たちに厚意で協力をしてくれているんだ。正直なところ、個人的にはラボの結果が一致するとは思えない。彼はレナをとても愛していたし、本当にいい奴じゃないか？　彼はヤスミン・グラスの住所を教えてくれと言ってきたぞ、お見舞いの手紙を送りたいからって。もちろん、こちらから住所を教えるなんてことはできなかったが、彼がそんなことを言うこと自体が、彼がどんな人間かを示しているじゃないか……」

「でも、もし……」

「万が一そうなら」とゲルトが言葉を遮る。「森小屋の男は間違った男だということだ。それか犯人は複数で……」

「そのうちの一人がマーク・ズートフか」眉の上が再び鼓動を打ち、我慢することができない。それは一昨日マーク・ズートフが私たちを訪ねてきた時に感じていたものと同じものだ。

「もう少しでわかるだろう。でも……」ゲルトが言葉を切る。

「でも？」

「聞け、マティアス。今このまま、カリンに代わってくれ」

「無理だ。友達のところに行っている」

「分かった、じゃあ彼女に電話をしてくれ、いいな？　家に帰ってくるように言ってくれ。今、君に一人でいてもらって、短絡的な行動をしてもらいたくないんだ。そんなことをしたら結局また事態を混乱させることになるからな。君は孫の命に誓ったはずだぞ……」

　ゲルトは私にこんこんと言い聞かせる——馬鹿なことはするな、待て、カリンを家に帰ってこさせろ。私の視線は前を向いたまま固まる。ゲルトの言葉は私の周りを通り過ぎていく。背中が、玄関に向けている私の背中が何かの気配を感じ取る。視界の端を玄関に向かい、影が横切る。

ヤスミン
Jasmin

私の一部が殻に閉じこもり、厚い壁に囲まれた狭い闇の空間に小さくなってしゃがみ込んでいる。私の残りの部分はギースナーとキルスティンと一緒にリビングに座っている。私はたった今、この二人に嘘をついた。ギースナーが持ってきた復顔図。あれは誘拐犯じゃない、事故を起こした車を運転していた男の顔だ。そしてゆっくりと、とてもゆっくりと、水滴を垂らすように、その意味が私の意識に沈み込んでくる。

「もう一つ、お話ししたいことがあるんです、グラスさん」と「カーム」は言って、もう一度ボールペンをカチッと鳴らす。たった今、もう一人の警察官を証人として、私が誘拐犯の身元を確認したとメモをしたところだ。

誘拐犯は死んでいない。病院に搬送された時に感じた違和感は正しかったのだ。私は彼を一度しか殴らなかった、警察が信じているように何度も殴ったんじゃない。それに、その一度でスノードームが壊れるほどに強く殴ったのでもなかった。たった一回、トドメにはならなかった一回。

「待って」とキルスティンが口を挟む。「ギースナーさん、お仕事なのは分かっています。けれどもジェシーは今日はもう十分頑張ったと思います。まずは休息が必要だと思います」

スノードームが割れたのは、男を殴った後に床に落とした時だ。

二人とも、早く！　逃げるよ！

「私は大丈夫、キルスティン」

「本当に、ジェシー？」

今はもう大丈夫。森の中を走っていた時に聞いた背後のパキッという音は、私の思い込みじゃなかった。私を追ってきてたんだ、事故を起こした車の男を殴り殺して、自分の代わりに小屋に置いたのだ。そうだったに違いない。そしてその顔を原形が分からなくなるほどにズタズタにしている間に、ハナは私と一緒に病院へ。

「うん、本当に大丈夫」

また、奇妙な違和感が燃え上がってくる。ハナの声を病院で聞いた時に感じたものだ。ハナ、あの子が病院にいるなんて何かがおかしかった。私はどうしてと自問する。どうして彼は、私を救急車に搬送させたのだろう？　どうして私をその場で殺さなかったのだろう、あの車の男と同じように？　彼を殴り倒し逃げたことで、私は殺されても仕方がなかったはずなのに。

「では、グラスさん」

でも違った、彼は私を小屋に引き摺っていったのでもなく、森に放置して死なせたのでもなかった。それどころかハナを私と一緒に行かせさえしたのだ。

「休憩が必要でしたら、言ってくださいね」

私はぼんやりと頷く。

どうして？　どうして彼は子供たちを連れてすぐに逃げなかったの？　警察が捜査をすることははっきりと分かっていたはず、私が怪我がもとで死んでも、生き延びて証言したとしても。警察が小屋を見つけることは分かっていたはず、そう、もちろん分かっていた、そうじゃなければ車の男を身代わりに置いておくはずがない。つまり、どうして？　どうしてなの？

「いいでしょう、では、続けましょうか、グラスさん。もう少しです」たぶん「カーム」は微笑んでいる。でも私は微笑み返すことができない。私の表情は麻痺してしまっている。

「サラという名前に聞き覚えは？」

サラは既にいたのね。三人目の子、あなたの夫がいつも望んでいた子。もうとっくにあなたが産んであげていたのね、レナ。その子はどうやら死んでしまったのね。彼は三人目の、死んだ子の代わりを手に入れようとしていたんだ。あなたの代わりを見つけたのと同じように。その時、黒くて狭い空間の中でしゃがみこんでいる私の頭に、突然答えがちらつき始める。私の残り、ただの抜け殻でしかない空っぽのダミーは、「カーム」とキルスティンのところに座って、代わりに抑揚なく質問に答えていて、その答えを口にする能力を失っている。もちろん、私はどうしての答えを知っている。そもそもそんなに複雑なことじゃない。あなたの夫は生きている。あなたの夫は私を生かしておいた。あなたの夫には計画があるのだ。「カーム」が最新のDNA検査結果についての話を続けている。その結果はまさに、警察が犯人としてあげている男が全くの別人であることを示している。でも警察はその事実に行き着かない、行き着けるはずがない、私が黙っているから。「カーム」はひょっとすると結果は間違いではないか、ラボの結果がミスで、何か混入があったのではないかと思っているという。その言葉は渦になり、私を包み込み、一秒ごとにより圧迫感を増していく。私は浅い呼吸をし始める。どんどんどんどん浅くなっていく。まるでそうすることで、恐ろしい考えが吐き出せるかのように。けれどもうまくいくのは一瞬だけ。次の瞬間にはまた私の中の熱が上がっていく、無慈悲な、焦がすような熱、私は窒息する。

言わなくちゃいけない。口を開けるんだ。警察が助けてくれる。

誰もここにやってきて助けたりしない。君にはもう、僕たちしかいない。

ずっとずっと永遠に。

あなたの夫は生きている。あなたの夫は私を生かしておいた。あなたの夫には計画がある。そして彼は私を捕えに来るだろう。この瞬間、ダミーが読書椅子の上で崩れ落ちる。

パパ！　ママがまた発作起こしてる！

マティアス

Matthias

玄関に向かってさっと動く影。

私がスローモーションのように頭を動かした時には、既にドアが閉まった音がする。携帯が手から滑り落ち、鈍い音を立てて絨毯の上に着地する。私はソファから飛び上がる。急がなければならないのに、一歩一歩が重い。その意味。私の心臓。手がドアノブを摑む、外はもう真っ暗で、街灯が黒いアスファルトにポツンポツンと黄色い明かりの島を作っている。視線があちらこちらに飛んでいく。まだ見える。ハナがおよそ300メートル先で車に乗り込もうとしている。そして大きな、黒い影がハナが乗り込んだ助手席のドアを閉めている。麻痺したように私は、その男が車の周りを回って運転席に急ぐのを見ている。

「ハナ」私はしわがれ声を出す、ほとんど聞こえないような大きさだ。

エンジンがかかる。車が動き出す。走っていく。走り去っていく。ここに来てやっとショック状態が解け、私は家の前の段差を転げるように駆け下り、開いたままの庭の柵を通って道路に飛び出し吼える。

「マーク！　やめろ！」

けれどもマークとハナは、もう暗闇の中に二つの小さなバックライトが見えるだけだ。

ヤスミン
Jasmin

暗い。退院してからというもの、いつも何処かで明かりがついているようにしていた。キルスティンはそのことを知っているはず。真っ暗なものは全て、小屋の貯蔵室を思い出させる。横に引き伸ばされて排水管に繋がれていた腕と手首の痛みの記憶、考えが錨を見つけられずに漂ってしまう恐ろしい黒い空間、彼が戻ってきて私を殺すことを待つことの恐怖。私は瞬きをする、けれども黒いままだ。私は記憶を巻き戻して何が起きたのかを理解しようとする。「カーム」がここに来ていた。復元された顔の絵を見せられた。私は嘘をついた、違う男を彼だと言った。「カーム」は子供たちのDNAと小屋で発見した遺体との血縁関係が認められないと言った。そして私に、なにか説明のつく理由が思い浮かばないかと聞いた。もちろん、私はその理由を知っていた。でも「カーム」には言えなかった。頭がおかしいと思われるのが怖かった。こんなにたくさんのことが起こってしまって、自分が本当に頭がおかしくなっているのではないかと怖かった。キルスティンはどう思うだろう、私がまた新しい注目されたがりなお話を始めたら？　彼女は心理的に疲れてしまうに違いない。私は気を失ったようだ。私の中の何かが匙《さじ》を投げ、突然の失神という逃げ道を探し求めた。かつて、小屋にいた時と同じように。ストレスを感じた時、何度、天井が落ちてきて床が波打ち、部屋が回転したことだろう? 毎回どんなに救いの闇に感謝しながら滑り込んだことだろう? ハナがいう「発作」に身を委ねたことだろう?

私は手探りでクッションに触れる。キルスティンが私をベッドに連れてきたに違いない、私が彼女と「カーム」の前で崩れ落ちた後で。もうそこまで酷いんだ、その事実は多くのことを物語っている。医者を呼んだり、ましてや救急車を呼ぼうとする人は誰もいなかったということだ。もう私は真剣に取り合われなくなったということだ。病気じゃないし、いいところヒステリックなだけだから。キルスティンが息を切らしながらリビングの床から私を担ぎ上げ、「カーム」に心配はいらないと断言する様子を想像してみる。興奮状態にあっただけだって、何といったって二日間の間、誘拐犯の復顔図と対決させられるこの瞬間から逃げていたんだからって。それに睡眠と休息が足りていないんだって。**調子がよくないんですよ。近頃はベッドにおねしょをするようになったんです、わかります?**「カーム」の反応も想像してみる。お決まりの助言、定期的に心理カウンセラーの元に通う重要性、私のようなシチュエーションの人間にとっての万能薬だから、はいはい。

そして私はまた同じことを繰り返してる、違う? 今この瞬間に、人が自分のことをどう思うかを、一生懸命考えているなんて、どう考えたって逃げているだけでナンセンスなのに。

私はまた同じことをしているのだ、起きていることを抑圧して認めず、見ようとしていない。私を取り囲む闇へのパニックが、胸の中で太鼓を叩くように警鐘を鳴らしているというのに。

もう一度瞬きをしても黒は黒のまま、輪郭のない、絶対的な闇。腕を伸ばしてサイドテーブルの灯りのスイッチを探す。見つけて押す。カチッという音がする、けれども黒のまま。喉から聞いたことのないような音が漏れる、力強くもなく、大きくもなく、ただ押しつぶされたような、忘れられた息が埋め合わせを求めるような音。私は体を起こす。窓のブラインドの切れ目から街灯の明かりが漏れてくるはず。でも明かりは見えない、ただ黒いだけ、心臓がドクンドクンと音を立てている。

「キルスティン?」と私は呼んで、答えを求めて耳を澄ませる。答えは返ってこない。何か物音はしないかと耳を澄ませる。何も聞こえない。静寂、闇、そして踏み鳴らすような心臓の音。夢を見ているんだ、と思う――分かってる、これは夢なんだ。でもそれでも、自分を落ち着かせることは難しい。圧倒的な闇と折り合いをつけることができない。この完全な寄る辺のなさは、あの誘拐された日の貯蔵室を思い出させる。背中から倒れこみ、目を閉じる。良く知った家の匂いを吸い込む。キルスティンの香水の香り、フリージアの香り、微かに彼女の枕に残っている。この夢に、私は耐えられる。

だめだ、耐えられない。私は目を開ける、もう一度期待する、けれども虚しく、全ては黒のまま。私はもう一度体を起こす。マットレスの縁に手探りで移動し、這って進み、片腕を伸ばして床を進んで行き、寝室のドアに辿り着く。注意深く立ち上がり、今度はドアノブを手探りで探し出す。押し下げる。ドアノブはキーキーとした音を立てる、いつものように。一度、もう一度、何度も繰り返し、間隔はどんどん短くなっていく、ドアは開いてくれないのだと私が理解するまで。閉じ込められているんだ。私はドアの横にある天井の灯りのスイッチを押す。カチッという音——でも黒いまま。もう一度カチッという音、黒いまま。私は拳でドアを叩き、叫ぶ。「キルスティン！　どういうつもり？　ここから出して！」叩き、叫び、取り乱す、これは夢、酷い夢。はあはあと息が切れる、私はあえぐ。その瞬間、部屋の反対側から静かな笑い声が聞こえる。彼の笑い声。

そしてあの問い。

「調子はどう、レナ？」

マティアス

Matthias

もっと速く走れ。早く早く早く。

スピードメーターは180を指して震えている。このオンボロにはこれ以上は無理だ。

どこに連れて行った？

ゲルト！　と閃く。ゲルトの言葉、先ほどの電話。

彼はヤスミン・グラスの住所を教えてくれと言ってきたぞ、お見舞いの手紙を送りたいからって。もちろん、こちらから住所を教えるなんてことはできなかったが、彼がそんなことを言うこと自体が、彼がどんな人間かを示しているじゃないか。

きっとヤツは、ゲルトの助けなしでもヤスミン・グラスの住所を手に入れることができただろう。誰にだって可能なことだ、インターネット上で数回クリックすればいいだけなのだから。私は遠くがもっとよく見えるように目を細める。けれどもアウトバーンは空《から》で真っ暗だ。バックライトも何も見えない。

けれどもし、ヤツがあの子を何処か違う場所に連れて行っていたとしたら？

私は貴重な時間を失った、車の鍵を取りに家に走って戻った間に。何年もが無駄に過ぎていった。ガレージの扉が上に向かって開いていく間に。そして更に数年が過ぎた。車をバックでガレージから出して道路に出る間に。実に十四年間だ。

マークにはもう追いつけない。

私は上着を摑んだり靴を履くことでは時間を無駄にはしなかった。アクセルは家用のスリッパで踏んでいる。

けれども携帯を持ってくるのには時間を使うべきだった、携帯は役立たずにも今、リビングの絨毯の上に転がったままだ。

携帯はない。助けを呼ぶこともできない。援護はない。

私は一人だ。

あの時、私は正しかったんだ。

その襟を締め上げる自分の手。その背中は壁に押し付けられている。その顔は茹でた蟹のように真っ赤だ。

あの子はどこだ、このくそ野郎？

私はみすみすとヤツを行かせてしまったのだ。

頭の中で、ヤツがマルヌ渓谷の話をしているのが聞こえる。**素晴らしい所です、夢のような自然、**嘘つきめ。私たちを笑っていたのだ。娘がいることを認めさえした。ハナのことだ。

どうして見抜けなかったんだろう？

「パピ」後部座席から高く細い声がする。バックミラーにはあの子の明るい髪の生え際と目の輝きだけが、暗い中に浮かび上がって見える。「助けて、パピ」

「分かってるよ、おまえ」と私は窒息するような声で答える。

「今度こそ本当に助けてくれなくちゃ」

「ああ、レナちゃん、分かってる」私は手で目を拭う、目の前の車線がぼやけてしまうから。「すぐに駆けつけて助けてあげるからね。今度こそ、ひとりぼっちにしたりしない、約束する」

「急がないと、パピ」

スピードメーターが200を指して震える、オンボロが横揺れを起こしている。

ヤスミン

Jasmin

「キルスティンはどこ？」声が掠れる。

「来ない」彼の声。「誰も来ない」

私は掌でドアを叩き、喚く。「キルスティン！」そして「助けて！」

「やめろ」と押し殺した声がする。「ご近所が心配するんじゃないか？」

ドアを叩き、殴り続ける、もっと大きな声を出し、ドアノブを引っ張り揺さぶる。ドアノブは音を立てる、キーキーと、キーキーと、キーキーと。次の瞬間、そこに彼の手が現れる。その手は最初は——輪郭のない黒の中で私と同じように——何度か宙を摑んだけれども、やがて目標を捉え、今や私の口と鼻を覆っている。強い力、強すぎる力、息ができない。背中が彼の体にぶつかる、私の顔を彼の手が覆っている。私は足をバタつかせ、前方にあるドアを蹴り、後ろに向かって強い力で引っ張られてバランスを崩し、床に叩きつけられる、彼に投げ飛ばされたのだ。私は大声で泣き出す、ショックと痛みと混乱で。

「お願い、ドアを開けて」

静寂。

「灯りをつけて」

闇の何処かから声がする。「残念ながらそう簡単じゃないんだ、レナ。ブレーカーを落としてあるからね」

仰向けのまま後ろに這って行くと、やがて背中が壁に辿り着く。注意深く体を起こし、私は片手で壁に触れる。ガサガサとした音がする、紙だ、壁に貼り付けた新聞記事。もう片方の手は伸ばす、無の空間へ。彼はどこ？

「どうやってやったの？　計画の実行を、一体誰が助けたの」

「助ける？　僕を？」彼は笑い始める、笑い声は右側から聞こえてくる。「そんな人はいない、レナ。僕は神だ、誰の助けもいらない」足音がゆっくりと近づいてくる、囁き声。「死からさえ、蘇る」

壁に沿って逃げようとする。彼から離れたい。私が動くと印刷された新聞記事がガサガサと音を立てる。

「慰めになるなら言っておくよ、スノードームを君が上手く命中させることができなかったわけじゃないんだ。僕は脳震盪《のうしんとう》を起こして医者の診断で仕事を休まなくてはいけないほどだったんだから」私は震え、彼は笑う。「でもポジティブに考えようじゃないか。おかげで少なくとも次のあれこれを準備する時間ができたんだから」

「車を運転していた人を殺したのね」私は闇に向かって喘ぎながら言う。

「君は？　君は僕を殺そうとしただろう。君と僕のどこが違う？　けれども正直なところ、驚いたよ、君が全てを理解するのにこんなにかかるなんて。もっと賢いと思ってた、本当に」

「ハナ……」と私は小さな声で言う。足に力が入らない、しっかりしろ、そのまま、壁を伝っていく、あと数歩のはず。「ハナに私を追わせたのね」

「いいや、あの子は自分から君を追って行ったよ。君たちはずっと先を行っていたし、僕は頭を強く殴られたことで残念ながら追いつくのにベストコンディションとはいかなかった。けれども運のいいことに君は車の前に飛び出してくれた」闇の中の、短い静寂、そして彼の含み笑いが聞こえる。「ああそうか、謎解きをしてほしいんだね。映画みたいに、違う？　事故の後の出来事をこの時点で悪役の回想という形で挿入したりするじゃないか。いいよ、教えてあげよう。犯人の男は、代わりの男の顔をズタズタにして、必要なものを荷造りし、息子に待つことと床の拭き掃除を指示して、その間に自分は事故車をチェコとの国境を越えて隠した。もちろん、その際にはニヤニヤと笑っているんだ、警察が見つける頃にはとっくのとうにいなくなっているって分かっているからね」彼はもう一度笑い始める。右から聞こえる、近い、私は手を振り回す、けれども何も当たらない。「そんなようなことを、勝手に想像すればいい。僕たちにはあまり時間がないんだよ、おまえ」

「悪役がやってきて、全てを終わらせて主役を殺すのね」

「主役？」目の前。私は立ち竦む。彼の吐く息が私の顔にかかる。「自分に自信があるんだね、気に入ったよ。君が信じるかどうかは分からないが、君が抵抗する様子が僕は好きだった。でも違うよ、怖がらなくていい。殺そうと思えばいつだって殺せたんだけどね。あの事故の時にだって。それなのにどうして救急車を呼んだと思う？　君が生き延びたのは、僕がそう望んだからだ」

私の手が右の方向を探り、ブラインドの紐をとらえて一度力強く引く。隙間が、手の幅ほどの隙間が開く、街灯の光に照らされた彼の笑顔。

「それか、君の娘がそう望んだから、と言った方が正しいかな」

ハナ
Hannah

何か絵を描いていなさいとパパが言った。パパがママを起こしている間に退屈しないようにって。パパは特別にお絵描き帳と缶に入ったクレヨンを持ってきてくれた、まっさらで新しい。クレヨンはまだ長くて、人差し指よりも長くて、赤が三種類もある。カーマイン、朱色、ワインレッド。パパは栄養補助バーもくれた、さっき車の中で。栄養補助バーがあんなに嬉しかったのは初めてだった。あまりにも嬉しかったからか、いつもよりも美味しいような気がした。そもそも私はお腹が空いていた。おじいちゃんとおばあちゃんのところではいつもバターパンしか食べていなかったから。パパは褒めてもくれた、私が全部のことをよく覚えていたから。思っていたよりもずっとよく覚えていたから。驚いたよ、とパパは言った。私は褒められるのが好きだし、胸を張っていいんだと思う。でももしかしたらパパは私が上手くできるのかどうかを疑ったのかもしれない。だって「驚いた」は「感心した」ということだけじゃなくて「期待した以上に」という意味もあるから。でもそれは間違ってる、だってこれは全て私のアイデアだったんだから。パパは最初はなんのアイデアも思いつけなかった。ママのすごくおバカな行動の後で、死んだように床に転がったまま絨毯を血で汚していたんだから。ママは小屋のドアを開けてライオンの声で言った。「二人とも、なにしてるの！逃げるよ！」でもヨナタンと私はまだ考えていた。「行くよ！　逃げなくちゃ！」ヨナタンが膝をついた、パパの側、血で真っ赤になった絨毯の上に。ママは走って出て行った。

役割分担をしようって私はヨナタンに言った。第一に絨毯が汚れていたので綺麗にしなくちゃいけなかった。清潔であることは大切である。そして第二に、ママは私たちに一緒に来るようにと言った。いつだって大人の言うことにはちゃんと従わないといけない。

「ママがしたこと、みてよ、ハナ」私が考えている間にヨナタンが悲し気に喚いた。ヨナタンが床に寝たまま動かないパパのことを言っているのか、壊れたスノードームのことを言っているのかは分からなかった。ヨナタンの手にはスノードームの欠片が握られていた。「ちょうだい！」私はその欠片をヨナタンから取り上げてワンピースのポケットにしまった、怪我をしないように。尖った物はとても危険だし、絨毯はもう血の染みで十分汚れていた。私はヨナタンに役割分担を伝えた。

ヨナタンが絨毯を綺麗にして私がママを追いかける。

私は速かったけれど、ママに追いついたのは大きな音がした後だった。ママは目を閉じて道路の真ん中に横たわり、ママの上には知らない男の人が膝をついて屈みこんでいた。男の人がママに話をしているのが聞こえた。

その時突然、後ろでパキッという音がした。パパだ、頭の横に赤い染みがついていた。手には火掻き棒を持っていた。尖らせた唇の前に人差し指をもってきて、パパは「シーッ！」と言って私の肩を摑み、秘密メガフォンから私の耳に囁いた。「ここに座って目を閉じて、ハナ」

私は目を閉じて茂みの中に座っていた、パパが私に言ったとおりに。でも時々こっそりと瞬きをしていた。パン！という音の後に瞬きをしたし、横でガサガサと音がして枝を踏むパキッという音がした後にも瞬きをした。パパが知らない男の人を茂みの方に運んできていた。私はそれで、しっかりと目を開けた。次にママに何が起こるかを見逃したくなかったから。

パパはママの脇の下を摑んでいた。ママの頭は斜めにグラグラと首に垂れ下がり、その足はアスファルトの上を引き摺られていた。パパはママのことも、知らない男の人と同じように茂みの方向に運ぼうとしていた。私は隠れ場所から飛び出てライオンの声で言った。「救急車！」

パパはビクッとしてほとんどママを落としそうになった。

「あの男の人は救急車を呼ぶって言った！　パパがママを何処かにやっちゃったら、救急車が来ても見つけられないじゃない！」

「ハナ」

パパはママをまた道路に寝かせて私のところにやってきた。私の前でしゃがみ、私の顔を撫ぜた。パパの顔はすっかり濡れていた。額から顎の下まで、赤い汗が道を作っていてシャツの襟にも染み込んでいた。

「ハナ、自分が何を言ってるのか、よく分かっていないんだろう」

「分かってる！」と私のライオンの声が言う。「救急車とは、救命救急のために特別に装備された自動車のことであり、負傷した者や病気の者の応急処置を行い、病院に搬送するために使用される、以上」

「ああ、ハナ、その通りだよ、でも……」

「そして病院とは、医療行為によって病気や怪我に処置が施される建物のことである！」

「そんなに簡単なことじゃないんだ、ハナ……」

「救急車は来ないとダメ！」

「ハナ、ママが何をしたか、見てごらん」パパが言っているのは、顔の赤い汗のこととスノードームのことだ。

「ただのおバカな間違いだよ。お願い、パパ」いつだってお願いしますとありがとうを言わなくちゃいけない。

パパはしばらく行ったり来たりしながら額を拭い、赤い汗を顔中に塗り広げていたけれど、それから突然「いいだろう」と言った。「ママを病院に運んでもらおう」

知らない男の人は上着のポケットに携帯電話を持っていた。携帯電話とはコードレスの電波式電話で、ほとんどどこでも機能する。「救急車を呼ぼう、でもそうしたら急いで小屋に戻って荷物をまとめなくちゃいけないよ」

でも私は荷物をまとめたくなんかなかった。そしてパパが言う通りに逃げるなんてもっての外だった。私はパパに、それじゃあ意味がないと説明した。病院がママをまた元気にしても私たちがいなくなっていたら、元気なママになった意味がないじゃないかって。私はパパも小さなおバカさんなんじゃないかと思いそうになった。今の今まで理解していなかったんだから、私がママをとっておきたいんだってこと。私だって、よりによってこのママをとっておきたいって思うとは思ってもいなかった。このママが私たちのところに来た時には、どうせまた上手くいかないことの繰り返しになるんじゃないかと心配した。見た目はママのようだった、傷もあったし、長い、ブロンドの髪と色白な顔をしていた。パパはママのことを何とかしようと一生懸命頑張ってた。子供たちのためには頑張らないといけなかったから。その頃、ヨナタンと私が何度も新しいママが欲しいと言ったから、パパは少しイライラしていた。私たちは新しいママが欲しかった、パパが仕事でいない間、家で寂しくないように。パパは本気で怒ったり怒鳴ったりお仕置きしたりするほどじゃないけどイライラしていた、でも誰も口を利かなくなってしまうのも嫌だったんだ。それに私たちはもうとっくに新しいママをもらうに値していたのだから。私たちはとてもいい子にしていた。宿題はいつもきちんとしていたし、私はサラの一件で学んだと誓った時には本気だった。でもパパがやっとそのことを理解して新しいママがソファの上に寝ていた時、ママは選ばれたことをちっとも嬉しいと思っていないようだった。子供というものは最も大きなプレゼントで、そのことには感謝しなくちゃいけないというのに。そのことをママがやっと理解したのは、どうやら空気循環装置が止まって、私たちがほとんど窒息しかけた日のことだったみたい。でもそれは問題じゃない、ママは理解したんだから。時間がかかる人もいる、でもそれはその人が悪い人だということじゃない、せいぜい小さなおバカさんだっていうだけ。学ぶのが遅いっていうだけ。ヨナタンが4歳でやっとちゃんと字が読めるようになったのと同じだ。

「いいだろう」とやっと理解して、パパが言った。「でもそれならハナの助けが必要だ。集中するんだぞ、ハナ。できるかな？　できるよな？　ハナはもう大きな女の子だもんね。じゃあ、ちゃんとよく聞いて……」

パパは知らない男の人の上着を脱がせると肩にかけてくれた、寒い夜に凍えてしまわないように。凍えると上手く集中することができない。それから私たちは、私が何をすべきかを話し合った。私はできることを全てやった、けど全部が全部、簡単なわけじゃなかった。嘘をついてはいけないのだから。だからと言ってヨナタンのように何も言わないのもいけない、そうすると病気だと思われて錠剤を飲まされたり、何かを隠してると思われて、疑われて最後には計画をぶち壊しにされてしまう。全てが正しく進んでいるって分かっていたけれど、私は時々パパが考えを変えたんじゃないかって心配になった。それか、知らない間に計画を変更しておじいちゃんに打ち明けたんじゃないかと思った、おじいちゃんが急に私を家に連れて帰る話ばかりするようになったから。でも私は間違っていたし、そのことで混乱してしまった。昨日おじいちゃんとおばあちゃんの家の庭に立っていて、ママの昔の部屋の窓に石を投げたのがパパなのかどうかすらも、いまいち分からなくなってしまった。私が到着した時からカメラを持って外に立っていた人たちのうちの一人だったかもしれないと思った。「ぶらぶらしている」人たち、とおばあちゃんが言っていた。でも次の日、今日、ワンピーストとティンキーさんが入った段ボール箱が届いたことで、私はいよいよだって思った。私たちはやっとまた家族になって新しいお家に引っ越す。パパは、ママがもう私たちのことを待ってるって言った。けれどもママは疲れてしまったらしい、待つことにという意味だ。だから少し眠っているという。それは正しい、何か特別なことをする時には十分に体を休めておかなくちゃいけない。パパは私をママの家のキッチンに座らせて、窓枠の蠟燭《ろうそく》を持ってきて絵を描くのに十分な明るさになるようにしてくれた。その間にパパはママを起こすつもりだという。パパはまず電気のブレーカーを落とさないといけないと言った、ママが起きた時に明るすぎないようにって。網膜の問題は家族性のものだから。残念ながらキッチンはもう薄暗くなっているし、お家全体が黒くなっている。ママはもっと暗めの電球を取り付けておくべきだったのに。でも少なくとも蠟燭の灯りはクレヨンケースの中の三種類の赤色を区別するには十分だ。私は今、キッチンの床に横になっている女の人の絵を描いている。その絵には明らかにカーマイン色が合っている。この色がエンジ虫の血でできているというのは実は間違いだ。むしろ天敵を撃退するために、エンジ虫からつくり出される酸からできているのだ。色を抽出するためにエンジ虫は乾燥され、硫酸を加えた熱湯で煮込まれる。まあ、それでも新鮮な血を描くには、カーマインが一番ぴったりだということに変わりはない。古い血にはボルドーもいい、もっと古い血には茶色がぴったり。

奇妙な、戦慄と感動のセメントのような重なりが私の顔を覆って強張らせる。

彼は頷く。

「君があんなことをした後でも、あの子たちはまだ君のことを愛している」

私は頷く。理解する。あのハナが病院で渡してきたガラス片。あれは私が考えていたような脅しじゃなかった、そうじゃなくて私を安心させようとしたんだ。全てちゃんと覚えているよという確約。パパに頼まれたことをあのガラス片で示そうとしていたんだ。

「どうしてあの子たちを連れて何処かに逃げなかったの？　どうしてこの世界に放り出してしまったの、あの子たちはこの世界を理解できはしないのに？」

私はハナのことを考える、その微笑みを誰も理解することができないゾンビっ娘。新聞に載っていたぞっとするような話のことも考える、嘘のことも本当のことも。子供たちがさらされていた好奇に満ちた視線のことも。二人も、悲劇的センセーショナルな登場人物なのだ。

私は涙がこみ上げてくる。恥ずかしさから、同情から、この瞬間、表面に押し流されてくる全ての感情から。私は泣く、皆のために。

彼は手を伸ばして私の顔に触れ、親指で涙を拭き取る。私はその感触に耐える。

「わかってる、理想的な方法じゃなかったとは思うよ。でも誰かがその間、二人の面倒を見なくちゃいけなかった、そうだろう？　僕には小屋以外にもう一つの生活がある。突然、二人の子供が現れたら、説明に困るだろう？　それに時間が必要だった、今後のことを準備する時間がね。仕事を辞めてアパートの解約をしなくちゃいけなかった。僕たちの新しい家を探さなくちゃいけなかった。ある日突然いなくなったりしたら、どう思われていたと思う？　どんな噂を立てられたと思う？」

私は彼のもう一つの生活を思い浮かべる。社会の一部として、ドラッグストアでカラフルな絵がプリントされたプラスチックコップを購入する普通の一人の男としての彼を。それでも想像が追いつかない、今でも。

「それで？　これから私たち、どうするの？　子供たちを連れてきて何処かに逃げるの？」

「ハナはもう連れてきた。後はヨナタンを迎えに行くだけ」

「どうやって？」

「どうやら《日刊バイエルン》の心温まる寄付については聞いていないようだね。寄付された洋服と本と玩具が入った二つの大きな段ボール箱。その片方は児童精神病院に送られた。ヨナタンはお気に入りのズボンと赤いTシャツに気付いただろうね。僕たちがくるってわかっているはずだ」

「精神病院にいきなり入っていって子供を連れて行くなんてことできるわけない」

「ベックさんの所にも、いきなり入っていかなくてもよかった。ハナが出てきたんだ」

「ハナ」と私は喘ぐ。「何処にいるの？　会いたい」

彼は頭を斜めに傾げる、その視線。

「お願い」と私は言う。その視線の要求するところを理解したと思ったから。お願いしますとありがとうをいつも言わなくちゃいけない。「お願い、娘のところに連れて行って」

しばらくの間、彼はただ私を見つめ、観察する、斜めに傾げた頭で、その視線で。それから笑い始める、ただゾッとするしかない、良く知った笑いだ。次の瞬間、彼は私の近くに手を伸ばしブラインドの紐を掴む、大きな音がして部屋の中は再び黒くなる、絶対的な黒。彼は私の腕を掴み、部屋の中心へ投げ飛ばす、黒の真ん中へ。

「あさましい女だ」押し殺した声がする。「急に、まるで子供たちのことに興味があるようなふりをして」足音がする、ゆっくりとした足音、部屋の中を横切っている、それから何かの金属音、何かが投げられて床に落ちる音。部屋の鍵だ。

「でも実際のところ、ゴミほどにも気にかけていない」私は膝で滑り、パニック状態で細かく床を探る。「新聞があの嘘を書くのを君は黙って見ていた。ハナが異常児だって書かれていたのに何も言わなかった。インタビューに答えればよかったのに、間違いを正すために。

少なくとも編集部に苦情をいれることくらいはできたはずなのに」

鍵を、みつけた。私は這い続ける、手には鍵を固く握ったまま。

「性的虐待、うちの子にこんな言葉！　この憶測すらおぞましい！　あの子たちに触れたことなんてない！　そのことは君は誰よりも分かっているはずだ！　そんなことするものか！」

その声が上から雷のように鳴り響き、その足音はあらゆる方向から近づいてくるようだった。私は壁に辿り着くけれど、それがどの壁か分からない。

「君はなんていう酷い母親なんだ、そんなことが書かれるのを黙ってみているなんて？　なんていう母親なんだ、子供たちのために闘わないなんて？　今までに一度も会いに行きもしなかったじゃないか！」

洋服ダンス、私が触れたのは洋服ダンスだ。やっと自分がどこにいるかが分かった。どこに向かえばいいかも。

「君は母親じゃない！」と轟音が響き渡る。

ドア、鍵穴。私は鍵を鍵穴に手探りで突っ込もうとするけれど、鍵は手から滑り、床に落ちる。

「全てに全く値しない女だ！」

落とされているブレーカー、今明らかにされようとしている真相、目覚めた時に彼と暗闇のなすがままになっている私、あの時の貯蔵室と同じだ、警告の黒い部屋は、彼の絶対的な力を誇示している、彼は今でも神だ、今でも私の人生を支配する、昼と夜を決める、ここでも、私の部屋でも、現実の世界でも、自由はうわべだけ、彼がいる限り、神がいる限り――理性が、今ここで起きていることを断片的に捉えている間に、私は鍵を探り、摑み取って二度目を試みる。鍵が鍵穴にささる、鍵を回す、ドアノブを引きちぎるように摑む、ドアノブのキーキーという音、ドアが――開く、私は暗い廊下に転がり出る、背後のドアを閉めて体を押し付ける、そうしながら外側から鍵を鍵穴に突っ込もうとする。ドアの反対側から抵抗を感じる、鍵が衝撃で再び床に落ちる。私は鍵を拾わない――なんでもいいから、外へ、玄関ドアの外へ、救いの階段へ。玄関へはもう少しで辿り着く、あと数歩――その時背後で声が言う。「本当に、お友達を置いていくのかい？」

マティアス

Matthias

オンボロがヤスミン・グラスの住んでいる建物の前の歩道でガタガタと音を立てる。片手でドアを破るように開けながら、もう片方の手でエンジンを切る。私は車から飛び出し、建物の入口に向かって走っていく。一人の老婆がちょうど建物の入口ドアの後ろに消えていこうとしているところだったが、私は彼女に続いて体を建物の中へ無理やり押し込む。ドアのすぐ後ろの床に置かれてあった旅行鞄に躓いて転びそうになる。彼女は驚いてきゃあと叫ぶ。

「警察を呼んでくれ」と私はその両肩を摑み、怒鳴りつけるように言う。老婆は震えている。

「分かったか？　今すぐに警察に連絡しなくちゃいけないんだ！」

私は老婆を放り出し、階段を踏み鳴らしながら上がっていく。ヤスミン・グラスは四階か五階に住んでいるはずだ、入口の呼び鈴からとっくに知っている。

でももしも、勘違いだったら？

あの子を連れてきたのがここじゃないとしたら？

私はヤツに再び逃げられたことになる。

全ての不安を押し殺し、私は代わりに階段に神経を集中させる。汗が襟に流れ落ちる。私の年齢が、硬くなった体が悲鳴を上げている。五階に辿り着く。最初の二つの表札を私は急いで確認するが違う。そして遂に目的の部屋を見つけた私は一瞬、動きが硬直する。ドアが。微かな隙間、開いている。ハナ、と私はすぐに思う。

四階にはヤスミン・グラスの表札がない、次だ、上の階だ。

「もうドアに鍵をかけるのはやめてほしいんだ」と私はあの子にお願いした。今日の午前中のことだ、あの子がレナのかつての部屋に閉じこもってしまった後で。「いつも小さな隙間だけ開けておいてくれるのが一番だ、ハナに何も問題が起きていないことが分かるように」ハナ、おりこうさんの可愛い子、いつだって言われたことをちゃんとする。私は一度大きく深呼吸をして注意深くドアを押し開け、部屋に忍び込む。

廊下は暗い、一部屋だけ、明かりが漏れている部屋がある。そしてそこから籠った声が聞こえてくる。忍び足で進んでいく私の全てが、一つの鼓動になっている。今回こそマークを逃しはしない。胸の中の煮え立つような痛みが、これが私の最期かもしれないと教えてくれる、けれどそれでも構わない。今回こそ、レナちゃん、ひとりぼっちにしたりしない。私は最後の数歩でできるだけ壁に近づいておく、影をつくり出さないように、マークが私がいることに気づかないように。声がはっきりと聞こえてくる。

「私たち、今でも家族でいられるわ」ヤスミン・グラスに違いない。

誰かが長い溜息をつく、男だ、マークだ。

そこから一秒間、完全な静けさ。そして予兆なしに、突然、椅子が床の上でガリガリと引き摺られ、何かがガタガタと音を立て、甲高い叫び声が大きな音に交じる。私はショックで足の力が抜けそうになるが、それでも飛び出す。マークを今度こそ捕える覚悟はできている。

ヤスミン

Jasmin

終わりが近い、そのことは誰の目にも明らかだ。

私のキッチン、私たちのキッチン、昔は笑いの絶えない場所だった。人の輪の象徴だった。我が家の心臓部分だった。それが今は痛みの空間に、怒りと恐怖と絶望と悲しみに満ちた場所になってしまった。逃げ道なんかあるはずがない。今夜このアパートに私を捕まえるために押し入ってきた時に、神はあらゆる可能性を見通していた。通常の時間の流れから切り離されてしまったみたい、この空間では世界が止まっている。

ついさっきまで、息つく間もない修羅場だった。

彼は暗い廊下から私をキッチンに追い立て、そこにハナが座っていた。灯っている蠟燭の下で、ハナはお絵描きをしていた。描いていたのは静物画だった——キルスティン、ねじ曲がった状態で静かにキッチンのタイルの上に横たわって、ぴくりとも動かなかった。チェックのキッチンタオルを口に噛まされ、顔には血。その血が、こめかみから閉じた瞼の上を流れ落ちていた。キルスティンは死んでいるかもしれなかった、それか失神しているだけだったかもしれなかった。時には、一目見ただけでは分からないことがあるのだと私は知った。

ハナが、彼女にしては嬉しそうに「ハロー、ママ」と挨拶した。私は全身が硬直した状態でドア枠の中に立っていた。私のすべてが震えていた、寒さに震えているみたいに。その寒さに私は息をすることができなかった、その寒さが私を摑んで揺さぶっているのだった。

「座れ」と彼は言ってキッチンから姿を消した。廊下にあるブレーカーのボックスを開けて小さなレバーを元の位置に押し戻すときのカチカチという音が聞こえてきた。

「キルスティン」と私は囁いた。

キルスティンは反応しない。

「座れと言ったはずだが」彼はキッチンに入ると、ハナの絵を褒め、コンロの上の明かりをつけた。

「三回目は言わない」

私はおずおずとテーブルに近づいていき、腰を下ろした。左手に、半メートルあるかないかの距離にキルスティンが横たわっていた、ねじ曲がって、動かず、血を流して。

「いい子だ」と彼は満足そうに微笑んだ。

私は彼の視線に負けないようにした。その背後にある作業台の上の包丁ブロックから注意を逸らさないようにした。キルスティンから注意を逸らさないようにした、彼女の脈拍を確かめなければならなかったし、助けるか彼女のために泣くかしなくちゃいけなかった。キルステインは疑いもせずに玄関を開けてしまったに違いない、私がベッドに横になり眠っている間に。そして彼はキルスティンを殴り倒したのだ。

「誰も傷つく必要なんかなかったのに」と、まるで私の考えを読んだかのように彼が言った。

「分かってる。私のせいね」

「ああ、その通りだ」

「そんなひどくないよ、ママ」とハナが言ってお絵描き帳から顔を上げた。その唇が、ほとんど気付かないような微かな上への弧を描いていた。ハナの笑い方。「あれはただのウッカリ間違いだったんだから」

私は鼻をすすり上げた。

「そうね、ハナ、おバカな間違いだったわ」

小さなうめき声、キルスティンだった。

「ほら」彼にも聞こえたようだった。「丈夫なことだ、まだ生きてる」

「お願い、彼女に触らないで」私はやっとの思いで言葉を発した。「これは私たちの問題でしょう。私、間違った。たくさん間違えた」私は視界の端に動くものを捉える、キッチンドアの敷居からおよそ腕一本の距離に横たわっているキルスティンだ。私は椅子の上で姿勢を変えて彼の視界からキルスティンを隠そうとした。

「あなたたちをがっかりさせた。ごめんなさい」

「そうなのか?」

「償えるかもしれない。私たち、今でも家族でいられるわ」

キルスティンがキッチンから這い出ようとしていたことに、彼が実際にいつ気付いたのかはわからない。彼女の哀れな試みをとっくに観察していて、秘《ひそ》かに面白がっていたのか。キルスティンの震える指がキッチンの戸口にかかるその瞬間を待っていただけなのか。それとも、キルスティンの動きじゃなくて、むしろ私が明らかに時間を稼ごうとしたことで急にそのことに気付いたのか。瞬きをする間もなかった、彼がテーブルの周りを一足飛びに周ってキルスティンに襲い掛かり、彼女の髪の毛を摑んで部屋の真ん中に引っ張り戻すまでに。瞬きをする間もなかった、私が椅子から飛び上がり、その背中を拳で殴り、その脚を蹴りつけ、叫ぶまでに。瞬きをする間もなかった、キルスティンが再びまた床に横たわって苦し気に咳き込むまでに。瞬きをする間もなかった、私はキルスティンの横に横たわっていた、煩わしい虫が簡単に払い落とされるように。その時やっと、私はドア枠の中でその瞬間、膝から崩れ落ちるもう一人の男の存在に気付いた。手が胸に押し当てられている。その眼は見開かれ、その顔は色のない蠟にショックに引き攣《つ》った表情を刻み込んだみたいだった。彼が攻撃したのではなかった、その必要もなかった。事実の衝撃が、その人を床に組み伏せているのだった。「ローグナー?」とその人は喘いだ。

ある感情が部屋の中に湧き上がってきて、私を大きな、氷のように冷たい波となって捕まえる。その名前を私は知っていた、けれどもどこから知っていたかは思い出せなかった。

「ベックさん」とローグナーはそれだけを言った、そして「まあ、いっか」とだけ。

終わりが近い、それは誰の目にも明らかだった。

どうやらローグナー自身にとってもそうであったようだ、ローグナーはシャツの首元のボタンをはずしている、襟が急にきつくなってしまったかのように。マティアス・ベック、キルスティン、そして私は部屋の左側の壁に一列になって座っている。無力に、何もできず、弱い、三人ともだ。ローグナーは私たちを大人しくさせておくための武器ひとつ持っていない。そんなものは必要ない。マティアス・ベックは発作を起こしている、しかも悪いのは心臓だと思う。その顔は今でも石灰のように白く、顰められたままで、右の拳は左の胸に押しあてられている。ローグナーに殴り倒されたキルスティンは頭に怪我をしていて血が止まらない。口枷になっていたキッチンタオルを彼女の傷口に当てる、頭は眠たげに私の肩にもたれかかっている。そして、この全てを引き起こし、この痛みの原因である私も、彼に飛び掛かることも、何かをすることも、何か抵抗を試みることすらできないでいる。最初に寝室で、そして二度目にキッチンで床に投げ飛ばされてからというもの、肋骨がひどく迫るように痛む。まるで事故の直後みたいに。息を吸うたびにナイフの一突きのような痛みが襲ってくる。そんな自分が腹立たしい。償いのためだけであっても、たとえ、そのことで命を失ったとしても、私はみんなを助けなければいけないというのに。

ローグナーが私たちの目の前を行ったり来たりしている。考えている、見ればわかる。最後について思いを巡らせているのだ。マティアス・ベックとキルスティンのことは殺さなければいけないと考えているだろう、他に方法はない。私のことをどうするつもりなのかは、わからない。まだ連れていくつもりかもしれない、ハナのために。気付かなくちゃいけなかった。私はそう考えずにはいられない、気付かなくちゃいけなかったって。自己憐憫《れんびん》に浸って、子供たちを疑うことに無駄な時間を費やしてしまった。私は気付かなくちゃいけなかった、全てに。彼のことは知っていたはずなのに。

「聞いて」と私はもう一度彼を説得しようとする。「私、一緒に行くから、ね？　あなたの妻にも、いい母親にもなる。そのかわり、キルスティンとベックさんを解放してあげて」

ローグナーは振り向き、無感情で乾いた笑い声を上げる。

「笑わせるなよ。僕がそう望んだら、君はもちろん一緒に来るんだ」ローグナーは近づいてきて私の目を覗き込む。「問題は、僕が今でもそれを望んでいるかだ、ヤスミン」

私は何度か大きく息をのむ、ローグナーが考え込んだままキッチンのパトロールを続けている間に。何度も何度も右から左へ、そして元の位置へ。閉じ込められた虎、何をしでかすかわからない、野生の獣。私の視線は電子レンジの時計に釘付けになる。マヤ、と頭の中に閃く。マヤ、完全に忘れてた。マヤ、仕事の後にここに来るつもりだったはず。来るはずだ、確実に来る、だって私の電話の目的が、彼女をアパートにおびき出して説教することだなんて知るはずもない。彼女の前で私が思う存分泣いて、彼女の人生一番の記事の材料を提供するはずだと思っているはず。マヤは既に遅刻していた。9時か9時半の予定だったのに既にほとんど11時になっている。でも、そうだ、マヤは来るはずだ、絶対に、ここに来なくちゃいけない。マヤ、私たちを救ってくれるはず。興奮して私は浅い呼吸を始める。玄関に彼女がきたら、叫ばなくちゃいけない、本当に大声で喚くのだ。数秒しかないのは分かってる、ローグナーが私を殴るかどうにかして口を塞ぐまでに。腕を横に伸ばし包丁ブロックからナイフを摑んで刺すかも知れない。それでも、この僅かな時間を私は逃さない。

全ての力を使って助けを呼び、マヤが正しく反応して即座に警察に連絡をすることを期待するしかない。私は自分の考えからはっと引き戻される、ローグナーの手が突然私の顎を摑み、時計に向けられていた強張った視線を自分に向けさせたから。

「悪いね、ヤスミン」と彼は言ってにやりと笑う。「でも彼女は来ないよ」

私はその言葉の意味を理解しようとする、けれどもできない。私の混乱した表情をローグナーは楽しんでいるようだ。彼は私の顎を放し、私の頭をぽんぽんと叩く、まるでバカな子犬を撫でるみたいに。

「マヤと約束しているのは知っている。残念ながら、引き続き僕で我慢してもらわないといけないけれどね」

「わからない……」

「まったく、がっかりだね？　僕はまた、君はもう少し賢いと思っていたよ。でも慰めになるなら言うけれど、マヤだって最初は何もわかっちゃいなかった。なんたって急に僕の代理を務めることになったんだからね、僕が病気の間に。不在の間に通ってしまったいくつかの記事については、ちなみに僕もあなたと同じようにひどいと思っているんですよ、ベックさん。けれどもそれ以外は、彼女はいい仕事をしてのけた。もちろん、僕のアドバイスに従ってね。最初にマヤは君の隣人とお友達になった。あの、歳を取った……なんていう名前だっけ？　まあ、どうでもいいや。彼女はずいぶんとお喋りだったようだね。すぐに、君のために料理をしていることを話してくれたようだよ、君には他に誰もいないからって。息子さんのところへ行くことが決まってからは、しきりに君の心配をしていたんだそうだ。自分がいない間、誰が彼女のために料理するんだって。もちろん、マヤがその役目を引き受けた」

まるで冷たい水を顔に浴びせられたかのようだ。彼がマヤを差し向けたのだ。遠くにいながら常に私の状態を知っていた。面白がっていた。

「それって……」

「ラース・ローグナー」と彼は仰々しい調子で言う。少しがっかりしている様子もなくはない。「《日刊バイエルン》編集長。君は、もっと新聞を読んだ方がいいぞ、ヤスミン」ローグナーはもう一度にやりと笑う。私は、何故その名前に聞き覚えがあったのか、思い当たった。彼はあなたの記事を多く執筆していた、レナ。ほとんどの記事を執筆していたと言ってもいい。なんていう残忍な遊び。

「マヤの名誉のために言っておくと」とローグナーは続ける。「彼女は最後まで、全てはインタビューのためだと信じて疑っていなかった。彼女に与えられた役目は、君と少し仲良くなること、信頼を勝ち取ること、常に様子をチェックすること。君が電話をかけてきて会う約束を取り付けた時、彼女は興奮状態だったよ、可愛い、子ネズミさんだ。けれどもここから先は編集長案件だって渋々ながら納得してくれた」

私は大きな事務所を思い浮かべる。薄い灰色の仕切りの後ろで、興奮したように電話する人々の姿。物音も聞こえてくる、たくさんの指がキーボードを叩く音。糊のきいた白いブラウスの襟を立てたマヤの姿、そのブラウスは編集部のウエブサイトの写真でも着ていたものだ。信じられない、あの時、もう数回クリックしていたら、キルスティンと私はラース・ローグナーの写真に行き着いていた。私たちは警察に連絡してローグナーはとっくに手錠をされて監視下に置かれていたはずだったのに。私はローグナーが編集部の廊下を忍び足で歩いていき、私に差し向けるのにぴったりな誰かを探している姿を思い浮かべる。そしてマヤが選ばれる。一生懸命だしキャリアを積み重ねたい野心があるし、おまけにローグナーの魅力にまだ抵抗力がないだろうから。マヤには思いもよらないことだろう、この瞬間に自分がキャリアを積み重ねているのではなくて、彼の遊びの一部になっていることなんて。恐らく彼女は喜んでいる、名誉なことだと思っている。彼に選ばれたのだから。

「まさか彼女に何か……？」

「やめてくれ」ローグナーは否定するように手を上げる。「マヤは事務所で残業しているよ。昨日ハナが児童精神病院から退院した後、ベック家に詰めたのは残念ながら彼女だけじゃなかったからね。物語の独占に失敗したら、他社との競争に勝つためには後から少し頑張らないといけないんだよ。僕は、広告事務所の君のかつての上司と連絡をとってみることを勧めたよ。今日の午後、会ったそうだ。聞いたところによれば、君はいなくなる三週間前にクビになっていたようだね、急に仕事に来なくなったから。どうやら君は恋人との別れを乗り越えることができなかったんじゃないかって、その上司は言っていたそうだよ。どちらにしろ、君の人生は、もう長い間上手くいってはいなかったようだね。君の子供時代は複雑だった、そうだろう？　お父さんの死後、君は施設で暮らしたそうだね、お母さんが家に引き取るまでの数年間。優しいお母さんだね、そういえば。優しくて、すっかり疲れ切ってしまっている。君はまあ、結構――なんて言っていたかな？　――難しい子だったそうだね」ローグナーは忌々《いまいま》し気に舌打ちをし、私は何度かゼイゼイと息を吸い込む。「教育こそが大事だっていうのに、そうだろう？　まあいい、とにかく記事は明日の紙面に載る予定だから、マヤにはまだいくつか仕事が残っているだろう。というわけで、彼女は失礼させてもらうよ」

「私があなたたなら、できるだけ早く逃げるけど」とキルスティンが落ち着いて言うのが聞こえる。こんなに怪我をしていても、彼女は強く、折れない。そのことは誰も変えられない、怒れる神さえも。「だって、あなたがここにいるって知っているなら……」

ローグナーはぶっきらぼうに宙で腕を掻き払う。

「それが？　ヤスミンとのインタビューを今晩するなんて誰が言った？　オフィシャルなバージョンでは僕は明日の朝初めてここにやってきて遺体をいくつか見つけるんじゃないかな？　やり方はいくらだってある」

「娘に何があったのか言うまでは、どこにも行かせない」とマティアス・ベックが唸る。それはローグナーに気付き、そのまま力なく壁に崩れ落ちてから初めて発する言葉だ。レナ、あなたのお父さん。男が誰だか理解した衝撃がどんなにその心臓を引き裂いているか、想像もつかない。マティアス・ベックはローグナーの記事にたくさん引用されていた。常に連絡を取り合っていたに違いない、娘の誘拐犯と。そんなこと夢にも思わずに、疑うことなく、何かが変わることを期待して。

「うるさい！」と怒鳴ったローグナーはしかし、すぐに冷静さを取り戻す。溜息をつきながら、椅子を引き、私たちの目の前に座る、まるで三人の捕虜を前にした残忍な将軍のように。その顔は獲物を見つめる獣のようだ。「僕はあなたをいつも尊敬していました、ベックさん。最大限に尊敬してきました。ほとんどあなたに感動していたと言ってもいい。レナと家族のために闘うライオンのような姿。ほとんどあなたはもちろん挫折しました。それにあなたがとった行動は、ほとんどがバカバカしいものでしかなかった」彼は笑い始める。「でもあなたは絶対に諦めなかった。あなたからのメールを読むのがどんなに好きだったか、そこに込められた怒り、あの覚悟。何百回も、もう僕とは話をしないと脅しましたね。けれどもあなたは結局、そうせざるを得なかった。何度も何度も、あなたは苦情や情報やヒントを携えて僕のところにやってきた、いつだって何かを変えてやろうという望みをもって。あなたは父親だ、ベックさん、本当の父親だ。それなら、僕のことを理解してくれてもよさそうなものなのに、違いますか？　本当の父親ってそういうものでしょう」

「あんたは違う」とベックは喘いで再び胸に手を当てる。

「だってあなたはここにいるじゃないですか、ベックさん！　これはどういうことなんでしょう？　あなたはもうレナを取り戻すことはできないとはっきりと分かっているはずだ。あなただってもうとっくに、ハナをレナの代わりにしているんです」ローグナーは敬礼のような身振りをする。「僕たちは似ていないというわけじゃないんですよ、ベックさん」

「娘に何をしたのか、言え、化け物め！」

ローグナーの顔にはこの瞬間、半笑いが浮かんでいる。

「想像もつかないでしょうね、ベックさん。あなたが長年にわたって守ろうとしてきた娘さんなんて初めからいなかったんですよ。僕たちは不倫関係にありました。そういう女だったんです、彼女は。あなたの娘さんは既婚者と付き合うような女だったんですよ」その笑いは間延びし、挑発するように聞こえる。「これについて、どう思われますか、ベックさん？」

「嘘だ！」

「嘘じゃない」とローグナーは答える。「真実です。この真実に耐えられますか、ベックさん？」芝居がかった動きで彼は同情するように首を傾げる。「弱った心臓が耐えられるかな？」

視界の端に、マティアス・ベックが歯軋りするのが見える。

「大丈夫ですか？」ローグナーは歯を剥き出す、それから、まるでボタンを押したかのようにその表情が曇る。私はこの顔を知っている。その拳が振り下ろされるか、その蹴りが弧を描く直前、痛みが爆発して全てが真っ黒になる直前にみる顔だ。「嘘つきの小娘、甘やかされて育って、パピーのお金でクリスマスのガチョウのようにパンパンだった。無責任で気まぐれで、礼儀を知らない。それがあなたの娘さんでした。彼女のためにあなたは一人の男を病院送りにし、大学の成績表を偽装したんです」ローグナーは首を反対側に傾げ、自分の言葉の効果を確かめる。「僕たちの最初の出会いを覚えていますよね、ベックさん？　あの時、自慢げにレナの成績表を見せてくれました。オール1の成績！（成績は6段階評価で、最高が1。5、6は落第点）カメラ担当はその写真すら撮りましたし、僕もその成績を疑わなかったでしょう、彼女の指導教官に話を聞いていなければ。娘さんの成績は平均点3・9でした。ご存じだったんでしょう、ねえ？」ローグナーは含み笑いをしながら頭を横に振る。「あなたは最初から、娘さんのために嘘をついていたんです。その時思いましたよ、これはお互いに楽しいことになるだろうなって。楽しかったですよね、ベックさん？　まあ、僕は思う存分楽しませていただきましたよ」

「続けろ」とベックが唸る。「知りたい。全てだ」

ローグナーは低い声で鼻歌を歌う。ベックを観察している。考えているようだ。

一瞬、私は希望を抱く。彼の次のリアクションに祈りを込める。逃げようとする者は長い話をする時間などないはず。失うものがある者は説明できない物事を人に話さない。

「自己責任ですよ、ベックさん」という彼の声が聞こえ、私は目を閉じる。

終わりが近い。

「僕たちが知り合ったのは、レナが二学期生だった時でした。自立しようという突然の思い付きだったんでしょう、それかイライラさせる母親のお小言から逃れるためだったのかもしれません。僕たちの編集部にインターンとして応募してきたんです。面接の時既に、僕にはレナにはジャーナリストとしての素質はないと分かっていました。レナ・ベックの周りに世界があるんじゃない、レナ・ベックが世界そのものでした。少なくとも彼女はそう思っていたはずだ。僕はそれでも彼女にチャンスを与えました。次の週までに特定のテーマに関して試し記事を提出するようにと言いました」彼は笑う。「もちろん、何も提出されませんでした。確認の電話をすると、彼女は気が変わったと言いました、やっぱり学業に専念することにしたと。なんて酷い子だろうと思いましたよ。それでいて、彼女のことがどうしても頭から離れなくなった。あの軽やかさ、小さな、柔らかい小鳥みたいな。あの無鉄砲さ、それに僕は魅了され、同時に反発を感じました」ローグナーはもう一度頭を振る、今度は思い出に浸るように。「そうなるのに時間はかかりませんでした。でも僕たちは注意深くいなければいけませんでした。なんといっても僕は結婚していたんですから。シモーネと、十二年間。僕は不誠実だったことなんてありませんでした。シモーネに生涯を誓っていたし、そこに嘘はなかった。レナがくるまでは。最初のうちは、会うのはいつも数時間だけでした、けれどもそのうちそれでは足りなくなった。僕たちは週末を一緒に過ごすようになりました。シモーネには、仕事だと言っていました。ジャーナリストとして出掛けることが多いのは普通のことですから、妻が疑う理由はありませんでした。僕はレナを小屋に連れて行きました、あの小屋は僕が子供のころからありました。僕はもともとカーム付近の出身なんですよ。あの小屋……あそこでは子供のころから遊んでいました。そこに住んでいるつもりになって遊んでいました。本当にいい場所だ。君は残念なことに、日中に見たことはないんだね」と彼は私に向き直る、少し寂し気に、けれども私は騙《だま》されない。「あの小屋は完全に森の中に隠れていて、空間と時間から切り離されていた。車では辿り着けなかった。少なくとも警察がやってきてあそこの自然に予定されていない道を拓くまではね。以前は優に半キロメートルほど離れた遊歩道の近くに駐車して、残りは歩いて森の中を進まなければいけませんでした。それは僕にとってはなんだか毎回原点回帰するような、厳かな時間でした。ロマンチックでした、レナと手に手を取って林道を進み、二人だけの、秘密の、魔法がかけられた場所に向かっている時は。ここでは僕たちは二人きりでした、安全で、世界から遠く離れていました。小屋はあの頃、かなり傷んでいました。僕たちは二人で修復して整えたんです」彼は私を見る。にやりと笑う。「リビングの絨毯はレナが選んだものだ」

自分の牢獄を一緒に建てたのね、レナ。

私はマティアス・ベックを見る、その額には血管が浮かび上がっている。静かだ、食い入るようにローグナーを見つめている。けれど私は時間の問題だと思う。彼はもう長くは耐えられないだろう。

「僕はもう、小屋での週末のためだけに生きていました。そして彼女も、同じ気持ちだと僕は思っていた、思い込んでいた」ローグナーは暗い髪を乱暴に掻きあげる。それまできっちりと整えられていた髪の毛は、彼がグイッと両手を下ろした拍子に乱れる。「けれども僕は間違っていた。しばらく経つと、彼女が会えない言い訳を探すことが増えていきました。時間がないとか、試験の勉強をしなくちゃいけないだとか。誕生日会に行かなくちゃいけないだとか。父親、母親、おばあちゃん、突然、常に誰かのお誕生日だった。携帯にも出なくなった、特別に用意した携帯、二人のために。僕はシモーネが何かに気付くことを避けたかった」ローグナーは鼻で荒い息をしている。蔑むようでありながら、同時に取り乱しているようにも聞こえる。どんどんと自分の思い出の中にのめり込んでいるのだ、語りが体験になり、彼はこの瞬間にもう一度、その時を生きている。「何様のつもりだ？」その声が部屋の中に響く。「僕を誰だと思っているんだ？　僕はこの国一番のジャーナリストだ、誰かが嘘をついていたらすぐにわかる。彼女は嘘をついている。だから僕は彼女をつける。そして僕は正しかった。彼女はまた元カレと会っている。それはちょうど僕が、シモーネに僕たち二人のことを打ち明けた直後のことだった。やっとシモーネに伝えたんだ、レナの望みどおりに。そう望んでいたじゃないか、決断しろって言ったじゃないか。だからシモーネに伝えたんだ、別れるって。レナと一緒に生きていくつもりだって」ローグナーは突然黙る。何かがこの瞬間に起こっている、そう感じる。突然、彼は果てしなく老けこんだように見える。思い込みかも知れない、それかコンロの上の薄暗い明かりがその表情を照らし、角度によって歪めているのかもしれない。

「それが原因で」とマティアス・ベックが何かに気付く。

　ローグナーは頷く。

「いくつかの新聞がそのことについて書くのを僕は止められませんでした。けれども幸い、僕たちの業界では自殺については短く触れるに留《とど》めるんです。残されて途方に暮れた可哀そうな魂を、それ以上傷つけないように」ローグナーは額の上を掻く、疲れたように。頭の中に浮かぶ映像を追い払おうとしているのかもしれない、けれども追い払えない。

「一酸化炭素中毒。シモーネはグリルを浴室に引っ張り込んで全ての隙間を塞ぎ、木炭を燃やした。見つけたのは僕だ、仕事の後で家に帰って。二人は浴槽の中に横たわっていた。パスカルはシモーネの腕の中に抱かれて、まるで、眠っているようだった。でも眠っていたんじゃない、死んでいたんだ」彼は手を下ろす。その顔には今、何かを思いついたかのような表情が浮かんでいる。「もう、僕に残されているのはレナだけだ。もう注意を怠って間違ったりしない。こんな悲しいことはもう二度と起きない、約束するよ、パスカル。パパはこれからは十分に注意するからね」

しばらくの間、静かだった。その静けさは耐え難いほどの緊張感を帯びている。まるでこの空間にも見えない、死に至る気体が漂っているかのようだ、その時のローグナーの浴室のように。ローグナーが咳払いをする。過去から戻ってきたようだ、私たちの元へ、避けられない終わりが近づくこのキッチンへ。

「学生パーティの帰り道に僕が待ち受けていた時、レナは驚きもしませんでした。ハーイ、ラース、と彼女は笑っていました。アルコールと大麻の匂いをぷんぷんさせながら。久しぶりだね、と。ちょうど十三日ぶりでした。十三日の間に、僕は家族を埋葬して小屋を改装していました。彼女を小屋に連れて行きました。最初、冗談だと思っていたみたいです。遊びだって、セクシーなお遊びだって。お別れの小さなゲームだって。シモーネとパスカルのことを僕が言うまで。それで彼女もようやく理解した。もう小屋から出られはしないと。人生で初めて、彼女は責任をとることになる、僕が責任を取らせる」

「あんたは……あの子についての記事を書いた」信じられないというように、マティアス・ベックが言う。

ローグナーがベックを見た時、その表情から全ての痛みが、ボタンを押したようにきれいさっぱりと消えていることに私は気づく。それどころか彼はまたニヤニヤと笑っている。

「僕なりに、娘さんの本性を教えてあげようとしたんですよ。その上、そのことで常に捜査状況を知ることができました。これは重要なことです、犯罪を犯して、発覚することを望んでいないならね」

マティアス・ベックが闘っているのがわかる。額の血管が脈打っている、唇が音を立てずに動く。その問いが、溢れ出る――それが最後の問いだと全員が予感していても。

「レナはどうして死ななければいけなかったんだ？」

ローグナーは溜息をついて椅子の背もたれに寄りかかり、頭を後ろに倒す。

「僕がレナを殺したと思ってるんですね」そう彼はゆったりと話し始める。「でも真実じゃない。あれは事故だった、サラが生まれてから間もなくのことでした。僕たちのおチビさん。最初は泣き叫んでばかりだった……」

ハナ
Hannah

人の話はよく聞かなくちゃいけない、パパが話している時には特に。私はもう随分前に赤いクレヨンをテーブルの上に置いていた。それは私の絵のモデルが動いたからでもある。女の人はもう床に寝ているんじゃなくて、今はおじいちゃんとママの間の壁に寄りかかって座っている。その顔の血の染みを描くのに今はボルドー色のクレヨンが必要だと思う、カーマインはもう合わない。玄関を開けてくれた女の人の頭をパパはとても強く壁に打ち付けた。とても強く、パン！　という音がするほどだった。でもどれほど傷が大きくても、普通、血はとても早く乾く。人は進化の過程でそうなった。素早い血液の凝固は怪我した時の生存可能性を高める。私たちの家にいたママの一人は、血液凝固障害だった。ママはほとんど三日間カーマイン色の血を流し続けた。私たちはきちんとビニールシートを敷いてママをその上に寝かせていた、そうじゃなかったらあちこちが汚れてしまっただろう。ともかく、パパはちょうどお風呂の中の男の子の悲しいお話をしたところだ。その男の子は私のお兄ちゃんだった、ヨナタンが私の弟なのと同じように。私はしっかりとお話を聞いていた、そのお話を私はもう知っていたけれど。ママとサラのことがあった時に、パパはそのお話をしてくれた。その時にパパは泣きながら言った、家族のことはいつだって大事にしなくちゃいけないんだって、そうしないと失ってしまうんだって。たぶん、私がサラのことを好きになれなかったからそう言ったんだと思う、私はそのことをとても恥ずかしいと思った。パパは今、おじいちゃんとママと女の人に、サラについてのお話をしている。生まれた後に泣いてばかりだったこと。そして、その少し後に、サラの咳が始まったこと。でもそれは長くは続かなかった。私はどんなに嬉しかったか覚えてる、サラが初めて静かだった時のこと。夜、やっとゆっくりと眠れると思ったから。ママは、「これは良くないわ」と言ったけれども、私はそれは正しくないと思った。睡眠はすごくいいことなのだから、特に体が回復するために必要なことだから。「病院に連れて行かなくちゃ!」ママはもう何日もパパにそう言っていた。けれどもパパは「なんでもない、ただの風邪だ。すぐに治るさ」と言っていた。ママは普段ならその答えに満足していた、けれどもこの夜は違った。サラが肺炎を起こしているんだって言って聞かなかった。肺炎、Pneumoniaとは、緊急の、あるいは慢性的な肺組織の炎症のことであり、細菌、ウィルスへの感染によって引き起こされる。ママは医者じゃないってパパは言った。そしてサラを治すことができなかったらママはママ失格だって言った。ママは泣いていた、声を出して。

本当なら大人は喧嘩する前に子供たちを閉じこめて鍵をかけなくちゃいけない。二人はきっと喧嘩するつもりなんかなかったんだと思うし、パパはとっくに「この話は終わりだ！」と言っていた。ママはそれでも泣き続けていて、その声はどんどん大きくなっていった。

「いったい何が起きてるの？」とヨナタンが囁いた、私と同じように寝室のドアの後ろに隠れながら。私たちがちょうど歯磨きを終えたところだった、寝室から興奮した声が聞こえてきたのは。

「サラがまた迷惑かけてる」と私は囁き返した。

「この話は終わりだと言ったはずだ！」パパのライオンの声。ヨナタンが体を縮めた。

「お願いよ、私は一緒に行かなくていいから」とママが嘆いた。「私はここにいる。この子を病院に連れて行ってくれるだけでいい」

パパはママの腕を摑んだ。

「今すぐにやめないと」という押し殺した声。

「熱があるのよ！」

「治るさ！」

ママがパパの顔の真ん中に唾を吐きかけた。ママもライオンの声をしていた。

「あんた最低！　自分の娘を見殺しにするつもりなの！　この子、今夜を乗り越えられない！」

パパはママを落ち着かせようとした。こんなひどい発作はそれまでに起こしたことがなかった。パパはママの首を摑んだ。ママが発作を起こした時にはいつも効果があるやり方だった。

私はヨナタンに向き直って囁いた。「先にベッドに行ってよう」私たちは本当はママが後からやってきておやすみのお話をしてくれるまで起きて待っているつもりだった。けれども二人ともベッドに横になるとすぐに眠りに落ちた。サラが何日も叫んでばかりいて私たちは寝不足になっていたから。けれどもこの夜は、とても静かだった。

ちょうどパパも言ってる。「けれどもこの夜は……」

ヤスミン

Jasmin

「……恐ろしく静かだった」ローグナーは悲し気に溜息をつき、少しの間黙る。「あんなこと、起きちゃいけなかった」と彼は続ける。「また起きてしまうなんて。僕はまた、注意が足りなかったんだ。僕は失敗したんです。あなたも失敗したようにね、ベックさん。全ての良き父親が、時折失敗するようにね」

「それ以上言うな」マティアス・ベックが口ごもりながら言う様子は、悲しみに耐えているように見える。ローグナーは肩を竦める、どうでもいいという身振りではなく、話の終わりに差し掛かった男が、他に話し忘れていることはないかと考えているように。

静けさが部屋の中に広がっていく。その静けさはしかし、小さな、不思議な物音によって破られる。全員の視線がハナに向けられる、ハナは小さな音を立ててしゃくりあげ始めていた。

「ハナは今でも、自分のせいだと思っている」と言って、ローグナーは椅子から立ち上がる。

「自分が赤ちゃんのことを好きになれなかったから。けれどもハナは新しい環境にまだ慣れていなかっただけなんだ」

私は、ローグナーがハナに歩み寄り、その髪の毛の分け目にキスをするのを見ている。

「サラが病気になったのはハナのせいなんかじゃない。ハナが悪いことなんか、何もないんだよ」

マティアス・ベックが大きく深く息を吐き出す。許せないことだろう、けれどそうとしか思えない、これは愛なんだ。病的で、ねじ曲がっていて、間違っているけれど、これもまた愛のひとつなんだ。私たちを駆り立てる愛。私たちは誰だって、その愛のせいで様々な形の化け物になってしまう。

「ラース」と私は言って、反射的な吐き気を抑え込む。それが彼の名前、ラース。私がその名を口にするのはこれが初めてだ。

キルスティンが私を止めようとする。私の腕を摑み、囁く。「ジェシー、やめて」

私はキルスティンを振り払う。正面を向く。ラース・ローグナーは愛ゆえにここにいる。家族への愛のために。私は今立っている、膝が震えている。でも私は立っている。ローグナーは私が立つのを止めなかった。動こうとしなかった。ただ、私を見つめている。私はおずおずとした一歩を踏み出して彼に近づく。彼は止めない。私はもう一歩進む。

「私、家に帰りたい」と私は言う。

「もうよせ、ヤスミン」彼は嘲るように返す。「もうお終《しま》いだってわかっているんだろう?」

私は頭を横に振る。

「本当にお終いなら、あなたはここに来ていないはずじゃない。何よりもハナを連れてくるなんてことをしていないはずでしょ。レナが責任をとることがあなたの望みだった。けれどもあなたにも責任があるんじゃないの、ラース。子供たちに対する責任、私に対する責任。ハナは私たちがまた家族になることを望んでいる、そうよね、ハナ？」

ローグナーの視線が娘へと走る、ハナは躊躇いながら頷く。

私の腰が作業台に軽く触れる。あと二、三歩、そうすれば彼の目の前だ。

「私も、家族になりたい」

ローグナーは不安げに目を細める。「見え透いたことを言うな、ヤスミン」そう言うけれど、私を攻撃するような素振りは見えない。それで確信する。これは愛だ。

あと一歩。

あと一掴み。

「病院で確認してもらった、私、妊娠してるって」

ラース・ローグナーは頭を斜めに傾ける。その視線で私を分析する。彼はこの国一番のジャーナリストだ、相手が嘘をついていれば見破る。当然見破る。けれども私に反論しようと口を開いても、出てくるのは詰まったような喘ぎだけだ。

私の腰が作業台に触れる。

包丁ブロックまであと一摑み。

望みが、彼の視線を私の視線にしがみつかせる。望みが、今、この瞬間、彼を盲目にした、あるいはずっと盲目にしていたのかもしれない。

引き結ばれる彼の唇。揺らめく彼の瞳。信じられないという彼の目。彼の腹の鋭い、燃えるような痛み。ラース・ローグナーはもう届かない存在じゃない、神じゃない。ただの人間だ、私たちと同じで、欠片のような小さな望みを抱いて、つまらない罠《わな》にかかってしまう人間だ。

背後では混乱が起きている。キルスティンの叫び声。マティアス・ベックが吼えている。

私たちは混乱からフェードアウトする。

ここにいるのは彼と私だけ。そして私が彼の腹にナイフを突き刺す瞬間。全てを斬るナイフ、肉さえも。

マティアス

Matthias

「ダメだ！　やめてくれ！」

私は這って行く、床に横たわるローグナーの元へ。緩慢だがまだ息をしている。

「レナがどこにいるか、教えてくれ！」

私は両手で、ローグナーのシャツを食うように広がっていく赤い染みを押さえようとする。

その染みはみるみるうちに大きくなっていく。

「お願いだ」私は懇願する。

ローグナーは息をする、ぜえぜえと。

「救急車を呼んでくれ！」と私はヤスミン・グラスに向かって喚く、彼女はナイフを手に体を硬直させ、動かない体の横に立って見下ろしている。「あの子の母親に約束したんだ、あの子を家に連れて帰ると」私は懇願し続ける。

ローグナーの青白い顔に笑みの気配が浮かぶ。

「父親から父親へ。頼む」

ローグナーは息をする、浅く息をする。その瞼が震え始める。

私は腹から両手をどける。

彼は正しい、私は失敗したのだ。

誰かが私の肩に触れる。ヤスミン・グラスの友人の女だ。

「放っておいてくれ！」と私は喚く。

「森」ローグナーが嗄れた声で囁く。「あなたの庭の裏。彼女はあの庭を愛してた」

「庭？　ゲルメリングの近くの庭か？　ハナおばあちゃんの庭、そうなのか？」

ローグナーは緩慢に頭を動かす、頷いたのだと私は思う。

私も急いで頷く。

「あの庭の後ろには、ゲルメリングの森が続いている。そこなんだな？」

「森のはずれ」とローグナーは認めるように喘ぐ。「あそこなら、いつだってアジサイがみえる」

「そこに埋めたんだな？　レナとサラ、そこで見つけることができるんだな？」

「彼女はアジサイを愛していた」とローグナーがぴくっと瞼を震わせながら言う。「僕は彼女を愛していた」

なぜか私は唸りながら言う。「分かっている」

答えるようにローグナーの顔にはもう一度笑みが浮かぶ、今度ははっきりと。その頭が横に落ち、その目が宙を見つめる。私は彼の横に座る、私の手には彼の血、私のシャツには彼の血。

5002日後に。

チャオ、パパ！ また近々ね！

襲ってきたのは大波だ、叩きつけるように私の体を通りぬけていく。私は震え、むせび泣く、我が子を想って。ハナがキッチンテーブルから立ち上がり、私とは反対側のローグナーの横に座り込むのが、霧の中にいるようにぼんやりとみえる。ハナはローグナーのだらりとした左腕を引っ張って伸ばす。床に横になる、ローグナーの腕枕の中に。その手を父親の胸に置き、その頭を父親の肩にもたせかけて。そして囁く。「おやすみ、パパ」そして目を閉じる。

ゲルメリングで身の毛のよだつような遺体発見

ゲルメリング（ＭＫ）――昨日午後にゲルメリングの森林地帯付近で三人の女性と二人の乳児の遺体が同じ墓穴から発見された。ゲルト・ブリューリング警部の発表によれば、そのうちの二人の遺体は２００４年１月から行方不明になっていたミュンヘンの女子大生レナ・ベックとその新生児の娘であるという。

他の二人の遺体については現時点で身元は不明である。ブリューリング警部の発表によれば、現場で行われた一次的な検死から、二人の女性は鈍器のようなもので殴られ死亡したものと思われる。レナ・ベックと娘の死因については現時点ではまだ確定するに至っていない。全ての遺体は昨日のうちにミュンヘンの病理解剖室に移送され、これから詳しい検死が行われる。「私たちは二人の不明遺体の身元を突き止めることに全力を尽くしています」とブリューリング。「ご家族が捜索願を出されていることと思います。残されたご家族には真実を知る権利があります」

ヤスミン
Jasmin

「すごく客観的な記事、そう思わない？」

キルスティンが今日付けの《日刊バイエルン》をテーブルに置いてパン籠に手を伸ばす。

その顔の左側の半分から下の腫れは引いて、今は肌の下に茶色の染みが残るだけだ。ローグナーの攻撃による裂傷は順調に治っている。イグナッツが私の脚を撫でて纏わりつき、ゴロゴロと喉を鳴らす、まるで小さなモーターによって動かされているみたいに。警察は私のアパートを「現場」として封鎖したままだ。私は今、キルスティンのアパートに住んでいる。

「一時的に」ということだ。

「他になんて書けばいいと思うの？　自社のスタージャーナリストが殺人犯だったって？」

さらに二人の女性が犠牲になっていた事実は私を震え上がらせる。警察はきっと間もなく二人の身元を突き止めるだろう。けれども二人が何故死ななければいけなかったのかがはっきりと分かることはないだろう。二人は私よりも激しく抵抗したのかもしれない、生きるために闘ったのかもしれない。怒れる神に勇敢にも全力で立ち向かったから、彼は最後の手段に出ざるを得なかったのかもしれない、自分自身と子供たちに、圧倒的な力を見せつけるために。あるいは、彼の目から見て二人はレナの役割を満足に果たしていなかったから死ななければいけなかったのかもしれない。私は最初の日にソファに横になっていた時のことを思い出す、ちょうど貯蔵室で気を失った後で目が覚めた時のこと。**そういえば、頭蓋骨に何かを叩きつけるとどんな音がするか、知ってるか、レナ？　スイカを床に落としたみたいな音がするんだ。パン！**

あの時、どんなに縮みあがったことか。私は彼がはったりで脅しているとは微塵《みじん》も考えなかった。彼はそのぞっとするような音を本当に聞いたことがあるのだと信じて疑うことはなかった。今思えば、既に何度も聞いていたのだ。私は二人の女性の家族のことを考える、彼らは空っぽの穴を抱えたまま生きていかなくてはいけない。その空っぽの理由を知ることは決してない。それがどんなに難しいことか、どんなに非人間的なことか。ハナとヨナタンがある日、起きたことについて語れるようになれば話は別かもしれない。けれどもそのためには、二人はまず起きた出来事を今までとは全く違った方法で理解しなくてはいけない。ハムシュテット先生はその可能性を信じている。子供たちの小屋での視界は、鍵穴から外を見るようなものだった。今、そのドアは開いている、無理をさせないようにまずは小さな隙間だけ。時が経ち、そのドアが少しずつ開いて行くにつれ、視界も広がっていくことだろう。ある日、と先生は言っていた、ある日二人は物事を正しい視点から見ることができるようになるだろう。まだまだ時間がかかるし、それには父親が殺人犯だったと理解することが含まれている。

彼が自分のしたことを楽しんでいたかどうかは明らかだ。彼は楽しんでいた、もちろん。彼は神で、人間の生死を握っていた。人を苦しめることを楽しんでいた。いつもそうだったわけじゃないかもしれない。もしかしたら、妻と息子を失ったことが彼の頭蓋を砕いて正気を失わせたのかもしれない。彼にはもう、あなたしかいなかった、レナ、愛しながらも、全ての原因となった憎むべきあなたしか。歯止めが利かなくなった、そう言うよね？　まさに歯止めが全く利かなくなったのかもしれない。

「そうだよ」とキルスティンが言ったので、私は考えから引き戻される。「その通りじゃない。読者に真実を伝える義務があるんじゃないの？　彼はかつてのうちのスタージャーナリストで、この件について記事だって書いてましたって、倒錯したことにって。なのにアンテナ張ってる同僚たちは誰一人として気付きませんでしたって」

「それを書いたら信用を失うと思ってるんでしょ」

「他の新聞だってこのことについて書いているじゃないの」とキルスティンは言ってクロワッサンを齧る。

彼女の言う通りよ、レナ。メディアは私たちのことばかり取り上げている、いくら書いても足りないと言わんばかりに。この先しばらくはこの調子だと思う。次の「ここ十年で最もセンセーショナルな事件」が発生するまで。この事件はそう呼ばれているの。インタビューの依頼、それどころか映像化の依頼さえある。私たちの役は有名な俳優によって演じられるし、プライムタイムに放映されるだろう。きっと、メディアにとっての注目の的が子供たちからだんだんとあなたに移ったことであなたは安心してるんじゃない？　あなたにとってはもう痛くないものね。あなたのことを急にまた「女子大生」と呼ぶようになった「日刊バイエルン」以外の新聞は、あちらこちらであなたのことを悲劇的な運命を辿った下劣な愛人として書き立てている。モラルの問題だ、もちろん。既婚者と付き合っちゃいけない。

レナ・ベックは見かけ通りの善良な人物ではなかったと証言する人たちは、揃って眉を引き上げて軽蔑したような表情を浮かべている。でもそういう人たちは何も分かっていない、レナ。あなたは子供たちのためになんでもする母親だった。強かった、それがあなた。子供たちへの愛で強く勇敢だった、死のその瞬間まで。だから私はあなたのことを尊敬している。約束する、子供たちの面倒を見るって。最高の心理カウンセラーがいる。あなたのご両親もいる。きっと子供たちは大丈夫。私もあの子たちのためにいる。まだ少し時間が必要だから今すぐにじゃない。でももう少ししたら、私もあの子たちのためにいる。そして

「ジェシー？　泣いているの？」

キルスティンがクロワッサンを皿に置く。

「大丈夫」と私は言って鼻をすすりあげる。

「終わったね」とキルスティンが微笑む。「今度こそ終わった」彼女の手が私の手を掴む、私たちは指を絡ませあう。

「うん」と私は微笑み返す。「終わった」

ラース・ローグナーは死んだ。

ナイフを突き刺して二分と経たないうちに警察がアパートに突入してきた。バーレヴ夫人が呼んだのだ。この夜、旅行から帰ってきた彼女が玄関口で会った不気味な、取り乱した、知らない男のせいだった。

あなたのお父さんよ、レナ。

ラース・ローグナーについて何が語られようと、何が書かれようと、少なくとも彼はあなたのお父さんにあなたの話をするだけの分別は持ち合わせていた。あなたの話を語らずに墓に持って入ってお父さんを苦しませ続けることをしなかった。

一方で、もう一つの話の方は、語ることなく持っていってくれた。それも、おかしなことを言うと思うかもしれないけれど、とても分別のある判断だった。

それはもう一人の気まぐれな若い女の話だった。彼女は元カノと喧嘩をして、注意を引くためのドラマチックな失踪を計画していた。駅から次の電車に乗って何処かへ、どこでもいい、何処かへ。真夜中に、何も言わずに、ただいなくなるつもりだった。携帯電話を切って、元カノを不安がらせるために、ただただ困らせるために。それが、夜遅くに駅への道すがら、決意の最後の一杯をひっかけようと一軒のバーに入った時の彼女の計画だった。そしてこのバーに、彼も座っていた。そして彼女の方だったのだ、彼にドリンクを奢ったのは。彼女の方だったのだ、一緒に飲んだだけでなく、彼の膝の上に座ったりしたのは。彼女の方だったのだ、彼の耳に囁きかけたのは。「あなたのお家に行かない？」

「まだなにかあるの？」とキルスティンが探るように目を細める。

「なにもないよ」と私は答える。「もうなにも」

重要なことはもう何もない。

ラース・ローグナーは死んだ、私は愛する女性と一緒に朝食をとっている。

「あとでドラッグストアに寄れるかな？」

「もちろん」とキルスティン。「何かいるものがあるの？」

私は微笑む。

「染髪剤。ブロンドの髪とはお別れ」

どの新聞もこの見解は同じなの、レナ。ヤスミン・Gは生き延びた。ゆっくりと私はそれが真実だと実感し始めている。いい真実だと思う。

マティアス

Matthias

まるで写真集の中のような10月後半の一日。穏やかな空気。木々が冬の前にもう一度全てのエネルギーを燃やして美しい極彩色の葉を纏っている。日の光は金色、とカリンが言う。散歩をするのに完璧な午後よ、と彼女は付け加える、諦めることなしに。

けれども私たちは二人とも分かっている、私が今日も家から出ないだろうということは。私は食卓のカリンの向かいに座っている。目の前の皿のひとかけらのケーキは美味しくない。私はパジャマの上に分厚いこげ茶のタオル地のガウンを羽織り、室内スリッパを履いている。髭は生えっぱなし、髪も梳かしていない。昨日と同じように。一昨日と同じように。家の中を足を引きずりながら徘徊《はいかい》するだけだった先週と同じように。時々ぼーっとしたり、食卓に座ってぼそぼそと何かを食べたり。ソファの上で昼寝をしたり。それか考え事をするためにレナの部屋へ。レナの部屋は再び空っぽになっている。私が空っぽになっているのと同じように。ハナはいない。トラウマセンターに戻っていった。ハムシュテット先生によれば、ハナのセラピーは以前より順調に進んでいるということだ。出来事が語られて明らかになった今、やっと本格的にセラピーを始めることができたということだ。ヨナタンも進歩を見せているという。カリンが言うには、この前訪ねて行った時に、ヨナタンは本当に色んなことを話してくれたのだという。既にカリンのことを「おばあちゃん」と呼んでいるのだとか。

「お茶をいれましょうか？」とカリンはテーブルの向こうから励ますように微笑む。私は頭を横に振る。ケーキがのった皿を押しのける。カリンに上のレナの部屋にいるからと伝える。カリンはそれ以上は何も言わずに行かせてくれる。

昨日、ゲルトが電話をかけてきた。警察はヤスミン・グラスが提出した二通の手紙の指紋を調べたという。もちろん、私の指紋だ。ゲルトは、できることをやってみると言った。起訴されるとしたら、二度目になってしまう。ヤスミン・グラスが訴えなかったとしても――彼女は訴えないつもりでいるという――私は捜査を妨害したことになるのだ。前科者としては九十日分の罰金以上になるだろうとゲルトは付け加えた。そして溜息をつきながら、「まったく、なんでだ、マティアス？」

私もため息をついた。ただため息をついた、それ以上は何も言わなかった。言葉が出てこない。ヤスミン・グラスは何かを隠していると思った。手紙によって彼女が話すように仕向けることができると思った。少しびっくりさせてやれと思った。レナを思い出させてやろうと、レナは真実を明らかにされるべきだと。それか、何も考えてはいなかったのかもしれない。怒りで目が曇っていて、役立たずでバカなロバだったのかもしれない、いつだってそうだったように。私は手紙をトラウマセンターへの道すがら、グラスさんの郵便受けに投げ込んでいた。私が何処から彼女の住所を知っていたのかをゲルトは知りたがった。私は電話越しに含み笑いをした。ああ、ゲルト、単純で善良な老いぼれ、ゲルト。アドレスを探し出すなんて誰にでもできることだ、インターネット上で何回かクリックするだけでいいんだから。

「まったく、面倒をかけてくれる、マティアス」

ああ、私は望みなしだ、わかっている。

「まあ、いい、これでやっと全部終わったからね」とゲルトは会話の最後に言った。「また一緒に釣りにいけるかもしれないな。覚えてるか？　以前みたいに」

私は「ああ、もしかしたらな」と言った。「元気でな、ゲルト」

やっと全部終わった。

私はかつてのレナの部屋に足を踏み入れる。ベッドは整えられ、回転椅子はきちんと机に戻されている。出窓の二つのランが伸びている、カリンが愛情いっぱいに世話しているのだ。

全て終わった、これで平穏が訪れたならよいのだが。

私はレナのベッドに腰を下ろす。頭上には星空がある。

５００２日間。

そんな長い間、私は娘を探してきた、答えを探してきた。その欠片だけでも手にできれば心穏やかになると信じてきた。

5002日間、それが最後は十分のお話に収まってしまった。ローグナーはそれ以上の時間を必要としなかった。

これで終わってしまったのか？

そうだ、これで本当に終わりなのだ。けれども納得できない。満足できない。じゃあ、私は誰なんだ？　私に何が残されているというのか？　レナが死んでいて、ハナがいなくなってしまって、何が残るというのか？

ハムシュテット先生は子供たちを訪ねてきてほしいと言っていた、週に二回、火曜日と金曜日、15時から16時の間。しばらくすればもちろん面会時間をまた拡大することができるだろうとのことだったが、色んなことが起こってまだ間がないので、子供たちを今はひとまずセラピーに集中させた方がいいだろうということだ。カリンは「当然だわ」と言った。

私は星空の下に横になっている。

ハナのことを考える。

ハナちゃん……。

私は想像してみる、もし急にまた生きるエネルギーが満ち溢れたとしたら。希望や期待が生まれたとしたら。神の啓示のように、突然何をすべきか分かって目を覚ますとしたら。私は寝室に行って洋服ダンスから新しい服を取り出すだろう。それから浴室に入り、何日かぶりにシャワーを浴びる。髭を剃る。髪の毛をきちんと分ける。下に降りていくとカリンが皿洗いをしていて、私を見て喜ぶだろう。きちんと服を着て、清潔感があり、まともな人間みたいだから。カリンは私の様子に希望も取り戻すだろう。光り輝く秋の午後の散歩への望みを取り戻すだろう。私は彼女の頬にキスをして「急いで事務所に寄って留守番電話をチェックしてくるよ」と言う。そしてカリンの希望は膨れていく。私たちはやれる。何年かいい歳月を二人で重ねられる。今までとは違う、それはそうだ。けれども、互いがいるし、やっと手にした真実もある。私はカリンにもう一度微笑みかけ、キッチンを離れ、ガレージに向かって廊下を横切り、車に乗り込む。ガレージの扉が上に開いていき、私は車をバックさせる。走り出す。事務所には向かわない。

レーゲンスブルクへ、トラウマセンターへ。ハナの元へ。

ハナの手を引き、建物から駐車場へ連れていく様子を私は想像する。後部座席に座らせベルトを締める様子を。私は運転席に座る。エンジンをかける。

「何処か、うんと遠くに行こう、おじいちゃん」と後部座席から甲高い声がする。

私はバックミラーに微笑み、「ああ、そうしよう」と言う。

私は星空を見上げている。

もしかしたら……。

僕たちは似ていないというわけじゃないんですよ、ベックさん。

エピローグ

レナ　2013年9月

私たちの世界は固い壁に囲まれている。窓もなくドアもない。私たちの世界は小さい。つま先を踵につけて測っていくと、本棚の壁からキッチンまで24歩。私たちの世界には、規則があって罰則があって独自の時間が流れている。

全ては力の問題。

あなたは私たちのことを閉じ込めたと思ってる。私たちはあなたの囚われ人。外の世界と人々から完全に隔離されている。私たちはあなただけのもの。

そう、全ては力の問題。

あなたが用意した四方向の固い壁と24歩の空間。

私があなたの名前を呼ぶことをあなたが渇望していることは知っている。あなたは文字通り物乞いのように懇願している、私があなたの名前を口にすることを。以前のように、愛情いっぱいに、刺激的に、うっとりと、少なくとも礼儀正しくあなたの名前を唇に乗せることが望みなんでしょう。でも望み通りにはしてあげない。何度昔の素敵な時間を思い出させようとしても、何度私を殴ったり蹴ったり、怒鳴りつけたり考えうる限り痛めつけたとしても無駄。あなたは私にとって見知らぬ人になった、そのことを私は最後の最後まで感じさせてあげる。これが力よ。私の力、涸《か》れることのない力。

私たちを閉じ込めたと思っているの？

可哀そうで心を病んだ人ね、見知らぬ人、もしここにただの牢獄しか見いだせないのなら。毎回、あなたが私に背を向けるたびに、私はそこに一輪の花を咲かせる、原っぱいっぱいの光る、黄色いヒマワリを咲かせる。キャベツのように大きいアジサイの花をふさふさと咲かせることができる、私が望めば。

そして私は望むの。あなたが私たちをここに残していなくなるたびに、私は固い壁の中に世界を引っ張り込む。私は秘密をつくって自分だけの世界を創り出す。私は娘とお出掛けをするの、息子が蜂蜜入りのホットミルクを飲んで幸せに固く眠り、空を飛ぶ夢を見ている間に。私はハナを庭に連れて行ってアジサイを見せる。おじいちゃんとおばあちゃんに会わせてあげて、てんとう虫を手の中に這わせてあげる。あなたは、私たちがここに閉じ込められて動けないと思っているんでしょう。でもそう思っている間に私たちはパリにも海にも、どこにでも行けるの。あなたがドアに鍵をかけ、窓を塞いで、それで締め出したと信じている場所へ。

これが力なのよ、見知らぬ人。

私はぬいぐるみの猫に命を与えることができる。部屋を太陽で溢れさせることができる。星空から星を取ってくることができる。そしてある日。私わかるの、ある日、子供たちはこの全てを私の目とお話を通してじゃなくて、自分の目で見るようになる。ある日、あの子たちはこのドアを出て世界に足を踏み出していく。

これが希望よ、決してこの希望を消さないことも私の力なの。

私たちはあなたの手の中にいるんじゃない、違うわ。

ここはあなたの牢獄。私たちのじゃない。

解説

池上冬樹

ミステリファンにはいうまでもないことだが、英語圏の小説が世界の読書界をリードしているわけではなく、十数年前から北欧やフランスやドイツの小説が世界中で注目されている。英米では英語圏以外の小説に対する理解が少なくて、英語に訳されることも少なかったけれど、ここ十年、驚くほど北欧や欧州の作品が英訳されるようになった。日本で翻訳紹介されている北欧作品の半分くらいは英訳からの重訳である。つまりそれほど英語で読めるようになったし、英語圏ではない作家でも検索をかけると英語で紹介されていて、評論家としてはひじょうに助かる。

だから、ロミー・ハウスマンの文庫解説を依頼されたとき、すぐさま検索をかけて海外の評価を探ってみた。高い評価を受けているのを知ったが、ただ、海外で評価が高くても日本で評価されるかどうかはわからない。逆にいうと、海外での評価はさほど高くないのに、日本では評価の高い作家もいる。

たとえば各ミステリ・ベストテンで第一位に輝いた『神は銃弾』（文春文庫）のボストン・

テランなどは日本ではとりわけ人気が高く、アメリカで上梓されていない『音もなく少女は』（同。これもまた傑作！）も翻訳出版されている。ちょっと古いが、コリン・ウィルコックスのフランク・ヘイスティングス警部シリーズも文春文庫から十一作出たが（『容疑者は雨に消える』『女友達は影に怯える』『子供たちは森に隠れる』がベスト3。ビル・プロンジーニとの共著『依頼人は三度襲われる』も傑作）、そのうちの『暗殺者は四時に訪れる』などは「週刊文春」に連載されたもので、日本での出版が本国よりも二年も早かった。

「アメリカでは、ミステリやサスペンスに求めるのは、プロット、それもしっかりしたプロットだが、日本の読者は、プロットのほか、人物描写、登場人物たちの反応、性格の深さに興味をもつ」とは来日したときのウィルコックスの弁だが（引用はマル鷹の会報「フライアー」一九八二年十一月号より）、たしかに日本人はプロットと同じくらい人物像や葛藤の深さを重視する傾向があるだろう。

では、ロミー・ハウスマンはどうなのか。本書『汚れなき子』はハウスマンのデビュー作で、ドイツでベストセラーとなり、二十カ国語に翻訳された。当然英訳もされていて、ひじょうに評判がいい。「複数の視点から語られる物語は満足のいく複雑さをもつ。知的で独創的な本だ」（サンデーインディペンデント）「謎解きのミステリであり、サスペンスであり、家族の物語でもある。心をかき乱す不穏なデビュー作だ」（ニューヨーク・タイムズ・ブックレビュー）「傑出したデビュー作。複数の視点と多数のプロットのひねりをもちながら猛烈なスピードで進んでいくが、本書の真髄は、悲劇に巻き込まれたキャラクターを描く作者の洞察力に富んだ繊細な描写にある。この暗く不穏なスリラーは間違いなくハウスマンを注目作家の一人に押し上げた」（パブリッシャーズ・ウィークリー）と絶賛された。

こんなに評判がいいと大いに期待してしまう。とくに「物語は満足のいく複雑さをもつ」とか「本書の真髄は洞察力に富んだ繊細な描写」といわれると日本人向きでもあるように思えてしまうが、実際そうで、読後感は深い。

物語はまず、交通事故から始まる。交通事故にあった女性と子供が救急車によって病院に運ばれるのだ。

女性の名前はレナ、娘の名前はハナだとわかる。切れ切れの証言から、レナと二人の子供を監視する〝父親〟がいることがわかる。〝父親〟によって日常の細かいルールが決められていて、それを守らなくてはならないらしい。食事や排泄の時間などが厳密にスケジュールされ、注意深く観察されていた。〝父親〟は外の世界に潜む危険から家族を守っているというが、しかし明らかに監禁だった。

女性は誘拐され、娘とともに森の中のキャビンにずっと監禁されていたのだ。警察は十四年前に誘拐されたレナ・ベックではないかと考える。レナの父親のマティアスは友人の刑事に、娘の失踪は犯罪に巻き込まれたものだと訴え、捜査を強く要望してきた。病院にレナの両親がやってきて、レナの身元を保証してくれるはずだった。だがしかし、事件はそんなに単純ではなかった。

紹介できるのはこのくらいだろう。靄がかかっているような曖昧さがあり、情報が小出しにされて、しかもそれが真実かというとそうでもなくて、いったい女性と娘は何者なのかというところでしばらく留まるからである。だが退屈することはない。物語は(書評にあるように)複数の視点(レナ、ハナ、マティアスの三視点)で語られて、場面は効果的にこまめに切り替わる。〝猛烈なスピード〟というほどではないが、テンポよく進み、しかも随所にひねりが用意されていて、どういうこと？　と読者は物語の先を読もうとするものの、読者の予想を超えた展開が繰り広げられることになる。人物たちと同じく、大いなる感情の揺れを味わうことになる。

一言でいうなら、本書『汚れなき子』は、誘拐・監禁をテーマにしたサスペンスだろう。誘拐と監禁の物語など別に新しくはないと思うだろうが、まだまだ開拓する余地は充分にあることを示している。

本書を読みながら思い出したのは、カリン・スローターのグラント郡シリーズの『開かれた瞳孔』『ざわめく傷痕』(ともにハーパーBOOKS)であり、リサ・ガードナーの『棺の女』(小学館文庫)だ。前者ではシリーズの脇役として出てくる女性刑事レナが『開かれた瞳孔』

で監禁・レイプされ、『ざわめく傷痕』ではどうにか刑事として復帰できたものの肉体的・精神的外傷に悩まされている設定である。レナは筋骨逞しい大男だろうととんでもない悪党だろうと恐れることはなかったのにである。後者の『棺の女』では、監禁事件の生き残りというテーマがもっと過激に捉えられる。主人公の女性刑事D・D・ウォレンが出会うのは、一年以上も監禁されて解放された経験をもつフローラで、七年前に誘拐された事件以来、彼女は独自に異常犯罪者を狩りだしていた。女性刑事とフローラが失踪している女性たちの行方を追及していきながら、フローラが監禁されていた過去と異常犯罪者との対決を物語る内容である。

圧倒的なのは、やはり『棺の女』だろう。誘拐されて生還してきた女性の、さらなるサバイバルが捉えられる。生きること、生き抜くこと、そして誘拐される前の自分に戻ること。それが絶対に不可能なのに、それでも夢見てしまうことの辛さ、悲しさを、監禁されていた四七二日の実態を少しずつみせることで明らかにしていく。無垢な少女時代に憧れながらも、決して戻ることのできない過酷な現実を見すえることになる。事件のために捩じれてしまった母と娘の関係、その互いを必要とする姿が美しく、胸をしめつけてやまない。ラストには誰もが慟哭するだろう。誘拐監禁事件ものの名作といっていい。

本書『汚れなき子』もまた誘拐・監禁ものであり、レナが生還者としていかに孤独で絶望的であるかを見せつける。監禁されていた異様な状況下でのいびつな〝家族〟関係も詳らかにしていくけれど、スローターやガードナーのように暴力的で、残酷で、悲惨な情況を示すことに重きをおかない。隠れたヒロインは実はハナなのである。タイトルロールではあるものの、異様な誘拐・監禁の物語の主役とは、ラストシーンに至るまで気づかなかった。

このラスト一章の存在が大きい。こういうエピローグがあるとは思わなかった。意外性の提示ではない。いやいや、その前に意外な事実の提示（ひねりやどんでん返し）は充分にあった。それまで物語の中で語られてきた細部の再組織といおうか、それまで何回か出てきた星に関する挿話がここで一段と強く輪郭をもち、象徴性を帯びてくるのだ。「希望をもつ」という、誰もが普通に考えて口に出していることの意味を新たに問いかけるのである。決して善と悪が画然とわかれている世界ではないことをあらためて知らしめる。許せないことだし、そんなことは考えたくはないけれど、「これは愛なんだ。病的で、ねじ曲がっていて、間違っているけれど、これもまた愛のひとつなんだ。私たちを駆り立てる愛。私たちは誰だって、その愛のせいで様々な形の化け物になってしまう」（510頁）という言葉が読者の胸をつらぬくだろう。

ニューヨークタイムズは「謎解きのミステリであり、サスペンスであり、家族の物語でもある」と評したが、もうひとつサイコロジカル・スリラーでもあることをエピローグで知ることになる。はかりしれない心の闇のなかでの、人それぞれの真実や正義のありかを見すえている。「愛のせいで様々な形の化け物になってしまう」現実を徹底的に捉えているのである。人間の感情に深く切り込んだ秀作だろう。生還者をテーマにした誘拐・監禁とは異なるアプローチが成功していて、今後このジャンルのなかで語り継がれていくのではないかと思う。

（いけがみふゆき／文芸評論家）

——本書のプロフィール——

本書は、二〇一九年二月にドイツで刊行された小説『Liebes Kind』を日本語に初めて翻訳したものです。

小学館文庫

汚《けが》れなき子《こ》

著者　ロミー・ハウスマン
訳者　長田紫乃《ながたしの》

二〇二一年六月十二日　初版第一刷発行

発行人　飯田昌宏
発行所　株式会社　小学館
〒一〇一-八〇〇一
東京都千代田区一ツ橋二-三-一
電話　編集〇三-三二三〇-五一三四
販売〇三-五二八一-三五五五
印刷所――大日本印刷株式会社

ISBN978-4-09-406805-4